樋口一葉考

中村稔
Nakamura Minoru

青土社

樋口一葉考　目次

凡例

・樋口一葉の作品・日記・書簡などの引用は、筑摩書房版（昭和四九年～平成六年刊）『樋口一葉全集』（以下「全集」という）による。

・筑摩書房版全集の凡例には、「誤字または当用の表記でないため読みにくい箇処については傍注を施して（ ）の中に解説した」とあるので、これらの誤字等は全集の傍注の表記を採用した。

・全集引用文中の難読と思われる字に関しては、丸括弧付きのルビを付した。
（例：斗《（ばかり）》、い卜《（そうろう）》）

樋口一葉考

『たけくらべ』考

1

樋口一葉の代表作『たけくらべ』がたがいに思慕しながら、思いをうちあけられないままに終わる、哀しく美しい、思春期の男女の愛の物語であることは疑いない。彼らは意識しあう前は、美登利の側からいえば、松の根につまづいた赤土道に手をついて羽織の袂も泥になった信如に美登利が紅の絹のハンカチをとりだして、これでお拭きなされ、といって介抱し、学校帰りの道端に珍しい花などを美登利が見つけると、遅れて来る信如を待って、「信《のぶ》さんは背《せい》が高《たか》ければお手《て》が届《とど》きましよ、後生折《ごせうを》つて下《くだ》され」と遠慮もなしに頼むといった、信如は美登利にとってただ好意をもつ存在にすぎなかったが、こうした行為が噂となり、取り沙汰されることを苦にした信如は、美登利が問いかけてもろくな返事をしない、傍へゆけば逃げる、はなしをすれば怒る、といった態度をとり、二人の間に心理的な溝ができる、といった関係であった。この溝を一葉は大川が横たわるような大きな溝と書いている。

吉原遊郭に隣接した大音寺前の十三歳から十六歳ほどの若い男女は、表町組と横町組の二つの集団を形成して張り合っている。表町組は質屋、田中屋の正太郎が、横町組は鳶の頭の子、長吉が中心になっているが、美登利は正太郎に肩入れし、長吉は穏やかだが学問ができる信如を味方に引き込んで智恵を借りたいと頼み、やむをえず、信如も引き受けることとなる。いわば、敵対関係にある二つの集団に属する男女の恋愛、という「ロミオとジュリエット」に似た状況が設定されている。おそらく「ロミオとジュリエット」は悲劇的恋愛の典型的な状況設定なのであろう。千束神社の祭りの夜、筆屋に集まっていた表町組に横町組が撲り込みをかけたことによって彼らの関係に新しい局面が展開する。

2

表町組は、その夜、筆屋の店先で幻燈遊びを計画していたが、たまたま正太郎が夕食のため家に呼び戻されていた間に、長吉以下の横町組が撲り込みをかけた。この場面は『たけくらべ』中の最初の山場なので、煩を厭わず、以下に原文、第五章の要部を引用する。

「人數《にんず》は大凡《おほよそ》十四五人、ねぢ鉢巻《はちまき》に大萬燈《おほまんどう》ふりたてゝ、當《あた》るがまゝの乱暴狼藉《らんぼうらうぜき》、土足《どそく》に踏《ふ》み込《こ》む傍若無人《ばうじやくぶじん》」、目ざす敵の正太郎がいないので、代わりの三五郎を撃つやら蹴るやら、の騒ぎになる。「美登利《みどり》くやしく止《と》める人《ひと》を掻《か》きのけて、これお前《まへ》がたは三ちやんに何《なん》の咎《とが》がある、正太《しようた》さんと喧嘩《けんくわ》がしたくば正太《しようた》さんとしたが宜《よ》い、逃《に》げもせねば隠《か》くしもしない、正太《しようた》さんは居《ゐ》ぬでは無《な》いか、此処《こゝ》は私《わたし》が遊《あそ》び処《どころ》、お前《まへ》がたに指《ゆび》でもさゝしはせぬ、ゑゝ憎《に》くらしい長吉《ちようきち》め、三ちやんを何故《なぜ》ぶつ、あれ又引《またひき》たほした、意趣《いしゆ》があらば私《わたし》をお撃《ぶ》ち、相手《あいて》には私《わたし》がなる、伯母《おば》さん止《と》めずに下《くだ》されと身《み》もだへして罵《のゝし》れば、何《なに》を女郎《じよらう》め頰桁《ほうげた》たゝく、姉《あね》の跡《あと》つぎの乞食《こじき》め、手《て》前《めへ》の相手《あいて》にはこれが相應《さうおう》だと多人數《おほく》のうしろより長吉《ちようきち》、泥草履《どろざうり》つかんで投《なげ》つければ、ねらひ違《たが》はず美登利《みどり》が額際《ひたいぎわ》にむさき物《もの》したゝか、血相《けつさう》かへて立《たち》あがるを、怪我《けが》でもしてはと抱《だ》きとむる女房《にようばう》、ざまを見《み》ろ、此方《こち》には龍華寺《りうげじ》の藤本《ふぢもと》がついて居《ゐ》るぞ、仕《し》かへしには何時《いつ》でも來《こ》い、薄馬《うすば》鹿野郎《かやらう》め、弱虫《よわむし》め、腰《こし》ぬけの活地《いくぢ》なしめ、歸《かへ》りには待伏《まちぶ》せする、横町《よこてう》の闇《やみ》に氣《き》をつけろと三五郎《らう》を土間《どま》に投出《なげだ》せば、折《をり》から靴音《くつおと》たれやらが交番《かうばん》への注進今《ちうしんいま》ぞしる、それと長吉聲《ちようきちこゑ》をかくれば丑《うし》松文次《まつぶんじ》その余《よ》の十餘人《よにん》、方角《はうがく》をかへてばら〳〵と逃足《にげあし》はやく、抜《ぬ》け裏《うら》の露路《ろぢ》にかゞむも有《あ》るべし、口惜《くや》しいくやしい口惜《くや》しい口惜《くや》しい、長吉《ちようきち》め文次《ぶんじ》め丑松《うしまつ》め、なぜ己《お》れを殺《ころ》さぬ、殺《ころ》さぬか、己《お》れも三五郎《らう》だ唯《たゞ》死《し》ぬものか、幽灵《ゆうれい》になつても取殺《とりころ》すぞ、覺《おぼ》えて居《ゐ》ろ長吉《ちようきち》めと湯玉《ゆだま》のやうな涙《なみだ》はら〳〵、はては大聲《おほごゑ》にわつと泣《な》き出《いだ》す」

3

第六章に入ると、翌日、美登利が稲荷に手を合わせ、行きも帰りも首うなだれて畦道づたいに帰るところ、正太郎と出会う。正太郎は「美登利《みどり》さん昨夕《ゆふべ》は御免《ごめん》よ」と謝り、「今朝《けさ》三五郎《らう》の処《ところ》へ見《み》に行《い》つたら、彼奴《あいつ》も泣《な》いて口惜《くや》しがつた、己《お》れは聞《き》いてさへ口惜《くや》しい、お前《まへ》の顔《かほ》へ長吉《ちようきち》め草履《ざうり》を投《な》げたと言《い》ふでは無《な》いか」などと言えば、美登利は「正《しよう》さん誰《だ》れが聞《き》いても私《わたし》が長吉《ちようきち》に草履《ざうり》を投《な》げられたと言《い》つてはいけないよ、もし萬一《ひよつと》お母《つか》さんが聞《き》きでもすると私《わたし》が叱《し》かられるから」と語り、正太郎の家に二人で行き、羽子板を見たりしてなごやかに話し合うのだが、第七章に入って、美登利は信如に対する恨み、つらみを次のとおり独白する。

「まつりの夜《よ》の處爲《しうち》はいかなる卑怯《ひきやう》ぞや、長吉《ちやうきち》のわからずやは誰《た》れも知《し》る乱暴《らんぼう》の上《うへ》なしなれど、信如《しんによ》の尻《しり》おし無《な》くは彼《あ》れほどに思《おも》ひ切《き》りて表町《おもてまち》をば暴《あら》し得《ゑ》じ、人前《ひとまへ》をば物識《ものしり》らしく温順《すなほ》につくりて、陰《かげ》に廻《まわ》りて機關《からくり》の糸《いと》を引《ひき》しは藤本《ふぢもと》の仕業《しわざ》に極《きわ》まりぬ、よし級《きう》は上《うへ》にせよ、學《もの》は出來《でき》るにせよ、龍華寺《りうげじ》さまの若旦那《わかだんな》にせよ、大黒屋《だいこくや》の美登利《みどり》紙一枚《かみいちまい》のお世話《せわ》にも預《あづ》からぬ物《もの》を、あのやうに乞食《こじき》呼《よ》はりして貰《もら》ふ恩《おん》は無《な》し」

続く第七章は「龍華寺《りうげじ》の坊《ぼう》さまにいぢめられんは心外《しんぐわい》と、これより學校《がくかう》へ通《かよ》ふ事《こと》おもしろからず、我《わが》まゝの本性《ほんせう》あなどられしが口惜《くや》しさに、石筆《せきひつ》を折《を》り墨《すみ》をすて、書物《ほん》も十露盤《そろばん》も入《い》らぬ物《もの》にして、中《なか》よき友《とも》と埒《らち》も無《な》く遊《あそ》びぬ」と締めくくられている。

美登利の信如に対する誤解が恨み、つらみとなり、この恨み、つらみは、じつは美登利の信如への思慕が心の奥ふかく慕っていることの反面であり、この美登利の心理描写が『たけくらべ』の読みどころであろう。

4

当夜、姉の許に使いに行っていた信如は翌日になって騒動を丑松、文次らから聞き、驚きはするものの済んだことに咎めだてするのも詮ないことだが、自分の名を借りられたことを迷惑に思い、また、乱暴された人々への責任を感じている。信如から苦情を言われると分かっている長吉は三、四日経ってようやく信如を訪ね、「信《のぶ》さんお前《まへ》は腹《はら》を立《た》つか知《し》らないけれど時《とき》の拍子《ひやうし》だから堪忍《かんにん》して置《を》いて呉《く》んな」「何《なに》も女郎《めらう》の一疋《ぴき》位《ぐらい》相手《あいて》にして三五郎《らう》を擲《なぐ》りたい事《こと》も無《な》かつたけれど、万燈《まんどう》を振込《ふりこ》んで見《み》りやあ唯《たゞ》も歸《かへ》れない、ほんの附景氣《つけげいき》に詰《つま》らない事《こと》をしてのけた、夫《そ》りやあ己《お》れが何處《どこ》までも惡《わ》るいさ、お前《まへ》の命令《いひつけ》を聞《き》かなかつたは惡《わ》るからうけれど、今《いま》怒《おこ》られては法《かた》なしだ、お前《まへ》といふ後《うしろ》だてが有《あ》るので己《お》らあ大舟《おほぶね》に乗《の》つたやうだに、見《み》すてられちまつては困《こま》るだらうじや無《な》いか、嫌《い》やだとつても此組《このくみ》の大将《たいしやう》で居《い》てくんねへ」と面目なさそうに謝られ、懇願されて、信如は「弱《よわ》い者《もの》いぢめは此方《こつち》の耻《はぢ》になるから三五郎《らう》や美登利《みどり》を相手《あいて》にしても仕方《しかた》が無《な》い、正太《しようた》に末社《まつしや》がついたら其時《そのとき》のこと、決《けつ》して此方《こつち》から手出《てだ》しをしてはならない」と注意するだけにとどめて、二度と喧嘩のないようにと祈るばかりであった。

やがて、秋雨のしとしとと降る夜、美登利、正太郎、それに二、三人の子供達が筆屋で遊んでいるとき、ふと美登利が誰か買い物に来たのではないか、という物音に気づく。店の前まできた足音がふっと絶えたので、正太郎が顔を出すと、二、三軒先の軒下をぽつぽつと行く後ろ姿を見かけて美登利が足駄をつっかけて駆け出そうとすると、正太郎が信如だと教える。

「信《のぶ》さんかへ、と受《う》けて、嫌《い》やな坊主《ばうず》つたら無《な》い、屹度《きつと》筆《ふで》か何《なに》か買《か》ひに來《き》たのだけれど、私《わたし》たちが居《い》るものだから立聞《たちぎ》きをして歸《かへ》つたのであらう、意地悪《いぢわ》るの、根性《こんぜう》まがりの、ひねつこびれの、吃《どんも》りの、齒《はッ》かけの、嫌《い》やな奴《やつ》め、這入《はい》つて來《き》たら散〻《さんぐ》と窘《いぢ》めてやる物《もの》を、歸《かへ》つたは惜《を》しい事《こと》をした、どれ下駄《げた》をお貸《か》し、一寸見《ちよとみ》てやる、とて正太《しようた》に代《かは》つて顔《かほ》を出《だ》せば軒《のき》の雨《あま》だれ前髪《まへがみ》に落《お》ちて、おゝ氣味《きみ》が悪《わ》るいと首《くび》を縮《ちゞ》めながら、四五軒先《けんさき》の瓦斯燈《がすとう》の下《した》を大黒傘《だいこくがさ》肩《かた》にして少《すこ》しうつむいて居《ゐ》るらしくとぼ〳〵と歩《あゆ》む信如《しんによ》の後《うしろ》かげ、何時《いつ》までも、何時《いつ》までも、何時《いつ》までも見送《みおく》るに、美登利《みどり》さん何《ど》うしたの、と正太《しようた》は怪《あや》しがりて背中《せなか》をつゝきぬ。」

美登利と顔を合わせる辛さのために筆屋から引き返す信如、一度は「信《のぶ》さんかへ」と親しげに声をかけながら、仲間のてまえ、「嫌《いや》な坊主《ぼうず》」などと口では罵りながらも、信如の後ろ姿を何時までも、何時までも、何時までも見送る美登利、彼ら二人の言葉にならない淡い恋心を描いた「たけくらべ」中、出色の情景描写である。

5

そこで、清純な思春期の愛情表現の頂点として第十二章が展開する。時雨の続く日、姉の許への用足しにでかける途次、信如は美登利の住む大黒屋の寮の前を通りかかって、風に傘が飛ばされそうになった途端に、下駄の鼻緒が抜けてしまう。鼻緒の繕いになれない信如が、傘をころがし、風呂敷を泥土の上に落とし、袂を汚し、雨の中で苦労している。部屋の中から気配を見た美登利は「針箱《はりばこ》の引出《ひきだ》しから友仙《ゆふぜん》ちりめんの切《き》れ端《はし》をつかみ出《だ》し、庭下駄《にはげた》はくも鈍《もど》かしきやうに、馳《は》せ出で、椽先《ゑんさき》の洋傘《かうもり》さすより早《はや》く、庭石《にはいし》の上《うへ》を傳《つた》ふて急《いそ》ぎ足《あし》に來《き》た」ところ、苦労しているのが信如と知る。

「それと見《み》るより美登利《みどり》の顔《かほ》は赤《あか》う成《な》りて、何《ど》のやうの大事《だいじ》にでも逢《あ》ひしやうに、胸《むね》の動悸《どうき》の早《はや》くうつを、人《ひと》の見《み》るかと背後《うしろ》の見《み》られて、恐《おそ》る〳〵門《もん》の傍《そば》へ寄《よ》れば、信如《しんによ》もふつと振返《ふりかへ》りて、此《こ》れも無言《むごん》に脇《わき》を流《なが》るゝ冷汗《ひやあせ》、跣足《はだし》になりて逃《に》げ出《だ》したき思《おも》ひなり。

平常《つね》の美登利《みどり》ならば信如《しんによ》が難義《なんぎ》の体《てい》を指《ゆび》さして、あれ〳〵彼《あ》の意久地《いくぢ》なしと笑《わら》ふて笑《わら》ふて笑《わら》ひ抜《ぬ》いて、言《い》ひたいまゝの悪《にく》まれ口《ぐち》、よくもお祭《まつ》りの夜《よ》は正太《しようた》さんに仇《あだ》をするとて私《わたし》たちが遊《あそ》びの邪魔《じやま》をさせ、罪《つみ》も無《な》い三ちやんを擲《たゝ》かせて、お前《まへ》は高見《たかみ》で采配《さいはい》を振《ふ》つてお出《いで》なされたの、さあ謝罪《あやまり》なさんすか、何《なん》とで御座《ござ》んす、私《わたし》の事《こと》を女郎女郎《じようろうじようろう》と長吉《ちようきち》づらに言《い》はせるのもお前《まへ》の指圖《さしづ》、女郎《じようろう》でも宜《い》いでは無《な》いか、塵《ちり》一本《ぽん》お前《まへ》さんが世話《せわ》には成《な》らぬ、私《わたし》には父《と》さんもあり母《か》さんもあり、大黒屋《だいこくや》の旦那《だんな》も姉《あね》さんもある、お前《まへ》のやうな腥《なまぐさ》のお世話《せわ》には能《よ》うならぬほどに、餘計《よけい》な女《じよ》郎呼《らうよば》はり置《お》いて貰《もら》ひましよ、言《い》ふ事《こと》があらば陰《かげ》のくす〳〵ならで此処《こゝ》でお言《い》ひなされ、お相手《あいて》には何時《いつ》でも成《な》つて見《み》せまする、さあ何《なん》とで御座《ござ》んす、と袂《たもと》を捉《と》らへて捲《まく》しかくる勢《いきほ》ひ、さこそは當《あた》り難《がた》うもあるべきを、物《もの》いはず格子《かうし》のかげに小隠《がく》れて、さりとて立去《たちさ》るでも無《な》しに唯《たゞ》うぢ〳〵と胸《むね》とゞろかすは平常《つね》の美登利《みどり》のさまにては無《な》かりき。」

「うぢ〳〵と」無言のまま愛情を告白できない美登利の純情を描いた第十二章は『たけくらべ』中、もっとも読者の心をうつ場面である。この美登利のためらいこそが思春期のほのぼのとした切ない愛情のあらわれと見られるであろう。

信如はといえば、第十三章に入って、「信如《しんによ》は今《いま》ぞ淋《さび》しう見《み》かへれば紅入《べにい》り友仙《ゆうぜん》の雨《あめ》にぬれて紅葉《もみぢ》の形《かた》のうるはしきが我《わ》が足《あし》ちかく散《ち》ぼひたる、そゞろに床《ゆか》しき思《おも》ひは有《あ》れども、手《て》に取《とり》あぐる事《こと》をもせず空《むな》しう眺《なが》めて憂《う》き思《おも》ひあり」とあり、「此門《このもん》をはなるるにも、友仙《ゆうぜん》の紅葉眼《もみぢめ》に殘《のこ》りて、捨《す》てゝ過《す》ぐるにしのび難《がた》く心殘《こゝろのこ》りして見返《みかへ》れば」とある。そぞろに床しい思いはあっても手に取り上げない、しかも捨てるにしのびない心残りを抱き続ける信如のためらいが前章の美登利のためらいに対応している。そして、廓帰りの長吉に助けられた後、二人は別れ、この第十三章は「思《おも》ひの止《とゞ》まる紅入《べにいり》の友仙《ゆうぜん》は可憐《いぢら》しき姿《すがた》を空《むな》しく格子門《かうしもん》の外《そと》にと止《とゞ》めぬ」と結ばれている。この格子門の外に捨てられたままになっている、紅入りの友仙は美登利と信如の思いが止まりながら、ついに実らない恋の象徴となっている。

6

やがて美登利は島田に髪を結い、正太郎が、好く似合うね、何故早く見せて呉れなかった、と言っても、美登利は打ちしおれて口重く、私は厭やでしようがない、と答え、第十五章に入る。お西さまへと誘う正太郎を振り切って美登利は顔を赤らめ、忍び音に忍び泣く。そして、「大人《おとな》に成《な》るは厭《い》やな事《こと》、何故《なぜ》このやうに年《とし》をば取《と》る、最《も》う七月《なゝつき》十月《つき》、一年《ねん》も以前《もと》へ歸《かへ》りたいにと老人《としより》じみた考《かんが》へ」に耽る。最終章の第十六章では「美登利《みどり》はかの日《ひ》を始《はじ》めにして生《うま》れかはりし様《やう》の身《み》の振舞《ふるまひ》、用《よう》ある折《をり》は廓《くるわ》の姉《あね》のもとにこそ通《かよ》へ、かけても町《まち》に遊《あそ》ぶ事《こと》をせず、友達《ともだち》さびしがりて誘《さそ》ひにと行《ゆ》けば今《いま》に今《いま》にと空約束《からやくそく》はてし無《な》く、さしもに中《なか》よし成《なり》けれど正太《しようた》とさへに親《した》しまず、いつも耻《はづ》かし氣《げ》に顔《かほ》のみ赤《あか》めて筆《ふで》やの店《みせ》に手踊《ておどり》の活溌《かつぱつ》さは再《ふた》び見《み》るに難《かた》く成《なり》ける」と描かれる。一方、信如は僧侶として学業を積むため竜華寺を去ることとなる。美登利はそのことを風評にも聞いていない。「或《あ》る霜《しも》の朝水仙《あさすいせん》の作《つく》り花《ばな》を格子門《かうしもん》の外《そと》よりさし入《い》れ置《お》きし者《もの》の有《あり》けり、誰《た》れの仕業《しわざ》と知《し》るよし無《な》けれど、美登利《みどり》は何《なに》ゆゑとなく懐《なつ》かしき思《おも》ひにて違《ちが》ひ棚《だな》の一輪《りん》ざしに入《い》れて淋《さび》しく清《きよ》き姿《すがた》をめでけるが、聞《き》くともなしに傳《つた》へ聞《き》く其明《そのあ》けの日《ひ》は信如《しんによ》が何《なに》がしの學林《がくりん》に袖《そで》の色《いろ》かへぬべき當日《たうじつ》なりしとぞ」と『たけくらべ』は終わる。

7

結ばれない思春期の男女の清純な愛情を描いた物語として『たけくらべ』が比類のない絶品であることはおそらく疑いない。美登利、信如の二人はもちろん、これからさらに検討するけれども、長吉、正太郎、三五郎等、表町組、横町組の面々の生き生きした造型、竜華寺の僧侶の人格、竜華寺周辺の風土、また、ストーリーの展開にいたるまで、樋口一葉の作品中でも随一の作に違いないし、恋愛小説としても、一級の作品であろうと私は考えている。強いて言えば、美登利の姉と両親、信如の姉などがほとんど描かれていないので、それだけ作品としての厚みに欠けている。しかし、これらの欠点を補うに充分なほどに、登場人物の心理、行動が描かれている。

だが、『たけくらべ』をたんなる可憐で多情多感な思春期の男女の純愛小説とだけみるべきか。私は、そのように解することは間違いであると考える。

一つの見解として、前田愛『樋口一葉の世界』(平凡社選書)所収の「子どもたちの時間」をあげることができる。前田愛は、ここで「『たけくらべ』に登場する子どもたちは、二宮金次郎型の勤倹力行の少年たちとはまったくうらはらな世界に生きている。信如をのぞけば、『たけくらべ』の子どもたちは、だれひとりとして学業に打ちこんでいるようには思われないし、吉原と大音寺前がかたちづくる矮小な生活圏をこえて未知の人生を切りひらこうとする意欲をもちあわせている者もいない。維新前の下町がそうであったように、親の身分と職業をうけつぐことに何の疑問ももたないかれらにとって、立身出世の夢想をかきたてる刺戟ははじめから欠けていたのである」と書いている。私には、この前田愛の文章には「子どもの時間」についての基本的な誤解があるように思われる。私自身の子どものころ、昭和戦前期でさえ、立身出世を夢想する者は私の周辺にはいなかったし、私たちの小学校の校庭には二宮金次郎の銅像はあったが、私たちの誰もが勤倹力行型ではなかった。ことに小学生時代はじつに矮小な生活圏しか知らなかった。中学生になって、たしかに生活圏はひろがったけれども、それでもごく限られた地域にすぎなかった。学業に熱心なのは例外的な数人であり、凡庸な人生を無難に生きることしか念頭になかった。事実としても、昭和初期の小学生であった私の同級生たちのほとんどは、大宮という鉄道に縁のふかい町の育ちだったせいもあり、父親が勤務していた当時の国鉄に就職し、あるいは、家が商業を営んでいれば、二、三男は別として、家業の商店を継いだのである。だから、私には『たけくらべ』の子どもたちが特別だとは思われない。彼らは学業に打ち込んではいなかった。しかし、私たちと違って、彼らは生活に追われていた。たとえば、この子どもたちの中で最も富裕な金貸し、田中屋については第四章の末尾に「何《なん》と御覧《ごらん》じたか田中屋《たなかや》の後家《ごけ》さまがいやらしさを、あれで年《とし》は六十四、白粉《おしろい》をつけぬがめつけ物《もの》なれど丸髷《まるまげ》の大《おほ》きさ、猫《ねこ》なで聲《ごゑ》して人《ひと》の死《し》ぬをも搆《かま》はず、大方臨終《おほかたおしまい》は金《かね》と情死《しんぢう》なさるやら、夫《そ》れでも此方《こち》どもの頭《つむり》の上《あが》らぬは彼《あ》の物《もの》の御威光《ごいくわう》、さりとは欲《ほ》しや、廓内《なか》の大《おほ》きい樓《うち》にも大分《だいぶ》の貸付《かしつけ》があるらしう聞《き》きました」と二、三人の女房が噂するほどだが、その孫の正太郎は「あゝ一昨年《おとゝし》から己《お》れも日《ひ》がけの集《あつ》めに廻《まわ》るさ、祖母《おばあ》さんは年寄《としよ》りだから其《その》うちにも夜《よ》るは危《あぶ》ないし、目《め》が悪《わ》るいから印形《いんげう》を押《おし》たり何《なに》かに不自由《ふじゆう》だからね、今《いま》まで幾《いく》人《たり》も男《おとこ》を使《つか》つたけれど、老人《としより》に子供《こども》だから馬鹿《ばか》にして思《おも》ふやうには動《うご》いて呉《く》れぬと祖母《おばあ》さんが言《い》つて居《ゐ》たつけ、己《お》れが最《も》う少《すこ》し大人《おとな》に成《な》ると質屋《しちや》を出《だ》さして、昔《むかし》の通《とほ》りでなくとも田中屋《たなかや》の看板《かんばん》をかけると樂《たの》しみにして居《ゐ》るよ、他処《よそ》の人《ひと》は祖母《おばあ》さんを吝《けち》だと言《い》ふけれど、己《お》れの爲《ため》に儉約《つましく》して呉《く》れるのだから氣《き》の毒《どく》でならない、集金《あつめ》に行《ゆ》くうちでも通新町《とほんしんまち》や何《なに》かに隨分可愛想《ずいぶんかわいさう》なのが有《あ》るから、嘸《さぞ》お祖母《ばあ》さんを悪《わ》るくいふだらう、夫《そ》れを考《かんが》へると己《お》れは涙《なみだ》がこぼれる、矢張《やつぱ》り氣《き》が弱《よわ》いのだね、今朝《けさ》も三公《こう》の家《うち》へ取《と》りに行《い》つたら、奴《やつ》め身體《からだ》が痛《いた》い癖《くせ》に親父《おやぢ》に知《し》らすまいとして働《はたら》いて居《ゐ》た、夫《そ》れを見《み》たら己《お》れは口《くち》が利《き》けなかつた」と第六章で美登利に語っている。正太郎の集金は貸金を毎日取り立てに行くことである。零細な金銭貸借のばあい、日がけといって、最下層の金銭貸借では、毎日の稼ぎから利息を含めた借金を払っていくのが慣例であった。つまり、正太郎といえども、大人と同じく、働いているのであり、この正太郎の言葉のしまいに言われるように、三五郎などのばあいは、乱暴されて身体が痛くても痛いとも言えず、働いていたのである。第十四章の酉の市では団子屋の背高が汁粉屋で働いているし、表町組も横町組も、これらの少年たちはみなが労働して日々を送っているのであり、私立学校とはいえ、学校に通っているだけでも、余沢に等しいのである。ちなみに『たけくらべ』の時期、正太郎は十三歳だから集金を始めたのは十一歳からであり、三五郎は乱暴されたとき十五歳であった。

　前田愛が「『たけくらべ』の子どもたちは、だれひとりとして学業に打ちこんでいるようには思われないし、吉原と大音寺前がかたちづくる矮小な生活圏をこえて未知の人生を切りひらこうとする意欲をもちあわせている者もいない」と評しているのは、事実に違いないが、これは彼らの責任ではない。

また、前田愛は「『たけくらべ』の子どもたちは、アソビの相のもとにとらえられている。そのことは、「茶番」「子供みこし」「幻燈」「燈籠流し」「錦絵」「蓮華の花」「智恵の板」「十六むさし」「きしゃごはじき」「紙雛さま人形」というような遊びや玩具の種類をかぞえてみることで納得できるだろう。大音寺前のわびしい裏路地や陰気な沼地が点在する腹っぱを活気づけているのは子どもたちの遊びである。そこには学校の課業から開放された子どもたちの自由な時間がある。かれらは明るい未来を閉ざされているからこそ、大人の世界にくりこまれる前に、束の間の自由を愉しまなければならないのだ」と書いている。この解釈も間違っている。たしかに大音寺前のわびしい裏路地や陰気な沼地が点在する原っぱを活気づけているのは子どもたちの遊びかもしれない。しかし、そこには学校の課業から開放された子どもたちの自由な時間があるのではない。親から命じられた家業の手伝いから彼らが見つけ出した僅かな開放の時間なのである。彼らはすでにかなりに大人の世界に組み込まれているのであって、自由な子どもの時間を享受しているわけではない。一葉が『たけくらべ』で子どもたちの遊びに言及していることが多いのは、横道にそれるが、一葉が営んでいた荒物屋は実際は荒物よりは駄菓子を売ることを主とした駄菓子屋というのが相応しい店になっていたので、この駄菓子屋は子どもたちの集会場となっていたからであろう。一葉は店に集まってくる子どもたちの相手をするのが好きであったと言われている。そうした実生活が、前田愛が指摘したような描写となって表現されたのではないか。

私は「巌谷小波の『こがね丸』にはじまる明治の児童文学が標榜したもっとも主要な課題のひとつは、うらわかい明治国家の第二世代としての役割を子どもたちに自覚させるところにあった」という前田愛の解釈も正しいとは思われない。文学者が国家的要請にしたがって文学作品を書くのはスターリン専制下のソ連の文学者くらいのものであろう。小川未明、宮澤賢治、新見南吉、椋鳩十らわが国の児童文学者は誰も前田愛のいうような課題に応えることなど考えて作品を書いてはいない。『たけくらべ』に関する前田愛の基本的な誤りは『たけくらべ』を児童文学として位置づけようとしたことにある。後に詳しく述べるとおり、『たけくらべ』は一種の社会小説であって、児童文学ではない。

8

関良一は『樋口一葉　考証と試論』（有精堂）において『たけくらべ』という「作品の眼目は、やはり信如は僧に、美登利は遊女にならなければならないというところにある。僧は世外の人であり、遊女も人外の存在である。正太郎がやがて継がなければならない高利貸が、「人鬼」などとよばれる性質のものであることも注意してよい。「たけくらべ」は、一葉が、この人の世を、宿命のわだちのままに心進まぬかたに流転してゆかなければならないものと観じた、いわば「一葉曼荼羅」であり、一葉描く穢土即浄土の図であり、たとえ伝統文芸に浸透されているにもせよ、他の誰のものでもない、まさに彼女自身の不幸な体験を契機とした仏教的観照にねざした作品であった」と「『たけくらべ』論」で書き、ほぼ同じ解釈を「『たけくらべ』鑑賞」でくりかえしている。

しかし、私は関良一のこのような解釈に同意できない。美登利が遊女になる宿命を負っていることはともかくとして、信如が学林に学んで僧侶になるといっても、妻帯を認めている浄土真宗の僧侶になり、竜華寺の後継者になるだけのことであり、その父親の「大和尚」と同様、「庫裏《くり》より生魚《なまうを》あぶる烟《けぶ》なびきて、卵塔場《らんたふば》に嬰兒《やゝ》の襁褓《むつき》ほしたるなど」「そゞろに腥《なまぐさ》く覺《おぼ》ゆる」ような、「欲深《よくふか》の名《な》にたてども人《ひと》の風説《うはさ》に耳《みみ》をかたぶけるやうな小膽《たん》」ではなく、酉の市には門前の空き地に簪の店を開き、「いつしか耻《はづ》かしさも失《う》せて、思《おも》はず聲《こわ》だかに負《まけ》ましよ負《まけ》ましよ」と叫ぶような僧侶になることも、信如の選択によってはありえるのであって、決して世捨人として世外の人となることを運命づけられているわけではない。正太郎はやがて高利貸から質屋の店を張りたいと志しているけれども、必ずしもそのように決められているわけではない。「この人の世を、宿命のわだちのままに心進まぬかたに流転してゆかなければならないものと観じた、いわば

『一葉曼荼羅』であり、一葉描く穢土即浄土の図」という関良一の見方はかなりに仏教的であるが、それほどに一葉はふかく仏教を信仰していたようにはみえない。上田敏は「故樋口一葉」（小学館版『全集 樋口一葉 別巻 一葉伝説』）の中で、一葉が病気になる半月ばかり前に一人で訪問したさい、「私共の余り口にしませぬ宗教の話になりました。宗教談と云つても、基督教、仏教等の比較などといふのではなく、唯人間は死んで烟になつてしまふか、また魂が残つて生れかはるものか、また生れかはらないにしろ、外の命ある状態になるかと云ふ話になりましたが、私は寧しろ霊魂不滅の説を平生から信じて居りますから、一葉氏に向つても意見を尋ねましたところ、一葉氏はこれに関して、確かに通常世間で言ふ唯物論者――人は物質許りで霊魂はない、また死んでなくなつてしまふといふ議論ではなかつたのです。一葉氏は、世の中の宗教家の所謂信仰個状を、まるきり確信して居ると云ふのでもないが、唯だ人間の心は生きたい、滅びるのはいやである、それは人間には愛情があるからで、人間の愛情は親を思ひ妻を思ひ、また兄弟をも思ひ、大にしては国を思ふと云ふ、其の愛と云ふもの、存在は、取りも直さず霊魂不死と云ふ事を証明する、唯一の最も有力なる証拠であると云はれて、私の説と一致しました」と回想している。一葉が仏教的思想として曼荼羅図のような人間のまじわりを『たけくらべ』において書くことがその眼目であったとは考えにくい。『たけくらべ』には「穢土」は描かれていても、穢土即浄土という浄土を思わせる救済は描かれていない。そういう意味で、関良一の説は成り立たない。

9

ここで、どうしても第十四章、第十五章における美登利が嶋田に結い、遊び仲間からきわだってお侠《きゃん》なつきあいをしていたのに、お酉さまの祭礼のころから打って変わって恥ずかしげに顔をあからめるような娘になったのか、という論争について私の考えを記さなければならない。それは『たけくらべ』という作品の主題にかかわるからである。

知られるとおり、この美登利の変化は彼女が初潮をみたためであるという和田芳恵をはじめとする諸家の説に佐多稲子が「群像」一九八五年五月号に「『たけくらべ』解釈へのひとつの疑問」と題して、「揚屋町の中で、美登利の身に何が起ったか、私はその何が起ったかを読取るのだが、それは初潮ぐらいのことではない、と読取る。大門の中で、店を張る華魁ではないとしても、密かに高価な「初店」が美登利の身に行われた、と読取るのである」という異説を提出し、同誌七月号で前田愛が「美登利のために——『たけくらべ』佐多説を読んで」で反論し、同誌九月号で野口富士男が「『たけくらべ』論考を読んで——前田愛氏説への疑問」を提起し、その間、佐多稲子が同年八月号の「学鐙」に「『たけくらべ』解釈のその後」を発表した論争があった。私は和田芳恵の著述を読む以前から佐多説であったので、和田の説を読んで非常に意外に感じた記憶がある。上記の諸家の文章を読み、私としては、佐多稲子が、「『たけくらべ』解釈のその後」においで以下のとおり書いていることが最も腑に落ちたのであった。「前田さんの私への反論を読んだあと私は、ひとりでつぶやいていたものである。「だってその日、母親は風呂場で湯かげんをみているもの」と。美登利の初潮の日に、風呂をわかすだろうか。従来女は、月のさわりのとき、風呂には這入らなかった。正太は美登利から「帰つてお呉れ、帰つてお呉れ」と云われ、「それならば帰るよ、お邪魔さまで御座いましたとて、風呂場に加減見る母親には挨拶もせず、ふいと立って正太は庭先よりかけ出しぬ」とある。また、「三人冗語」には「美登利が島田髷に初めて結へる時より、正太とも親しくせざるに至る第十四、十五、十六章は言外の妙あり。其の月其の日赤飯のふるまひもありしなるべし、風呂場に加減見たりし母の意尋ねまほし」と。「赤飯のふるまひもありしなるべし」は、先きに挙げた「三人冗語」の「既に此事あり」に照応するものだろうか。ではこの文につづく「風呂場に加減見たりし母の意尋ねまほし」はどういうことになるのであろう。三人冗語の内のおひとりは少くとも、母親の湯かげんを見るのをいぶかしくおもっている、ということではなかろうか。加えて私の「初店」「初夜」説をもう一度くり返せば、美登利の変りようの深刻さは、並み並みのことではない。初潮は赤飯を炊いて祝うことだから、それによって性格が変ったと見られるほどの変りようはしないものと私は読み取る。姉の大巻を誇りにもしていた美登利にして、しかしいよいよ実際にわが身に受けたときの有りように、彼女は恥と嫌悪を抱いたと読み取るものである。このとき母親の「怪しき笑顔」を浅ましく悲しくおもう。美登利の「活潑さは再び見るに難く成ける、人は怪しがりて病ひの故かと危ぶむも有れども」「知らぬ者には何の事とも思はれず、女らしう温順しう成つたと褒めるもあれば折角の面白い子を種なしにしたと誹るもあり」と書かれているが、「折角の面白い子を種なしにしたと誹るもあり」というのは意味深く読める。「種なし」つまり「台無し」にしたと誹る目は、美登利の身の上に何を見ているのであろう。初潮が誹られることはあり得ない。そのことに私は疑問を抱く。」

前田愛の佐多説に対する反論は、「その昔、日本の各地には少女が初潮を迎える年齢（十三歳）に達すると」「成女式を行なう習俗がのこっていた」と記し、「廓のなかで行われた美登利の成女式は、同時にまた遊女として初見世に出ることになった彼女の前祝いでもあった。」「佐多さんが「初店」説で補填した『たけくらべ』のテクストの空所にたいして、私が用意できる回答は、廓のなかの成女式といういたって平凡な代案に落ちついてしまった」として、「団子屋の息子から美登利の行先を教えられた田中屋の正太は「十六七の頃までは」にはじまる厄介節を無意識のうちに口ずさむが、藤沢衛彦の『明治流行歌史』から復原した」厄介節の「わたしや父さん母さんに、十六七になるまでも、蝶よ花よと育てられ、それが曲輪に身を売られ」以下を引用し、「初潮の謎が解けなかった正太にも、島田髷に結いかえた美登利を待ちうけているものが何かは判りすぎるほど判っていた」というにあると思われる。

私には前田のこの反論は説得力があるとは思われない。前田が引用する正太の厄介節の一節は、まず団子やの息子が「むゝ美登利《みどり》さんはな今《いま》の先《さき》己《お》れの家《うち》の前《まへ》を通《とほ》つて揚屋町《あげやまち》の刎橋《はねばし》から這入《はい》つて行《いつ》た、本當《ほんとう》に正《しよう》さん大變《たいへん》だぜ、今日《けふ》はね、髪《かみ》を斯《か》ういふ風《ふう》にこんな嶋田《しまだ》に結《ゆ》つて」などと聞かされた正太郎が「夫《そ》れじやあ己《お》れも一廻《まわ》りして來《こ》ようや、又後《またのち》に來《く》るよと捨《す》て臺辞《ぜりふ》して門《かど》に出《で》て、十六七の頃《ころ》までは蝶《てふ》よ花《はな》よと育《そだ》てられ、と怪《あや》しきふるへ聲《こゑ》に此頃《このごろ》此処《こゝ》の流行《はやり》ぶしを言《い》つて、今《いま》では勤《つと》めが身《み》にしみてと口《くち》の内《うち》にくり返《かへ》し、例《れい》の雪駄《せつた》の音《おと》たかく浮《う》きたつ人《ひと》の中《なか》に交《まじ》りて小《ちい》さき身体《からだ》は忽《たちま》ちに隠《かく》れつ」とある。ここでは正太郎は美登利がすでに嫖客に身を売る遊女としての生活に入ったことを理解したかのようにみえる。そういう意味では、前田のいうように成女式を行ったというようには解していない。ところが、極彩色の京人形のように着飾った美登利と出会い、美登利は連れの番頭新造のお妻をふりきって正太郎と長屋の細道に駆け込む。正太郎が「美登利《みどり》の袖《そで》を引《ひ》いて好《よ》く似合《にあ》ふね、いつ結《ゆ》つたの今朝《けさ》かへ昨日《きのふ》かへ何故《なぜ》はやく見《み》せては呉《く》れなかつた、と恨《うら》めしげに甘《あま》ゆれば、美登利打《みどりうち》しほれて口重《くちおも》く、姉《ねえ》さんの部屋《へや》で今朝結《けさゆ》つて貰《もら》つたの、私《わたし》は厭《い》やでしようが無《な》い、とさし俯向《うつむ》きて往來《ゆきゝ》を耻《は》ぢぬ」という。すでに「十六七の頃《ころ》までは」の意味が分かっているのであれば、どうして早く見せてくれなかったの、と甘えるのは不可解である。

「憂《う》く耻《はづ》かしく、つゝましき事身《ことみ》にあれば人《ひと》の褒《ほ》めるは嘲《あざけ》りと聞《きゝ》なされて、嶋田《しまだ》の髷《まげ》のなつかしさに振《ふり》かへり見《み》る人《ひと》たちをば我《わ》れを蔑《さげす》む眼《め》つきと察《と》られて、正太《しようた》さん私《わたし》は自宅《うち》へ歸《かへ》るよ」と言って美登利は帰ろうとすると、正太郎は「餘《あんま》りだぜと例《れい》の如《ごと》く甘《あま》へてかゝるを振切《ふりき》るやうに物言《ものい》はず行《ゆ》けば、何《なん》の故《ゆゑ》とも知《し》らねども正太《しようた》は呆《あき》れて追《お》ひすがり袖《そで》を止《とゞ》めては怪《あや》しがるに、美登利顔《みどりかほ》のみ打赤《うちあか》めて、何《なん》でも無《な》い、と言《い》ふ聲理由《こゑわけ》あり。」

第十五章は右のように始まる。正太郎には何の故とも知らぬまま、美登利に甘えるのを彼女は振り切るのであり、前田説は成り立たない。美登利は「いつか小座敷《こざしき》に蒲團抱卷持出《ふとんかいまきもちい》でゝ、帯《おび》と上着《うわぎ》を脱《ぬ》ぎ捨《す》てしばかり、うつ伏《ぶ》し臥《ふ》して物《もの》をも言《い》はず」とあり、正太郎が語りかけても美登利はしのび泣く。「子供心《こどもごゝろ》に正太《しようた》は何《なん》と慰《なぐさ》めの言葉《ことば》も出《いで》ず唯《たゞ》ひたすらに困《こま》り入《い》るばかり、全体何《ぜんたいなに》が何《ど》うしたのだらう、己《お》れはお前《まへ》に怒《おこ》られる事《こと》はしもしないに、何《なに》が其様《そん》なに腹《はら》が立《た》つの、と覗《のぞ》き込《こ》んで途方《とはう》にくるれば、美登利《みどり》は眼《め》を拭《ぬぐ》ふて正太《しようた》さん私《わたし》は怒《おこ》つて居《ゐ》るのでは有《あ》りません」というう。前田愛のいう成女式などを理解していたとすれば、こうした展開はありえない。そこで美登利の痛切な内心が語られる。

「夫《そ》れなら何《ど》うしてと問《と》はれゝば憂《う》き事《こと》さまざま是《こ》れは何《ど》うでも話《はな》しのほかの包《つゝ》ましさなれば、誰《だ》れに打明《うちあ》けいふ筋《すぢ》ならず、物言《ものい》はずして自《おの》づと頬《ほゝ》の赤《あか》うなり、さして何《なに》とは言《い》はれねども次第《しだい》

〳〵に心細《こゝろぼそ》き思《おも》ひ、すべて昨日《きのふ》の美登利《みどり》の身《み》に覺《おぼ》えなかりし思《おも》ひをまうけて物《もの》の耻《はづ》かしさ言《い》ふばかりなく、成事《なること》ならば薄暗《うすぐら》き部屋《へや》のうちに誰《た》れとて言葉《ことば》をかけもせず我《わ》が顔《かほ》ながむる者《もの》なしに一人氣《ひとりき》まゝの朝夕《あさゆふ》を經《へ》たや、さらば此樣《このやう》の憂《う》き事《こと》ありとも人目《ひとめ》つゝましからずは斯《か》く迄物《までもの》は思《おも》ふまじ、何時《いつ》までも何時《いつ》までも人形《にんぎやう》と紙雛《あね》さまとをあひ手《て》にして飯事《まゝこと》ばかりして居《ゐ》たらば嘸《さぞ》かし嬉《うれ》しき事《こと》ならんを、ゑゝ厭《い》や〳〵、大人《おとな》に成《な》るは厭《い》やな事《こと》、何故《なぜ》このやうに年《とし》をば取《と》る、最《も》う七《なゝ》月《つき》十月《つき》、一年《ねん》も以前《もと》へ歸《かへ》りたいにと老人《としより》じみた考《かんが》へをして、正太《しやうた》の此処《こゝ》にあるをも思《おも》はれず、物《もの》いひかければ悉《ことごと》く蹴《け》ちらして、歸《かへ》つてお呉《く》れ正太《しやうた》さん、後生《ごせう》だから歸《かへ》つてお呉《く》れ、お前《まへ》が居《ゐ》ると私《わたし》は死《し》んで仕舞《しま》ふであらう、物《もの》を言《い》はれると頭痛《づゝう》がする、口《くち》を利《き》くと目《め》がまわる、誰《た》れも〳〵私《わたし》の処《ところ》へ來《き》ては厭《い》やなれば、お前《まへ》も何卒《どうぞ》歸《かへ》つてと例《れい》に似合《にあは》ぬ愛想《あいそ》づかし、正太《しやうた》は何故《なに》とも得《え》ぞ解《と》きがたく、烟のうちにあるやうにてお前《まへ》は何《ど》うしても變《へん》てこだよ、其樣《そん》な事《こと》を言《い》ふ筈《はづ》は無《な》いに、可怪《をか》しい人《ひと》だね、と是《こ》れはいさゝか口惜《くちを》しき思《おも》ひに、落《おち》ついて言《い》ひながら目《め》には氣弱《きよわ》の涙《なみだ》のうかぶを、何《なに》とて夫《そ》れに心《こゝろ》を置《お》くべき歸《かへ》つてお呉《く》れ、歸《かへ》つてお呉《く》れ、何時《いつ》までも此処《こゝ》に居《ゐ》て呉《く》れゝば最《も》うお友達《ともだち》でも何《なん》でも無《な》い、厭《い》やな正太《しやうた》さんだと憎《に》くらしげに言《い》はれて、夫《そ》れならば歸《かへ》るよ、お邪广《じやま》さまで御座《ござ》いましたとて、風呂場《ふろば》に加減見《かげんみ》る母親《はゝおや》には挨拶《あいさつ》もせず、ふいと立《た》つて正太《しやうた》は庭先《にはさき》よりかけ出《いだ》しぬ。」

第十五章は右のように終わる。いかに吉原に隣接した地域の少年たちの一人である正太郎が早熟であっても、彼は十三歳、数え年だから満年齢では十二歳である。正太郎が「十六七の頃《ころ》までは蝶《てふ》よ花《はな》よと育《そだ》てられ」「今《いま》では勤《つと》めが身《み》にしみて」と口ずさんだからといって、その意味が分かっていたわけではあるまい。分かっていたとすれば、彼は美登利の態度が理解できたはずだから、おかしな人だと言って立ち去ることもあり得ない。七月、十月、一年以前に戻りたいという美登利の心情は、すでに身を売ったからこそのとりかえしのつかない嘆きであり、どうみても初潮説は採れない。

10

『たけくらべ』の子どもたちの世界は、大人の世界の縮図である。田中屋の正太郎は十二歳にすぎない。しかし、金貸しだから相当数の取り巻きをもつ表町組の頭として立てられているのである。取り巻きが田中屋から借りているわけではない。親が借りているから、その子は正太郎を頭として立てなければならないのである。長吉が横町組を統率しているのは彼の父親が鳶の頭だからであり、「仁和賀《にわか》の金棒《かなぼう》に親父《おやぢ》の代理《だいり》をつとめ」たこともあるし、年齢も十六歳である。「元結《もとゆひ》よりの文《ぶん》、手遊屋《おもちや》の彌助《やすけ》」などが長吉に荷担している。悲惨なのは三五郎である。「色《いろ》は論《ろん》なく黒《くろ》きに感心《かんしん》なは目《め》つき何処《どこ》までもおどけて兩《りよう》の頰《ほう》に笑《ゑ》くぼの愛敬《あいけう》、目《め》かくしの福笑《ふくわら》ひに見《み》るやうな眉《まゆ》のつき方《かた》も、さりとはをかしく罪《つみ》の無《な》き子《こ》」だが、彼を頭に六人の子供を養う親も「轅《かぢ》棒《ぼう》すがり」「十三になれば片腕《かたうで》と一昨年《おとゝし》より並木《なみき》の活判処《かつぱんじよ》へも通《かよ》ひしが、怠惰《なまけ》ものなれば十日の辛棒《しんぼう》つゞかず、一ト月《つき》と同じ職《しよく》も無《な》くて霜月《しもつき》より春《はる》へかけては突羽根《つくばね》の內職《ないしよく》、夏《なつ》は檢査場《けんさば》の氷屋《こほりや》が手傳《てつだ》ひして、呼聲《よびごゑ》をかしく客《きやく》を引《ひ》くに上手《じやうず》なれば、人《ひと》には調法《てうはう》がられぬ」という。すでに指摘したが、前田愛のいうのと違って、これらの子どもたちは十三ともなれば稼ぎを手伝うのが当然の身分なのである。この三五郎にとって「田中屋《たなかや》は我《わ》が命《いのち》の綱《つな》、親子《おやこ》が蒙《かう》むる御恩《ごおん》すくなからず、日歩《ひぶ》とかや言《い》ひて利金安《りきんやす》からぬ借《か》りなれど、これなくてはの金主樣《きんしゆさま》あだには思《おも》ふべしや、三公己《こうお》れが町《まち》へ遊《あそ》びに來《こ》いと呼《よ》ばれて嫌《い》やとは言《い》はれぬ義理《ぎり》あり、されども我《わ》れは橫町《よこてう》に生《うま》れて橫町《よこてう》に育《そだ》ちたる身《み》、住《す》む地処《ぢしよ》は龍華寺《りうげじ》のもの、家主《いゑぬし》は長吉《ちようきち》が親《おや》なれば、表《おもて》むき彼方《かなた》に背《そむ》く事《こと》かなはず、內〻《ない〳〵》に此方《こつち》の用《よう》をたして、にらまるゝ時《とき》の役廻《やくまわ》りつらし」という立場にある。長吉の父親は鳶の頭であるだけではなく、借家をもつ家主でもあるようである。横町組でも表町組でも金銭のもつ力に子供たちは支配されている。貧富がこの吉原遊郭に隣接し、遊郭に関連した仕事で生活している最下層の人々を、その子供らにいたるまで、支配しているのであり、まさに一葉が描いている肝心なことの一つは、この地域も社会の縮図であるということなのである。だから、もっとも惨めなのは三五郎である。

私の考えでは『たけくらべ』の最初の山場は第五章である。すでに記したとおり、表町組は、その夜、筆屋の店先で幻灯遊びを計画していたが、たまたま正太郎が夕食のため家に呼び戻されていた間に、長吉以下の横町組が撲り込みをかけた。「三五郎《らう》は居《ゐ》るか、一寸《ちよつと》來《き》てくれ大急《おほいそ》ぎだと、文次《ぶんじ》といふ元結《もとゆひ》よりの呼《よ》ぶに、何《なん》の用意《ようい》もなくおいしよ、よし來《き》たと身《み》がるに敷居《しきゐ》を飛《とび》こゆる時《とき》、此《この》二タ股野郎《またやらう》覺悟《かくご》をしろ、横町《よこてう》の面《つら》よごしめ唯《たゞ》は置《お》かぬ、誰《だ》れだと思《おも》ふ長吉《ちようきち》だ生《なま》ふざけた眞似《まね》をして後悔《こうくわい》するなと頰骨《ほうぼね》一撃《うち》、あつと魂消《たまげ》て逃入《にげい》る襟《ゑり》がみを、つかんで引出《ひきだ》す横町《よこてう》の一むれ、それ三五郎《らう》をたゝき殺《ころ》せ、正太《しようた》を引出《ひきだ》してやつて仕舞《しま》へ、弱虫《よはむし》にげるな、團子屋《だんごや》の頓馬《とんま》も唯《たゞ》は置《お》かぬと潮《うしほ》のやうに沸《わき》かへる騷《さわ》ぎ」となり、「目《め》ざす敵《かたき》の正太《しようた》が見《み》えねば、何処《どこ》へ隠《か》くした、何処《どこ》へ逃《に》げた、さあ言《い》はぬか、言《い》はぬか、言《い》はさずに置《お》く物《もの》かと三五郎《らう》を取《とり》こめて撃《う》つやら蹴《け》るやら」、三五郎は叩きのめされる。そこで、美登利が口を差し挟む場面もすでに引用したが、繰り返すこととする。

「これお前《まへ》がたは三ちやんに何《なん》の咎《とが》がある、正太《しようた》さんと喧嘩《けんくわ》がしたくば正太《しようた》さんとしたが宜《よ》い、逃《に》げもせねば隠《か》くしもしない、正太《しようた》さんは居《ゐ》ぬでは無《な》いか、此処《こゝ》は私《わたし》が遊《あそ》び処《どころ》、お前《まへ》がたに指《ゆび》でもさゝしはせぬ、ゑゝ憎《に》くらしい長吉《ちようきち》め、三ちやんを何故《なぜ》ぶつ、あれ又引《またひき》たほした、意趣《いしゆ》があらば私《わたし》をお撃《ぶ》ち、相手《あいて》には私《わたし》がなる、伯母《おば》さん止《と》めずに下《くだ》されと身《み》もだへして罵《のゝし》れば、何《なに》を女郎《じよらう》め頰桁《ほうげた》たゝく、姉《あね》の跡《あと》つぎの乞食《こじき》め、手前《てめへ》の相手《あいて》にはこれが相應《さうおう》だと多人數《おほく》のうしろより長吉《ちようきち》、泥草履《どろざうり》つかんで投《なげ》つければ、ねらひ違《たが》はず美登利《みどり》が額際《ひたいぎわ》にむさき物《もの》した〻か、血相《けつさう》かへて立《たち》あがるを、怪我《けが》でもしてはと抱《だ》きとむる女房《にようばう》、ざまを見《み》ろ、此方《こち》には龍華寺《りうげじ》の藤本《ふぢもと》がついて居《ゐ》るぞ、仕《し》かへしには何時《いつ》でも來《こ》い、薄馬鹿野郎《うすばかやらう》め、弱虫《よわむし》め、腰《こし》ぬけの活地《いくぢ》なしめ、歸《かへ》りには待伏《まちぶ》せする、横町《よこてう》の闇《やみ》に氣《き》をつけろと三五郎《らう》を土間《どま》に投出《なげだ》せば、折《をり》から靴音《くつおと》たれやらが交《かう》番《ばん》への注進今《ちうしんいま》ぞしる、それと長吉聲《ちようきちこゑ》をかくれば丑松文次《うしまつぶんじ》その余《よ》の十餘人《よにん》、方角《はうがく》をかへてばら〱と逃足《にげあし》はやく、抜《ぬ》け裏《うら》の露路《ろぢ》にかゞむも有《あ》るべし、口惜《くや》しいくやしい口惜《くや》しい口惜《くや》しい、長吉《ちようきち》め文次《ぶんじ》め丑松《うしまつ》め、なぜ己《お》れを殺《ころ》さぬ、殺《ころ》さぬか、己《お》れも三五郎《らう》だ唯《たゞ》死《し》ぬものか、幽灵《ゆうれい》になつても取殺《ころ》すぞ、覺《お》えて居《ゐ》ろ長吉《ちようきち》めと湯玉《ゆだま》のやうな涙《なみだ》はら〱、はては大聲《おほごゑ》にわつと泣《な》き出《いだ》す」

ここで三五郎に対する乱暴狼藉は理解できないわけではない。三五郎が、こちらを立てればあちらが立たず、といった苦境から、彼とすれば、あるいは、こうした目に遭うことを覚悟していたかもしれない。しかし、美登利に長吉が泥草履を投げつけ、美登利の額際にしたたかに命中したことは、彼女にとって耐え難い屈辱だったにちがいないと思われる。ところが、「我《わ》が罪《つみ》のやうに平《ひら》あやまりに謝罪《あやまつ》て、痛《いた》みはせぬかと額際《ひたいぎわ》を見《み》あげれば、美登利《みどり》につこり笑《わら》ひて何負傷《なにけが》をするほどでは無《な》い、夫《そ》れだが正《しよう》さん誰《だ》れが聞《き》いても私《わたし》が長吉《ちようきち》に草履《ざうり》を投《な》げられたと言《い》つてはいけないよ、もし萬一《ひよつと》お母《つか》さんが聞《き》きでもすると私《わたし》が叱《し》かられるから、親《おや》でさへ頭《つむり》に手《て》はあげぬものを、長吉《ちようきち》づれが草履《ざうり》の泥《どろ》を額《ひたい》にぬられては踏《ふ》まれたも同《おな》じだから」と正太郎に話すにすぎない。「何《なに》を女郎《ぢよらう》め頬桁《ほうげた》たゝく、姉《あね》の跡《あと》つぎの乞食《こじき》め」と罵った長吉の言葉に傷ついた気配はない。おそらく美登利にはその侮辱がくみとれていなかったのであろう。第八章には「美登利《みどり》の眼《め》の中《なか》に男《をとこ》といふ者《もの》さつても怕《こわ》からず恐《おそ》ろしからず、女郎《ぢよろう》といふ者《もの》さのみ賤《いや》しき勤《つと》めとも思《おも》はねば」という彼女の遊女についての認識が記されている。美登利が遊女を賤業と感じていないところこそが『たけくらべ』において彼女がいまだ成人していない未熟さの証しなのである。全集の「未定稿B」の「その六」には次のとおり美登利の認識が詳しく記されていた。

「ヌヽ年のゆかぬが無念な、姉さんに孝行を先へ取られた、我れとても心は誰れにおとるべき、樓の旦那も美どりの方がさかしいと褒めてくれた事もある物を、店へ出なば二枚とは下らじ、お職の小式部さんがどんすの打かけに三がいまつの縫ひをこれ見よがしにひけらかすとか、我れならば夫れほどのものはつみ夜具にしたてゝ樓内に總しきせ、つき出しの二日目には朋輩の總仕舞をつけて、其時こそは美登利が孝行のし時、父さんには甘き物そへて酒《さゝ》のませ、母さんのほめ詞きゝたや、あゝ年が取たい、孝行がしたいと夢のまもわすれぬはこれ、さるからに三階住居の姉の身の上、かごの鳥のいとほしとは思へどさら〳〵卑しと思はんや」

「さるからに女郎め、乞食めと、のゝしられし奇怪さ、おゝ私しは女郎の妹に違ひない、勤めするが何ぜいやしうて乞食とはいふた、人中の泥草履に面を汚して、遊び場処を踏こわされ」

これら未定稿段階では美登利の社会認識の未熟さがはっきりと書かれていたが、定稿では一葉はこれを削除した。つまり、定稿『たけくらべ』では美登利は「女郎《ぢよらう》め、乞食《こじき》め」という長吉の侮辱、罵りを奇怪としかうけとめていなかったからこそ、泥草履を額際に打ち付けられた事だけを気にしていたのであった。『たけくらべ』は、思春期の男女の大人に成熟していくために競いあい、といった意味である。『たけくらべ』の語源について論じられているけれども、語源はどうでもよい。まさにこれほどに未熟な少女、美登利の成人となることによる物語なのである。

11

第十五章における美登利の変化はすでに述べたように彼女が遊女として客をとったことにより彼女が受けた衝撃による。そこで、はじめて彼女は長吉の「女郎《ぢよらう》め、乞食《こじき》め」という侮辱が骨身に応えたのである。吉原の華魁として華やかにもてはやされても、結局は賤しい職業なのだということを自覚して、そのために立ち直れない状態にある。

長吉をはじめとする、竜華寺界隈の住人たちは吉原遊郭にたよって生きている。たとえば、遊女のための着物の仕立てなどの遊郭の人々関係の仕事、それに客として遊びにくる人々のための飲食その他の仕事などで彼らは生計を立てているはずである。長吉の親の鳶職といえども吉原遊郭あっての鳶職である。しかも、彼らから見て遊郭の遊女は彼らよりも一段と身分の低い、乞食も同然の身分なのである。竜華寺界隈の住人たちは東京という都会における最下層の人々である。それらの人々の間にも階層的な秩序があることはすでに見てきたが、美登利は客をとったことによって彼らよりもさらに下層に属することとなった。これが美登利の成人である。その反面、第十三章で立ち往生している信如を助ける長吉は「廓内《なか》よりの歸《かへ》りと覺《おぼ》しく」とあるから、すでに客として遊女を買った帰途である。十六歳の長吉がもっとも早く大人になり、ついで、十四歳の少女、美登利が大人になる。学林に学ぶこととなった信如、数え年十三歳の正太郎が大人になるにはまだ多少の年月がかかるかもしれない。『たけくらべ』の含意は、これらの登場人物の大人になる競い合いということである。

それにしても、美登利は哀れというほかない。遊女となることは親に孝行することになると思っていたのであり、親もそれを当然のこととして疑わなかった。この貧困に由来する美登利一家の意識は決して彼らに特有のものではなかった。『たけくらべ』の哀憐は社会制度から生まれた貧困に由来する。すでに記したとおり、『たけくらべ』の子どもの世界は大人の社会の縮図である。大人の社会の縮図としての世界に美登利も生きている。彼女は女性であるが故に、貧困であるが故に、こうした運命を甘受しなければならない。私には『たけくらべ』はすぐれた恋愛小説にちがいないとしても、それ以上に社会小説であり、女性差別批判、社会批判の小説であると思われる。

『にごりえ』考

1

「にごりえ」の最終章、第八章は次のとおりである。

「魂祭《たまゝつ》り過《す》ぎて幾日《いくじつ》、まだ盆提灯《ぼんぢようちん》のかげ薄淋《うすさび》しき頃《ころ》、新開《しんかい》の町《まち》を出《いで》し棺《くわん》二つあり、一つは駕《かご》にて一つはさし擔《かつ》ぎにて、駕《かご》は菊《きく》の井《ゐ》の隱居處《いんきよじよ》よりしのびやかに出《いで》ぬ、大路《おほぢ》に見《み》る人《ひと》のひそめくを聞《き》けば、彼《あ》の子《こ》もとんだ運《うん》のわるい詰《つま》らぬ奴《やつ》に見込《みこ》まれて可愛《かあい》さうな事《こと》をしたといへば、イヤあれは得心《とくしん》づくだと言《い》ひまする、あの日《ひ》の夕暮《ゆふぐれ》、お寺《てら》の山《やま》で二人立《ふたりたち》ばなしをして居《ゐ》たといふ確《たし》かな證人《しようにん》もござります、女《をんな》も逆上《のぼせ》て居《ゐ》た男《をとこ》の事《こと》なれば義理《ぎり》にせまつて遣《や》つたので御座《ござ》ろといふもあり、何《なん》のあの阿魔《あま》が義理《ぎり》はりを知《し》らうぞ湯屋《ゆや》の歸《かへ》りに男《をとこ》に逢《あ》ふたれば、流石《さすが》に振《ふり》はなして逃《にげ》る事《こと》もならず、一處《しよ》に歩《ある》いて話《はな》しはしても居《ゐ》たらうなれど、切《き》られたは後《うしろ》袈裟《げさ》、頰先《ほうさき》のかすり疵《きず》、頸筋《くびすぢ》の突疵《つききず》など色々《いろ〳〵》あれども、たしかに逃《にげ》げる處《ところ》を遣《や》られたに相違《さうい》ない、引《ひき》かへて男《をとこ》は美事《みごと》な切腹《せつぷく》、蒲團《ふとん》やの時代《じだい》から左《さ》のみの男《をとこ》と思《おも》はなんだがあれこそは死花《しにばな》、ゑらさうに見《み》えたといふ、何《なに》にしろ菊《きく》の井《ゐ》は大損《おほぞん》であらう、彼《か》の子《こ》には結構《けつこう》な旦那《だんな》がついた筈《はづ》、取《とり》にがしては残念《ざんねん》であらうと人《ひと》の愁《うれ》ひを串談《じようだん》に思《おも》ふものもあり、諸説《しよせつ》みだれて取止《とりと》めたる事《こと》なけれど、恨《うらみ》は長《なが》し人魂《ひとだま》か何《なに》かしらず筋《すぢ》を引《ひ》く光《ひか》り物《もの》のお寺《てら》の山《やま》といふ小高《こだか》き處《ところ》より、折《おり》ふし飛《と》べるを見《み》し者《もの》ありと傳《つた》へぬ」

関良一『樋口一葉　考証と試論』（有精堂）所収の「「にごりえ」考」は次の文章に始まっている。

「樋口一葉の小説「にごりえ」は、周知のごとく、お力と源七との死でむすばれているが、ふたりがどのような死にかたをしたかについては、無理心中というみかたと、合意の情死というみかたと、ふたつの解釈が提出されている。そして結論をさきにすれば、そのふたつとも誤解である、すくなくとも不充分である、と私はおもう。

前者には森鷗外たちの合評「雲中語」の

源七（中略）湯帰りのお力を後袈裟に斫り、己れも切腹して果てたりといふ。

という要約をはじめ、

必至の境遇はお力をして源七を棄てしめ、源七をしてお力を殺さしめたり。（小島烏水「一葉女史」）

お力が（中略）怨の刃にかゝりてお寺の山の人魂と化するに至りし筋（岩城準太郎氏『明治文学史』）

源七（中略）が遂に思ひ決してお力を殺して自分も自殺するといふ筋（塩田良平氏「樋口一葉」）

最後は源七に殺されるといふ大団円になる。（斎藤清衛氏「樋口一葉について」）

などがあり、このほうが多数のようにみうけられる。後者には、

最後にお寺の山でお力と源七が心中を遂げる辺なると（湯地孝氏『樋口一葉論』）

太吉（源七の誤り）とお力とを心中させた。（平林たい子氏「樋口一葉論」）

などがあり、ことに馬場孤蝶の「劇になつた『濁り江』と『十三夜』に、

原作に「（中略）逃げる処を遣られたに相違ない」とあるのを、字義通りに取つては妙味が無いと思ふ。あれは人の噂で、実際はお力の死骸には後疵は無かつたのだと見度い。即ちお力の方では全然承知の心中であつたことにし度い。

とあるのが注目される。しかしこのほうは少数のようである。なお、相馬御風の「樋口一葉論」に、

お力（中略）の最後はこれまでの一葉の女と同じく自殺に終つては居るが

とあるが、これは不用意な叙述で、問題にならない。なお、作品に言及する場合、かならずしも梗概をいう必要はなく、またあるひとびとにとっては、この作品の筋は自明であったかもしれないけれども、ふたりの死の真相にふれていない「にごりえ」論がすくなくないことは、この作品

の終章が曖昧もしくは難解であることをしめしているようにおもわれる。」

　これらの諸説に対する批判として、関良一は自説を展開しているが、これを読んだとき、私は『にごりえ』におけるお力と源七の二人の死が無理心中であるか、合意の情死であるかが、『にごりえ』という作品の興趣にどんな関係があるか、どう解するにしても、『にごりえ』の興趣にかわりはないのではないか、と考えた。そして、関が、この『にごりえ』に一葉が「偏執・不具・狂気・結核のごときかたちをかりて、おのが血統の宿命と信ぜられることにかかわる暗愁を、うちだしたのではなかろうか」と記し、『にごりえ』において、「朝之助や源七の造型も生きていないし、お力の心情にはやはり曖昧かつ難解なところがあり、結末は、しいて凄惨な、いわば新派悲劇風なゆきかたをねらいすぎたきらいがあり、「人魂云々」という結句も、あまりに草雙紙じみている。しかし、ここで一葉が苦悩したことは、そして、もしこの作品を「失敗の力作」とよぶとすれば、それは、宿命の秘密であり、その客観化の困難さにねざしていた。一葉は、仮作物語の伝統において、なお客観化をもとめてやまない内面的、主体的な「問題」の衝迫と、客観化をはばんでやまない通念的、私的な抵抗との相剋に苦悩した。そこに作品「にごりえ」の歪みもねざしている。さような意味で、「にごりえ」は、失敗作であったとしても、それは一葉の内面の悲劇にもっともふかくねざした、いわば血をもってつづられた作品であった。「まだ盆提灯のかげ薄淋しき頃」、二つの棺のはなればなれに担ぎ去られてゆく風景は、とりもなおさず、孤独な、死に直面せる彼女の、荒涼たる精神の風景ではなかろうか」と結んでいる。

　私には、関良一の解釈は『にごりえ』をあまりにも一葉とその血統の私生活的な側面に拘泥しすぎているのではないか、という思いがつよい。『にごりえ』にかぎらず、いかなる文学作品も作者の私生活に照明をあて、その照明によって解釈することは、無意味ではないが、同時に、作品の本質を見誤る虞れがつよい、と私は考える。たとえば、関は、このような結論に導く過程において、以下のように述べている。

「一葉は、想像力および構想力に長けた作家ではなかった。やはり、詩人的、叙情的、主我的な、短篇作家であった。その作品は、ほとんど、ある固定したモティーフなりイメージなりのくりかえしであり、せまい体験と見聞とにもとづいた綴方であった。「にごりえ」も、すでに孤蝶が「『にごりえ』の作者」などにのべているごとく、菊の井のお力は、本郷丸山福山町の一葉の隣家の鈴木亭の酌婦・お留（この女は、お力のごとくもと赤坂にいたといっており、のち下谷数寄屋町の芸者になり、さらに新派俳優と親しんで廃業したという）を主なるモデルとし、それに白山の指ケ谷《さす》町よりにあった酩酒屋を経営していた佐藤一斎の孫の境涯をくわえたもの、源七のお力への惑溺は、同姓・樋口ぶんにたいする小宮山庄司の心理・態度をモデルとしたもの、源七・お初・太吉の落魄した侘び住居のさまは、母・多喜のかつて奉公していた旗本・稲葉家の小石川柳町の住居をうつしたもので、源七は寛に、お初はお鉱に、太吉は正朔にあたるとみられる。」

以下は省略するが、こういう記述を読むと、私はこれが『にごりえ』論の学問的な研究というものか、と茫然たる思いを禁じ得ない。『にごりえ』のお力の問題はその性格にあり、経歴にあるわけではない。樋口ぶんは淫蕩であったようだが、酌婦となったことはない。むしろ、酌婦に入れあげて資産を蕩尽する旦那衆は一葉の周辺で当時いくらもみられたはずである。確かに一葉はその日記に稲葉家の落魄した生活を記しているけれども、世が世ならば、大身の旗本の姫君であったはずのお鉱の零落した暮らしに感銘をうけて書きとどめたのであって、裏長屋の人々の窮迫した生活はありふれた風景であったはずである。一葉が長編小説を書くような構想力に恵まれていなかったことは、たぶん真実であろうが、短編小説家として充分な構想力をもっていたことは、『たけくらべ』『大つごもり』などでも、また、この『にごりえ』でも実証されている。ただ、『雪の日』、『琴の音』など散文詩に近い叙情的な作品があり、抒情性に富んだ資質であったことは間違いないが、これらは一葉の代表作を書きはじめる以前の過渡期の習作とみるべきである。さらにいえば「通俗書簡文」をとりあげてみても、豊かな想像力がなければ、この著述がありえないことはおそらく衆目の一致するところである。関は一葉の資質を誤解している。

また、関良一は、次のとおり書いている。

「一葉に、男性あるいは恋愛・結婚についての、あるコンプレックスがあったことはうたがえない。一葉が処女であったとすれば、それゆえに、男性にたいして、少女的な本能的な、恐怖なり嫌悪なりをひそかにもちつづけていたことは考えてよい。たとえ人妻や妾や娼婦を描いていても、その根柢に、つねに、いわば少女コンプレックスともいうべきものが厳存したであろう。また、かりに未熟な、不用意な、性の経験をもったとすれば、それは事態を一層悪化させたにすぎないであろう。そして、同時に、当時の彼女を決定的に支配していた道徳によって、自身を、もはや男をもつ資格のないものとおもいこませることに役だったことであろう。これらのことは、想像であるから、これでうちきるけれども」

しかし、「想像」をいかに述べてみても、意味がない。関は、さらに右の文章に続けて以下のとおり書いている。

「さらに、一葉の主観に即していえば、彼女は、数え年十八歳のころ、五年ごしの幼馴染であり、許嫁同様の間柄であった渋谷三郎に裏切られ、二十歳の夏、桃水に「裏切られた」。しかも、二十一歳の夏より、渋谷はふたたび一葉にちかづこうとし、二十二歳のころよりは、桃水も一葉との交友を旧に復そうとつとめているごとくである。なおこのふたりのほかに、同郷の野尻理作との交友も考えあわせなければならない。のちの一葉は、渋谷・桃水たちにたいして、また「文学界」の青年たちのおおくにたいして冷淡になっている。「にごりえ」の発想の根柢には、この渋谷・桃水などとのいきさつが伏在しており、そこに形成された一葉の、男性にたいする、嫌悪なり軽侮なりをともなったある感情が、この作品に反映しているとおもう。お力は年ごろも風采

も、言葉づかいまで桃水の俤をうつしたとみられる朝之助にたいして、

此様な厄種《やくざ》を女房にと言ふて下さる方もある。持たれたら嬉しいか、添うたら本望か、夫れが私は分りませぬ、そも〳〵の最初から私は貴君が好きで好きで、一日お目にかゝらねば恋しいほどなれど、奥様にと言ふて下されたら何うでござんしよか、持たれるは厭なり他処ながらは慕はしゝ、一ト口に言はれたら浮気者でござんせう、

と自嘲的に告白し、源七のことは、

人の好いばかり取得とては皆無でござんす、面白くも可笑しくも何ともない人

といいすて、「夫れにお前は何うして逆上せた」ととわれて

大方逆上性なのでござんせう、

とこたえている。ここで一葉がのべているのは、渋谷・桃水・野尻などにたいして、併行して、あるいは交互にいだいた感情の経験にねざしたところの、女人の多情あるいは娼婦性ということ、また、惹かれながら厭い、厭いながら惹かれるわりなさ、さような生理のかなしさ、男性への拒絶をはらんだ「厭ふ恋」という状況であろう。そうした「厭ふ恋」の心情がお力の場合、情死というせとぎわに、はげしくほとばしったのではなかろうか。」

2

この関良一の叙述の前段は一葉の男性との交友についての解釈である。私はこの解釈に同意できない。まず、渋谷三郎については、日記「しのぶぐさ」明治二五年八月二二日に次に記述がある。（一葉日記の表記は原文のままではかなり読みにくいが原文のまま引用する。）

「夜に入りてより突然澁谷君來訪暑中休暇にて歸鄕したるなりとか種々ものがたりす　我小説ものする事三枝君より傳へ聞たりとて其のよしあしなど言ふ　猶つとめ給へ　潔白正直は人間の至寶也　是をだに守らば何時かは好き時逢はずやある　我其かミの考へには君の家かくまでにとは思はず　富有と斗《ばかり》思ひしかば無理をいひたる事も有りし　今はた思へばいと気のどくに心ぐるしさたえ難し　もし相談したしと思ふ事あらば遠慮なくいひ給へ　小説出版などの爲に費用あらば我たてかへ申べし　又春のやなり高田なりに紹介頼ミたしとならば我明日にも其の勞ハ取らんなど語る　半井ぬしのことかく〱と我も言へば夫は勉めてさけ給へ　いづれ恩も有べし　義理も有らんが夫れに繋がるゝ末いとあやふし　正當の結婚なさんとならば止むる処なけれど浮評といふものはあしき事なり　潔白の身にもしミつかば又取かへしなかるべくや　兎角君は戸主の身振り方も六ッかしからんが國殿ハ他へ嫁し給ふ身あたら妙齢を空しう思し給ふな　我もむかしは書生上りの見る処少なく思ひ廣くして小説にいふ空像にのミ走りたれど今は流石によの風しみ

こみて老人めきたる考へにも成たりなどかたる　此の新年の狀は君や書給ひし　うまきもの也我今も人ごとに見せてほこりぬ　何ぞ書きたるものあらば得させてよ　かたみにせん　又持行てほこりたければと例のうまき事いふと知りながら流石につよくはいろひかねて短冊一ひら送る我が目の近くて澁谷ぬしのお顏さへよくも見えずと語れば困りしもの哉〳〵　何とかして直し度もの也　明後日我は歸郷せんと思ふにあすまた訪はん　諸共に醫師へ伴んかいかになどかたる都の花にもし投書なさば一本を送り給へなんど夜ふくるまで語る　又何時來べきか知らず　寫眞あらば給ハるまじきか　我も送らん　とかくは潔白の世を過し給へ　今御覽ぜよ　必らず善事は成べし　此事のミは我保証する也といふに我も世の浮說ハ何といふやしらず天地神明に斗《ばかり》ハ耻ぢざるつもりなり　もしも世に入れられずば身を汨羅に沒するともよし　決してにごりにはしまじと思ふなり　澁谷樣此次參り給ふ頃は枝豆うらんか新聞の配達なさんか知れ侍らず　其時立寄らせ給ふやといへば必ず〳〵立寄ん　もしも不義の榮利にほこり給ふに逢ば斷じて顧ミはせざるべし　嗚呼則義どの在世ならばかゝる事にも立到らざらまじを氣のどくの事也　父君の愛し給ひし道具などはいかにかなしたる　もし迫り給ふことありともうしなひ給ふな　其場合には我もとへ告こし給へ　夫斗《ばかり》ハうしなはせ申まじ　衣類などはことにも非らず　こしらへんとすれば何時にても出來るべし　重代のものハ大事ぞかしなど入立て語る　いざ歸らんと立しは十一時成し　又立歸りて夏子ぬしの目ハ困りしもの哉　いかなる質なるにかと氣遣しげに問ハるゝに我

とこしらへたる近眼也と笑ひていへば　さらば先よし　海岸などの見渡し廣き処に居てしばしやしなはゞ直ちになほるべしなどいひて出る　車待せて置たるなり　身形などはよくもあらねど金時計も出來たり　髭もはやしぬ　去年判事補に任官して一年半とたゝぬほどに檢事に昇進して月俸五十圓なりといふ　我十四の時この人十九成けん　松永のもとにてはじめて逢ひし時ゝ何のすぐれたる景色もなく學などもいと淺かりけん　思へば世は有爲轉變也けり　其時の我と今の我と進歩の姿処かはむしろ退歩といふ方ならんを此人かく成りのぼりたるなんことに淺からぬ感情有けり　此夜何もなさずして床に入る」

　この日の記事は和気藹々、一葉は、渋谷の出世に比べて、自分はむしろ退歩したのではないか、という自省に迫られている。

　渋谷三郎と一葉とが許嫁の関係にあったかの如き記述は、ほぼ十日後の日記「しのぶぐさ」九月一日に見られる。この日、母たきが「午後直に山崎君に金十圓返金に趣き給ふ」とあって、次のとおり記述されている。

「午後母君歸宅　鍛冶町より金十五圓かり來たる　午後直に山崎君に金十圓返金に趣き給ふ　同氏澁谷三郎君を我家の聟に周せんせばや　もしは嫁に行給ひてはいかゞなどしきりにいひしを母君断りて來給ひし由　世はさま〴〵也とて一同笑ふ　澁谷君が今日も何事の感じありしにや我もとにての物がたり怪しう其筋のこと引きかけつゝこれよりいひ出んを待つものゝ様に見えし

はじめ我父かの人に望を屬して我が聟にといひ出られし頃其答へあざやかにはなさで何となく行通ひ我とも隔てずものがたらひ國子と三人して寄席に遊びし事なども有けり　さるほどに我が父この事を心にかけつゝ半ば事とゝのひし様に思ひて俄にうせぬ　しばしありふるほどにかの人もいまだ年若く思慮定まらざりけんしらず　ある時母より其の事懇ろにいひ出して定まりたる答へ聞まほしといひしに我自身ゟいさゝか違存もあらず　承諾なしぬといへり　母君悦こびてさらば三枝に表立ての仲立は賴まんといひしに先しばし待給へ　猶よく父兄とも談じてとてその日は歸りにき　事いかなるにか有けん　其後佐藤梅吉して怪しう利欲にかゝはりたることいひて來たれるに母君いたく立腹して其請求を断り給ひしにさらば此縁成りがたしとて破談に成ぬ　我もとより是れに心の引かるゝにも非ず　さりとて憎くきにもあらねバ母君のさま〴〵に怒り給ふをひたすらに取りしづめて其まゝに年月過ぎにき」

という。これは一葉、夏子の父則義の没後、彼女が十四、五歳のことである。則義の生前は夏子の婿にという申し出については「あざやか」な、はっきりした返事はなかった。その後、母たきから申し出たとき、いったんは異存がないとは言いながら、父兄とも相談して正式に返事をしよう、ということになり、相談した結果、おそらく金銭的な要求がされ、これを母親のたきが怒って破談となったのである。突然、婚約の提案をうけて即座に、異存はないと言っても、考え直して、父兄に相談した上で回答するということはごく自然であり、まして他家に「婿」入りさせるなら、親族が金銭的な条件をつけてもふしぎはない。これは渋谷三郎の責任ではないし、まして夏子、一葉に対する裏切りと捉えるような事件ではなかったことはこの記述からも明らかである。

日記の記述はさらに次のとおり続く。

「されども彼方よりも往復更にそのかみに替らず　父君が一周忌の折心がけて訪よりたる　新年の禮かゝさぬ事　任官して越後へ出立せんといふ時まで我家にかならず立よりなどするからに是れよりもうとみあへず彼より文來たればこなたよりも返し出しなど親しうはしたり」

というから、しごく平穏な交際が続いていたわけである。この状況を一変させたのが、明治二五年八月末から九月にかけての渋谷の上京であった。

「さるに此度の上京いかに心を動かしけん　更に昔の契りにかへりて此事まとめんとするけしき彼方にミえたり　我家やう〳〵運かたぶきて其昔のかげも止めず　借財山の如くにしてしかも得る処ハ我れ筆先の少しを持て引まどの烟たてんとする境界　人にあなづられ世にかろしめられ耻辱困難一ッに非ず　さるを今かの人は雲なき空にのぼる旭日の如く実家ハ聞ゆる富豪のいよ〳〵盛大に成らんとするけしき　実姉ハ何某生糸商の妻に成て此家又又三百円の利潤ある頃といへり　身ハ新がたの検事として正八位に叙せられ月俸五十圓の榮職にあるあり　今この人に我依らんか母君をはじめ妹も兄も亡き親の名まで辱かしめず家も美事に成立つべきながらそは一時の榮もとより富貴を願ふ身ならず　位階何事かあらん　母君に寧処を得せしめ妹に良配を与へて我

れ〳〵やしなふ人なければ路頭にも伏さん　千家一鉢の食にはつかん　今にして此人に靡きしたがはん事なさじとぞ思ふ　そは此人の憎くきならず　はた我れ我まんの意地にも非ず　世の中のあだなる富貴榮譽うれはしく捨てて小町の末我やりて見たく此心またいつ替るべきにや知らねど今日の心〳〵かくぞある　又おのづから見比べる時ありやとてかくは記しつ　今日はいとものうくて何事もなさずに日を暮しぬ」

と終わる。ここに見られるとおり、渋谷三郎の裏切りがあったとしても、十四、五歳のころのことであり、夏子、一葉はそれによってまったく傷ついてはいない。明治二五年の出来事はまったく夏子、一葉がその気位から意地を通して求婚を断ったのであって、関良一が渋谷の裏切りというのはまったく事実に反する。

半井桃水についていえば、桃水の弟、龍田浩と鶴田民子との間に生まれた千代子がじつは桃水が民子に生ませた子のように一葉は誤解していた。「蓬生日記」、明治二四年一〇月三〇日の項に一葉が桃水を訪ねた記述があり、「君と我とは長火桶ひとつ隔てゝ相對坐しぬ　例のにこやかに打笑ミつゝこゝへ寄給へなどの給ふ　七歳にして席を同じうせざるなん行ひかたかる業ながらかう人気なき所に後めたうも有る事よと思ふにひやゝかなる汗の流るゝ心地す　いふべき事もえいひ出やらで手に持てるハンけちのみをかしこき相手とまさぐり居たり　孝子嫁入らするとていたく苦労をなしぬ　世の母親が娘を縁付るなん身のやするといふ事は僞ならず　我ながら痩にたる心地のするなどの給ふ　つぎて龍太君鶴田民子ぬしが關係一条引出ていと面なげにの給ふ　さる頃野々宮君して聞しめさせたる其事よ　我家よりさる醜聞の起るべきなど夢にも思はざりしものを知らで過たるなん萬はおのれがあやまりなり　さるに君がかう打絶て訪はせ給はぬなん我身に何事の有たる様にさかしらする人や侍りけん　身はしら雪の淸きをもてうたがはれ奉るなんいと心ぐるしうかつは君が中頃より打絶させ給ひしを小宮山などあやしがりて某に猶曲事有る様になん思はるゝこれもつらし　依而いかで君に以前のごと訪はせ給はん事をとていといひにくかりしかども野々宮ぬしに委しく語り奉れるにこそ　おのれはかゝる粗野なる男子なれど貴孃方にいさゝかも害心をなんさし挾まぬ　されば兄弟中の醜聞より御母君などあやふがりてかう引止め給ふにや　其心配なう參らせ給はゞ嬉しからんなどの給ふ」

こうした弁明にもかかわらず、一葉は誤解を解かなかった。塩田良平の古典的な著書である『樋口一葉研究〈増補改訂版〉』（中央公論社）にも「一葉の若さゆゑ、桃水のいろいろな噂をきいてゐた直後故、驚きの餘りそんな反省の餘裕もなかつたし、そのまま信じこんでしまつたと、とらう。事實、日記では、問ひ質すことも得せず、勿論それは自らの氣持を傷つけるし、彼女の性格からいつてもはしたないことと思ひ、表面はそれとなくきき流し、内面では一つの城壁をつくつてしまつたのであらう。そこに一葉の性格の悲劇性があつた。彼女は遂に一生口に出してこの事を問ひただすことをしないで終つた。しかしながら事實は悲劇の眞相をかく語る。實はこれはすべて一葉の誤解の上に成り立つたものであり、桃水の言葉が正しかつたのである。」

関良一が「二十歳の夏、桃水に「裏切られた」」と記して、裏切りに括弧を付した所以である。その上で、関は「二十二歳のころよりは、桃水も一葉との交友を旧に復そうとつとめているごとくである」と記している。しかし、桃水の側から一葉との交友を旧に復そうとつとめた気配はない。むしろ、誤解し、誤解によって傷ついていたにせよ、一葉にとって桃水が小説の師であることに変わりなかったし、桃水に対する思慕も変わりなかった。「よもぎふ日記」の同じ明治二四年一一月二四日の項には「例の人なき小室の内に長火桶一ッ間に置てものがたりすることよ　我が學びの友達あるは親戚の人々などに聞かせ奉らんに何とかはそしられん　あやしかるべき身にも有哉　ましてかたミに語り合ふことなどいとまばゆしかし」と書き、「新作せんと思ふ小説の趣向筋立などかたりておしへを乞」うとあって、「片恋」を骨子とする小説の構想を話し、教示を得ている。まして、その後も明治二五年一月八日に桃水を訪ね、「につ記」二月四日の項では、桃水から「武蔵野」の刊行の計画を聞き、知られたとおり、餅をふるまわれたりして、四時ころまで話しこみ、白皚々たる雪ふりしきる中、「雪の日といふ小説一篇あまばや」という感慨を覚える、といった交渉をもっていた。「武蔵野」が一葉の初期作品「闇桜」「たま襷」「五月雨」の発表の舞台となったことはいうまでもない。関はまた、「のちの一葉は、渋谷・桃水たちにたいして、また「文学界」の青年たちのおおくにたいして冷淡になっている」というが、渋谷とは交渉そのものが途絶えていたし、桃水に対してもけっして冷淡ではない。「ミづの上日記」明治二九年五月二五日の項には「田中ミの子を飯田町にとひ帰路半井君を尋ぬ　原稿製造中なるよしにて三崎町のかたにをられつれば逢ハずして歸る」とあるとおり、一葉の側から訪ねているのである。最後に桃水にふれているのは同じ日記の六月二〇日の項である。

「夜ふけて半井君來訪　いとめづらしき事よとおもふにあわたゞしげの車にてさへ參られき唐突に此ほど齋藤正太夫わがもとを訪ひ候《そうら》ひき　御宅にまかり出たる由といふ、いかにも此ほどよりおはしまし初ぬ　いと氣味わろき御かたよと笑へば、誠にさにこそ、いと氣味わろき男なればかまへて心ゆるし給ふな、我がもとに來たりて君が身の上さま〴〵に問ひき、此ほどの世の取沙汰ハかく〳〵しか〴〵こそ候《そうら》へなどいと多くつゞけゝれど左のみハわすれておもひも出でられず、知らせ給ふ如く我はうき世の別物に成りてたゞミかん箱製造にのみ日をおくれば文界の事など更にしり候《そうら》はず　君がさ斗《ばかり》高名におはすなるをもかれ緑雨より傳へ聞くまでハ夢にもしらで過ぎ候《そうら》ひき　御筆いたくあがり給へるの由をかれはいひき　彼れは近々君の事を論じたる一文世に公にするのよし　材料もあらばとゝはれたれど我れは更にしらぬ由をこたへぬ　我れと君との上につきてあやしき關係ありしやにといひしかばこハ心得ぬこと、いかでさる事のあるべき、世人はとまれ君などさへさる事をいふいかなる心ぞやとなじりしに、いな、君の事ハすでに先口なり、こと旧聞に屬す　今更あなぐるべきにも非ずといひき、かくて何を書いて𛀙《そうら》らんといとおぼつかなげにいふ　我しば〳〵一葉君をとふ悪口の種さがしにともやおぼし給ふらん、さりながらおもへば種さがしの爲成しかもしれずとかれはいひき　いと油断の成がたき男よと心づけらる

萬朝報に君の事近々かゝばやと有しかば同じくんとひきゝ參らせてあやまりなき処をかけかしと我れへいひおきぬ、かしこの社にて不似合いのこと君が事よく書くのなるよしとて笑ふ、

かたらまほしげの事多げにミえしが何もふくめたるやうにて又もこそと歸る　いとめづらかなる人のまれ〳〵とひ寄りたる　事なからずやはとかたぶかる」

斎藤緑雨が材料あさりに桃水を訪ねてきたので、こう返事したと伝え、彼は油断のならない男だと注意した、という記述であり、語りたいことが多くありそうにみえたのに、と首をかしげた、という末節は文意が明らかでないが、一葉の桃水に対するあしらいが「冷淡」とは思われない。「文學界」の青年たちのおおくにたいして冷淡になっているというのも、誤解としか思われない。一葉と「文學界」の人々との交友について詳細にふれることは『にごりえ』の考察とは関係ないけれども、関良一の「「にごりえ」考」の誤りとは関連するので、さしあたり、「文學界」の主な人々との関係を一瞥しておくこととする。強いていえば、一葉は平田禿木に対しては比較的冷淡であったということができるかもしれない。「よもぎふにつ記」明治二六年三月一七日には

「人がらの愛嬌ありなつかしき様したり」と書いていたのに、馬場孤蝶、上田敏、川上眉山らと知った後の明治二八年一〇月には「水のうへ日記」に「平田ぬしにハ此月たえて逢ハず　文こまぐ〵とおこしつれど孤蝶ぬしとの間に物うたがひを入れて少しねたまし氣などの事書てありしもうるさければ返しはやらず成にき　ミづから二度ほど訪ひ來しかど國子の取はからひて門よりかへしぬ　才子なれども憎くき氣のあるぞ口をしき」とあり、一一月二日「夜平田ぬし來訪　國子のはからひて門よりかへしぬ」、同月七日「早朝平田ぬし來訪　くに子の留守なるよしをいひしにいな對面得まほしきといふにもあらず　文藝くらぶ九編かし給へとてにごり江のくだりを持てゆく」とあるが、五月二日の「ミづの上日記」には、「たけくらべ」が「三人冗語」で絶賛されたときは、上田敏に教えられ、「禿木が下宿にまろび入り」「平田ハ顔をも得あげず涙にかきくれぬ」としるし、二七日には「平田戸川の二人來る　物がたり多し」とあり、五月一日には「平田禿木めさまし草持參　わが評見よとてかし与へらる　正太夫の我がもとを訪ひ寄し事などさも思ひよらぬ事なれば知らず顔に語り居るいとをかし」などという。「文學界」同人中、はじめて一葉を訪ねた平田禿木に対しては、当初は好感をもったけれども、その後多くの同人たちを知ってからは、禿木は一葉からかなりに敬遠されていたことは間違いあるまい。戸川秋骨も好まれなかったようである。それでも「水のうへ日記」明治二八年一〇月の記述に「烋骨も幾度わがもとをとひけん　大方土曜日が夜ごとにハ訪ひ來る　來ればやがて十一時すぎずして歸りし事なし母も國子も厭ふゝ此人なれどいかゞはせん」とあるけれども、その他の人々についてはそうした気配はみえない。その他の人々については同じ記述の続きに「優なるゝ上田君ぞかし　これも此頃打しきりてとひ來る、されども此人のゝ一景色ことなりて萬に學問のにほひある洒落のけはひなき人なれども青年の學生なればいとよしかし」とあり、日記「水のうへ」には一二月三〇日、馬場孤蝶が帰京、当日、一葉を訪ね「これをはじめにして七日の朝歸郷まで一日も我が家を訪ひ給ゝぬ事なかりき」とあり、孤蝶にもっとも心を開いていたことは疑いない。

その他、川上眉山は日記「水の上」五月二六日に初めて彼の一葉を訪ねたことが記され、「としゝ二十七とか　丈たかく色白く女子の中にもかゝるうつくしき人ゝあまた見がたかるべし　物いひて打笑む時頰のほどさと赤うなるも男にゝ似合しからねどすべて優形にのどやかなる人なりかねて高名なる作家ともおぼえず　心安げにおさなびたるさま誠に親しみ易し　孤蝶子のうるはしきを俅の月にたとへば眉山君は春の花なるべし　つよき所なく艶なるさま京の舞姫をこるやうにて」と続き、「水のうへ日記」一〇月下旬の記述に「川上眉山ぬしも此ほど打しきりて訪ひ給ふ　此月にいりてより四五度は來給ふめり」とある。

上田敏は一葉家の集いについて、仏蘭西に「サロン」というものがあったが、それに類するものであった、と明治三六年一〇月刊の「明星」掲出の「故樋口一葉」（小学館版『全集 樋口一葉 別巻 一葉伝説』所収）で語っている。「文學界」の人々との関係では、ことに好ましく思っていた馬場孤蝶、ついで川上眉山、上田敏などを含め、平田禿木、戸川秋骨など若干気性の合わない人々はいても、全体として、一葉はサロンの女主人だったのである。

それ故、「「にごりえ」の発想の根柢には、」渋谷三郎、半井桃水、「文學界」の青年たちとのいきさつが伏在しており、「そこに形成された一葉の、男性にたいする、嫌悪なり軽侮なりをともなったある感情が、この作品に反映している」という関良一の見解には到底同意できない。

3

関が結城朝之助について「年ごろも風采も、言葉づかいまで桃水の俤をうつした」と書いているのはどうであろうか。

一葉は日記「若葉かげ」明治二四年四月一五日、半井桃水と初対面のさいの桃水について「君はとしの頃卅斗《ばかり》にやおはすらん　姿形など取立てしるし置んもいと無禮なれど我が思ふ所のまゝをかくになん　色いと白く面ておだやかに少し笑ミ給へるさま誠に三才の童子もなつくべくこそ覺ゆれ　丈けハ世の人にすぐれて高く肉豐かにこえ給へばまことに見上る樣になん」と記している。

他方、『にごりえ』の結城朝之助は次のとおり描写されている。
「常《つね》には左《さ》のみ心《こゝろ》も留《と》まらざりし結城《ゆうき》の風采《やうす》の今宵《こよひ》は何《なん》となく尋常《なみ》ならず思《おも》はれて、肩巾《かたはゞ》のありて背《せ》のいかにも高《たか》き處《ところ》より、落《おち》ついて物《もの》をいふ重《おも》やかなる口振《くちぶ》り、目《め》つきの凄《すご》くて人《ひと》を射《い》るやうなるも威嚴《いげん》の備《そな》はれるかと嬉《うれ》しく、濃《こ》き髪《かみ》の毛《け》を短《みじ》かく刈《かり》あげて頸足《ゑりあし》のくつきりとせしなど今更《いまさら》のやうに眺《ながめ》られ」

この結城朝之助の風姿が半井桃水の俤をうつしているとどうしていえるのか、理解に苦しむ。共通しているのは、両者ともに背が高いというだけのことである。桃水が穏やかで、三才の童子もなつくような優しさを持っているが、朝之助は重やかな口ぶりで目つきの凄く、人を射るような、威厳の備わった、といえば、桃水とは反対の風貌というのが自然であろう。関の一方的な思い込みというべきである。このような根拠のない、独断の上で、前述のとおり、お力の言葉を引用し、関良一は「ここで一葉がのべているのは、渋谷・桃水・野尻などにたいして、併行して、あるいは交互にいだいた感情の経験にねざしたところの、女人の多情あるいは娼婦性ということ、また、惹かれながら厭い、厭いながら惹かれるわりなさ、さような生理のかなしさ、男性への拒絶をはらんだ「厭ふ恋」という状況であろう。そうした「厭ふ恋」の心情が、お力の場合、情死というせとぎわに、はげしくほとばしったのではなかろうか」と書いている。一葉の渋谷や桃水らに対する感情の経験にねざして、どうして「女人の多情あるいは娼婦性」

ということができるか。一葉の渋谷や桃水らに対する感情についての関の理解が間違いである以上、「女人の多情あるいは娼婦性」というのも関の独断にすぎない。「男性への拒絶をはらんだ」「厭ふ恋」という「厭ふ恋」の理解もどうであろうか。「厭ふ恋」については、「につ記」明治二六年七月五日の項に次の記述がある。

「まこと入立ぬる戀の奥に何物かあるべき　もしありといはゞみぐるしくにくゝうくつらく淺ましくかなしくさびしく恨めしく取つめていはんにはこ厭はしきものよりほかあらんとも覺えずあはれ其厭ふ戀こそ戀の奥成けれ　厭はしとて捨られなば厭ふにたらず　いとふ心のふかきほど戀しさも又ふかゝるべし　いまだ戀といふ名の殘りぬる戀は淺し　人をも忘れ我をもわすれうさも戀しさもわすれぬる後に猶何物ともしれず殘りたるこそ此世のほかの此世ならめ　かゝるすゑにすべてたのしなどいふ詞を見出づべきにもあらず　さればくるしといふ詞もなかるべき筈と人いはんなれどその苦あればこそ世にたゞよふなれ　捨たりといへど五体うごめき居らむほどは此苦も又はなれざるべし　佛者の佛をとなへ美術家の美をとなふる　捨て〱すてぬるのちの一物やこれ」

つまり、恋の奥義ないし真の恋が「厭ふ恋」なのであり、真の恋とは見苦しく、憂く、辛く、悲しく、淋しく、恨めしいものであり、約めていえば、厭わしきものであり、厭う心が深ければ深いほど恋しさも深くなり、恋という名も忘れ、人も忘れ、憂さも恋しさもすべて忘れ果てた、その奥に残るもの、というのが、一葉の「厭ふ恋」の定義であった。ここには男性への拒絶などというものはないし、むしろ男性への狂気に近いほどの思いがある。お力が朝之助の問いに対して「大方逆上性なのでござんせう」というとおり、逆上ととられても止むを得ないような心情である。もちろん「生理のかなしさ」などは無縁である。

また、関は「お力を創造した一葉に、少女的なコンプレックスなり、ぬきがたい男性への不信なりがあったことはうたがえない」というけれども、こうした見方の誤りはすでに明らかであろう。「あるいは生そのものへの絶望、虚無というべきかもしれない。その虚無感がお力をしてひとたび情死を肯定させ、また情死という、いわば逆説的に生を確立するいとなみを忌避させ、さらにもともと不本意な情死を肯定する諦念に回帰させたのかもしれない」ともいう。一葉に一種のニヒリズムがあったことは事実と思われるが、これがお力の死と結びつくとは考えられない。こうした見方について、関はいかなる実証的な考証もしていない。これらは学者の「考証」というよりも放言としか思われない。

関良一はさらに『にごりえ』の成立事情にふれている。川上眉山から「自伝をものし給ふべし」と勧められて執筆した作品であり、「この年の社会小説・観念小説・悲惨小説の続出の風潮と相関する、一葉らしい傾向小説であったけれども、同時に、それよりもふかく自身の閲歴にわたる虚構のうちに宿命の苦悩を表白した作品であった」という。その根拠として、一葉がしばしば「落魄」を主題にしたこと、「儒教的、武士道的なヒューマニズム・理想主義の立場から、俗物的、功利的な近代に抵抗した。源七が切腹しているのも、彼が武士の出身であることを暗示しているらしく、そうでないとしても、一葉にある武士的なものにたいする郷愁のあらわれであろう。しかし、「にごりえ」が真にうったえているのは、より性格的な、あるいは生理的な、不可解な不気味な宿命の悲しみであり、血統の業のごときものである」という。この見方に立って、関はお力の言葉を引用している。まず、第五章から次の述懐を引用する。

「仕方《しかた》がない矢張《やっぱ》り私《わたし》も丸木橋《まるきばし》をば渡《わた》らずはなるまい、父《とゝ》さんも踏《ふみ》かへして落《おち》てお仕舞《しまい》なされ、祖父《おぢい》さんも同《おな》じ事《こと》であつたといふ、何《ど》うで幾代《いくだい》もの恨《うら》みを背負《せおう》て出《で》た私《わたし》なれば為《す》る丈《だけ》の事《こと》はしなければ死《し》んでも死《し》なれぬのであらう、（中略）悲《かな》しいと言《い》へば商賣《しょうばい》がらを嫌《きら》ふかと一ト口《くち》に言《い》はれて仕舞《しまう》（中略）此様《こんな》身《み》で此様《こんな》業體《げうてい》で、此様《こんな》宿世《すくせ》で、何《ど》うしたからとて人並《ひとな》みでは無《な》いに相違《さうい》なければ、人並《ひとなみ》の事《こと》を考《かんが》へて苦勞《くろう》する丈《だけ》間違《まちが》ひであろ」

さらに、第六章から「三代伝はつての出来そこね」を引き

「祖父《ぢゞい》は四角《しかく》な字《じ》をば讀《よ》んだ人《ひと》でござんす、つまり私《わたし》のやうな氣違《きちが》ひで、世《よ》に益《ゑき》のない反古紙《ほごがみ》をこしらへしに、版《はん》をばお上《かみ》から止《と》められたとやら、ゆるされぬとかにて斷食《だんじき》して死《し》んださうに御座《ござ》んす」

同じ章から

「親父《おやぢ》は職人《しょくにん》（中略）三つの歳《とし》に椽《えん》から落《おち》て片足《かたあし》あやしき風《ふう》になりたれば人中《ひとなか》に立《たち》まじるも嫌《い》やとて居職《いしょく》に飾《かざり》の金物《かなもの》をこしらへましたれど、氣位《きぐらい》たかくて人愛《じんあい》のなければ贔負《ひいき》にしてくれる人《ひと》もなく、（中略）母《か》さんが肺結核《はいけつかく》といふを煩《わづら》つて死《なく》なりましてから一週忌《しうき》の來《こ》ぬほどに跡《あと》を追《お》ひました」

これら引用の箇所を含めたお力の述懐が『にごりえ』の解釈の鍵であることは、私も関に同感である。引用にさきだって、『にごりえ』が未定稿のときは「放れ駒」「親ゆづり」「ものぐるひ」といった題が考えられていたことも指摘しているが、「ものぐるひ」がお力の心情を表現しようとして、一度、一葉の脳裏に浮かんだとすれば、「厭ふ恋」についての彼女の考えからみて不思議ではないと思われる。

そこで、関は、一葉の祖父、両親、従兄弟の幸作らの生涯にふれ、『にごりえ』に「偏執・不具・狂気・結核のごときかたちをかりて、おのが血統の宿命と信ぜられることにかかわる暗愁を、うちだしたのではなかろうか」と言い、「ここで一葉が苦悩したことは、そして、もしこの作品を「失敗の力作」とよぶとすれば、それは宿命の秘密であり、その客観化の困難さにねざしていた」と言う。関が「一葉は、想像力、構想力に長けた作家ではなかった」という誤った前提に立って、『にごりえ』の登場人物を一葉の身辺の人々にモデルを見いだそうとする誤りを犯したことは『にごりえ』の結城朝之助を風采、言葉使いまで半井桃水をうつしたといっていることにも見られるとおりである。一葉の祖父八右衛門が郷里の水利権の問題で代官所に訴願して、入獄、さらに老中・阿部伊勢守正弘に駕籠訴した、という。この祖父が正義感にあふれ、義侠心に富んでいたことは間違いないが、偏執・不具・狂気などというのは適切ではない。この祖父も七十歳で病没しているというから、過激な行動にもかかわらず、そう重い処罰はうけなかったのであろう。一葉の両親については格別の性格の人物ではない。しいていえば、和田芳恵が指摘している従兄弟の幸作の病気であるが、これが『にごりえ』の解釈の鍵となるとは思わない。『にごりえ』は『にごりえ』から解すべきであって、みだりに一葉の身の上に託して解するのが正当であるとは思われない。そういう意味で私は関良一の解釈は誤りと考える。また、私は『にごりえ』を失敗作とは考えていない。むしろ、『たけくらべ』に匹敵する傑作と考えている。

4

前田愛は『樋口一葉の世界』(平凡社選書)所収の「『にごりえ』の世界」において、第五章中、関が引用した「仕方《しかた》がない矢張《やつぱ》り私《わたし》も丸木橋《まるきばし》をば渡《わた》らずはなるまい」の直前の次の文章「行《ゆ》かれる物《もの》なら此《この》まゝに唐天竺《からてんぢく》の果《はて》までも行《い》つて仕舞《しまい》たい、あゝ嫌《いや》だ嫌《いや》だ嫌《いや》だ、何《ど》うしたなら人《ひと》の聲《こゑ》も聞《きこ》えない物《もの》の音《おと》もしない、靜《しづ》かな、靜《しづ》かな、自分《じぶん》の心《こゝろ》も何《なに》もぼうつとして物思《ものおも》ひのない處《ところ》に行《ゆ》かれるであらう、つまらぬ、くだらぬ、面白《おもしろ》くない、情《なさけ》ない悲《かな》しい心細《こゝろぼそ》い中《なか》に、何時《いつ》まで私《わたし》は止《と》められて居《ゐ》るのかしら、これが一生《せう》か、一生《せう》がこれか、あゝ嫌《いや》だ〳〵と道端《みちばた》の立木《たちき》へ夢中《むちう》に寄《より》かゝつて暫時《しばらく》そこに立《たち》どまれば、渡《わた》るにや怕《こわ》し渡《わた》らねばと自分《じぶん》の謳《うた》ひし聲《こゑ》を其《その》まゝ何處《どこ》ともなく響《ひゞ》いて來《く》るに、仕方《しかた》がない」

を引用して、「お力が希求する「物思ひのない処」とは日常的な空間、彼女が現実に生きている空間とはまったく異質な、いわば虚の空間であるにちがいない」という。お力が希求する場所が日常的な空間、現実に生きている空間とは異質な空間であるという指摘は同感である。「虚の空間」とはいささか意味が明らかでないが、続く文章では「いっさいの人間的営為が停止している死んだ空間である。生きながらの地獄からの脱出を切望するお力が魅かれて行くのが、このような荒涼とした死の空間でしかありえないところに、お力の悲惨な死そのものがすでに予兆されているのである」と前田が続けているのを読むと、虚の空間、すなわち、死の空間という意味と解せられる。ここでのお力の物思いから死の空間を希求しているとみるのは私には疑問に思われる。

というのは、次に、関が引用している文章にあるとおり、

「矢張《やつぱ》り私《わたし》も丸木橋《まるきばし》をば渡《わた》らずはなるまい、父《とゝ》さんも踏《ふみ》かへして落《おち》てお仕舞《しまい》なされ、祖父《おぢい》さんも同《おな》じ事《こと》であつたといふ、何《ど》うで幾代《いくだい》もの恨《うら》みを背負《せおう》て出《で》た私《わたし》なれば爲《す》る丈《だけ》の事《こと》はしなければ

死《し》んでも死《し》なれぬのであらう」というお力の物思いに続くからであり、このお力の物思いは、現実とは異質な世界に脱出するために「丸木橋」を渡るか、渡るまいか、という迷いに続き、祖父も父も丸木橋を渡り、その橋を「踏かへし」た、その運命を自分もたどることにならざるを得ないのか、と考えるわけである。「踏みかへす」とは「踏みはずす」の意と『日本国語大辞典（第二版）』にあるが、用例としてこの記述が挙げられているだけである。（本考末尾・八四頁の註参照）前田は「「物思ひのない処」は源七の刃に殪れるお力が行き着くべき死の世界なのであった。あるいはこの瞬間、お力は父や祖父たちの世界、死者たちの世界へと誘い込まれてしまったのである」という。お力が源七に切り殺されたという前田の理解には同意できないが、その理由は後に記すこととする。ここで関が引用していた、祖父と父の生き方を想起する必要があると私は考える。祖父は出版を禁止された書物を書き、許されぬまま、断食して死んだ。父は三歳の時に不具となり、飾職人となったが人間愛がなく、したがって、贔屓もなく、世間に背を向けて生き、母が結核で死んでから後を追うように死んだ。二人とも、狷介にして、社会の秩序の埒外で死んだのであった。丸木橋を渡るか、渡れば、踏みはずすであろうとは、社会の秩序の埒外に出ることとなるであろう、というのが、お力の思いであった。そういう意味で、お力が希求したのが前田というような「虚の空間」「死の空間」というように単純にわりきることはできない。そこで、関が省略した箇所を含めてお力の述懐の続きをみると

「ゑゝ何《ど》うなりとも勝手《かつて》になれ、勝手《かつて》になれ、私《わたし》には以上考《いじようかんが》へたとて私《わたし》の身《み》の行《ゆ》き方《かた》は分《わか》らぬなれば、分《わか》らぬなりに菊《きく》の井《ゐ》のお力《りき》を通《とほ》してゆかう、人情《にんじよう》しらず義理《ぎり》しらずか其様《そん》な事《こと》も思《おも》ふまい、思《おも》ふたとて何《ど》うなる物《もの》ぞ、此様《こん》な身《み》で此様《こん》な業體《げうてい》で、此様《こん》な宿世《すくせ》で、何《ど》うしたからとて人並《ひとな》みでは無《な》いに相違《さうい》なければ、人並《ひとなみ》の事《こと》を考《かんが》へて苦勞《くろう》する丈《だけ》間違《まちが》ひであろ、あゝ陰氣《いんき》らしい何《なん》だとて此様《こん》な處《ところ》に立《た》つて居《ゐ》るのか、何《なに》しに此様《こん》な處《ところ》へ出《で》て來《き》たのか、馬鹿《ばか》らしい氣違《きちがひ》じみた、我身《わがみ》ながら分《わか》らぬ、もう〳〵皈《かへ》りませうとて横町《よこちよう》の闇《やみ》をば出《で》はなれて」

ということなり、菊の井のお力として生きていくほかはない、と思いかえすのである。とはいえ、前田が引用している、上記の文章の続きで第五章は終わるのだから、その終わりを見届けなければならない。すなわち、次の文章である。

「横町《よこちよう》の闇《やみ》をば出《で》はなれて夜店《よみせ》の並《なら》ぶにぎやかなる小路《こうぢ》を氣《き》まぎらしにとぶら〳〵歩《あ》るけば、行《ゆき》かよふ人《ひと》の顔小《かほちい》さく〳〵擦《す》れ違《ちが》ふ人《ひと》の顔《かほ》さへも遙《はるか》とほくに見《み》るやう思《おも》はれて、我《わ》が踏《ふ》む土《つち》のみ一丈も上《うへ》にあがり居《ゐ》る如《ごと》く、がや〳〵といふ聲《こゑ》は聞《きこ》ゆれど井《ゐ》の底《そこ》に物《もの》を落《おと》したる如《ごと》き響《ひゞ》きに聞《き》ゝなされて、人《ひと》の聲《こゑ》は、人《ひと》の聲《こゑ》、我《わ》が考《かんが》へは考《かんが》へと別々《べつ〳〵》に成《な》りて、更《さら》に何事《なにごと》にも氣《き》のまぎれる物《もの》なく、人立《ひとだち》おびたゞしき夫婦《めをと》あらそひの軒先《のきさき》などを過《す》ぐるとも、唯我《たゞわ》れのみは廣野《ひろの》の原《はら》の冬枯《ふゆが》れを行《ゆ》くやうに、心《こゝろ》に止《と》まる物《もの》もなく、氣《き》にかゝる景色《けしき》にも覺《おぼ》えぬは、我《わ》れながら酷《ひど》く逆上《のぼせ》て人心《ひとごゝろ》のないのにと覺束《おぼつか》なく、氣《き》が狂《くる》ひはせぬかと立《たち》どまる途端《とたん》、お力何處《りきどこ》へ行《ゆ》くとて肩《かた》を打《う》つ人《ひと》あり。」

この文章を「たんなる放心状態の記述として読んではならないであろう」と前田は書いている。前田は「一葉の描写は精神病理学にいう離人症の症候と符合するところが多い」といい、「すくなくとも過労による一過性の神経症的症候がお力に訪れたことだけは認めていいように思う」と書いている。さらに、これが一葉の体験に通じるとして、「水の上につ記」明治二八年五月一〇日の記述から次のとおり引用している。

「夜更て風さむし　空ゆく雲の定めなきに月のはれくもる事今さらの様におもはれて燈火のかげにものいふ孤蝶子も窓によりて沈默する平田ぬしもその中にたちて茶菓取まかなふわれもたゞ夢の中なる事ぐさに似て禿木ぬしがいはゆる他界にあるらん誰人かの手にもて遊ばるゝ身ならずやと思ふ事深し」

前田は「その座に居合わせた三人が、他界にある何ものかの手によって木偶のように操られているという表現は、一葉の心を掠め去った存在の脱落感を定着してまぎれがない。結城の洒脱な会話に溶けこむことができず、「うるさゝうに生返事をして何やらん考へて居」るお力の謎めいた態度に、一葉じしんの性向が投影されているとするならば、それはこのような体験と無関係ではないはずである」という。

前田愛は一葉日記の記述を正確に読んでいない。前田の引用した、この記述の前に一葉は次のとおり書いている。

「人〳〵はかなき世にはかなき言の葉をならべてとかくの契りなどこはもと夢の中なるたはむれ成けり　此人々と我れもとかり初の友といふ名のもとに遊ぶ身也　うき世の契りに於ていと輕やかなる友の仲也　さりとも猶此輕やかなるちかいさへ末全からんや　まして情にはしり情に醉ふ戀の中に身をなげいる丶人々いかに烌風の葛のうらこつらからざらん」

一つには、存在の脱落感などという以前から、この会合を一葉は夢の中にひとしいはかない出会いと諦観していたのである。さらに、一葉が「禿木ぬしがいはゆる他界にあるらん誰人かの手にもて遊ばる丶身ならずやと思ふ事深し」とあるのは、一葉が平田禿木を知る契機となった禿木の「文學界」第一号掲載の評論「吉田兼好」に「システィンの寺に丹青を凝らせしミカエル、アンゼロは、何故《なにゆゑ》にかく孤獨《こどく》の生を送《おく》り給ふと人に問《と》はれて、美術の神《かみ》は嫉《ねた》みの神なり、我等はその全身をさ丶ぐるにあらざれば、うけ給はずと答けるとかや、實《げ》に東西古今、教の世界なり、詩の世界なり、美術の世界なり、苟も深く靈境の至奥《しおく》をさぐらん者、豈に區々《くく》たる塵世の事にか丶づらひてんや、皆《みな》一生の汗と血と涙とをそ丶ぎ注《そゝ》いで僅に達し得られしのみ、若天地をして此有形の世界のみならしめ、人世をして此現實《このげんじつ》の社會のみならしめんには、我等《われら》何の要ありてか、この世を遁れん、たゞ此世界の外に更に美妙の香世界あり、此生の外に更に無窮の大靈地あり、魂を此所に馳せて大宇宙の風光を觀ぜんもの、その精靈を遠く塵外に脱離せんを要す」と書いたことを受けて、塵の浮き世の外に大宇宙があり、そこで誰かの手により操られているがごとくである、という感想を記したのである。この一葉の感想は脱落感というよりも生ないし社会からの離脱感というべきものである。その底には社会における我が生の他との違和感がある。

こうした社会との違和感は決して特異なものではない。斎藤茂吉の歌集『寒雲』の昭和一二年の項に次の歌がある。

春彼岸《はるひがん》の寒き一日《ひとひ》をとほく行く者のごとくに衢《ちまた》を徒歩《とほ》す

私はこの作の歌境が中原中也の詩「早春散歩」に酷似していると指摘したことがある。「早春散歩」は次のとおりである。

空は晴れてても、建物には蔭があるよ、
春、早春は心なびかせ、
それがまるで薄絹ででもあるやうに
ハンケチででもあるやうに
我等の心を引千切り

きれぎれにして風に散らせる

私はもう、まるで過去がなかつたかのやうに
少くとも通つてゐる人達の手前さうであるかの如くに感じ、
風の中を吹き過ぎる
異国人のやうな眼眸《まなざし》をして、
確固たるものの如く、
また隙間風にも消え去るものの如く

さうしてこの淋しい心を抱いて、
今年もまた春を迎へるものであることを
ゆるやかにも、茲に春は立返つたであることを
土の上の日射しをみながらつめたい風に吹かれながら
土手の上を歩きながら、遠くの空を見やりながら
僕は思ふ、思ふことにも慣れきつて僕は思ふ……

斎藤茂吉の作品にも、中原中也の作品にも、共通に認められるのは、自分という存在の周辺からの孤立感であり、周囲との違和感である。茂吉は、この当時、はるかに若い恋人永井ふさ子との恋愛に耽溺していた。同じ年、二月一六日付けの書簡では「けふは診察日でへとへとでしたから、午後散歩に出ました、天が晴れて春の光のやうでしたが、木かげは寒くて駄目でした。神宮の砂のところに行つて暫らく目をつぶつてゐました。何だか遠い世界のやうでもあるし、また目前に古比志以人《こひしいひと》が立つてゐるやうでもあるし、まぼろしと現実とごつちやです」と書いている。明治神宮内苑は青山の茂吉と渋谷のアパートに暮らしていたふさ子との逢引の場所のひとつであった。現実の世界が遠くにあるかのように茂吉は感じ、まぼろしと現実とが弁別できないような心境にある。同じ年の一一月号の「アララギ」に発表された茂吉の歌の中に

わが庭は冬さびにけりまぼろしにいまだも見ゆるさるすべりの花

という歌がある。ここでもまぼろしのサルスベリの花に茂吉は永井ふさ子を託しているのである。

同じような周囲との違和感、孤立感は中原中也がしばしば書いている。中原中也の詩集『在りし日の歌』の第二部「永訣の秋」の冒頭の作である散文詩「ゆきてかへらぬ」の最終節は次のとおりである。

「林の中には、世にも不思議な公園があつて、無気味な程にもにこやかな、女や子供、男達散歩してゐて、僕に分らぬ言語を話し、僕に分らぬ感情を、表情してゐた。

さてその空には銀色に、蜘蛛《くも》の巣が光り輝いてゐた。」

散文でも中原は同じような感情を記している。「我が生活」という生前未発表の随筆中、次のとおり、書いている。

「私は銀座を歩いてゐた。私は中幕の勧進帳までしか見なかつた。おなかが空《す》いた時芝居なんかの中に、さう長くゐられるものではない。それよりかまだ歩いてゐた方がマシである。帰れば、借りつけの賄屋から取ることが出来る。けれども、

歩き出すと案外に平気だつた。初夏の夜空の中に、電気広告の様々なのが、消えたり点つたりする下を、足を投げ出すやうな心持に、歩いてゆくことは、まるで亡命者のやうな私の心を慰める。

数々の人の意識が、電燈の光と影との中を浮動してゐる。それ等のみんなが、意識によつて幸福であり、意識によつて不幸なのである。所で私といふ無意識家は、自分が幸福であるか不幸であるか知らないといへばいへるといふふうなのだ。しかしさういふ私の性格は、或種の人には説

明しても分らない。――私が今歩いてゐる時に持してゐる私の表情は、悲しげなものであるかもしれない。或ひは、無感覚に見えるかもしれない。ひよつとしたら怜悧にさへ見えるかもしれない。ところで私はといへば、まもなく行く手の空に吸はれて了ふのだといふふうな気持で、群衆といふ伴奏附きで泳いでゐるやうなものなのである。」

このように周囲に対する違和感、周囲からの孤立感は一葉が斎藤茂吉や中原中也と共通してもっていたものであり、そのこと自体、決して特異なものではない。ただ、中原のばあいは、名高い作「骨」の一節を引用すれば、

ホラホラ、これが僕の骨――
見てゐるのは僕？　可笑しなことだ。
霊魂はあとに残つて、
また骨の処にやつて来て、
見てゐるのかしら？

ここには骨になった自分とそれを見ている自分という、いわば自我の分裂のごときものがある。

また、大正一三年（一九二四年）一二月、中原が十七歳の時の作と推定される戯曲「夢」に登場

する男が書いている「退屈者の手帖」には「私が向ふへ歩いてゐるのか、自分が向ふから蒼白い顔で歩いて来てるのか分らない時がある」という記述がある。ここにも自我の分裂というべきものが認められる。これらに見られる精神の状態は離人症というべきかもしれない。しかし、周辺の人々との違和感や、周囲の人々からの孤立感は、誰しももつことであり、離人症とまで考えるのが適切とは思われない。そういう意味で、一葉のばあいもお力のばあいも、離人症というような精神状態でその行動を解するのは適切とは思われない。

5

お力はその生をもて扱いかねている。第三章に、お力が酒を「湯呑みで飲む」という告口を聞いた結城朝之助は「お力酒《りきさけ》だけは少《すこ》しひかへろとの嚴命《げんめい》、あゝ貴君《あなた》のやうにもないお力《りき》が無理《むり》にも商賣《しようばい》して居《ゐ》られるは此力《このちから》と思《おぼ》し召《め》さぬか、私《わたし》に酒氣《さかけ》が離《はな》れたら坐敷《ざしき》は三昧堂《まいどう》のやうに成《な》りませう、ちつと察《さつ》して下《くだ》されといふに成程《なるほど》〳〵とて結城《ゆふき》は二言《ごん》といはざりき」とある。どんな女性でも好き好んで酌婦をしているわけではない。お力とても同じである。だから、酒を湯呑みで浴びるように飲んで、日々をまぎらわしているのである。お力は切なく、空しく、哀しい日々を送っているのである。

そのお力は祖父から三代続きの狷介な性格を受け継いでいる。いっそ丸木橋を渡って、踏みはずし、社会の秩序の外に落ちてしまうか、そう迷っている心境が第五章で語られていることはすでに見てきたとおりである。第六章において、さらに、お力はその心境を次のように語っている。

「何《なに》より先《さき》に私《わたし》が身《み》の自墮落《じだらく》を承知《しやうち》して居《ゐ》て下《くだ》され、もとより箱入《はこい》りの生娘《きむすめ》ならねば少《すこ》しは察《さつ》しても居《ゐ》て下《くだ》さろうが、口奇麗《くちぎれい》な事《こと》はいひますとも此《この》あたりの人《ひと》に泥《どろ》の中《なか》の蓮《はす》とやら、悪業《わるさ》に染《そ》まらぬ女子《おなご》があらば、繁昌《はんじやう》どころか見《み》に來《く》る人《ひと》もあるまじ、貴君《あなた》は別物《べつもの》、私《わたし》が處《ところ》へ來《く》る人《ひと》とても大底《たいてい》はそれと思《おぼ》しめせ、これでも折《をり》ふしは世間《せけん》さま並《なみ》の事《こと》を思《おも》ふて恥《はづ》かしい事《こと》つらい事《こと》情《なさけ》ない事《こと》とも思《おも》はれるも寧《いつそ》九尺《しやく》二間《けん》でも極《き》まつた良人《おつと》といふに添《そ》うて身《み》を固《かた》めようと考《かんが》へる事《こと》もござんすけれど、夫《そ》れが私《わたし》は出來《でき》ませぬ、夫《そ》れかと言《い》つて來《く》るほどのお人《ひと》に無愛想《ぶあいさう》もなりがたく、可愛《かわい》いの、いとしいの、見初《みそめ》ましたのと出鱈目《でたらめ》のお世辭《せぢ》をも言《い》はねばならず、數《かず》の中《なか》には眞《ま》にうけて此様《こん》な厄種《やくざ》を女房《にようぼ》にと言《い》ふて下《くだ》さる方《かた》もある、持《も》たれたら嬉《うれ》しいか、添《そ》うたら本《ほん》望《もう》か、夫《そ》れが私《わたし》は分《わか》りませぬ、そも〳〵の最初《はじめ》から私《わたし》は貴君《あなた》が好《す》きで好《す》きで、一日お目《め》にかゝらねば戀《こひ》しいほどなれど、奥様《おくさま》に言《い》ふて下《くだ》されたら何《ど》うでござんしよか、持《も》たれるは嫌《いや》なり他處《よそ》ながらは慕《した》はしゝ、一ト口《くち》に言《い》はれたら浮氣者《うわきもの》でござんせう、あゝ此様《こん》な浮氣者《うわきもの》には誰《た》れがしたと思召《おぼしめす》、三代傳《だいつた》はつての出來《でき》そこね、親父《おやぢ》が一生《せう》もかなしい事《こと》でござんしたとてほろりとするに」
という述懐に対して、結城が問いかけ、祖父と父母について　お力が話し、話し終えてお力は涙が止まらない。さらに「顔《かほ》をあげし時《とき》は頰《ほう》に涙《なみだ》の痕《あと》はみゆれども淋《さび》しげの笑《ゑ》みをさへ寄《よ》せて、私《わたし》は其様《そのやう》な貧乏人《びんぼうにん》の娘《むすめ》、氣違《きちが》ひは親《おや》ゆづりで折《をり》ふし起《おこ》るのでござります」「今居《いまを》りましても未《ま》だ五十、親《おや》なれば褒《ほ》めるでは無《な》けれど細工《さいく》は誠《まこと》に名人《めいじん》と言《い》ふても宜《よ》い人《ひと》で御座《ござ》んした、なれども名人《めいじん》だとて上手《じやうづ》だとて私等《わたしら》が家《うち》のやうに生《うま》れついたは何《な》にもなる事《こと》は出來《でき》ないので御座《ござ》んせう」などと語り、「我《わ》が身《み》の上《うへ》にも知《し》られまするとて物思《ものおも》はしき風情《ふぜい》」でいるところ、「お前《まへ》は出《しゆ》世《つせ》を望《のぞ》むなと突然《だしぬけ》に朝之助《とものすけ》に言《い》はれて、ゐツと驚《おどろ》きし様子《やうす》に見《み》えしが、私等《わたしら》が身《み》にて望《のぞ》んだ處《ところ》が味噌《みそ》こしが落《おち》、何《なん》の玉《たま》の輿《こし》までは思《おも》ひがけませぬといふ、嘘《うそ》をいふは人《ひと》に依《よ》る始《はじ》めから何《なに》も見《み》知《し》つて居《ゐ》るに隱《かく》すは野暮《やぼ》の沙汰《さた》ではないか、思《おも》ひ切《き》つてやれ〳〵とあるに、あれ其《その》やうなけしかけ詞《ことば》はよして下《くだ》され、何《ど》うでも此様《こんな》身《み》でござんするにと打《うち》しほれて又《また》もの言《い》はず」となって、段落が終わる。

　前田は「第六回の後半で父と祖父の宿縁の物語を語りおわったお力は突然結城から「お前は出世を望むな」といわれて「ゐッと驚」く。お力の熾烈な出世意識が朝之助によって指摘されたと解されている個所である。たとえば岡保生氏はお力の驚きをつぎのように解釈する」と記して、岡の解釈を次に引用する。

「お力が「ゑッと驚」いたのは、朝之助にいわば図星を指されたからであり、少なくとも彼女の胸中の秘密の一端に触れられたからであることは疑いない。お力のような身の上の女にとって「出世」とは、お力みずから朝之助にすぐ応じた「何の玉の輿までは思ひがけませぬ」ということばでも明らかなように、氏なくして乗る玉の輿を意味することはいうまでもない。お力もそのような身分に一躍成り上ることを、まんざら夢想せぬわけではなかったであろう。だが現実を思えば、それは所詮願ってもかなわない事柄にほかならなかった。お力が朝之助に「思ひ切ってやれやれ」といわれながら、「何うで此様な身でござんするに」と「打しをれて」しまうゆえんである。（「お力の死――『にごりえ』ノートから――」『学苑』昭和45・11）」

前田は「岡氏の見解をここに引用したのは、それが従来の諸説を総合したもっとも穏健な所説と考えるからである」と記している。私はこうした見解に接して意外の感にたえなかった。私には前田、岡その他の先学の見解といわれるものは、お力の心理を理解しているとは到底思われないからである。これは酌婦稼業による女性蔑視にもとづいて、「熾烈な出世意識」を持っているに違いないという先入観によると私は考える。

お力が丸木橋を渡る宿命を負っているのではないか、そして、丸木橋から踏みはずすことが、祖父の代から受けついできた物狂いの家系なのではないか、自分も結局は、その宿命に殉じるほかはあるまい、と迷い、悩み、社会の秩序の埒を越えざるをえないと覚悟していたことを思えば、彼女が世間の酌婦と同じような「出世」を夢み、玉の輿に乗ることを期待していたはずがない。お力が驚いたのは、結城に自分が背負っている宿世を語ったからには、自分を理解してくれたと信じたのに、まったく自分が理解されていなかったことによる。前田、岡その他の人々の通説によれば、何故、お力が身の上を語ったか、をどう解釈するのであろうか。

そこで、源七との関係が問題となる。『にごりえ』を解く鍵は源七とお力との関係にあると私は考える。第三章で、結城の問いに対して、お力が次のとおり語っている。

「串談《じようだん》はぬきにして結城《ゆふき》さん貴君《あなた》に隠《か》くしたとて仕方《しかた》がないから申《まをし》ますが町内《ちやうない》では少《すこ》し巾《はゞ》もあつた蒲團《ふとん》やの源《げん》七といふ人《ひと》、久《ひさ》しい馴染《なじみ》でござんしたけれど今《いま》は見《み》るかげもなく貧乏《びんぼう》して八百屋《やほや》の裏《うら》の小《ちい》さな家《うち》にまい〳〵つぶろの様《やう》になつて居《い》ますする、女房《にようぼ》もあり子供《こども》もあり、私《わたし》がやうな者《もの》に逢《あ》ひに來《く》る歳《とし》ではないけれど、縁《えん》があるか未《いま》だに折《をり》ふし何《なん》の彼《か》のといつて、今《いま》も下坐《したざ》敷《しき》に來《き》たのでござんせう、何《なに》も今《いま》さら突出《つきだ》すといふ譯《わけ》ではないけれど逢《あ》つては色々《いろ〳〵》面倒《めんどう》な事《こと》もあり、寄《よ》らず障《さわ》らず歸《かへ》した方《ほう》が好《い》いのでござんす、恨《うら》まれるのは覺悟《かくご》の前《まへ》、鬼《おに》だとも蛇《じや》だとも思《おも》ふがようござりますとて、撥《ばち》を疊《たゝみ》に少《すこ》し延《の》びあがりて表《おもて》を見《み》おろせば、何《なん》と姿《すがた》が見《み》えるかと嬲《なぶ》る、あゝ最《も》う歸《かへ》つたと見《み》えますとて茫《ぼん》然として居《ゐ》るに、持病《ぢびやう》といふのは夫《そ》れかと切込《きりこ》まれて、まあ其《そん》様な處《ところ》でござんせう、お醫者様《ゐしやさま》でも草津《くさつ》の湯《ゆ》でもと薄淋《うすさび》しく笑《わら》つて居《ゐ》るに、御本尊《ごほんぞん》を拜《おが》みたいな俳優《やくしや》で行《い》つたら誰《たれ》れの處《ところ》だといへば、見《み》たら吃驚《びつくり》でござりませう色《いろ》の黑《くろ》い背《せ》の高《たか》い不動《ふどう》さまの名代《めうだい》といふ、では心意氣《こゝろいき》かと問《と》はれて、此様《こん》な店《みせ》で身上《しんしやう》はたくほどの人《ひと》、人《ひと》の好《い》いばかり取得《とりえ》とては皆無《かいむ》でござんす、面白《おもしろ》くも可笑《をか》しくも何《なん》ともない人《ひと》といふに、夫《そ》れにお前《まへ》は何《ど》うして逆上《のぼ》せた、これは聞《き》き處《どころ》と客《きやく》は起《おき》かへる、大方逆上性《おほかたのぼせせう》なのでござんせう」

これをお力の源七に対する愛情告白ととらなければ、『にごりえ』を読みそこなうであろう。ここで、お力ははっきり「お醫者様《ゐしやさま》でも草津《くさつ》の湯《ゆ》でも」、といって淋しく笑う。お医者様でも草津の湯でも惚れた病は治しやせぬ、というのだから、はっきりお力は源七に惚れたのだと結城に白状したのであった。だから、俳優なら、誰に似ている、と聞かれ、お力は、色の黒い、不動さまの名代のような人と答え、取り得はない、人の好いばかりに、こんな店で身上をはたいたほどの人だ、という。お力が源七に惚れたのは器量でも男前でも財産でもない、身上をはたいた人の好さ、といって、反語的にお力は源七への愛を語ったのである。

しかし、お力は源七の許に走ることはできない。この第三章の告白の最後に、源七の子が果物屋で桃を買っているのをお力は見かける。結城にその子を示して「彼子《あれ》が先刻《さつき》の人《ひと》のでござんす、あの小《ちい》さな子心《こゞゝろ》にもよく〳〵憎《にく》いと思《おも》ふと見《み》えて私《わたし》の事《こと》をば鬼〳〵《おに〳〵》といひまする、まあ其様《そん》な悪者《わるもの》に見《み》えまするかとて、空《そら》を見《み》あげてホツと息《いき》をつくさま、堪《こら》へかねたる様子《やうす》は五音《いん》の調子《てうし》にあらはれぬ」と第三章は終わっている。続いて第七章で、源七とその妻、お初のやりとりが叙述される。お力が源七の子、太吉に買い与えた「日《ひ》の出《で》やがかすていら」から夫婦喧嘩がはじまる。

誰から買って貰ったかと聞けば、「菊《きく》の井《ゐ》の鬼姉《おにねへ》さんが呉《く》れた」と答える。「あの姉《ねへ》さんは鬼《おに》ではないか、父《とゝ》さんを怠惰者《なまけもの》にした鬼《おに》ではないか、お前《まへ》の衣類《べゞ》がなくなつたも、お前《まへ》の家《うち》のなくなつたも皆《みな》あの鬼《おに》めがした仕事《しごと》」などといってカステラを捨てさせると、源七が怒ってお初に「太吉《たきち》をかこつけに我《を》れへの當《あて》こすり、子《こ》に向《むか》つて父親《てゝおや》の讒訴《ざんそ》をいふ女房氣質《にようぼうかたぎ》を誰《た》れが教《おし》へた、お力《りき》が鬼《をに》なら手前《てまへ》は魔王《まわう》」と罵る。「明《あ》けても暮《く》れても我《お》れが店《たな》おろしかお力《りき》への妬《ねた》み、つくづく聞《き》き飽《あ》きてもう厭《い》やに成《な》つた、貴様《きさま》が出《で》ずば何《どち》ら道同《みちおな》じ事《こと》をしくもない九尺《しやく》二間《けん》、我《お》れが小僧《こぞう》を連《つ》れて出《で》やう、さうならば十分《ぶん》に我鳴《がな》り立《たて》る都合《つがう》もよからう、さあ貴様《きさま》が行《ゆ》くか、我《お》れが出《で》ようかと烈《はげ》しく」怒鳴りたてると、「お初《はつ》は口惜《くや》しく悲《かな》しく情《なさけ》なく、口《くち》も利《き》かれぬほど込上《こみあぐ》る涕《なみだ》を呑込《のみこ》んで、これは私《わたし》が悪《わる》う御座《ござ》んした」と謝り、「離縁《りゑん》されての行《ゆ》き處《どころ》とてはありませぬ」と訴える。源七はお初の謝罪を聞き入れない。とうとうお初は太吉を連れて出て行く。源七は呼び戻さない。お初の哀れさが心を打つ場面である。だが、お初に去られた源七はどうするか。源七とても行き場がないことに変わりはない。

　こうして自らを追いつめて行き場をなくした源七がお力と出会ったことは間違いない。お力は源七をそこまで追いこんだ自分を省みて、丸木橋を渡る決心をする。当然、丸木橋を踏みはずす。第八章は噂として語られる彼らの死である。情死であるかどうか、真相は藪の中である。詮索は無用である。二人は二人ながらに行き場が無くなり、社会の秩序の埒外に出たのである。

これはやるせない男女の宿命を描いた作である。人が異性を愛するとはこれほどに辛く、哀しく、切ない。しかし、お初も切なく、哀しいことに変わりはない。このように私は『にごりえ』を読む。

［註］
第五章の「我戀《わがこひ》は細谷川《ほそだにがは》の丸木橋《まるきばし》わたるにや怕《こわ》し渡《わた》らねば」は「我が恋は細谷川の丸木橋、わたるにゃ怖し渡らねばおもふお方に逢はりゃせぬ」という端唄の一節をうけているが、第六章の「丸木橋踏みかへし」は、この端唄をうけて、本歌である『平家物語』巻九の小宰相の和歌「我こひはほそ谷河のまろ木橋ふみかへされてぬるゝ袖かな」をふまえている。岩波書店版『日本古典文学大系　平家物語』では、この和歌の意味を「私の恋は細い谷川にかけられた丸木橋が人に何度も踏まれて水に濡れているように、文（ふみ）を返されては涙に袖を濡らしています」と解している。本歌の第五句「ふみかへされて」は「文（恋文）を返されて、受けとっていただけないので」の意と丸木橋を「踏みかへされて」の意をかさねたものだが、一葉は「踏みかへして」を「踏みはずして」の意味で用いたものと思われる。

『ゆく雲』考

1

樋口一葉の短い生涯の晩年の作『ゆく雲』の末尾が次のとおり終わることは知られているとおりである。

「此處《こゝ》なる冷《ひや》やかのお縫《ぬひ》も笑《ゑ》くぼを頰《ほう》にうかべて世《よ》に立《た》つ事《こと》はならぬか、相《あい》かはらず父樣《とゝさま》の御《ご》機嫌《きげん》、母《はゝ》の氣《き》をはかりて、我身《わがみ》をない物《もの》にして上杉家《うへすぎけ》の安穩《あんおん》をはかりぬれど。ほころびが切《き》れてはむづかし」

この「ほころびが切《き》れてはむづかし」をどう読むか、私には易しいとは思われない。岡保生の小学館版『全集　樋口一葉2　小説編二（復刻版）』の脚注には「お縫の心に破綻をきたしては、心が挫折してしまっては、の意」であるという。峯村至津子『一葉文学の研究』（岩波アカデミック叢書）第一章「縫うこと、綻びること」の注によれば、山本欣司は「彼女は心中の孤独や虚無を誰に打ち明けるでもなく、おのれの殻から出ていこうとはしない。「恋愛」という枠組みすら、彼女の「冷やか」な心をとらえることはできなかったのである。樋口一葉「ゆく雲」には、心の「ほころびが切れて」しまった女の物語が描かれているのであると書いているそうである。峯村至津子は、この山本の文章を引用した上で「もともと「人並のうい事つらい事、さりとは此身に堪へがたし」というように、人並以上に感じやすい自分を意識していたお縫が、「冷やか」に「岩木のやうな」生き方を貫くことの難しさをあらわしたこの時こそ、「わが心にまかせて行なう」ことを抑え、「人にしたがう」「道」に身をそわせてゆこうとした彼女が、自らを抑圧しきることに失敗し、「ほころび」を切らした瞬間であった」と書いている。峯村は、この「綻びが切れるとき」という第一章の第四節で、上に記した結論を記すに先立って、「岩木のやうな」お縫に「破綻が生じる端緒は」（『ゆく雲』の（上）、（中）、（下）のうち）「（下）の桂次とお縫の別れの場面に見てとることができる」といい、「この箇所のお縫の心情については様々に論じられてきたが、たとえ山本欣司氏の言うように「一般的な哀感の表現」であったとしても「涙ほろ〳〵こぼれて一ト言もなし」（傍線原文）というほど、あふれ出る感情に身をまかせたお縫の姿が語られていることは間違いない。この場面については、結局「岩木のやう」にはなりきれない、お縫の内部にある抑圧しようとしてもしきれない感情の存在が示されているのである」と述べ、段落を改めて、「作品内部にこの時のお縫の心情を推測させるものが描かれているとすれば、それは、桂次の、「我れは唯だ君の身の幸福《しやわせ》なれかし、すこやかなれかしと祈りて此長き世をば尽さんには随分とも親孝行にてあられよ、母御前の意地わるに逆らふやうの事は君として無きに相違なけれどもこれ第一に心がけ給へ」という言葉に、「岩木のやうなる」生き方を選んだお縫の気持ちの真相に触れる部分があるといふことであろう」という。私は峯村のこのような理解に同意できない。この桂次の言葉とこれに対するお縫の反応については後に検討したい。

2

私には『ゆく雲』の末尾の「ほころびが切《き》れてはむづかし」という文章で、作者、樋口一葉は意識的に韜晦しているかのようにみえる。私の目にふれた限り、これまで私が読んできた『ゆく雲』の批評、解釈では、どの論者も「ほころびが切れてしまったからにはつくろいをのすのはむづかしい」というような趣旨に解している。「ほころびが切《き》れてはむづかし」は「切れてしまったからにはむづかしい」と「ほころびが切れては」を過去形に読むことができるけれども、同時に、「ほころびが切れてしまうことになればむづかしい」という仮定形として読むこともできる。仮定形として読むとすれば、お縫は、「もしほころびが切れてしまうことになればむづかしい」と考え、それまでと変わりなく、「一筋《すぢ》に母様《はゝさま》の御機嫌《ごきげん》、父《ちゝ》が氣《き》に入《い》るやう一切《さい》この身《み》を無《な》いものにして勤むれば家の内なみ風おこらず」といった境遇に戻ることとなる。一葉は意識的にどちらとも解することができるような表現をしたのではないか。そしてお縫の将来の境遇を読者の想像に委ねたのではないか。これは『にごりえ』における二人の死の真相を読者の想像に委ねたのと同じ手法である。

過去形として読めば、お縫の運命ははかりがたい。しかし、一葉は「ほころびが切《き》れてはむづかし」と書く前に、「此處《こゝ》なる冷《ひや》やかのお縫《ぬひ》も笑《ゑ》くぼを頰《ほう》にうかべて世《よ》に立《た》つ事《こと》はならぬか」という問いを示している。「世に立つ」とは通常であれば出世するという意味だが、ここでは父と継母との家から離脱して自立することができるか、というほどの意味であろう。そう解したばあい、あるいは結婚によって理解ある夫に恵まれるかもしれないし、あるいは、どのような結婚であれ、継母の反対によって、家を出ることは叶わないかもしれない。継母から「もの言《い》へば睨《にら》まれ、笑《わら》へば怒《おこ》られ、氣《き》を利《き》かせれば小《こ》ざかしと云《い》ひ、ひかえ目《め》にあれば鈍《どん》な子《こ》と叱《し》かられる」お縫がどのような生涯を辿ることになるのか、まったく見通しが暗い。

仮定形として読めば、お縫はこれまでどおりの惨めな生活を送ることになるから、波瀾はおこらないが、お縫は哀れである。

そこで、どちらともとれるような韜晦した表現をことさらに一葉は選んだのではないか、と私は考える。しかし、一葉の真意は仮定形として読ませることにあったと私は考える。本考は私がそのように考えるにいたった理由を説明することを目的としている。

峯村至津子は『一葉文学の研究』（岩波アカデミック叢書）第二章において、「「ゆく雲」のヒロインお縫は、作品発表時の明治二十年代に於いて、かくあるべきと説かれた生き方に自らをそわせ、家の平穏のために父母に尽くしてゆくことで、正直な心を封じ込めようとしていた。そうすることで、家の中で継母の攻撃を受け続けること、「うい事つらい事」を感じ続けることから、出来る限り身を遠ざけようとしたのである」という。その限りでは私にも異論はない。しかし、峯村は続けて次のように書いている。「「ゆく雲」では、そういうヒロインの「縫ひとゞめ」られた心に「ほころびが切れ」、感情が再び動き始めるところまでが捉えられている」。本当にお縫の感情が再び動き始めるところまで捉えられているのか、私は疑問に思う。「はたしてもう一度「目を明」いて、「うい事《こと》つらい事《こと》」を身に引き受けて生きてゆく覚悟の時」が、お縫に訪れたのか。峯村は、一葉が「自分の正直な心と向き合うということの問題を、どのようなかたちで描いたのか、お縫の「ほころびが切れ」た心の行方を追うというのが本章の目的であるが、その手がかりは、（中略）桂次とお縫の間を通う手紙にあるというのが論者の考えである」という。「ほころびが切《き》れ」た心の行方を問題とするなら、彼女がいかに生きるかの行方こそが問題であって、桂次との手紙から心の行方を探ってみたところで何の意味もない。峯村は「桂次に於いてお縫に手紙を書くという行為は、養家での〈窮屈〉〈不満〉と感じられる日々の中で、自分の思いを自由に解き放つ場を持つ、という意味を有していたと考えられる」という。桂次にとっての手紙の意味は峯村のいうとおりであろう。「一方でお縫は、桂次からの手紙に〈返事〉を書くことを想定していなかった。彼女にとって桂次からの手紙は、一人それを読むという行為の中で、自らの感情の動きに安心して身を委ねることができる、そういう境地へ誘ってくれるものとして意味を持ったのである。二人には、今の現実を動かそうとする強い思いはなく、だから、手紙はそういう思いを託されて劇的展開を準備する起爆剤とはなり得ない」と峯村は書いている。私には、峯村は桂次とお縫の関係を誤解している、としか思われない。それは峯村が桂次の性格を正確に捉えていないし、桂次とお縫の関係を正確に捉えていないことによるであろう。

3

桂次の出自、考え方については、『ゆく雲』ではまず次のとおり記されている。

「七つのとしより實家《じつか》の貧《ひん》を救《すく》はれて、生《うま》れしまゝなれば素跣足《すはだし》の尻《しり》きり半纏《ばんてん》に田圃《たんぼ》へ辨當《べんたう》の持《もち》はこびなど、松《まつ》のひでを燈火《ともしび》にかへて草鞋《わらんじ》うちながら馬士歌《まごうた》でもうたふべかりし身《み》を、目鼻《めはな》だちの何處《どこ》やらが水子《みづこ》にて亡《う》せたる總領《そうりやう》に似《に》たりとて、今《いま》はなき人《ひと》なる地主《ぢぬし》の內儀《つま》に可愛《かあい》がられ、はじめはお大盡《だいじん》の旦那《だんな》と尊《たつと》びし人《ひと》を、父上《ちゝうへ》と呼《よ》ぶやうに成《な》りしは其身《そのみ》の幸福《しやわせ》なれども、幸福《しやわせ》ならぬ事《こと》おのづから其中《そのうち》にもあり、お作《さく》といふ娘《むすめ》の桂次《けいじ》よりは六つの年少《としした》にて十七ばかりになる無地《むぢ》の田舎娘《いなかもの》をば、何《ど》うでも妻《つま》にもたねば納《おさ》まらず、國《くに》を出《いづ》るまでは左《さ》まで不運《ふうん》の縁《ゑん》とも思《おも》はざりしが、今日《けふ》この頃《ごろ》は送《おく》りこしたる寫眞《しやしん》をさへ見《み》るに物《もの》うく、これを妻《つま》に持《も》ちて山梨《やまなし》の東郡《ひがしごほり》に蟄伏《ちつぷく》する身《み》かと思《おも》へば人《ひと》のうらやむ造酒家《つくりざかや》の大身上《おほしんしよう》は物《もの》のかずならず、よしや家督《かとく》をうけつぎてからが親類縁者《しんるいえんじや》の干渉《かんしよう》きびしければ、我《わ》が思《おも》ふ事《こと》に一錢《せん》の融通《ゆうづう》も叶《かな》ふまじく、いはゞ寶《たから》の藏《くら》の番人《ばんにん》にて終《おは》るべき身《み》の、氣《き》に入《い》らぬ妻《つま》までとは彌〻《いよ〳〵》の重荷《おもに》なり、うき世《よ》に義理《ぎり》といふ柵《しがら》みのなくば、藏《くら》を持《も》ちぬしに返《かへ》し長途《ちやうと》の重荷《おもに》を人《ひと》にゆづりて、我《わ》れは此東京《このとうけう》を十年《ねん》も二十年《ねん》も今《いま》すこしも離《はな》れがたき思《おも》ひ、そは何故《なにゆゑ》と問《と》ふ人《ひと》のあらば切《き》りぬけ立派《りつぱ》に言《い》ひわけの口上《こうじよう》もあらんなれど、つくろひなき正《しよう》の處《ところ》こゝもとに唯一人《たゞひとり》すてゝかへる事《こと》のをしくをしく、別《わか》れては顔《かほ》も見《み》がたき後《のち》を思《おも》へば、今《いま》より胸《むね》の中《なか》もやくやとして自《おのづか》ら氣《き》もふさぐべき種《たね》なり。」

ここではまだお縫は描かれていないので「唯一人《たゞひとり》すてゝかへる」という唯一人が誰かは分からないが、続く文章でこれがお縫をさすことが明らかにされている。

「十年《ねん》ばかり前《まへ》にうせたる先妻《せんさい》の腹《はら》にぬひと呼《よ》ばれて、今《いま》の奥樣《おくさま》には繼《まゝ》なる娘《こ》あり、桂次《けいじ》がはじめて見《み》し時《とき》は十四か三か、唐人髷《とうじんまげ》に赤《あか》き切《き》れかけて、姿《すがた》はおさなびたれども母《はゝ》のちがふ子《こ》は何處《どこ》やらをとなしく見《み》ゆるものと氣《き》の毒《どく》に思《おも》ひしは、我《わ》れも他人《たにん》の手《て》にて育《そだ》ちし同情《どうじよう》を持《も》てばなり、何事《なにごと》も母親《はゝおや》に氣《き》をかね、父《ちゝ》にまで遠慮《ゑんりよ》がちなれば自《おの》づから詞《ことば》かずも多《おほ》からず、一目《め》に見《み》わたした處《ところ》では柔和《おとな》しい温順《すなほ》の娘《むすめ》といふばかり、格別利發《かくべつりはつ》ともはげしいとも人《ひと》は思《おも》ふまじ、父《ちゝ》母《はゝ》そろひて家《いゑ》の内《うち》に籠《こも》り居《ゐ》にても濟《す》むべき娘《むすめ》が、人目《ひとめ》に立《た》つほど才女《さいじよ》など呼《よ》ばるゝは大方《おほかた》お俠《きやん》の飛《と》びあがりの、甘《あま》やかされの我《わが》まゝの、つゝしみなき高慢《こうまん》より立《た》つ名《な》なるべく、物《もの》にはゞかる心《こゝろ》ありて萬《よろづ》ひかえ目《め》にと氣《き》をつくれば、十が七に見《み》えて三分《ぶ》の損《そん》はあるものと桂次《けいじ》は故郷《ふるさと》のお作《さく》が上《うへ》まで思《おも》ひくらべて、いよ〳〵おぬひが身《み》のいたましく、伯母《おば》が高慢《こうまん》がほはつく〴〵と嫌《い》やなれども、あの高慢《こうまん》にあの温順《すなほ》なる身《み》にて事《こと》なく仕《つか》へんとする氣苦勞《きぐろう》を思《おも》ひやれば、せめては傍《そば》近《ちか》くに心《こゝろ》ぞへをも爲《な》し、慰《なぐさ》めにも爲《な》りてやり度《たし》と、人知《ひとし》らば可笑《をかし》かるべき自《うぬ》ぼれも手傳《てつだ》ひて、おぬひの事《こと》といへば我《わ》が事《こと》のように喜《よろこ》びもし怒《いか》りもして過《す》ぎ來《き》つるを、見《み》すてゝ我《わ》れ今故郷《いまこきよう》にかへらば殘《のこ》れる身《み》の心《こゝろ》ぼそさいかばかりなるべき、あはれなるは繼子《まゝこ》の身分《みぶん》にして、腑甲斐《ふがひ》ないものは養子《やうし》の我《わ》れと、今更《いまさら》のやうに世《よ》の中《なか》のあぢきなきを思《おも》ひぬ。」

桂次のお縫に対する感情は、養子と継子という似た境遇にもとづく同情の域をさして出るものではない。「傍近《そばちか》くに心《こゝろ》ぞへをも爲《な》し、慰《なぐさ》めにも爲《な》りてやり度《たし》」とは近くにいて注意もし、慰めにもなってやりたい、と思うにとどまり、高慢で意地悪な継母に対してお縫をかばってやるわけでもなく、お縫を守ってやるわけでもない。ただ、自分が故郷に帰れば、お縫を見捨てることになるのが心残りだというだけのことである。

お縫の側はどうか。「お縫《ぬい》とてもまだ年《とし》わかなる身《み》の桂次《けいじ》が親切《しんせつ》はうれしからぬに非《あら》ず、親《おや》にすら捨《す》てられたらんやうな我《わ》が如《ごと》きものを、心《こゝろ》にかけて可愛《かわい》がりて下《くだ》さるは辱《かたじ》けなき事《こと》と思《おも》へども、桂次《けいじ》が思《おも》ひやりに比《くら》べては遙《はる》かに落《おち》つきて冷《ひや》やかなる物《もの》なり」という。お縫は桂次の親切をうれしく、有難いと感じているけれども、それ以上の愛情を覚えているわけではない。

「おぬひさむ我《わ》れがいよ〳〵歸國《きこく》したと成《な》つたならば、あなたは何《なん》と思《おも》ふて下《くだ》さろう、朝夕《あさゆふ》の手《て》がはぶけて、厄介《やくかい》が減《へ》つて、樂《らく》になつたとお喜《よろこ》びなさろうか」と桂次がお縫に問いかけるのは、嫌がらせというものである。お縫が真実はそのように感じていたとしても、このような質問をうけて、はい、そのとおりでございます、と答えられるものではない。「夫《そ》れとも折《をり》ふしは彼《あ》の話《はな》し好《ず》きの饒舌《おしやべり》のさわがしい人《ひと》が居《ゐ》なくなつたで、少《すこ》しは淋《さび》しい位《くらゐ》に思《おも》ひ出《だ》して下《くだ》さろうか、まあ何《なん》と思《おも》ふてお出《いで》なさると此様《こん》な事《こと》を問《と》ひかける」のにお縫は次のように返事をする。「仰《おつ》しやるまでもなく、どんなに家中《うちじう》が淋《さび》しく成《な》りましよう、東京《こゝ》にお出《いで》あそばしてさへ、一ト月も下《げ》宿《しゆく》に出《で》て入《い》らつしやる頃《ころ》は日曜《にちえう》が待《まち》どほで、朝《あさ》の戸《と》を明《あ》けるとやがて御足《おあし》おとが聞《きこ》えはせぬかと存《ぞん》じまする物《もの》を、お國《くに》へお歸《かへ》りになつては容易《ようい》に御出京《ごしゆつけう》もあそばすまじければ、又《また》どれほどの御別《おわか》れに成《な》りまするやら、夫《そ》れでも鐵道《てつだう》が通《かよ》ふやうに成《な》りましたら度〻《たび〳〵》御出《おいで》あそばして下《くだ》さりませうか、そうならば嬉《うれ》しけれどゝ言《い》ふ」。お縫が桂次に寄せる心情が愛情とは程遠いとしても、お縫にとって上杉家において桂次は唯一の味方であり、同情者であった。その桂次が帰郷すればお縫が淋しい思いにかきくれることは当然といってよい。再会の機会があれば嬉しいだろうというのもお縫の真情にちがいない。

ところが、続けて桂次がお縫に「我《わ》が養家《やうか》は大藤村《おほふぢむら》の中萩原《なかはぎはら》とて、見《み》わたす限《かぎ》りは天目山《てんもくざん》、大《だい》菩薩峠《ぼさつたうげ》の山ゝ《やま〳〵》峯ゝ《みね〳〵》垣《かき》をつくりて、西南《せいなん》にそびゆる白妙《しろたへ》の富士《ふじ》の嶺《ね》は、をしみて面《おも》かげを示《し》めさねども、冬《ふゆ》の雪《ゆき》おろしは遠慮《ゑんりよ》なく身《み》をきる寒《さむ》さ、魚《うを》といひては甲府《かうふ》まで五里《り》の道《みち》を取《と》りにやりて、やう〳〵鮪《まぐろ》の刺身《さしみ》が口《くち》に入《い》る位《くらゐ》、あなたは御存《ごぞん》じなけれどお親父《とつ》さんに聞《きい》て見給《みたま》へ、それは随《ずゐ》分不便利《ぶんふべんり》にて不潔《ふけつ》にて、東京《とうけう》より歸《かへ》りたる夏分《なつぶん》などは我《が》まんのなりがたき事《こと》もあり、そんな處《ところ》に我《わ》れは括《くゝ》られて、面白《おもしろ》くもない仕事《しごと》に追《お》はれて、逢《あ》ひたい人《ひと》には逢《あ》はれず、見《み》たい土地《とち》はふみ難《がた》く、兀々《こつ〳〵》として月日《つきひ》を送《おく》らねばならぬかと思《おもふ》に、氣《き》のふさぐも道理《だうり》とせめては貴孃《あなた》でもあはれんでくれ給へ、可愛《かはい》さうなものでは無《な》きかと言《い》ふ」。これは桂次の身勝手というものである。

これに答えてお縫は「あなたは左樣《さう》仰《おつ》しやれど母《はゝ》などはお浦山《うらやま》しき御身分《ごみぶん》と申て居《を》りまする」と答えると、桂次は言葉をついで次のように語る。

「何《なに》が此樣《こん》な身分《みぶん》うら山《やま》しい事《こと》か、こゝで我《わ》れが幸福《しやわせ》といふを考《かんが》へれば、歸國《きこく》するに先《さき》だちてお作《さく》が頓死《とんし》するといふ樣《やう》なことにならば、一人娘《ひとりむすめ》のことゆゑ父親《てゝおや》おどろいて暫時《しばし》は家督沙汰《かとくざた》やめになるべく、然《しか》るうちに少々《せう〳〵》なりともやかましき財産《ざいさん》などの有《あ》れば、みす〳〵他人《たにん》なる我《わ》れに引《ひき》わたす事《こと》をしくも成《な》るべく、又《また》は縁者《ゑんじや》の中《うち》なる欲《よく》ばりども唯《たゞ》にはあらで運動《うんだう》することたしかなり、その暁《あかつき》に何《なに》かいさゝか仕損《しそこ》なゐでもこしらゆれば我《わ》れは首尾《しゆび》よく離縁《りえん》になりて、一本立《ぽんだち》の野中《のなか》の杉《すぎ》ともならば、其《そ》れよりは我《わ》が自由《じゆう》にて其時《そのとき》に幸福《しやわせ》といふ詞《ことば》を與《あた》へ給《たま》へと笑《わら》ふに、おぬひ惘《あき》れて貴君《あなた》は其様《そのやう》の事正氣《ことせうき》で仰《おつ》しやりますか、平常《つね》はやさしい方《かた》と存《ぞん》じましたに、お作様《さくさま》に頓《とん》死《し》しろとは蔭《かげ》ながらの嘘《うそ》にしろあんまりでござります、お可愛想《かわいそう》なことをと少《すこ》し涙《なみだ》ぐんでお作《さく》をかばふに、それは貴孃《あなた》が當人《たうにん》を見《み》ぬゆゑ可愛想《かわいさう》とも思《おも》ふか知《し》らねど、お作《さく》よりは我《わ》れの方《ほう》を憐《あは》れんでくれて宜《い》い筈《はづ》」

まだ続くが、途中は省略して、この問答の最後を引用すれば、次のとおりである。

「女《をんな》といふものは最《も》う少《すこ》しやさしくても好《い》い筈《はづ》ではないかと立《た》てつゞけの一ト息《いき》に、おぬひは返事《へんじ》もしかねて、私《わた》しは何《なん》と申てよいやら、不器用《ぶきよう》なればお返事《へんじ》のしやうも分《わか》らず、唯々《たゞ〳〵》こゝろぼそく成《な》りますとて身《み》をちゞめて引退《ひきしりぞ》くに、桂次拍子《けいじひようし》ぬけのしていよ〳〵頭《あたま》の重《おも》たくなりぬ」。

桂次は人格卑劣という感がつよい。同時に、桂次とお縫との間に心の通い合いがないことは間違いあるまい。

そこで、桂次の別れの言葉を読み返すこととする。

「我《わ》れは君《きみ》に厭《いと》はれて別《わか》るゝなれども夢《ゆめ》いさゝか恨《うら》む事《こと》をばなすまじ、君《きみ》はおのづから君《きみ》の本《ほん》地《ち》ありて其島田《そのしまだ》をば丸曲《まるまげ》にゆひかへる折《をり》のきたるべく、うつくしき乳房《ちぶさ》を可愛《かわゆ》き人《ひと》に含《ふく》まする時《とき》もあるべし、我《わ》れは唯《た》だ君《きみ》の身《み》の幸福《しやわせ》なれかし、すこやかなれかしと祈《いの》りて此長《このなが》き世《よ》をば盡《つく》さんには随分《ずいぶん》とも親孝行《おやこう〳〵》にてあられよ、母御前《はゝごぜ》の意地《いぢ》わるに逆《さか》らふやうの事《こと》は君《きみ》として無《な》きに相違《さうい》なけれどもこれ第《だい》一に心《こゝろ》がけ給《たま》へ、言《い》ふことは多《おほ》し、思《おも》ふことは多《おほ》し、我《わ》れは世《よ》を終《おわ》るまで君《きみ》のもとへ文《ふみ》の便《たよ》りをたゝざるべければ、君《きみ》よりも十通《つう》に一度《ど》の返事《へんじ》を与《あた》へ給へ、睡《ねぶ》りがたき秋《あき》の夜《よ》は胸《むね》に抱《いだ》いてまぼろしの面影《おもかげ》をも見《み》んと、このやうの数〻《かず〳〵》を並《な》らべて男《をとこ》なきに涙《なみだ》のこぼれるに、ふり仰向《あほの》いてはんけちに顔《かほ》を拭《ぬぐ》ふさま、心《こゝろ》よわげなれど誰《た》れもこんな物《もの》なるべし、今《いま》から帰《かへ》るといふ故郷《ふるさと》の事養家《ことやうか》のこと、我身《わがみ》の事《こと》お作《さく》の事《こと》みなから忘《わす》れて世《よ》はお縫《ぬひ》ひとりのやうに思《おも》はるゝも闇《やみ》なり、此時《このとき》こんな場合《ばあひ》にはかなき女心《をんなごゝろ》の引入《ひきいれ》られて、一生消《せうき》えぬかなしき影《かげ》を胸《むね》にきざむ人《ひと》もあり、岩木《いわき》のやうなるお縫《ぬひ》なれば何《なに》と思《おも》ひしかは知《し》らねども、涙《なみだ》ほろ〳〵こぼれて一ト言《こと》もなし。」

私は桂次のお縫に言う言葉が「随分《ずいぶん》とも親孝行《おやこう〳〵》にてあられよ、母御前《はゝごぜ》の意地《いぢ》わるに逆《さか》らふやうの事《こと》は君《きみ》として無《な》きに相違《さうい》なけれどもこれ第《だい》一に心《こゝろ》がけ給《たま》へ」ということに尽きることにかなりに衝撃をうける。これではお縫に対する慰めにならないし、励ましにもならない。お縫に対する慰めの言葉、励ましの言葉はいくらもありえるはずである。いったい、桂次は、上杉家におけるお縫のただ一人の同情者であった自分が去った後のお縫の淋しさを、どう思っているのか。ただ、これまでのとおり忍耐せよ、ということはお縫に対してあまりに苛酷な別れの言葉ではないか。作者は「此時《このとき》こんな場合《ばあひ》にはかなき女心《をんなごゝろ》の引入《ひきいれ》られて、一生消《せうき》えぬかなしき影《かげ》を胸《むね》にきざむ人《ひと》もあり」という。このような桂次の言葉に引き入れられたら、生涯かなしい思いをしなければならないのだ、と作者は語っている。「岩木《いわき》のやうなるお縫《ぬひ》」が「何《なに》と思《おも》ひしかは知《し》らねど」と作者はいうが、「岩木」のような彼女の心がこのような残酷な言葉で溶けるはずはない。彼女は返す言葉も知らない。ただひたすら涙をこぼすのみである。

峯村至津子は「かつてのお縫は死にたいと願うほどつらい自分の状況を、亡き実母の墓前で泣いて訴えた。しかし、現実に母が答えてくれるはずもなく、その訴えは一方通行のものでしかなかった。その後の「身を無いものにして闇をたどる」ようなお縫の人生の中で、桂次との別れ際の、彼女のつらい日常を察してくれる彼の言葉が、孤立無援であったお縫の心に触れたであろう」というけれども、どうして、すでに引用した桂次の言葉がお縫の「心に触れた」と読むことができるのか、私にはまことに不可解である。

いったい、十通に一度は返事をくれ、という桂次の気持は、実際は返事をしてもらいたくないということである。かりにお縫から手紙が養家先に届けば、桂次とお縫との関係を疑われ、養家の家庭内に波瀾を生じることは目に見えている。峯村は「お縫は桂次からの手紙に〈返事〉を書くことを想定していなかった」と書いているけれども、桂次自身がお縫の返事を想定していないからこそ「十通に一度」という言葉があると読むべきである。峯村は当時の規範として『女大學宝箱』『女大學集』などを引用しているが、現代でも、結婚した夫婦の一方が結婚前につきあっていた異性から手紙が届けば、異性間であっても、つき合いが愛情をともなわない、まったくの友情であることがはっきりと相手に理解されていなければ、家庭紛議の原因とならざるを得ないであろう。峯村が「二人には、今の現実を動かそうとする強い思いはなく、だから、手紙はそういう思いを託されて劇的展開を準備する起爆剤とはなり得ない」と書いていることはすでに述べたが、桂次の側にお縫に対する同情はあっても、現状のままの「孝養」を勧めるだけの気持しかなかったし、お縫の側でも唯一の同情者として桂次が去ることに淋しさを感じても、愛情とは程遠い、淡い親愛の情しかもっていなかった。峯村は「桂次とお縫を結びつけるコミュニケーションの手段としては機能していない」というけれども、そもそもコミュニケーションを必要とする必然性もなかったのである。

4

帰郷後の桂次からの手紙に関連して『ゆく雲』は次のとおり記述して、この作品は終わっている。

「花《はな》ちりて青葉《あをば》の頃《ころ》までにお縫《ぬひ》が手《て》もとに文《ふみ》三通《つう》、こと細《こま》か成《なり》けるよし、五月雨軒《さみだれのき》ばに晴《は》れまなく人戀《ひとこひ》しき折《をり》ふし、彼方《かなた》よりも數〻《かず〳〵》思《おも》ひ出《いで》の詞《ことば》うれしく見《み》つる、夫《そ》れも過《す》ぎては月《つき》に一二度《ど》の便《たよ》り、はじめは三四度《ど》も有《あ》りけるを後《のち》には一度《ど》の月《つき》あるを恨《うら》みしが、秋蠶《あきご》のはきたてとかいへるに懸《か》ゝりしより、二月《つき》に一度《ど》、三月《つき》に一度《ど》、今《いま》の間《ま》に半年目《はんとしめ》、一年目《ねんめ》、年始《ねんし》の狀《ぜう》と暑中見舞《しよちうみまい》の交《つき》際《あい》になりて、文言《もんごん》うるさしとならば端書《はがき》にても事《こと》は足《た》るべし、あはれ可笑《をか》しと軒《のき》ばの櫻《さくら》くる年《とし》も笑《わら》ふて、隣《となり》の寺《てら》の觀音樣御手《くわんをんさまおんて》を膝《ひざ》に柔和《にうわ》の御相《さう》これも笑《ゑ》めるが如《ごと》く、若《わか》いさかりの熱《ねつ》といふ物《もの》にあはれみ給《たま》へば、此處《こゝ》なる冷《ひや》やかのお縫《ぬひ》も笑《ゑ》くぼを頰《ほう》にうかべて世《よ》に立《た》つ事《こと》はならぬか、相《あい》かはらず父樣《とゝさま》の御機嫌《ごきげん》、母《はゝ》の氣《き》をはかりて、我身《わがみ》をない物《もの》にして上杉家《うへすぎけ》の安穩《あんおん》をはかりぬれど。ほころびが切《き》れてはむづかし」

峯村は「桂次との別れ際の、彼女のつらい日常を察してくれる彼の言葉が、孤立無援であったお縫の心に触れたであろうことは前章に於いて述べた。そして論者は、この時にお縫の心に「ほころびが切れ」かけたと解釈した。それは、帰郷した桂次からの手紙を「うれしく見《み》」、手紙が減り始めるとそれを「恨」んだというふうに語られるお縫の心情が、かつての「桂次が親切はうれしからぬに非ず（中略）心にかけて可愛がりて下さるは辱《かたじ》けなき事と思へども」と、〈嬉しくないわけではない、有難いことではあるが……〉というように語られていた、冷静で消極的な状態からは一歩進んでいることがわかるからである。「岩木のやうなるお縫」の内部には、確実に変化が生じ始めていた。父と継母に対する身の処し方は変わらずとも、桂次からの手紙を読むという行為の中で、お縫は、これまで封じ込めてきた自分の感情の動きを再び感じることの出来る時間を持ち始めていたのである」と論じている。「うれしい」とか「恨み」といった表現から、お縫の内部に変化が生じたと読むのは深読みとしか思われない。「此處《こゝ》なる冷《ひや》やかのお縫《ぬひ》も笑《ゑ》くぼを頬《ほう》にうかべて世《よ》に立《た》つ事《こと》はならぬか」、「冷《ひや》やかのお縫《ぬひ》」は最後まで変わることがないと作者は明言しているのである。峯村はこうした表現を無視している。

5

そもそも峯村は一葉の随筆『雨の夜』について前田愛による「一葉は針とる業に夜を徹することを厭わない家庭の主婦のありように背くことになった。「雨の夜」のやや感傷的にすぎる美文の向う側に聞き定められるのは、物書くことの修羅に憑かれてしまった明治の女書生が、断念しなければならなかったもの――人並みな女のわざをいとおしむ嘆きの声である。相馬御風は「古い日本の最後の女」というキーワードで、その一葉論をしめくくったが、たしかに一葉は、作家として成長して行く過程で意識的にもぎとらなければならなかったすべてのものに、一方では絶えずいとおしみを持ちつづけた引き裂かれた心の人であった」（傍点原文）という批評を引用し、「文筆の道を選ぶことによって「人並みな女の業」を「断念しなければならなかった」とか、それを「意識的にもぎとらなければならなかった」とかいう一葉解釈については若干異論がある」と記しながらも、「明治から大正にかけての時代、〈縫物〉とは、その裏にどういう意味、どういう力を秘めているものだったのか。まずは、一葉が作品を発表していた時代に於ける、〈縫物〉に対する女性の意識が表われている例を呈示して、それを解き明かす糸口としたい」と言い、「〈縫うこと〉に込められた意味」を説明している。

峯村は福澤諭吉『女大學評論』『女大學集』などを引用し、「このように〈縫物〉とは「人並みな女のわざ」＝家庭の主婦の日常的な仕事、というだけにとどまらず、「女大学」のような書物が流布し、女性の生き方が制限されていた状況に於いて、家のことに心を尽くすという、当時理想とされた女性のあり方を象徴するものとして存在していたのである。最も重要な「女のわざ」であり（「教女子法」）「高尚なる技芸」（「女大学評論」）として、女性にとって欠くべからざるものであるという重い意味が、一葉の〈縫物〉に対する感慨の背景に、まずはあったということになる」と書いている。

私はこうした考えに到底同感できない。『女大學』の類が説いているものは、理想的な、ありうべき女性像であって、けっして現実に生活していた女性像を示しているものではない。こうした書物が示す女性像が一葉をはじめ当時の現実の女性の処世観を示すものではないからである。

峯村は明治二二年に一葉が執筆したと推定される「まして女の身はたいふかひなく口をしき者はあらじかし　生て出て六ッ迠はおのことも別ちなけれど其女や今少しおとなび行て物ごと學ぶにも男よりはことはりわきがたくまだかたはしだにもしらぬまにたちぬひのわざなすべく成ぬ」と書いた「雑記」を引用している。一葉が「われは女成けるものを」という女性差別についての不満を生涯いだきつづけたことは間違いないが、峯村は「右の文章では「人のいはんこと」を気兼ねしなければならないような状況のなかで、女性が職業に就いたり本格的に何かを学んだりすることの難しさが綴られている。成長し、男女の道が分かれてゆかなければならないとき、女性の前に開かれている道の先にあるのは「たちぬひのわざ」であった。男女格差が強く意識されるなかで、一葉にとっての「たちぬひのわざ」とは「いふかひなく口をしき」「女の身」を象徴するものであったのである」という。ここで峯村の論理は飛躍している。一葉は男女格差が口惜しいと言い、女性がはじめて習得するのは「たちぬひのわざ」である、といっているにとどまり、「たちぬひのわざ」を男女格差の象徴といっているわけではない。

このように記した上で『雨の夜』の背景には「女性にとっての、〈縫物〉に象徴される理想としての生き方と、〈学問・文筆〉という、そこからの逸脱として否定的な眼差しをむけられがちであった生き方との、厳しい対立関係が存在していた。これらの文章には、確かに自分が選ばなかったもう一つの生き方に対する「いとおしみ」（前田愛氏）と呼べるような感情が描かれてはいるが、それのみを読み取るだけでは充分とは言えまい。そうした感情を描くことの裏で、これらは、自らが〈縫物〉の業に疎い女、まっとうとされる生き方から隔たった女であることを語っている文章でもある。女性に対する制約が多かった時代に、そうしたものの象徴であった〈縫物〉からの隔たりを語る文章を公表すること。確かに、「感傷的にすぎる美文」（前田氏）で彩られた〈縫物〉への郷愁が表面を覆ってはいるが、その背後には「人並みな女のわざ」とされるものから身を遠ざけ、当時広く許容されてはいなかった生き方を選んだ自分を提示する、という書き手の意志を見ることができるのである」という。

こうした観点から『ゆく雲』の「お縫」の意味を解き明かそうとしたのが峯村の『ゆく雲』論である。一葉を「物書くことの修羅に憑かれてしまった明治の女書生」と言い、「人並みな女のわざ」を「断念しなければならなかった」という前田愛の考えは論外だが、峯村の観点にも私は到底同意できない。何よりも峯村の観点は事実に反する。一葉が小説を書くことを志したのは母、妹邦子、それに自分を含めた一家三人の生活のためであった。これが、田辺龍子、結婚後は三宅花圃の小説『藪の鶯』の成功により、花圃が三十数円の原稿料を得たことに刺戟された結果であることに疑問はない。だから、「人並みな女のわざ」とされるものから身を遠ざけ、「当時広く許容されてはいなかった生き方を選んだ」わけではない。余儀ない選択であったにすぎない。樋口一葉一家は女性三人、資産もなく、むしろ一葉の父則義が遺した負債をかかえていた。仕立物、洗い張り、洗濯といった仕事で三人が精出したところで、生計を立てることは容易ではない。萩の舎の先輩であり、歌作の才能について花圃に劣るとは考えていなかった一葉が、小説によって生計を立てることを思いついたことは決してふしぎではない。

しかも、小説家を志してからも、一葉は縫物をしなかったわけではない。日記「若葉かげ」明治二四年六月六日、「頼まれたる針仕事遅くまでする」とあり、全集は、この針仕事は中島歌子の実妹中島蔵子の依頼によるものであり、一家は仕立物を内職にして生計を助けていたと注している。日記「わか艸」明治二四年七月三〇日「先は裕衣縫ふ　夕刻大方出來上る」、翌三一日「裕衣縫上る」、八月一日「此次の仕立物頼まる」、八月八日「早朝師君より手紙來る　一両日にて腸かたるにて腹痛たえがたければ今日一会休むべきよし成けり　依頼の裕衣も出來上りたるをもて直ちに見舞に行　さしてのことにもあらずといふ　又綿入を仕立くれよとて一枚たのまる」、八月九日「國の帯を一本仕立」、「蓬生日記　一」、九月一六日「おのれは師の君のしたてもの今日よりはじむ」、一〇月二六日「岡田より仕立もの取に來る　又依頼し度などいふにこれをも受合ふ」、翌二七日、自分の衣装だが「鳥尾君へ參らん時の料にとて洗ひ張させし衣縫ふ　はぎものひる前かゝる　下まへのゑり五ッはぐ　袖にはぎ二ッあり」、一一月四日「午前裁縫ニ従事す」、一一月一五日「午前稻葉君正朔君と共に參らる　縫物依頼さる」、「につ記」明治二五年一月二日「早朝より年始着の三ッ揃へ位立にかゝる」、同月四日「今日もひねもす裁縫　猶夜更るまでもなしたり」、同月五日「おなじくこの夜も裁縫にふかして一番鳥の聲聞てふしどに入たり」、同月六日「三ッそろへの綿入物をする　この夜もおなじく三時まで裁縫」、同月七日「日没迠に裁縫は仕終へたり」、同月九日「この夜よりおのれが平常ぎの綿衣仕立」にかゝる」、「につ記」明治二五年五月「十日より蟬表内職にかゝる」、一一日「おなじく」、一二日「おなじく」。

一葉は強度の近眼のため裁縫が不得手であった。他人の三倍も時間がかかったという。このため、半井桃水の手により「武蔵野」の発刊がきまり、一葉がいよいよ作品を世に問う状況になってからは、めっきり内職の仕立てをすることがなくなったようである、おそらく、創作に専念した方がなまじ内職の仕立物をするよりもよいという一家の判断で、一葉は裁縫の内職をしないこととしたのではないか。いずれにしても、一葉はその意図として「人並みな女のわざ」とされるものから身を遠ざけ」たわけではなかった。

それ故、『ゆく雲』の解釈について、一葉が女大學的な理想的な主婦の仕事である縫い物を断念したり、遠ざけたりしたことを、その創作の動機と考えることは、私には間違いとしか思われない。

6

そこで、ふたたび、「ほころびが切《き》れてはむづかし」をどう理解するかに戻れば、「ほころびが切《き》れてはむづかし」は過去形で解すべきではない。仮定形で解しなくてはならない。つまり、ほころびが切れてしまえば難しくなるので、ほころびが切れないよう、お縫はこれまでどおり「一切この身を無いものにして」一家に波風が立たないように生きていくことになる、と解するわけである。そう解してはじめて『ゆく雲』という題名も理解できるであろう。桂次は上杉家とお縫にその影を落としながら、いかなる傷痕ものこすことなく、空遠く去っていったのである。

『大つごもり』考

1

前田愛『樋口一葉の世界』（平凡社選書）所収の「『大つごもり』の構造」に次の一節がある。
「金銭の劇として『大つごもり』を捉えかえすならば、その人間関係の葛藤を始動させる最初の引金は、いうまでもなく病苦にせめられて裏店住いを余儀なくされているお峯の伯父、八百屋の安兵衛が田町の高利貸から借り出した三月しばりの十円の金である。安兵衛は天引き八円五十銭の借金の返済を延期してもらうために、年の暮までに利息の一円五十銭を用意しなければならぬハメに追いこまれている。その調達の役割は、七歳のときから伯父夫婦に養育され、今は山村家に下働きの女中としてお峯の肩にかかってくる。養育の義理と骨肉の情と、いわば二重の心理的な枷を負っているお峯に、この伯父の依頼を拒否する論理は許されていない。」（前田愛は「お峰」と表記しているが全集では「お峯」なので、以下すべて「お峯」と表記する。）

伯父、安兵衛が三カ月期限で十円（利息天引きで八円五十銭）を借りたのが九月末であり、したがって、返済の期限は年末に迫っている。ここで「をどりの一兩《りやう》二分《ぶ》を此處《こゝ》に拂《はら》へば又《また》三月《つき》の延期《のべ》にはなる」といわれ、一円五十銭の調達を必要としている、という。「をどり」とは、一月分の利息を二重に支払って返済期限の延期を認めてもらうことをいい、一両は四分だから、一両二分は一円五十銭の江戸時代風の言い方である。この説明が省かれていることを除けば、前田愛の記述に誤りはない。ただ、前田愛は「養育の義理と骨肉の情と、いわば二重の心理的な枷を負っているお峯に、この伯父の依頼を拒否する論理は許されていない」というけれども、私なら、「養育の義理と骨肉の情にほだされて、お峯には伯父の依頼を断ることはできない」というのが適切であろう。お峯にとって、この伯父の頼みを拒むことができるかどうかは、「論理」が許されるか、許されないかという論理の問題ではない。情誼の問題である。ただ、これは文体の趣味かもしれない。

　さらに、説明を加えれば、伯父、安兵衛は元来は初音町の表通りに店舗を構え、「田町《たまち》より菊《きく》坂《ざか》あたりへかけて」八百屋の行商もしていたのだが、九月末、「發熱《ほつねつ》につゞいて骨病《ほねや》み」などで、「段々《だん〳〵》に喰《た》べへらして天秤《てんびん》まで賣《う》る仕義《しぎ》になれば、表店《おもてだな》の活計《くらし》たちがたく、月《つき》五十錢《せん》の裏屋《うらや》」暮らしに落ちぶれている。骨病みとは神経痛のことをいう。安兵衛が寝込んだので、伯母は内職に仕立物をしているが、これは一日十銭の稼ぎにもならない。八歳の子、三之助は「表《おもて》の鹽物《しほもの》やが野郎《やらう》と一處《しよ》に、蜆《しゞみ》を買《か》ひ出《だ》しては足《あし》の及ぶだけ擔《かつ》ぎ廻《まわ》り、野郎《やらう》が八錢《せん》うれば十錢《せん》の商《あきな》ひは必《かな》らずある」というが、これは「薬代」ほどの稼ぎにしかならない。箪笥、長持、長火鉢など、道具らしい道具もなく、米櫃もない。伯母の内職の収入から家賃を払えば、残りの金額では生計にも足りない。こうした生活からみて、かりに三カ月期限を延期してもらっても、はたして元金が払えるかどうか。すでに生活が成り立たないまでに安兵衛一家は追いつめられている。安兵衛の病気が治癒してくれなければ、伯父一家は暮らしを立て直すことはできない。そういう状況はお峯にもすぐに分かったはずだが、両親と死別し、伯父、安兵衛に養育されたお峯としては、安兵衛から、一円五十銭の調達を頼まれれば、嫌とはいえない立場にあった。

前田愛は、続いて「お峯は安兵衛一家の窮状に心を動かされ、好人物の伯父を疑いえないが故に、不調子が充分予測される主家への無心をあえて引きうけるのである。その意味では安兵衛がお峯をかきくどく言葉の中に、「その主人に一年の馴染、気に入りの奉公人が少々の無心を聞かぬとは申されまじ」とある一句が、このような二人の人間関係をあざやかに照らし出していて示唆的だ。「申されまじ」の強い否定形は、お峯の忠勤の代償として山村家の温情が当然のことであるかのように安兵衛によって期待されているしるしである。しかもそこには「無心」が聞き届けられることがそのままお峯の忠勤の証しになるという、安兵衛自身も意識していない「強制」さえ含まれている」と書いている。

お峯が「好人物の伯父を疑いえないが故に」と前田は書いているが、お峯は何故「好人物の伯父を疑いえない」のか、私には前田の文章の意味が理解できない。それはともかくとして、前田が引用している「申すまじ」の句の前から引用すると、「お峯《みね》が主《しゆう》は白金《しろかね》の臺町《だいまち》に貸長屋《かしながや》の百軒《けん》も持《も》ちて、あがり物《もの》ばかりに常綺羅《じやうきら》美々《びゝ》しく、我《わ》れ一度《ど》お峯《みね》への用事《ようじ》ありて門《かど》まで行《ゆ》きしが、千兩《りやう》にては出來《でき》まじき土藏《どざう》の普請《ふしん》、羨《うら》やましき富貴《ふうき》と見《み》たりし、その主人《しゆじん》に一年《ねん》の馴染《なじみ》、氣《き》に入《い》りの奉公人《ほうこうにん》が少々《せう〳〵》の無心《むしん》を聞《き》かぬとは申されまじ」と語るのである。ここにみられるのは、お峯の富貴な主家の主人が一年奉公してすでに馴染んでいる気に入りの奉公人の無心を聞き届けるのが当然という、「温情」を期待する、虫のいい、安兵衛の身勝手である。「申されまじ」とは、現代語でいえば、おっしゃるまい、というほどの期待の言葉であって、強い期待の表現であっても、「強い否定形」ではない。いったい、いかに気に入りの女中であっても、わずか一年ほどしか勤めていない奉公人に、いくらかでも「無心」を聞き届けるほど人の良い主人がいるだろうか。「無心」とは『広辞苑（第六版）』によれば「遠慮なく物をねだること」とあり、『新明解国語辞典（第七版）』では「お金・品物などを（当然のことのように）平気で、ねだること」である。主人と奉公人との間でなく、友人間でさえ「無心」するのは、よほど厚かましいことだし、「無心」に応じるのはよほどの好意である。まして、わずか一年しか勤めていない奉公人が、いかに資産家の主人にたいしてでも、「無心」することは尋常ではないし、主人が「無心」に応じてくれることを期待することも社会の常識に反する。前田が書いているとおり、お峯には「不調子が充分予測され」たのであった。

ことに、この問答の前に、奉公を止めて、安兵衛の介抱、暮らしの助けをする、というお峯に対して、「安兵衛《やすべゑ》はお峯《みね》が暇《いとま》を取《と》らんと言《い》ふに夫《そ》れは以《もつ》ての外《ほか》、志《こゝろざ》しは嬉《うれ》しけれど歸《かへ》りてからが女《をんな》の働《はたら》き、夫《そ》れのみか御主人《ごしゆじん》へは給金《きうきん》の前借《まへがり》もあり、それッ、と言《い》ふて歸《かへ》られる物《もの》では無《な》し」と言っている。すでにお峯には前借があり、前借を返済するまで働かなければ、主家から暇をとることもできない身の上である。もちろん、暇をとって安兵衛の許に帰ったからといって、彼のいうとおり、若いお峯の細腕で、どれほど生計に寄与できるわけでもない。だから、お峯は思案の上で、「よろしう御座《ござ》んす慥《たし》かに受合《うけあ》ひました、むづかしくはお給金《きうきん》の前借《まへがり》にしてなり願《ねが》ひましよ、見《み》る目《め》と家内《うち》とは違《ちが》ひて何處《いづこ》にも金錢《きんせん》の埒《らち》は明《あ》きにくけれど、多《おほ》くでは無《な》し夫《そ》れだけで此處《こゝ》の始末《しまつ》がつくなれば、理由《わけ》を聞《き》いて厭《い》やは仰《おほ》せらるまじ」と答えるのである。「むづかしくはお給金《きうきん》の前借《まへがり》」とお峯は答えているが、「無心」ができるはずがないことはお峯は承知している。いかに主家の山村家に資産があっても、「何處《いづこ》にも金錢《きんせん》の埒《らち》は明《あ》きにく」いことも分かっている。さらに、すでに前借があるのに加えての前借だから、ずいぶんな無理を承知で、お峯は伯父から押しつけられた依頼を引き受けたのであった。

前田愛は、続けて「この義理と人情とをないまぜにした安兵衛の骨肉の論理からすれば、お峯と山村家との人間関係は、雇傭関係というより主従関係に近い何かでなければならないだろう。

事実、安兵衛の依頼を肯がうお峯もまた、「御新造」と自分との関係を主従の関係として意識しているると思われるふしがある。お峯は伯父の前では、「お給金の前借にしてなり願ひましよ」とうけあいながら、「御新造」に面と向ったときには、前借の形式を雇傭者の当然の権利として主張しようとする気配を見せていない」という。前田愛は雇傭契約について基本的に誤解し、理解を欠いている。雇傭関係にあれば、「当然の権利」として「無心」ないし「前借」を主張できるか。たとえば、企業の従業員は企業と雇傭関係にあるが、だからといって、雇傭主の企業に給与の前借を「当然の権利」として要求できるわけではない。また、雇傭関係にあれば、主人と女中は主従関係ではなくなるのか。雇い主である主人と雇われる女中との間に雇傭関係が成り立つが、雇われる女中は労務を提供して、その対価として給金を受け、雇い主である主人は女中から労務の提供を受け、その対価として給金を支払うのであって、給金以外に「無心」や「前借」を認めるとすれば、恩恵以外にはありえない。また、女中奉公は雇傭契約によるが、その結果、主人と女中との間には主従関係が生まれるのである。主従関係とは雇われる者が雇う者の指示、命令にしたがって労務を提供することで成り立つ。その労務提供の対価として女中は給金を受け取るのである。雇傭関係にあるからといって、必ずしも、主従の関係が消滅するわけではない。

さらに、前田は「奉公はじめにあたって、「端書一枚」で転職が可能なことをほのめかす請宿の老婆の忠告に、お峯が反撥し、「勤め大事に骨さへ折らば御気に入らぬ事も無き筈」と呟いているように、お峯のばあい、「御新造」との関係は冷やかな雇傭関係であってはならず、ほとんど一方的な無償の献身として、たえず内面化されなければならぬものであった」と書いている。しかし、『大つごもり』において、作者は「世間《せけん》に下女《げぢよ》つかう人《ひと》も多《おほ》けれど、山村《やまむら》ほど下女《げぢよ》の替《かは》る家《いゑ》は有《あ》るまじ、月《つき》に二人《ふたり》は平常《つね》の事《こと》、三日四日に歸《かへ》りしもあれば一夜居《よゐ》て逃出《にげいで》しもあらん」と書いている。お峯が雇われた山村家では下女がそれほど頻繁に替わったのであり、それだけ、替わりはいくらもいた時代であった。雇傭関係とは「冷ややかな雇傭関係」でしかありえないのである。雇傭関係に冷ややかな雇傭関係も温かい雇傭関係もあるわけではない。そのかわり、雇われる女中は「一方的な無償の献身」を要求されるわけではない。お峯も「無償の献身」をしているわけではないし、そんなつもりもない。お峯も労務提供の対価として給金を受け取るのである。だから、お峯が「勤《つと》め大事《だいじ》に骨《ほね》さへ折《を》らば御氣《おき》に入《い》らぬ事《こと》も無《な》き筈《はづ》」と呟くのは、真面目に勤めれば、主人に気に入ってもらえるだろうし、そうなれば主従関係も円滑にゆくだろう、というほどのことにすぎない。「お峯のばあい、「御新造」との関係は冷ややかな雇傭関係であってはならず」と前田がいうのは雇傭関係についての前田の幻想にすぎない。まして、「ほとんど一方的な献身として内面化される」こともありえない。すべて前田の独断にすぎない。

「山村家の「御新造」が安兵衛の期待するとおりに温情あふれる主人であったならば、彼女から手渡されるであろう二円の金は、その恩恵のまぎれもないしるしであり、お峯の甥三之助が初音町の長屋にもたらす同じ金は、お峯の忠勤の証しであり、伯父夫婦の「恩」にむくいる確かなしるしとなるはずであった。そしてこの二円の金は、その一部である五十銭が出世前の三之助を祝う「三ヶ日の雑煮」の費用にあてられた上で、残り一円五十銭がふたたび純粋な流通手段の面貌をとりもどした非情な金銭として、高利貸の手もとに環流することになっただろう。しかし、起点と終点に量・利害の表現としての金銭があり、その中間に質・情誼の表現としての金銭があるという、このようなサイクルはもちろん『大つごもり』では実現しない。高利貸の対極に位置する「御新造」の恣意（機嫌かひ）が、このサイクルを断ち切ってしまうからである。「御新造」の恣意は、「家」と骨肉愛の擬制の上に成立っている安定した権威＝服従関係の実態を露わにさせ、お峯と安兵衛一家の幻想は裏切られて行く。」

前田愛は「『大つごもり』の構造」の第1章を以上の文章で結んでいる。前田が真実このように考えてこの文章を書いたとは、私には信じられない。「御新造」が前借を断ったのは彼女の「恣意」ではない。前田は「御新造」の「恣意（機嫌かひ）」という。『大つごもり』には「少《すこ》し御新造《ごしんぞ》は機嫌《きげん》かいなれど」とあることは事実である。「機嫌かひ」とは「人に対する喜怒好悪の感情の変りやすい性質。また、その人」（『日本国語大辞典（第二版）』）という。ただ、使用人のいわれのない要請を断るのは雇い主としての当然の権利である。金銭のサイクルはつねに非情である。このサイクルの間に恩恵がはいるのを期待することが間違っている。そんな常識を前田愛は無視しているか、さもなければ、無知なのである。お峯もそのような幻想はもっていなかった。だから「しばらく思案《しあん》」しなければならなかったし、「何處《いづこ》にても金錢《きんせん》の埒《らち》は明《あ》きにく」いと語り、ついに恩義と人情にほだされて試みたまでのことであった。

2

第2章において、前田愛は、明治二八年一二月に刊行されて好評を博したという「日用宝鑑」と冠した、国分操子著『貴女の栞』から、「継母と継子の心得」「奉公人を使ふ心得」とを部分的に抜粋し、「御新造」と山村家の先妻との間の長男、石之助、「御新造」とお峯の人間関係に照明を当てることとしている。前田の引用した文章をそのまま引用する。

「子を持ちて後婦人の心得の中にて最も心すべきは継子に対する平生の心なり……始めより我が赤心《まごころ》を以て彼を遇せば彼も亦などか邪《よこしま》なる心を以て迎えんや互に穏《おだやか》なる顔もて打ち解けて語らはんにはいかで争ひ事の起るべきぞ故に若し世の継母たらん人は其継子の我が夫の子たることを思ひて之れを愛《いつく》しみ継子たらん人は其継母の我が父の妻たることを思ひて之れを敬ひ互に此義を忘れずば永く不和の起ることはあるまじ　（継母と継子の心得）

昔し晉の陶淵明といふ人は其の子の許へ一人の童子を送りて之れを召使はしむる時に其子を戒めて曰く此れも亦人の子なり父母は其身にかへて最《い》と愛《かはゆ》き子なれども貧苦の為に奉公に出すことなれば主人たる者は我子と同じく痛はり使ふべしと訓《をし》へつかはされたるは実《げ》に理《こと》わりあることにして世間の奉公人を使ふ人は斯くぞあり度事なり……

奉公人たりとて之れを賤しみ侮どることなく其の言ふ所にして道理あることは此れを採り用ひ又其の道理に外づれたることは此れに言ひ聞かせ平生行儀作法又は身持などのことも深く教へて彼《かの》家に奉公に居りし者ならば平生の教正しき故に嫁又は婿に迎へてもよろしかるべしと世の人に云ひはやさるゝ位に心懸くべきなり……

暑さ寒さの時々には奉公人とて之れに感ずることは同じことなるに別《わ》けて主人よりも劇しく働くものなれば能く心を用ひて衣服夜具などに余分あらば之れを貸し与へ飲み食ふ者も余分あらば奉公人に皆別ち与ふべし……

誤りて器物を毀したりとて繰返し〳〵其小言を言ふなどは其性質の度量狭きを示すものなり……

長く住みなれたる奉公人は時として我儘を働くこともあるべければ大抵の事はして之れを使ひつゞくること便利なるべく又世間に対しても体裁よろしきなり　（奉公人を使ふ心得）」

前田愛は『貴女の栞』について、前記の引用に先立って、「要するに明治の中流家庭をあずかる主婦たちの生活意識を、公約数的に把むことのできる標準的な文献」といい、すぐ次の節では「この『貴女の栞』に描き出された明治の期待される主婦像」と書いている。『貴女の栞』の主婦像は明治の中流家庭の現実の公約数的主婦像なのか、あるいは、たんに「期待される主婦像」なのか、前田愛の見解は揺らいでいる。前田は、このような不確かな捉え方で『貴女の栞』を基準とし、引用の後には「ここに語られているのはまさに典型的な明治ブルジョアの家族道徳であり、温情主義である」といい、「『貴女の栞』に見るような同時代の常識の線にそって、山村家の「御新造」を主婦の資格に欠ける女主人として、またお峯を模範的な奉公人として、それぞれ設定した」と書いている。

『貴女の栞』に見るような主婦像が同時代の常識であれば、『貴女の栞』のような本が刊行され、好評を博するようなことはありえない。『貴女の栞』の主婦像は「期待される主婦像」であって、決して一般的な主婦像ではなかった。前田愛は、引用の後には「ここに語られているのはまさに典型的な明治ブルジョアの家族道徳であり、温情主義である」と書いているところからみると、あたかもこうした家族道徳、温情主義が明治期のブルジョア階級にひろく普及し、彼らを支配していたと前田は解しているようだが、こうした、家族道徳、温情主義がひろく普及し、支配的な慣行となっていたなら、『貴女の栞』のような本が刊行され、好評を博することはありえない。前田愛は、自身で『貴女の栞』が「期待される主婦像」を描いたと書きながら、それが現実の一般的な主婦像であるかのように記している。前田愛自身が混乱している。

続いて、前田愛は「「継母と継子の心得」の一項が立てられた背景には、明治民法の大きな争点となった養子縁組の制度、男性の一方的な離婚が許容されていた家族制度、中流階級の常識に近かった一夫多妻《ポリガミィ》の慣習などが考えられるわけだが、そのような男性の恣意と「家」の矛盾が放置されたかたちで、継母と継子の調和が力説されているところに、ブルジョア家族道徳の偽善性を指摘することは容易だろう」という。私には前田の文章が理解できない。養子縁組が「明治民法の大きな争点」となったとは、私は聞いたことがない。戸主制度、婿養子制度などが明治民法における特徴的な制度だが、養子制度そのものは現行民法でも変わりないし、『貴女の栞』が説いていることは現在の社会においても適合しないわけではない。男性の一方的な離婚を明治民法が許容していたというのも決定的に間違っている。ただし、たとえば、配偶者が自己の直系尊属に対して虐待を為し、又は重大な侮辱を与えたとき、は法律上の離婚事由として定められていた。これは嫁が舅姑と不和になったときに、離婚事由とされるおそれがあった。その程度に、明治民法の下では、嫁の立場は弱かった。しかし、法律的な意味では男性の一方的な離婚を許容してはいなかった。ごく富有な階層において妾をもつ人々が存在したことは事実だが、一夫多妻が中流階級の常識であった、というのは、前田の誇張である。むしろ、法律上の離婚ではなくても、事実上の離婚ないし別居を余儀なくされれば、妻としては、当時の女性として生活能力がなかったために、自活するのは難しく、実家が裕福であっても肩身の狭い思いをしなければならなかった。そのために、適法な離婚原因がなくても、妻は夫や舅姑の不当な扱いに耐えなければならなかった。これは法律の問題ではない。社会における女性の地位の問題である。前田愛は法律に無知であるために当時の「ブルジョア家族制度の偽善性」を説いているとしか思われない。

また、「奉公人を使ふ心得」でも、「主人側の体面と打算を考慮した一種の功利主義立場でしめくくっていることも特徴的」だというけれども、たとえば「奉公人の余りにたびたび入変るは外見上甚だ立派ならず家の為にも不利益なり」とあるが、現在の社会でも中小企業の従業員が頻繁に入れ替わると、企業の労務管理に問題があるのではないか、という批判をうけることは必至であり、従業員であれ、奉公人であれ、『貴女の栞』のいうことはあながち体面と打算を考慮した功利主義とはいえない。

「一方、奉公人の側からは当然のことながら契約=雇傭関係への否定的な見方が打ち出される。「奉公を以て主人より受取る所の給金の報酬なりと心得なば金銭は主人のもの身体は我物なるゆゑ気の向きし時は働き向かざれば怠り小言を言はるれば暇を取りて外に移るまでなりと心得る人も往々《まゝ》あるものなれども是れ大なる誤りなり」（主人に対する心得）。しかしながら、主人にたいする忠勤は全く無償の献身なのではない。それは、「奉公を大切に勤めて主人に愛せられ他人にも賞めらるゝは必ずしも主人の為のみならず全く自分の為なり」というように、将来の幸運を保証する代償として内面化されるのである」と前田はいう。気の向いた時に働き、気の向かない時は働かない、ということこそ契約=雇傭関係の否定である。雇傭関係にあれば、契約にしたがって労務を提供するのが当然であり、熱心に勤務して上司からも得意先からも認められれば、本人の将来の利益につながることが普通であろう。『貴女の栞』から前田愛が引用している文章の限りでは、主人と奉公人との関係は、契約=雇傭関係を否定しているわけでもないし、温情主義を偽装しているわけではない。

そこで、前田愛は「お峯のこわした手桶ひとつに、「身代これが為につぶれるかの様」に、額ぎわに青筋を立てる「性質の度量狭」き女主人であった。また山村家は「奉公人の余りにたび〳〵入変」ることが、世間の噂に上る程の家であった。しかし、お峯自身は請宿の老婆から、「厭やに成つたら私の所まで端書一枚、こまかき事は入らず、他所《よそ》の口を探せとならば足は惜しまじ」というように、女中奉公を契約=雇傭関係としてわりきることをすすめられながらも、「鬼の主」への忠勤に疑いをさしはさもうとはしていない」という。しかし、請宿の老婆のいうことも、いわば仲介人の甘言にすぎない。すでに述べたように、お峯は奉公にさいして前借しているから、前借金を返済しないかぎり、山村家の奉公を止めて他に移ることはできない。それが契約=雇傭関係である。前田は次いで、お峯が「明治の中流家庭でもっとも歓迎されて然るべき奉公人にちがいなかった」といい、世間の評価もお峯は「山村家にはすぎものというところに落ち着いていた」という。

　このような前提にたって、前田愛は、「一葉は『貴女の栞』に見るような同時代の常識の線にそって、山村家の「御新造」を主婦の資格に欠ける女主人として、またお峯を模範的な奉公人として、それぞれ設定した」と書いたのである。すでに指摘したとおり、『貴女の栞』の主婦像は「期待される」主婦像であって、現実の実態は違っていた。そのようなことはお峯も充分理解していた。だからこそ、伯父、安兵衛の頼みにも「しばらく思案」し、「むずかしくはお給金の前借りにしてなり願ひましよ、見る目と家内とは違ひて何処にも金銭の埒は明きにくけれど」といったことも、すでに見たとおりである。また、前田は「『貴女の栞』に説かれていた主婦の心得は、明治ブルジョアの大家族をとりしきるものの論理であった。そこで要請されているのは、継子や奉公人などの非血縁者を、温情の名のもとに「家」の秩序に組み込む工夫と用意である」という。私は、『貴女の栞』の説いている内容について前田の読み方は正しくないと考えるが、それはともかくとしても、「忠実なお峯にたいして酷薄な態度をとる山村家の「御新造」のばあい、明らかに血縁の論理が大家族の倫理に優先している」と書いているのを読むとき、私は前田愛のいうことは見当違いも甚だしいとしか思われない。そもそも契約＝雇傭関係において温情が入り込む余地はない。「御新造」に期待できるものがあるとすれば、「御新造」の温情ではなく、気まぐれであり、『大つごもり』中の言葉でいえば「機嫌かひ」であろう。さて、お峯が「御新造」に前借を拒絶された状況を一葉は次のように記している。

「正午《ひる》も近《ちか》づけばお峯《みね》は伯父《おぢ》への約束《やくそく》こゝろもと無《な》く、御新造《ごしんぞ》が御機嫌《ごきげん》を見《み》はからふに暇《いとま》も無《な》ければ、僅《わづ》かの手《て》すきに頭《つむ》りの手拭《てぬぐ》ひを丸《まろ》めて、此《この》ほどより願《ねが》ひましたる事《こと》、折《をり》からお忙《いそ》がしき時心《ときこゝろ》なきやうなれど、今日《けふ》の晝《ひ》る過《す》ぎにと先方《さき》へ約束《やくそく》のきびしき金《かね》とやら、お助《たす》けの願《ねが》はれますれば伯父《おぢ》の仕合《しあわ》せ私《わたし》の喜《よろこ》び、いついつまでも御恩《ごおん》に着《き》まするとて手《て》をすりて頼みける、最初《はじめ》いひ出《いで》し時《とき》にゝやふやながら結局《つまり》は宜《よ》しと有《あり》し言葉《ことば》を頼《たの》みに、又《また》の機嫌《きげん》むつかしければ五月蝿《うるさく》いひては却《かへ》りて如何《いかゞ》と今日《けふ》までも我慢《がまん》しけれど、約束《やくそく》は今日《けふ》と言《い》ふ大晦日《おおみそか》のひる前《まへ》、忘《わす》れてか何《なに》とも仰《おほ》せの無《な》き心《こゝろ》もとなさ、我《わ》れには身《み》に迫《せま》りし大事《だいじ》と言《い》ひにくきを我慢《がまん》して斯《か》くと申ける、御新《ごしん》造《ぞ》は驚《おどろ》きたるやうの惘《あき》れ顔《がほ》して、夫《そ》れはまあ何《なん》の事《こと》やら、成《なる》ほどお前《まへ》が伯父《おぢ》さんの病氣《びやうき》、つゞいて借金《しやくきん》の話《はな》しも聞《きゝ》ましたが、今《いま》が今私《いまわた》しの宅《うち》から立換《たてか》へようとは言《い》はなかつた筈《はづ》、それはお前《まへ》が何《なに》ぞの聞違《きゝちが》へ、私《わたし》は毛頭《すこし》も覺《おぼ》えの無《な》き事《こと》と、これが此人《このひと》の十八番《ばん》とはてもさても情《なさけ》なし」

「にやふや」とは「あいまいではっきりしないさま」をいう（『日本国語大辞典（第二版）』）。忠実なお峯の奉公に反して、御新造の返事はむごいが、いったん「宜し」と言ったとしても、いや、それはお前の聞き違えだ、と言われてしまえば、お峯にはなすすべはない。前田愛は「「御新造」が血縁のエゴイズムに逆上して、女主人としての資格を喪失した」というけれども、これは御新造のエゴイズムではない。温情を示すかどうかは、雇い主の自由である。期待される女主人の資格をもっていないからといって、ありふれた女主人の反応にすぎない。前田は「御新造」の「裏切り」ともいうが、言った、言わない、という話であって、「裏切り」などという大げさなものではない。ことに最初にお峯が頼んだときも「御新造」は「にやふや」な返事しかしていない。いいかえれば「あやふや」な返事しかしなかったのである。お峯は頼みが受け入れられたと思い、「御新造」はお峯の頼みを断ったつもりであった、そんな曖昧な返事であった。そう解することができるように『大つごもり』は書かれている。

だから、前田が「お峯に盗みを決意させた動機のひとつが、いったん「無心」をうべないながら知らぬ顔をつくる「御新造」の「機嫌かひ」にあったことはまぎれがない」という見解も間違いである。さらに、前田は「「御新造」が機嫌を害ねたのは、生さぬ中の石之助があわただしい大晦日という日に突然帰宅したからである」といい、次の一節を引用している。

「花紅葉《はなもみぢ》うるはしく仕立《したて》し娘《むすめ》たちが春着《はるぎ》の小袖《こそで》、襟《ゑり》をそろへて褄《つま》を重《かさ》ねて、眺《なが》めつ眺《なが》めさせて喜《よろこ》ばんものを、邪魔《じやま》もの、兄《あに》が見《み》る目《め》うるさし、早《はや》く出《で》てゆけ疾《と》く去《い》ねと思《おも》ふ思《おも》ひは口《くち》にこそ出《いだ》さね、もち前の疳癪《かんしやく》したに堪《た》えがたく、智識《ちしき》の坊《ばう》さまが目《め》に御覧《ごらん》じらば、炎《ほのほ》につゝまれて身《み》は黒烟《くろけふ》りに心《こゝろ》は狂乱《きやうらん》の折《をり》ふし、言《い》ふ事《こと》もいふ事《こと》、金《かね》は敵薬《てきやく》ぞかし、現在《げんざい》うけ合《あ》ひしは我《わ》れに覺《おぼ》えあれど何《なん》の夫《そ》れを厭《いと》ふ事《こと》かは、大方《おほかた》お前《まへ》が聞《きゝ》ちがへと立《たて》きりて、烟草輪《たばこわ》にふき私《わたし》は知《し》らぬと済《すま》しけり」

山村家の長男であり、放蕩息子である石之助の帰宅が「御新造」を苛立たせたにしても、このことが御新造がお峯の願いを断った動機とは関係あるようには『大つごもり』は書かれていない。御新造は、あるいは、前には曖昧な返事をしたかもしれないが、本人の意識としては断ったつもりだったとも考えられるので、そういう御新造とお峯の会話についての誤解が悲劇のもとであったとみる方がよほど自然である。なお、「現在《げんざい》うけ合《あ》ひしは我《わ》れに覺《おぼ》えあれど何《なん》の夫《そ》れを厭《いと》ふことかは」が私には分かりにくいのだが、角川書店版『日本近代文学大系』の『樋口一葉集』の編者、和田芳恵は頭注で「実際にうけあったということは自分にも覚えがあるけれど、どうして、そんなことにかまけていられようか」の意味であるという。そうとすれば、「お前が聞ちがへ」とはつながらない。作者の誤記がありはしないかと私は疑っている。「現在」は「たしかに」の意（『日本国語大辞典（第二版）』）だから、「たしかに承知したことは自分にも記憶があるが」でなく、つまり「覺えあれど」を「覺えあれば」の誤記ではないか、そうとすれば、「たしかに承知したことが自分にも記憶があるのなら」、の意なのではないか、と私は考えている。

3

そこで、切羽つまったお峯は懸け硯の中の札束の中から二枚、二円を盗み取ることとなるのだが、御新造の返事を聞いたお峯の思いを『大つごもり』はまず次のとおりに書く。

「ゑゝ大金《たいきん》である事《こと》か、金《かね》なら二圓《えん》、しかも口《くち》づから承知《しょうち》して置《お》きながら十日とたゝぬに耄《もう》ろくはなさるまじ、あれ彼《あ》の懸《か》け硯《すゞり》の引出《ひきだ》しにも、これは手つかずの分《ぶん》と一ト束《たば》、十か二十か悉《み》皆《な》とは言《い》はず唯《たゞ》二枚《まい》にて伯父《おぢ》が喜《よろこ》び伯母《おば》が笑顔《ゑがお》、三之助《のすけ》に雑煮《ぞうに》のはしも取《と》らさるゝと言《い》はれしを思《おも》ふにも、何《ど》うでも欲《ほ》しきは彼《あ》の金《かね》ぞ、恨《うら》めしきは御新造《ごしんぞ》とお峯《みね》は口惜《くちお》しさに物《もの》も言《い》はれず、常《つね》ゞをとなしき身《み》は理屈《りくつ》づめにやり込《こめ》る術《すべ》もなくて、すご〳〵と勝手《かつて》に立《た》てば正午《しょうご》の號砲《どん》の音《おと》たかく、かゝる折《をり》ふし殊更胸《ことさらむね》にひゞくものなり。」ここで注意すべきは、お峯が理屈でやり込める術がない、と考えていることである。御新造が以前の口約束を翻したにはちがいなくても、前に約束したではありませんか、とやり込めることもできない、それも十日前の約束も「にやふや」としたものであり、お峯の側には二円を借りる論理がない。そのことをお峯は承知しているのである。

そこで、いよいよ、お峯は盗みを実行する。お峯は心の中で「拜《おが》みまする神《かみ》さま佛《ほとけ》さま、私《わたし》は悪人《あくにん》になりまする、成《な》りたうは無《な》けれど成《な》らねば成《な》りませぬ、罰《ばち》をお當《あ》てなさらば私《わたし》一人、遣《つか》ふても伯父《おぢ》や伯母《おば》は知《し》らぬ事《こと》なればお免《ゆる》しなさりませ、勿躰《もつたい》なけれど此金《このかね》ぬすませて下《くだ》され」と呟いて「かねて見置《みお》きし硯《すゞり》の引出《ひきだ》しより、束《たば》のうちを唯《たゞ》二枚《まい》、つかみし後《のち》は夢《ゆめ》とも現《うつゝ》とも知《し》らず」という。

前田愛は「神仏への呼びかけは、彼女が「世間」の埒外へ一歩踏み出してしまった恐怖の」しるしであるという。この限りにおいて私も前田の言うとおりであろうと考える。しかし、前田が続けて「「成りたうは無けれど成らねば成」らぬ不条理に遭遇したことのまぎれもないしるし」だという見解には同意できない。ここには「不条理」はない。御新造ないし主家の温情を期待したけれども、その期待が裏切られたというだけのことである。

お峯は罪の意識に苛まれる。『大つごもり』から引用する。

「お峯《みね》は此出來事《このできごと》も何《なん》として耳《みゝ》に入《い》るべき、犯《おか》したる罪《つみ》の恐《おそ》ろしさに、我《わ》れか、人《ひと》か、先刻《さつき》の仕業《しわざ》はと今更夢路《いまさらゆめぢ》を辿《たど》りて、おもへば此事《このこと》あらはれずして濟《す》むべきや、萬《まん》が中《なか》なる一枚《まい》とても數《かぞ》ふれば目《め》の前《まへ》なるを、願《ねが》ひの高《たか》に相應《そうおう》の員數《いんず》手近《てぢか》の處《ところ》になく成《なり》しとあらば、我《わ》れにしても疑《うたが》ひは何處《いづこ》に向《む》くべき、調《しら》べられなば何《なに》とせん、何《なに》といはん、言《い》ひ抜《ぬ》けんは罪深《つみふか》し、白状《はくぜう》せば伯父《おぢ》が上《うへ》にもかゝる、我《わ》が罪《つみ》は覺悟《かくご》の上《うへ》なれど物《もの》がたき伯父様《おぢさま》にまで濡《ぬ》れ衣《ぎぬ》を着《き》せて、干《ほ》されぬは貧乏《びんぼう》のならひ、かゝる事《こと》もする物《もの》と人《ひと》の言《い》ひはせぬか、悲《かな》しや何《なん》としたらよかろ、伯父様《おぢさま》に疵《きず》のつかぬやう、我身《わがみ》が頓死《とんし》する法《はう》は無《な》きかと目《め》は御新造《ごしんぞ》が起居《たちゐ》にしたがひて、心《こゝろ》はかけ硯《すゞり》のもとにさまよひぬ。
大勘定《おほかんぢやう》とて此夜《このよ》あるほどの金《かね》をまとめて封印《ふういん》の事《こと》あり、御新造《ごしんぞ》それ〳〵と思《おも》ひ出《だ》して、懸《か》け硯《すゞり》に先程《さきほど》、屋根《やね》やの太郎《たらう》に貸付《かしつけ》のもどり彼金《あれ》が二十御座《ござ》りました、お峯《みね》お峯《みね》、かけ硯《すゞり》を此處《こゝ》へと奥《おく》の間《ま》より呼《よ》ばれて、最早此時《もはやこのとき》わが命《いのち》は無《な》き物《もの》、大旦那《おほだんな》が御目通《おめどほ》りにて始《はじ》めよりの事《こと》を申、御新造《ごしんぞ》が無情《むじやう》そのまゝに言《い》ふてのけ、術《じゆつ》もなし法《はう》もなし正直《しやうぢき》は我身《わがみ》の守《まも》り、逃《に》げもせず隠《かく》られもせず、欲《よく》かしらねど盗《ぬす》みましたと白状《はくぜう》しましよ、伯父様同腹《おぢさまひとつ》で無《な》きだけを何處《どこ》までも陳《の》べて、聞《き》かれずば甲斐《かひ》なし其場《そのば》で舌《した》かみ切《き》つて死《し》んだなら、命《いのち》にかへて嘘《うそ》とは思《おぼ》しめすまじ、それほど度胸《どきよう》すわれど奥《おく》の間《ま》へ行《ゆ》く心《こゝろ》は屠處《としよ》の羊《ひつじ》なり。」

前田愛は「大旦那が御目通りにて始めよりの事を申、御新造が無情そのまゝに言ふてのけ」とある箇所の「御新造が無情そのまゝに言ふてのけ」に傍点をふり、「「大旦那」の前で「御新造」の無情を訴えようと決意するところに、お峯自身も意識していない「御新造」への復讐を読みとることができるだろう。しかし、お峯が家長としての「大旦那」の権威と明察に一縷の望みをつないでいたことも確かなので、「御新造」にたいしてはともかく、主家である山村家そのものへの幻想から、お峯はなおさめ切っていない」という。

はたしてそういえるのか。あらためてこれまでの事情を大旦那に説明すれば、大旦那の温情にすがって、あるいは前借させてもらえるかもしれない、という一縷の望みはもったかもしれないが、御新造への「復讐」など読み取れない。むしろ、御新造が情け知らずと訴えても、「にやふや」な返事しかしなかったことからすれば、訴えて埒の明くことでないことはお峯は承知しているとみるべきであろう。お峯はひたすら伯父夫婦に濡れ衣がかかるのを恐れているのである。

前田愛は、「『大つごもり』の最後におかれているのは、「大勘定とて此夜あるほどの金をまとめて封印」の場面である。この封印の場面は、山村家を支配している蓄積の論理の卓抜な形象化であるといっていい」という。大晦日に商家において大勘定によって経理の締めをすることは江戸時代からの慣行であって、「蓄積の論理」の形象化などとことごとしく言うべきことではない。前田は金銭を蓄積することを嫌悪ないし憎悪しているようにみえるが、それでは現代社会を理解できまい。続いて「ここで懸硯に収まっていた二十円の紙幣の内実が、「家根やの太郎に貸付のもどり」であったことが明らかにされる」といい、お峯が盗みとった「二円の金は、もともと山村家にとって量・営利の表現としての金銭なのであった」「私たちは温情や恩恵の仮装のもとにうごいていた金銭がその仮装を剝ぎとられ、非情な流通手段にすぎない素顔をあらわす一瞬をまのあたりにする」という。しかし、金銭が温情や恩恵の仮装をまとうことなどありえない。金銭が非情な流通手段にすぎないことは当然すぎるほど当然のことである。私は前田が現代社会における金銭、通貨の性質をどう考えているのか不審にたえない。

非情な金銭という流通手段としての通貨に温情とか、恩恵がはいりこむことができなかったこと、また「御新造」の「機嫌かひ」のために、温情や恩恵といった「情」がはいりこむことができなかったことに、前田愛は『大つごもり』の悲劇をみているようである。しかし、作者が『大つごもり』で訴えたかったことはそういうことだとは私は考えない。

山村家の総領息子、石之助についてもふれておきたい。『大つごもり』の（下）の冒頭に「石《いし》之助《のすけ》とて山村《やまむら》の總領息子《そうりやうむすこ》、母《はゝ》の違《ちが》ふに父親《てゝおや》の愛《あい》も薄《うす》く、これを養子《やうし》に出《いだ》して家督《あと》は妹娘《いもとむすめ》の中《なか》にとの相談《さうだん》、十年《ねん》の昔《むかし》より耳《みゝ》に挾《はさ》みて面白《おもしろ》からず、今《いま》の世《よ》に勘當《かんだう》のならぬこそをかしけれ」とある。

つまり、継母の継子にたいする姿勢以前に父親の「愛薄く」が問題であり、家督は妹に相続させようか、との相談を十年も前から聞いていれば、それこそ非情な父親に不平、不満をもち、放蕩に身を持ち崩しても、「御新造」だけの責任ではなく、むしろ父親に石之助が反感を抱き、放蕩することとなったのである。それが昂じて、「唯亂暴《たゞらんぼう》一途《づ》に品川《しながは》へも足《あし》は向《む》くれど騒《さわ》ぎは其座《そのざ》限《ぎ》り、夜中《よなか》に車《くるま》を飛《と》ばして車町《くるまゝち》の破落戸《ごろ》がもとをたゝき起《おこ》し、それ酒《さけ》かへ肴《さかな》と、紙入《かみい》れの底《そこ》をはたきて無理《むり》を徹《とほ》すが道樂《だうらく》なり」という。前田愛は「「乱暴一途に品川へも足は向くれど騒ぎは其座限《ぎ》り」という程のものであって、このころの常識からすれば、それ自体が大家の若旦那の品格を害うことにはならなかったはずである。むしろ、石之助の両親を困惑させ、憎悪をつのらせたのは、「夜中に車を飛ばして車町の破落戸《ごろ》がもとをたゝき起し、それ酒かへ肴と、紙入れの底をはたきて無理を徹《とほ》」す彼の奇妙な道楽なのであった。この浪費行為は、「正直律儀」をタテマエとする山村家の蓄積の論理につきつけられたあからさまな挑戦であり、貧者との交歓そのものが家名と体面を辱しめる重大な裏切りを意味していた」という。かりに品川遊郭での乱行であっても「正直律義」をタテマエとする山村家の蓄積の論理につきつけられたあからさまな挑戦であることには変わりはない。素行の不良はつねに家名と体面を辱める重大な裏切りを意味するはずであって、前田のいうことは筋が通らない。

前田は車町の破落戸《ごろ》に「それ酒かへ肴と、紙入れの底をはた」く浪費が山村家の蓄積の論理に対する挑戦、贈与の論理によるというけれども、石之助が放蕩息子である限り、放蕩の形式がどうであれ、蓄積に対する挑戦であることに変わりはない。くりかえしていえば、石之助を放蕩に追いこんだのは両親にもかなりな責任があり、本人だけを責めることはできない。岩波文庫版『大つごもり・十三夜・他五篇』の「解説」では、前田愛は「お峯の危機を救った石之助には、山村家の店子《たなこ》連中をあつめて、大盤振舞いをする奇妙な道楽がある。この貧者との交歓は、「正直律義」を表に立てて金銭の利殖に打ちこんでいる山村家の蓄積の論理につきつけられたあからさまな挑戦であり、そのかぎりで石之助の浪費は、「正直律義」の擬制のもとに貧者を抑圧してはばからない山村家の贖罪を代行していることになる」と書いている。しかし、『大つごもり』には石之助に「夜中《よなか》に車《くるま》を飛《と》ばして車町《くるまち》の破落戸《ごろ》がもとをたゝき起《おこ》し、それ酒《さけ》かへ肴《さかな》と、紙《かみ》入《い》れの底《そこ》をはたきて無理《むり》を徹《とほ》」す「奇妙な道楽」があったと書かれているのであって、振舞われているのは車町の破落戸《ごろ》であって、山村家の店子ではない。前田愛はこうしたおよそ正確とはほど遠い読みから、石之助の浪費が山村家の贖罪を代行していることになる、というのであって、石之助の浪費はたんに継母を母親にもった、両親に愛されない道楽息子の浪費以上の意味をもつものではない。

4

『大つごもり』は貧しい孤児であるがために女中奉公し、主人にも忠実なのに、養育された伯父が落ちぶれたことから、伯父の頼みに応じて、致し方なく盗みにいたる、切なく、いじらしい心情を描ききったことに、伯父の身勝手、御新造の気まぐれ、主人の金銭欲などを、現実的に描ききったことに名作たる所以がある。これをもっと普遍的にいえば、これは貧富の格差社会に対する告発の作である。もし、温情や恩恵によって当座お峯が前借によって二円の金を調達できたとしても、安兵衛一家が借りた十円を三カ月後に返済できるだろうか。正直安兵衛という評判をとっていても、いったん本人が病気になれば生活は行き詰まり、どこにも救いはない、そういう社会構造が問題なのである。さしあたりの救いが、山村家もてあましの放蕩息子、石之助による、両親への裏切り、ある意味で、石之助の両親の非情に対する復讐によることがまことにアイロニカルな結末をもたらす作品となっているし、この筋立ての趣向が小説としての感興をもたらしていることも間違いない。しかし、これはさしあたりの救いであっても、安兵衛一家が窮乏から脱け出すことができることを意味しない。

　前田愛は、「起点と終点に量・利害としての金銭があり、その中間に質・情誼の表現としての金銭があるという、このようなサイクルはもちろん『大つごもり』では実現しないことに」（『樋口一葉の世界』所収「『大つごもり』の構造」）この作品の本質を見ているように解されるし、また、蓄積の論理に対する浪費の論理によって、石之助の行為を正当化し、お峯を擁護するかにみえる。私はこのような前田愛の『大つもごり』観に同意できない。金銭はつねに量・利害で計られるものであり、現代社会は、前田のいう、浪費の論理では成り立たないからである。さらに、前田は前掲岩波文庫版の解説で「一方、「正直は我身の守り」と自ら言い聞かせているお峯は、盗みの行為に踏みきったとき、こうした山村家の欺瞞から解き放たれ、強請の好機を待ちかまえていた石之助とのあいだにひそかな共犯関係が成立する」という。ここでも、前田のいうような「強請」はこの作品の中で記述もされていないし、暗示さえされていない。「共犯」とは二人以上のものが共同して犯罪を実行したばあいにおいて、共同して犯罪を実行したものをいう。お峯と石之助の二人の間で「共犯」という関係はありえない。だから「この二つの犯罪行為から、「正直律儀」をタテマエとする山村家の蓄積の論理がその偽善性の正体をあらわしてしまう」と前田がいうのも間違いである。

お峯も伯父の安兵衛一家も当座は救われても、明日はどうなるのか。一葉は「後の事しりたや」とだけ書いて、彼らの明日を書くことはできなかったのである。

『十三夜』考

1

前田愛『樋口一葉の世界』（平凡社選書）所収の「十三夜の月」を読んで、いささか腑に落ちないものを感じた。前田は『十三夜』の主人公「お関の夫原田勇は奏任官である」と書き、「一葉が心を寄せた男性のうち、奏任官で「司法省の役人」に相当する人物は父則義の遺言で婚約者に定められていた渋谷三郎である。樋口家の破産を理由に一方的に婚約を解消してしまった渋谷は金時計をぶらさげ、髭もはやしたという風采で久しぶりに樋口家に現われる。明治二十五年八月のことである。判事補に任官して一年半足らずで、月俸五十円の新潟県三条裁判所検事に昇進した彼は、再度求婚の意思表示に訪れたわけであった。判任官から奏任官に昇格したのだからたいへんな出世にちがいない。一葉の父則義が五十八歳で退官したときの最高位ですら、月俸二十五円の警視属にすぎなかったのである。この夜、一葉はその日記に「思へば世は有為転変也けり。其時の我と今の我と進歩の姿処かは、むしろ退歩といふ方ならんを、此人のかく成りのぼりたるなんことに浅からぬ感情有りけり。此夜何もなさずして床に入る」（明治25・8・22）と記した。この「浅からぬ感情」は、渋谷の再度の訪問を受けた九月一日の日記に「我家やう〳〵運かたぶきて其昔のかげも止めず、借財山の如くにして、しかも得る処は、我れ筆先の少しを持て引まどの烟たてんとする境界。人にはあなづられ、世にかろしめられ恥辱困難一つに非ず。さるを今かの人は雲なき空にのぼる旭日の如く……今この人に我依らんか、母君をはじめ妹も兄も亡き親の名まで辱かしめず、家も美事に成立つべきながら、そは一時の栄もとより富貴を願ふ身ならず」というように反芻されている。渋谷の裏切りに対する復讐が『暗夜』に仮託されていることはよく知られているとおりだが、奏任官原田の性格に渋谷の不実さが投影されていることも充分推測できる。」

前田は、「一葉が心を寄せた男性」として「父則義の遺言で婚約者に定めていた渋谷三郎」をあげ、渋谷が「樋口家の破産を理由に一方的に婚約を解消してしまった」というが、一葉が日記に書いているところによれば、そうした事実はない。「『にごりえ』考」第二章ですでに引用したが、くりかえせば、前田が引用している明治二五年九月一日の日記『しのぶぐさ』には次の記述がある。

「はじめ我父かの人に望を屬して我が聟にといひ出られし頃其答へあざやかにはなさで何となく行通ひ我とも隔てずものがたらひ國子と三人して寄席に遊びし事なども有けり　さるほどに我

が父この事を心にかけつゝ半ば事とゝのひし樣に思ひて俄にうせぬ」

この記述からみれば、渋谷三郎が「父則義の遺言で婚約者に定め」られていたと前田が書いているのは明らかに事実に反する。この記述に続き、一葉は次のとおり記述している。

「しばしありふるほどにかの人もいまだ年若く思慮定まらざりけんしらず　ある時母より其事懇にいひ出して定まりたる答へ聞まほしといひしに我自身へいさゝか違存もあらず　承諾なしぬといへり　母君悦こびてさらば三枝に表立ての仲立は賴まんといひしに先しばし待給へ　猶よく父兄とも談じてとてその日は歸りにき　事いかなるにか有けん　其後佐藤梅吉して怪しう利欲にかゝはりたることいひて來たれるに母君いたく立腹して其請求を断り給ひしにさらば此縁成りがたしとて破談に成ぬ」

渋谷と一葉との間で婚約が成立しかけたのはこの時だけである。渋谷はいったん婚約に承諾したものの、父兄と相談しなければならない、と思い返して、留保して引き上げた後、おそらく持参金の類の条件を渋谷の父兄が申し出たので、一葉の母たきが立腹して破談になった、というのが、この記述から窺われる経緯である。若気の至りで、異存はありません、と言ったものの、親族の了解が必要だから、待ってもらいたい、というのはごく自然である。この話は母たきがしていることからみて父則義の死後の出来事であり、一葉こと夏子は樋口家の戸主であったから、縁談がととのえば、渋谷は婿入りすることになる。「小糠三合あらば入婿するな」ということは常識であった。まして、父則義の晩年、樋口家は資産もなく、借財が遺されていた。渋谷三郎の親族が結婚について財産的な条件を申し出たとしてもふしぎでなかった。婿入りするのではなく、一葉こと夏子が樋口家を出て、渋谷家に嫁ぐのであれば、母たきと妹邦子の生活はどうなるのか。渋谷家としてそれも問題であったにちがいない。しかし、矜持を傷つけられた母たきは即座に断って縁談はまとまらないこととなった。この経緯からみて渋谷には非難されるべき裏切りなどはない。だから、一葉の心境もさっぱりしていた。九月一日の日記は、次のとおり続いている。

「我もとより是れに心の引かるゝにも非ず　さりとて憎くきにもあらねバ母君のさま〴〵に怒り給ふをひたすらに取しづめて其まゝに年月過ぎにき　されども彼方よりも往復更にそのかみに替らず　父君が一周忌の折心がけて訪よりきたる　新年の禮かゝさぬ事　任官して越後へ出立せんといふ時まで我家にかならず立よりなどするからに是れよりもうとみあへず彼より文來たればこなたよりも返し出しなど親しうはしたり」

という状況だから、渋谷三郎には「裏切り」もなかったし、「不実さ」もなかったし、夏子が渋谷の「裏切り」を怒り、「不実さ」を恨むようなこともなかった。

そういう状況で、渋谷が訪れ「さるに此度びの上京いかに心動かしけん　更に昔しの契りにかへりて此事まとめんとするけしき彼方にミえたり」とあって、前田が引用している「我家やう〳〵運かたぶきて其昔のかげも止めず　借財山の如くにしてしかも得る処ハ我れ筆先の少しを持て引までの烟たてんとする境涯」という記述が続くのである。前田の引用の続きを引用すれば「位階何事かあらん　母君に寧処を得せしめ妹に良配を与へて我れハやしなふ人なければ路頭にも伏さん」といった高揚した気分を記述している。さらに続く文章も興趣ふかいが、論旨と関係ないので、引用はしない。

むしろ、「詠草46」には

　我おもふ人ハこし路におともなしけさ初かりのこゑはきけども

の歌がおさめられている。この詠草は「明治二八年九月より」と表紙にあると全集は注しているから、同年秋の作に間違いない。この歌からみて『十三夜』が発表されたのは明治二九年一二月刊の『文芸倶楽部』であるから、『十三夜』執筆当時、一葉は渋谷三郎に好意を寄せていたのではないか、と考えるのが自然である。それ故、前田愛が原田の性格に渋谷三郎の不実さが投影されていると推測するのはまったく誤りである。

ところで、渋谷三郎に拘泥したのは、渋谷が一葉との婚約を破棄したか、裏切ったか、どうかを確かめたいからではない。『十三夜』のお關の夫、原田勇は「不実さ」などというものではない。お關は次のとおり語っている。

「物言《ものい》ふは用事《ようじ》のある時慳貪《ときけんどん》に申《まをし》つけられるばかり、朝起《あさおき》まして機嫌《きげん》をきけば不圖《ふと》脇《わき》を向《む》ひて庭《には》の草花《くさばな》を態《わざ》とらしき褒《ほ》め詞《ことば》、是にも腹《はら》はたてども良人《おつと》の遊《あそ》ばす事《こと》なれば我慢《がまん》して私《わたし》は何《なに》も言葉《ことば》あらそひした事《こと》も御座《ござ》んせぬけれど、朝飯《あさはん》あがる時《とき》から小言《こゞと》は絶《た》えず、召使《めしつかひ》の前《まへ》にて散々《さん〴〵》と私《わたし》が身《み》の不器用不作法《ぶきようぶさはう》を御並《おなら》べなされ、夫《そ》れはまだ〳〵辛棒《しんばう》もしませうけれど、二言目《ことめ》には教育《けういく》のない身《み》、教育《けういく》のない身《み》と御蔑《おさげす》みなさる、それは素《もと》より華族女学校《くわぞくぢよがくかう》の椅子《いす》にかゝつて育《そだ》つた物《もの》ではないに相違《さうゐ》なく、御同僚《ごどうりよう》の奥様《おくさま》がたの様《やう》にお花《はな》のお茶《ちや》の、歌《うた》の畵《ゑ》のと習《なら》ひ立《た》てた事《こと》もなければ其御話《そのおはな》しの御相手《おあいて》は出來《でき》ませぬけれど、出來《でき》ずは人知《ひとし》れず習《なら》はせて下《くだ》さつても濟《す》むべき筈《はづ》、何《なに》も表向《おもてむ》き實家《ぢつか》の惡《わ》るいを風聴《ふうちやう》なされて、召使《めしつか》ひの婢女《をんな》どもに顔《かほ》の見《み》られるやうな事《こと》なさらずとも宜《よ》かりさうなもの、嫁入《よめい》つて丁度半年《てうどはんとし》ばかりの間《あいだ》は關《せき》や關《せき》やと下《した》へも置《お》かぬやうにして下《くだ》さつたけれど、あの子《こ》が出來《でき》てからと言《い》ふ物《もの》は丸《まる》で御人《おひと》が變《かは》りまして、思《おも》ひ出《だ》しても恐《おそ》ろしう御座《ござ》ります、私《わたし》はくら暗《やみ》の谷《たに》へ突落《つきおと》されたやうに暖《あた》かい日《ひ》の影《かげ》といふを見《み》た事《こと》が御座《ござ》りませぬ、はじめの中《うち》は何《なに》か串談《じようだん》に態《わざ》とらしく邪慳《じやけん》に遊《あそ》ばすのと思《おも》ふて居《を》りましたけれど、全《まつた》くは私《わたし》に御飽《おあ》きなされたので此様《こう》もしたら出《で》てゆくか、彼様《あゝ》もしたら離縁《りゑん》をと言《い》ひ出《だ》すかと苦《いぢ》めて苦《いぢ》めて苦《いぢ》め抜《ぬ》くので御座《ござ》りましよ、御父様《おとつさん》も御母様《おつかさん》も私《わたし》の性分《せうぶん》は御存《ごぞん》じ、よしや良人《おつと》が藝者狂《げいしやぐる》ひなさらうとも、圍《かこ》い者《もの》して御置《おお》きなさらうとも其様《そん》な事《こと》に悋氣《りんき》する私《わたし》でもなく、侍婢《をんな》どもから其様《そん》な噂《うわさ》も聞《きこ》えまするけれど彼《あ》れほど働《はたら》きのある御方《おかた》なり、男《をとこ》の身《み》のそれ位《くらゐ》はありうちと他處行《よそゆき》には衣類《めしもの》にも氣《き》をつけて氣《き》に逆《さか》らはぬやう心《こゝろ》がけて居《お》りまするに、唯《たゞ》もう私《わたし》の爲《す》る事《こと》とては一から十まで面白《おもしろ》くなく覺《おぼ》しめし、箸《はし》の上《あ》げ下《おろ》しに家《いへ》の内《うち》の樂《たの》しくないは妻《つま》が仕方《しかた》が惡《わ》るいからだと仰《おつ》しやる、夫《そ》れも何《ど》ういふ事《こと》が悪《わる》い、此處《こゝ》が面白《おもしろ》くないと言《い》ひ聞《き》かして下《くだ》さる様《やう》ならが宜《よ》けれど、一筋《すぢ》に詰《つま》らぬくだらぬ、解《わか》らぬ奴《やつ》、とても相談《さうだん》の相手《あいて》にはならぬの、いはゞ太郎《たらう》の乳母《うば》として置《お》いて遣《つか》はすのと嘲《あざけ》つて仰《おつ》しやる斗《ばかり》、ほんに良人《おつと》といふではなく彼《あ》の御方《おかた》は鬼《おに》で御座《ござ》ります る、御自分《ごじぶん》の口《くち》から出《で》てゆけとは仰《おつ》しやりませぬけれど私《わたし》が此様《このやう》な意久地《いくぢ》なしで太郎《たらう》の可愛《かわゆ》さに氣《き》が引《ひ》かれ、何《ど》うでも御詞《おことば》に異背《いはい》せず唯々《はい〳〵》と御小言《おこごと》を聞《き》いて居《お》りますれば、張《はり》も意氣地《いきぢ》もない愚《ぐ》うたらの奴《やつ》、それからして氣《き》に入《い》らぬと仰《おつ》しやりまする、左《さ》うかと言《い》つて少《すこ》しなりとも私《わたし》の言條《いひでう》を立《た》てゝ負《ま》けぬ氣《き》に御返事《おへんじ》をしましたら夫《それ》を取《とつ》てに出《で》てゆけと言《い》はれるは必定《ひつぢやう》」

さらに、父親に「今夜《こんや》は聟《むこ》どのは不在《るす》か、何《なに》か改《あら》たまつての事件《じけん》でもあつてか、いよ〳〵離縁《りゑん》するとでも言《い》はれて來《き》たのか」と問われてお關は次のように答える。

「良人《おつと》は一昨日《おとゝひ》より家《うち》へとては歸《かへ》られませぬ、五日《か》六日《か》と家《うち》を明《あ》けるは平常《つね》の事《こと》、左《さ》のみ珍《めづ》らしいとは思《おも》ひませぬけれど出際《でぎは》に召物《めしもの》の揃《そろ》へかたが悪《わる》いとて如何《いか》ほど詫《わ》びても聞入《きゝい》れがなく、其《そ》品《れ》をば脱《ぬ》いで擲《たゝ》きつけて、御自身《ごじゝん》洋服《やうふく》にめしかへて、吁《あゝ》、私位《わしぐらゐ》不仕合《ふしあはせ》の人間《にんげん》はあるまい、御前《おまへ》のやうな妻《つま》を持《も》つたのは言《い》ひ捨《ず》てに出《で》て御出《おい》で遊《あそば》しました、何《なん》といふ事《こと》で御座《ござ》りませう一年《ねん》三百六十五日《にち》物《もの》いふ事《こと》も無《な》く、稀々《たま〳〵》言《い》はれるは此様《このやう》な情《なさけ》ない詞《ことば》をかけられて、夫《そ》れでも原田《はらだ》の妻《つま》と言《い》はれたいか、太郎《たらう》の母《はゝ》で候《さふらふ》と顔《かほ》おし拭《ぬぐ》つて居《ゐ》る心《こゝろ》か、我身《わがみ》ながら我身《わがみ》の辛棒《しんぼう》がわかりませぬ」

これはお關の一方的な言い分であって、原田がどう弁明するか、分からない。しかし、私にはお關の話半分としても、原田は傲慢であり、権力的であり、エゴイスティックであるばかりか、サディスティックとさえ思われる。しかし、原田の性格は、前田のいうような「不実」などというものではない、と私は考える。

私は、そういう意味で、お關に同情し、原田に対する嫌悪感、憎悪感を強くもっているけれども、どういうわけか、前田はお關を責めている。前田は次のように言っている。

「お関の父斎藤主計の論理によれば、お関夫婦の不和は身分違いによる考え方の相違にその原因があった。たしかに夫の話し相手にもなりかねるお関の教養の貧しさは、夫の冷遇を招きよせるきっかけにちがいなかった。しかし夫の原田勇が「名のみ立派」のつまらぬ男であったとはいえ、お関の不幸は彼女自身の自主性の乏しさ、人間的自覚の欠如にも根ざしている。お関のほんとうの不幸は、それが夫の側の問題として意識され、彼女の側の問題としてまったく反省されていないところにあるわけであった。お関はお花やお茶を習い立てている夫の同僚の妻君のお相手ができないことを口惜しく思う。が、「出来ずば人知れず習はせて下さつても済むべき筈」というお関の訴えには、やはりあなた任せの虫の好さが潜められている。「よしや良人が芸者狂ひなさらうとも、囲い者して御置きなさらうとも其様な事に悋気する私でもなく、侍婢どもから其様な噂も聞えまするけれど彼れほど働きのある御方なり、男の身のそれ位はありうち」と考えているお関は、夫の原田に嘘にもせよやさしい言葉をかける才覚があったとしたら、それで満足してしまったかもしれないのである」。

「妻君」は「細君」の誤植であろうが、それはともかくとして、私は前田の原田勇に対する見方が間違っていると考える。お關の訴えに対して、母親が、原田から結婚を申しこまれたときの状況を語った言葉を思い出してもらいたい。

「舊《もと》の猿樂町《さるがくてう》の彼《あ》の家《うち》の前《まへ》で御隣の小娘《ちいさいの》と追羽根《おひばね》して、彼《あ》の娘《こ》の突《つ》いた白《しろ》い羽根《はね》が通《とほ》り掛《か》つた原田《はらだ》さんの車《くるま》の中《なか》へ落《おち》たとつて、夫《そ》れをば阿關《おせき》が貰《もら》ひに行《ゆ》きしに、其時《そのとき》はじめて見《み》たとか言《い》つて人橋《ひとばし》かけてやい〳〵と貰《もら》ひたがる、御身分《おみぶん》がらにも釣合《つりあ》ひませぬし、此方《こちら》はまだ根《ね》つからの子供《こども》で何《なに》も稽古事《けいこごと》も仕込《しこ》んでは置《おき》ませず、支度《したく》とても唯今《たゞいま》の有様《ありさま》で御座《ござ》いますからとて幾度《いくたび》斷《ことは》つたか知《し》れはせぬけれど、何《なに》も舅姑《しうとしうとめ》のやかましいが有《あ》るでは無《な》し、我《わし》が欲《ほ》しくて我《わし》が貰《もら》ふに身分《みぶん》も何《なに》も言《い》ふ事《こと》はない、稽古《けいこ》は引取《ひきと》つてからでも充分《じうぶん》させられるから其心配《そのしんぱい》も要《い》らぬ事《こと》、兎角《とかく》くれさへすれば大事《だいじ》にして置《お》かうからと夫《それ》は夫《それ》は火《ひ》のつく様《やう》に催促《さいそく》して、此方《こちら》から強請《ねだつ》た譯《わけ》ではなけれど」という。生花、茶道、和歌、絵画などがここでいう稽古事であった。だから、これらの稽古をさせるということは結婚前の原田の約束だったのであり、お關が言い出さなかったとしても、原田は約束にしたがって稽古させなければならなかったはずである。「「出来ずば人知れず習はせて下さつても済むべき筈」というお關の訴えには、やはりあなた任せの虫の好さが潜められている」と前田はいうけれども、お關が稽古したいと頼んだのに原田に断られた、ことも当然ありえたはずである。これは結婚前の約束だったのだから、お關が言い出さなくても原田は稽古をさせる義務があったわけである。お關が、「夫の原田に嘘にもせよやさしい言葉をかける才覚があったとしたら、それで満足してしまったかもしれない」と前田はいうけれども、「朝起《あさおき》まして機嫌《きげん》をきけば不圖《ふと》脇《わき》を向《む》ひて庭《には》の草花《くさばな》を態《わざ》とらしき褒《ほ》め詞《ことば》、是にも腹《はら》はたてども良人《おっと》の遊《あそ》ばす事《こと》なればと我慢《がまん》して私《わたし》は何《なに》も言葉《ことば》あらそひした事《こと》も御座《ござ》んせぬけれど、朝飯《あさはん》あがる時《とき》から小《こ》言《ごと》は絶《た》えず、召使《めしつかひ》の前《まへ》にて散々《さん〴〵》と私《わたし》が身《み》の不器用不作法《ぶきようぶさほう》を御並《おなら》べなされ」る原田にやさしい言葉をかければ原田が機嫌よく応対するなら、何もお關の苦労はありえない。どうして、前田が原田を物分かりの良い夫と見、お關を自主性のない妻とみるのか。こうした前田の見解は、私には前田の偏見、『十三夜』という小説の読み違いがあるとしか思われない。

ところが、関良一『樋口一葉　考証と試論』（中央公論社）においても、すでに関も『十三夜』における「悲劇にお関がおちこんだ原因は、やはり、お関が初恋を生かし、その恋に生きぬくことをせず、自主的でなく、他動的に、愛情のない結婚をしたことにあることに気づくであろう」と書いていることを知った。この「初恋」は『十三夜』の（下）の高坂録之助との関係を指しているので、後に詳しく検討するつもりだが、録之助は小綺麗な煙草屋の一人息子であり、お關は「あゝ、高坂《かうさか》の録《ろく》さんが子供《こども》であつたころ、學校《がくかう》の行返《ゆきもど》りに寄《よ》つては巻烟草《まきたばこ》のこぼれを貰《もら》ふて、生《なま》意氣《いき》らしう吸立《すいた》てた物《もの》」だと錄之助に語っているから、かなりの面識があったことは間違いないが、「私《わたし》は此人《このひと》に思《おも》はれて、十二の年《とし》より十七まで明暮《あけく》れ顔《かほ》を合《あは》せる毎《たび》に行々《ゆく〳〵》は彼《あ》の店《みせ》の彼處《あすこ》へ座《すわ》つて、新聞見《しんぶんみ》ながら商《あきな》ひするのと思《おも》ふても居《ゐ》た」し、「烟草屋《たばこや》の錄《ろく》さんにはと思《おも》へど夫《そ》れはほんの子供《こども》ごゝろ、先方《さき》からも口《くち》へ出《だ》して言《い》ふた事《こと》はなし、此方《こちら》は猶《なほ》さら、これは取《とり》とまらぬ夢《ゆめ》の様《やう》な戀《こひ》」だったのであって、錄之助がお關を好きだったということも、この夜はじめて知ったことであった。そのような関係でしかない、錄之助に恋を打ち明け、結婚を迫るなどということは、いいかえれば、女性が自分をどう思っているか分からない男性に愛情を打ち明けて結婚を申し入れるということは、現代でもずいぶんと勇気が必要なことであり、かなりに常識外れというべきであろう。お關が「初恋」に生きぬくことをしなかったから、彼女に自主性がなかったのだ、というのは関が世情に疎いからだとしか思われない。

2

この訴えに対して父親の齋藤主計が説いて聞かせる。「いや阿關《おせき》こう言《い》ふと父《ち》ゝが無慈悲《むじひ》で汲取《くみと》つて呉《く》れぬのと思《おも》ふか知《し》らぬが決《けつ》して御前《おまへ》を叱《し》かるではない」という言葉が示しているように、父親の結論は最初から出ていた。父親の「思案」のなかには離縁という選択肢はまったく存在しない。もちろんいつしか「奥様風」の装いが似合うようになった娘を見て、「これをば結《むす》び髪《がみ》に結《ゆ》ひかへさせて綿銘仙《めんめいせん》の半天《はんてん》に襷《たすき》がけの水仕業《みづしわざ》さする事《こと》いかにして忍《しの》ばるべき」という父親の心情からすれば、原田家へ帰れという説得があくまでお關のことを思ってなされていることは確かだろう。「「お前が口に出さんとても親も察しる弟も察しる、涙は各自《てんで》に分て泣かうぞ」という、原田家とは対照的な親密な家族共同体の〈情の論理〉がその基盤にはある」と菅聡子は『樋口一葉　われは女なりけるものを』（NHK文化セミナー、日本放送出版協会）と語っている。

しかし、父親の離婚に反対した理由のうち菅のいう「心情」は理由の一つにすぎない。第二の、そして、おそらく、決定的な理由は、離縁すれば、息子の太郎とは縁が切れ、「再度《ふたゝび》原田太郎《はらだたらう》が母《はゝ》とは呼《よ》ばるゝ事成《ことな》るべきにもあらず、良人《おつと》に未練《みれん》は殘《のこ》さずとも我《わ》が子《こ》の愛《あい》の斷《た》ちがた」い、という事実であった。第三にあげたのは、世間で敏腕家といわれるような人は「外《そと》では知《し》らぬ顔《かほ》に切《き》つて廻《まわ》せど勤《つと》め向《む》きの不平《ふへい》など家内《うち》へ歸《かへ》つて當《あた》りちらされる」ものだ、という、原田は社会的に敏腕に仕事をしていればそれだけ辛いこともあり、その辛さを家に帰って家人に当たり散らして発散するものだから、そういう事情も思いやって忍耐せよ、ということであり、第四に弟の亥之助が「昨今《さくこん》の月給《げつきう》に有《あり》ついたも必竟《ひつきやう》は原田《はらだ》さんの口入《くちい》れではなからうか、七光《なゝひかり》どころか十光《とひかり》もして間接《よそ》ながらの恩《おん》を着《き》ぬとは言《い》はれぬに愁《つ》らからうとも一つは親《おや》の爲《ため》弟《おとゝ》の爲《ため》」という。

しかし、原田はお闞に教育のないこと、実家の悪いことについて愚痴を言っているのだから、その実家の弟である亥之助の面倒をみてくれと同僚に頼むとは考えにくい。おそらくお闞に対する態度からみて、事実ではないだろう。いずれにしても、こうした理由をあげて父がお闞を説得したのである。

これに関連して、菅は前掲書において「だが、そこには、もう一つの力が働いていた」という。菅によれば、それは「斎藤家の〈家の論理〉である」、という。「「猿楽町」から「上野の新坂下」へという移転が表しているように、お関の父・斎藤主計《かずえ》は没落した士族であるらしい」、と菅は言う。齋藤家が没落士族であるという証拠はこの作品のどこにも見出せない。原田の住む駿河台はおそらく当時のお邸町であったと思われるが、猿楽町から移転したことが齋藤家が没落士族を示すに証拠にはならない。齋藤主計の主計という名は士族の名前めいているけれども、これが士族の証拠とはならない。だから齋藤家が没落士族というのは菅の想像にすぎない。猿楽町に住んでいた時期から齋藤家ではお闞を稽古事を習わせることもできない程度に貧しかったのであった。齋藤家の復興の望みを託されているのは亥之助であり、彼の将来に原田の力が絶大である、と菅は語る。「つまり斎藤家の現在も未来も、原田を後ろ盾とした亥之助にかかっている」と菅は書いているのだが、亥之助の昇給に原田が力を貸しただろうというのは齋藤主計の想像にすぎないし、齋藤家は藁にもすがるように原田の好意に期待しているのだが、お闞に対する態度からみて、そんなものが当てにできないことは読者には分かっている。それだけに斎藤家の憐れさが読者の心に沁みるのである。「斎藤家にとって、すでにお関は原田の〈妻〉としてのみ存在意義がある」という菅の見解が間違いだとは思わないが、これは斎藤主計という父親の誤解にすぎない。このことをこの作品は充分に説明していると私は考える。

菅が続けて「今宵初めて発せられたお関の言葉は、父親の「お前が口に出さんとても親も察しる弟も察しる」という言葉によって無化されてしまう」という。私にはこの「無化」という言葉が理解できない。諸橋『大漢和辞典』にも出ていない言葉だし、もちろん私が座右においている簡便な漢和辞典にも国語辞典にも出ていない。こういう言葉が研究者間では通用するかもしれないが、私は戸惑うばかりである。お關が口にしなくても、お關と原田との関係は父親も弟も察しているというのなら、お關に対する同情、共感となり、せめて慰めになるはずだが、察しがついているのだから、いまさら言っても無駄だということであるのかもしれない。

菅は「斎藤家で過ごした時間のなかで、お関の「決心」は新たな「覚悟」へと変わる。それは「今宵限り関はなくなつて魂一つが彼の子の身を守る」、「私の身体は今夜をはじめに勇のものだと思ひまして、彼の人の思ふまゝに何となりして貰ひましよ」という「覚悟」であった。これは、彼女が今宵知ることになった斎藤家と原田との関係や、太郎の将来への認識といったものから導かれた、いわば理性的な結論であった。だがあらためて考えてみれば、これらの結論は最初からお関にはよくわかっていたことではなかったか」と菅は語って、『十三夜』の冒頭を引用している。はたしてそうだろうか。

冒頭では「思《おも》ふまゝを通《とほ》して離縁《りゑん》とならば太郎《たらう》には繼母《まゝはゝ》の憂《う》き目《め》を見《み》せ、御兩親《ごりようしん》には今《いま》までの自慢《じまん》の鼻《はな》にはかに低《ひく》くさせまして、人《ひと》の思《おも》はく、弟《おとゝ》の行末《ゆくすゑ》、あゝ此身《このみ》一つの心《こゝろ》から出世《しゆつせ》の眞《しん》も止《と》めずはならず、戻《もど》らうか、戻《もど》らうか、あの鬼《おに》のやうな我良人《わがつま》のもとに戻《もど》らうか、彼《あ》の鬼《おに》の、鬼《おに》の良人《つま》のもとへ、ゑゝ厭《い》や厭《い》やと身《み》をふるはす途端《とたん》」とあるが、父親の説得の後にお關が決心し、覚悟したことは「今宵《こよひ》限《かぎ》り關《せき》はなくなつて魂《たましゐ》一つが彼《あ》の子《こ》の身《み》を守《まも》る」ということであり、「私《わたし》の身體《からだ》は今夜《こんや》をはじめに勇《いさむ》のものだと思《おも》ひまして、彼《あ》の人《ひと》の思《おも》ふまゝに何《なん》となりして貰《もら》ひましよ」というのである。恰も娼婦がその身体を客に売るように自分の身体は勇の好きなようにさせ、自分は「魂」だけで生きるのだ、というわけである。冒頭では「鬼」のように思っていても、一人の人格をもった妻として良人のもとに戻ろうか、と考えていたのだが、結論の段階では、お關はその人格を放棄することを決意したのである。私には、お關の決心、覚悟が、最初から彼女に分かっていたとは思われない。太郎という子を思い、両親、弟を思い、そうした気配りにもとづくお關の主体的な自己犠牲の決断をこの作品は美事に描いていると私は考える。

そもそも菅は前掲書において「なぜ原田は自分からお関を離縁しようとしないのだろうか。

「奏任官」原田は斎藤家に対して圧倒的優位にある。お關の言うように原田が本当に彼女を離縁したいのならば、それを実行に移すことはたやすい」という。この小説が発表されたのは明治二八年だから、明治三一年にわが国においてはじめて民法が施行されるより以前であった。これ以前、明治二三年に制定、公布された民法案はわが国の国情に合わないという理由で施行されなかったので、不貞等の理由がなくても夫が妻を離婚することはでき、夫が妻を離婚する権利は広汎に認められていた。民法施行前にそれに代わる役割を果たしていた太政官布告も離婚その他の家族法体系を網羅的に定めていなかったから、幕藩体制時代の制定法でない、判例法とでもいうべき、不明確な家族法が事実上支配していた。ただ、社会的に是認されるような原因がない離婚については幕藩体制下でも道徳的な規律が存在し、必ずしも離婚は自由でなかった。社会的に是認されないような原因で離婚することについては、ことに「奏任官」というような高級官僚のばあい、道徳的、倫理的非難をうけるおそれが強かった。だから、お關は、「少《すこ》しなりとも私《わたし》の言《いひ》條《でう》を立《た》てゝ負《ま》けぬ氣《き》に御返事《おへんじ》をしましたら夫《それ》を取《とつ》てに出《で》てゆけと言《い》はれるは必定《ひつぢやう》」と考え、用心ふかく行動したのであり、原田がお關を離婚できないように、この作品の作者は書き込んでいたのである。

また、菅は、「「お花のお茶の、歌の画の」というのが、原田の言う「教育」と同じものとは思われない。明治のエリート原田がイメージしているのは、いわゆる新しい時代の女子教育であろう」というけれども、お關は十二歳まで学校に通っていたが、原田に見そめられて結婚したときは十七歳であった。五年間の空白があっては、新時代の女子教育の課程に進むことは事実上不可能だったのではないか。むしろ、母親が語っているように、「稽古は引取つてからでも充分させられる」と原田が結婚の申込みにさいして言ったとすれば、生け花、茶の湯などの稽古事と考えるのが自然であろう。お關が「「女大学」の視点からすれば、妻としてのお関の態度は非の打ち所がない。だが原田は、それに対して「張りも意気地もない愚うたらの奴、それからして気に入らぬ」と言うのだから、彼の要求している「教育」は新時代のものであり、両者のずれは明白である」というけれども、これは「教育」の問題ではない。原田のいやがらせの言葉と考えるべきである。

そうじて、この作品には原田の側の言い分が書かれていないことを理由に菅の論旨はお關を厳しく見過ぎているように思われる。

3

『十三夜』は（下）で一転、幼な馴染みで人力車の車夫に落魄している、かつて小川町の煙草屋の一人息子高坂録之助に出会う。お關はかつて録之助について「私《わたし》は此人《このひと》に思《おも》はれて、十二の年《とし》より十七まで明暮《あけく》れ顔《かほ》を合《あは》せる毎《たび》に行々《ゆく〳〵》は彼《あ》の店《みせ》の彼處《あすこ》へ座《すわ》つて、新聞見《しんぶんみ》ながら商《あきな》ひするのと思《おも》ふても居《ゐ》た」が、「量《はか》らぬ人《ひと》に縁《ゑん》の定《さだ》まりて、親々《おや〳〵》の言《い》ふ事《こと》なれば何《なん》の異存《いぞん》を入《いれ》られやう、烟草屋《たばこや》の録《ろく》さんにはと思《おも》へど夫《そ》れはほんの子供《こども》ごゝろ、先方《さき》からも口《くち》へ出《だ》して言《い》ふた事《こと》はなし、此方《こちら》は猶《なほ》さら、これは取《とり》とまらぬ夢《ゆめ》の様《やう》な戀《こひ》なるを、思《おも》ひ切《き》つて仕舞《しま》へ、思《おも》ひ切《き》つて仕舞《しま》へ、あきらめて仕舞《しまは》うと心《こゝろ》を定《さだ》めて、今《いま》の原田《はらだ》へ嫁入《よめい》りの事《こと》には成《な》つたれど、其際《そのきは》までも涙《なみだ》がこぼれて忘《わす》れかねた人《ひと》」であった。

お關の問いに答えて録之助は次のとおり答える

「男《をとこ》は流《なが》れる汗《あせ》を手拭《てぬぐひ》にぬぐふて、お恥《はづ》かしい身《み》に落《おち》まして今《いま》は家《うち》と言《い》ふ物《もの》も御座《ござ》りませぬ、寐處《ねどころ》は淺草町《あさくさまち》の安宿《やすやど》、村田《むらた》といふが二階《かい》に轉《ころ》がつて、氣《き》に向《む》ひた時《とき》は今夜《こんや》のやうに遲《おそ》くまで挽《ひ》く事《こと》もありまするし、厭《い》やと思《おも》へば日《ひ》がな一日《いちにち》ごろ〳〵として烟《けぶり》のやうに暮《くら》して居《ゐ》まする、貴孃《あなた》は相變《あいかは》らずの美《うつ》くしさ、奥樣《おくさま》にお成《な》りなされたと聞《き》いた時《とき》から夫《それ》でも一度《ど》は拜《おが》む事《こと》が出來《でき》るか、一生《しやう》の内《うち》に又《また》お言葉《ことば》を交《か》はす事《こと》が出來《でき》るかと夢《ゆめ》のやうに願《ねが》ふて居《ゐ》ました、今日《けふ》までは入用《いりよう》のない命《いのち》と捨《す》て物《もの》に取《とり》あつかふて居《ゐ》ましたけれど命《いのち》があればこその御對面《ごたいめん》、あゝ宜《よ》く私《わたくし》を高《かう》坂《さか》の録之助《ろくのすけ》と覺《おぼ》えて居《ゐ》て下《くだ》さりました、辱《かたじけ》なう御座《こざ》りますと下《した》を向《む》くに、阿關《おせき》はさめ〴〵として誰《だ》れも憂《う》き世《よ》に一人《ひとり》と思《おも》ふて下《くだ》さるな。」

その後、お關は、錄之助が放蕩のあげく、結婚し、お關が懐妊と聞いたころ、子をもったものの放蕩は止められず、妻は子を連れて実家に戻り、その子も昨年チブスで死んだということだ、と聞き、お關が結婚したころから錄之助が「丸《まる》で人間《にんげん》が變《かわ》つたやうな、魔《ま》でもさしたか、祟《たゝ》りでもあるか、よもや只事《たゞごと》では無《な》いと其頃《そのころ》に聞《き》きしが、今宵《こよひ》見《み》れば如何《いか》にも淺《あさ》ましい身《み》の有樣《ありさま》」と思う。

前田愛は前掲書で「原田勇の妻として被害者の立場におかれていたお関が、じつは録之助をすてばちな放蕩にかりたてた加害者であったという逆転は、たしかに『十三夜』の世界にもうひとつの奥行きを加えることになっている。しかし、「私が思ふほどは此人《このひと》も思ふて、夫《そ》れ故の身の破滅かも知れぬ物」というように、かすかに兆した自責の想いをお関は深めて行こうとはしない。「夢さらさうした楽しらしい身ではなけれども」と、お関がわが身の不幸に思いをかえしたとき、彼女は自分の不幸をひらいてみせることによって録之助とのあいだに共感の絆をつくりだすところまで進み出ようとはしなかった。おそらく、お関が自分の境遇の暗さを打ちあけることと録之助への裏切りの許しを求めることとはひとつにつながっていたはずだ」と書いている。

前田が、お關が錄之助に対する加害者であったとみることも、彼に対する裏切りということも、私にはまったく理解できない。お關と錄之助とが許嫁の関係にあったのならともかく、たがいにひそかに好意をもちあっていたにすぎないし、相手が自分に好意をもっていることも互いに知らなかったのだから、どこにも裏切りなどというものはない。まして録之助が身を持ち崩して放蕩したことは自らの責任であって、お關にはいかなる関係もないのだから、お關が加害者といった立場に立つこともありえない。岩波書店版『新 日本古典文学大系 明治編』の『樋口一葉集』の解説で、関礼子はさらに「原田の精神的虐待に泣くお関という「被害者」が、実は録之助の「加害者」でもあり、さらに録之助は妻に娶った杉田屋の娘の「加害者」でもあるという連鎖構造をも示している」という。少なくとも、お關が録之助に対する加害者であるか、については関礼子は前田愛の間違いをそのまま引き継いでいる。

前田はさらに、「お関が心をひらこうとしたまさにそのときに、録之助は「何を思ふか茫然とせし顔つき、時たま逢ひし阿関に向つて、左のみは嬉しき様子も見」せようとはしない。ここに描かれているのは人間的な感情をすりへらしてしまった録之助の虚無の深さであるように思われる」ともいう。「録之助の虚無の深さ」というのは美辞麗句にすぎない。ひそかに思いを寄せていた女性が結婚したからといって、放蕩の限りをつくし、身代を潰し、人力車の車夫としてもまともにはたらいているわけでもない、録之助はたんに社会的な生活を営むことができない失格者にすぎない。彼には「虚無」というよりも「空虚」というのが相応しい心しかないのである。私には、お關が「誰《だ》れも憂《う》き世《よ》に一人《ひとり》と思《おも》ふて下《くだ》さるな」という言葉が彼女の心情を充分に表現しているし、それは彼女自身の境遇であると同時に録之助の境遇に対する理解の表現として充分すぎる、と思われる。

4

樋口一葉は『十三夜』で何を訴えようとしたのか。

前掲岩波書店版『新日本古典文学大系』の『樋口一葉集』の解説で関礼子は「高級官僚原田の「自由結婚」が、実は強者がより有利な選択権をもつ時代の到来を意味するという近代社会の構造的歪みを、一葉は季節感に基づく「十三夜」という抒情的枠組みを援用して描きだした」と書いているけれども、私には、この文意が理解できない。強者がより有利な選択権をもつ時代とは弱肉強食の自由主義市場経済社会、資本主義社会の時代をいうのであろうか。もしそうとすれば、これは現代日本社会ないし近代国家の資本主義経済社会構造とこの作品はいかなる関係もない。明治二〇年代、わが国はまだ充分近代化されていなかった。民法さえ、この小説が発表された時点では、施行されていなかった。そのために女性の立場が弱く、お關も弱い立場におかれていたのである。当時を近代以前というのは正確でないが、関礼子の表現に沿っていえば、近代社会の成立過程にあって未熟な日本社会の歪みを一葉は描いた、というのであれば、大きく間違っているとはいえないだろう。

しかし、私は一葉が訴えようとしたことを次のように考える。たとえば、錄之助の放蕩、社会からの脱落、底知れない身の持ち崩し方が一葉が描きたかったことと考える。錄之助がお關と許嫁の関係にあって裏切られたのであれば、これほどに身を持ち崩すことは理解できないわけではない。心ひそかに思いを寄せていただけの女性が結婚したことの衝撃はそれほどに烈しいものか。お關の美貌はそれほどの魔力をもっていたということができるだろう。お關はその美貌の故に原田に見初められて不遇な境涯に身をおくこととなった。そういう意味ではお關も彼女自身の美貌の犠牲者である。原田はどうか。おそらくお關の美貌に魅せられて、彼に相応しくないと知ることとなった妻を選んだのである。つまりは、すべてがお關の美貌のために不幸になったのである。原田との関係だけをみれば、男性優位の社会への批判という面もあるけれども、じつは女性の「美貌」の魔力によって翻弄される人間模様こそ一葉がこの作品で書こうとしたことではないか。この主題をさらに『われから』で発展させようとしたのではないか、というのが、私のさしあたっての仮説である。

『われから』考

1

岩波文庫版『大つごもり・十三夜・他五編』の前田愛の解説を読み、『われから』について「母親ゆずりの淫蕩な血がもたらした不義密通を理由に、お町が恭助に財産を乗取られてしまう結末は、父親とは何の血のつながりもなかった彼女が当然引きうけなければならなかった宿命であるかのように思われる」とあるのに気づき、「母親ゆずりの淫蕩な血」という言葉に違和感を覚えた。「淫蕩」とは『岩波国語辞典（第七版・新版）』によれば「酒色などの享楽にふけること」とあり、『新明解国語辞典（第七版）』によれば「酒色にすっかり心を奪われ、生活が乱れきっている様子」とある。私は「淫蕩」をこれらの辞書が定義しているように理解していたので、前田愛の解説に反し、『われから』のお町にもその母美尾にも「淫蕩の血」がながれているとはまったく私は夢想もしていなかった。「不義密通を理由に、お町が恭助に財産を乗取られ」たという前田の理解にも同意できなかった。また、同じ解説で前田は『われから』は「上流階級の頽廃を指弾した観念小説として読むべきなのである」と書いている。私は前田が「淫蕩」という言葉の意味をとり違えていると同時に、また、『われから』という作品を正確に理解していない、と考える。

2

「大藏省《おほくらしやう》に月俸《げつぽう》八圓頂戴《ゑんちようだい》」して勤める、美尾の夫與四郎にとって美尾は幼馴染であり、「高品《かうひん》に美《うつ》しき其《その》とし十七ばかり成《なり》しを天《てん》にも地《ち》にも二つなき物《もの》と捧《さゝ》げ持《も》」つ恋女房であった。だから「役處《やくしよ》がへりの竹《たけ》の皮《かは》、人《ひと》にはしたゝれるほど濕《しめ》つぽき姿《すがた》と後《うし》ろ指《ゆび》さゝれながら、妻《つま》や待《ま》つらん夕《ゆふ》烏《がらす》の聲《こゑ》に二人《ふたり》とり膳《ぜん》の菜《さい》の物《もの》を買《か》ふて來《く》るやら、朝《あさ》の出《で》がけに水瓶《みづがめ》の底《そこ》を掃除《さうぢ》して、一日手桶《てをけ》を持《も》たせぬほどの汲込《くみこ》み、貴郎《あなた》お晝《ひる》だきで御座《ござ》いますと言《い》へば、おいと答《こた》へて米《こめ》かし桶《をけ》に量《はか》り出《だ》すほどの惚《の》ろさ、斯《か》くて終《おは》らば千歳《ちとせ》も美《うつ》くしき夢《ゆめ》のなかに過《すぎ》ぬべうぞ見《み》えし」という夫婦関係であった。岩波書店版『新 日本古典文学大系 明治編』に収められている『樋口一葉集』における関礼子の脚注によれば、「役處《やくしよ》がへりの竹《たけ》の皮《かは》」とは役所からの帰り道に買う総菜のこと、当時総菜類はほとんど竹の皮に包んで売られていたという。「したゝれるほど濕《しめ》つぽき姿《すがた》」とはあまりにも妻に甘い様子、という。（以下、関礼子の脚注とは同書の脚注をいう。）

峯村至津子『一葉文学の研究』（岩波アカデミック叢書）第七章「非「理想の佳人」」の五「翻弄する女」の2「夫に尽くさせる女——妻としての美尾」において「ささやかではあるが一応の安定を得ているためか、欲望に取り憑かれるまでの美尾の日常には、ほとんど切迫感は感じられない。「にごりえ」のお初は、夫が酌婦に入れあげたあげくに零落しても、なお夫のため、家のために懸命に尽くすといった姿勢を崩さないが、そもそものはじめから、美尾には〈夫のために尽くす〉といった気持ちは稀薄である。それは、美尾と与四郎の日常生活を描いた三章の次の一節に端的に表れている」と書いて、上に引用した、彼ら夫婦の日常を描いた風景を引用している。その上で「美尾は当然の如くに与四郎に家事を手伝わせており、むしろ尽くしているのは与四郎の方である」とし、「当時の〈最下層〉と位置づけられるような貧家の妻たちが、家事や子育ての合間に手内職をして家計を支えている」資料を引用し、「妻が必死に内職をしても日々の食に事欠くような状況とは異なるとしても、家計が楽とはいえない状況にありながら、美尾が「手内職」をしている様子もない」といい、その注で「美尾の母親は、「美尾は虚弱の身体なり、良人《おっと》を助けて手内職といふも六ツかしかるべく」と言っているが、体が弱いといっても、特に病気がちである様子も窺えない」と記している。明らかに峯村は、美尾が内職をしていないことを非難しているようにみえる。しかし、峯村は美尾が與四郎の恋女房であることを無視している。また、当時の十七歳といえば現在よりも女性の結婚の年齢が若かったとしても、結婚当時の美尾は世話女房として家事を仕切るにはまだ年少であったことも無視している。年少で結婚した妻がとかく良人に頼りがちになることは通常の夫婦関係であって、美尾だけが責められるべきことではない。まして、與四郎がでれでれといつも美尾につきまとうといった関係だったのである。美尾も元来は「身分《みぶん》は高《たか》からずとも誠《まこと》ある良人《おっと》の情心《なさけごゝろ》うれしく、六疊《でう》、四疊《でう》二間《ま》の家《いへ》を、金殿《きんでん》とも玉樓《ぎよくろう》とも心得《こゝろえ》て、いつぞや四丁目《てうめ》の藥師樣《やくしさま》にて買《か》ふて貰《もら》ひし洋銀《ようぎん》の指輪《ゆびわ》を大事《だいじ》らしう白魚《しらを》のやうな、指《ゆび》にはめ、馬爪《ばづ》のさし櫛《ぐし》も世《よ》にある人《ひと》の本甲《ほんかう》ほどには嬉《うれ》しがりし物《もの》」であった。関礼子の脚注によれば、「洋銀の指輪」は銅・ニッケル・亜鉛等の合金でこしらえた安物の指輪、「馬爪」は馬の爪でこしらえた鼈甲の代用品、「本甲」は本物の鼈甲の意という。そういう紛い物の装身具で身を飾ることに美尾は不満をもっていなかったのである。また、全集第三巻（上）所収の明治二六年の日記「よもぎふにつ記」の補注によれば、「當時の一葉の家族三人の一箇月の生活費は、約十圓乃至十五圓であったようである。そのうち、家主西本に支拂われた家賃が約二圓、則義時代からの負債に對して毎月奥田に支拂われた返濟金が約二圓五十錢、期限を過ごすと利金が加算された」とある。與四郎は借金はなかったはずだから、八円という與四郎の月給はほぼ一葉の家族三人の生活費に等しく、美尾が紛い物の装身具などで満足している限り、手内職をする必要もなく、貧しいながら、家計をまかなっていくことができる状況であった。この点でも峯村の理解は間違っている。むしろ、以上に述べた意味で美尾はごく普通の下級官僚の妻として自足していたといってよい。

美尾を狂わせたのは世間であった。美尾の美貌を世人が褒めあげ、彼女が自らの美貌を自覚したとき、美尾は現状にあきたらないものを感じることとなった。「浮世《うきよ》に鏡《かゞみ》といふ物《もの》のなくば、我《わ》が妍《かほよ》きも醜《みにく》きも知《し》らで、分《ぶん》に安《やすん》じたる思《おも》ひ、九尺《しやく》二間《けん》に楊貴妃小町《ようきひこまち》を隠《か》くして、美色《びしよく》の前《まへ》だれ掛奥床《がけおくゆか》しうて過《すぎ》ぎぬべし、萬《よろ》づに淡々《あわ〳〵》しき女子心《をなごごゝろ》を來《き》て搖《ゆ》する様《やう》な人《ひと》の賞《ほ》め詞《ことば》に、思《おも》はず赫《くわつ》と上氣《じやうき》して、昨日《きのふ》までは打《うち》すてし髪《かみ》の毛《け》つやらしう結《むす》びあげ、端折《はしおり》かゞみ取上《とりあ》げて見《み》れば、いかう眉毛《まゆげ》も生《は》えつゞきぬ、隣《となり》より剃刀《かみそり》をかりて顔《かほ》をこしらゆる心《こゝろ》、そも〳〵見《み》て呉《く》れの浮氣《うわき》に成《な》りて、襦袢《じゆばん》の袖《そで》も欲《ほ》しう、半天《はんてん》の襟《ゑり》の觀光《くわんくわう》が糸《いと》ばかりに成《なり》しを淋《さび》しがる思《おも》ひ」という。関礼子の脚注によれば、「九尺二間に楊貴妃小町を隠《か》くして」とは九尺二間の裏長屋に唐の玄宗皇帝の楊貴妃や小野小町のような絶世の美女を隠しておいて、との意、「萬《よろ》づに淡々しき」とは何事につけても軽々しく浅いの意、観光繻子は綿糸と絹糸を交ぜ合わせて織った光沢のある布、の意という。そこで、美尾に戻れば、「見《み》る人毎《ひとごと》に賞《ほ》めそやして、これほどの容貌《きりよう》を埋《うも》れ木《ぎ》とは可惜《あたら》しいもの、出《で》て居《い》る人《ひと》で有《あら》うなら恐《おそ》らく島原《しまばら》切《き》つての美人《びじん》、比《くら》べ物《もの》はあるまいと口《くち》に税《ぜい》が出《で》ねば我《わが》おもしろに人《ひと》の女房《にようぼ》を評《ひよう》したてる白痴《こけ》もあり、豆腐《おかべ》かふとて岡持《おかもち》さげて表《おもて》へ出《いづ》れば、通《とほ》りすがりの若《わか》い輩《ひと》に振《ふり》かへられて、惜《お》しい女《をんな》に服粧《みなり》が悪《わ》るいなど哄然《どつ》と笑《わら》はれる、思《おも》へば綿《めん》銘仙《めいせん》の糸《いと》の寄《よ》りしに色《いろ》の褪《さ》めたる紫《むらさき》めりんすの幅狹《はゞせま》き帶《おび》、八圓《ゑん》どりの等外《とうぐわい》が妻《つま》としては是《こ》れより以上《いじやう》に粧《よそほ》はるべきならねども、若《わか》き心《こゝろ》には情《なさけ》なく箍《たが》のゆるびし岡持《をかもち》に豆腐《おかべ》の露《つゆ》のした、るよりも不覺《そゞろ》に袖《そで》をやしぼりけん」。島原遊郭の女郎であったら、比べものもないほどの美人と褒めそやされ、我が身は等外、判任官よりもさらに下級の官吏の妻、これ以上の衣装を着られるわけでもない、と美尾は歎くこととなる。戦前まで、奏任官以上がいわば現在の上級公務員に相当し、判任官は下級公務員に相当する。関礼子の脚注によれば、明治一九年判任官等俸給令の「判任官ノ月俸」によれば一等が最高で七十五円、十等が最低で十二円であった、という。「等外」の地位にある與四郎の月給八円は判任官の最低と比べても三分の二の金額である。何を言ったからといって口に税金がかかるわけではないから、他人の女房の容貌の評判をする馬鹿者がいる、と作者はいう。だが、褒められれば気分を良くするのが私たち人間の愚かさである。美尾が褒められて嬉しく思ったことは当然だが、そこで、自分たち夫婦の暮らしの貧困、我が身の美貌にふさわしくない我が身なりを恥じたことから劇がはじまる。

実際は美尾の心の鬱積はこの前年の春に遡るものであった。

「此前《このまへ》の年《とし》、春雨《はるさめ》はれての後《のち》一日、今日《けふ》ならではの花盛《はなざか》りに、上野《うへの》をはじめ墨田川《すみだがは》へかけて夫婦《ふうふ》づれを樂《たの》しみ、隨分《ずいぶん》とも有《あ》る限《かぎ》りの体裁《ていさい》をつくりて、取《と》つて置《お》きの一てう羅《ら》も良人《おつと》は黑紬《くろつむぎ》の紋《もん》つき羽織《ばをり》、女房《にようぼう》は唯《たゞ》一筋《すぢ》の博多《はかた》の帶《おび》しめて、昨日甘《きのふあま》へて買《か》ふて貰《もら》ひし黑《くろ》ぬりの駒下駄《こまげた》、よしや疊《たゝみ》は擬《まが》ひ南部《なんぶ》にもせよ、比《くら》ぶる物《もの》なき時《とき》は嬉《うれ》しくて立出《たちいで》ぬ、さても東叡山《とうえいざん》の春《はる》四月《ぐわつ》、雲《くも》に見紛《みまが》ふ木《こ》の間《ま》の花《はな》も今日明日《けふあす》ばかりの十七日成《な》りければ、廣小路《ひろこうぢ》より眺《なが》むるに、石段《いしだん》を下《お》り昇《のぼ》る人《ひと》のさま、さながら蟻《あり》の塔《とう》を築《つ》き立《た》つるが如《ごと》く、木《こ》の間《ま》の花《はな》に衣類《きもの》の綺羅《きら》をきそひて、心《こゝろ》なく見《み》る目《め》には保養《ほやう》この上《うへ》も無《な》き景色《けしき》なりき。二人《ふたり》は櫻《さくら》が岡《をか》に昇《のぼ》りて今《いま》の櫻雲臺《をうんだい》が傍近《そばちか》く來《き》し時《とき》、向《むか》ふより五六輛《りよう》の車《くるま》かけ聲《ごゑ》いさましくして來《く》るを、諸人立止《しよにんたちど》まりてあれ〳〵と言《い》ふ、見《み》れば何處《いづこ》の華族様《くわぞくさま》なるべき、若《わか》き老《お》ひたる圾《こ》き交《ま》ぜに、派手《はで》なるは曙《あけぼの》の振袖《ふりそで》緋無垢《ひむく》を重《かさ》ねて、老《ふ》け形《かた》なるは花《はな》の木《こ》の間《ま》の松《まつ》の色《いろ》、いつ見《み》ても飽《あ》かぬは黒出《くろで》たちに鼈甲《べつかう》のさし物《もの》、今様《いまやう》ならば襟《ゑり》の間《あひだ》に金《きん》ぐさりのちらつくべきなりし、車《くるま》は八百膳《やをぜん》に止《と》まりて人《ひと》は奥深《おくふか》く居《ゐ》るを、憎《に》くさげな評《ひやう》いふて見送《みおく》るもあり、唯大方《たゞおほかた》はお立派《りつぱ》なといひて行過《ゆきす》ぐるも有《あり》しが、美尾《みを》はいかに感《かん》じてか、茫然《ぼんやり》と立《た》ちて眺《なが》め入《い》りし風情《ふぜい》、うすら淋《さび》しき様《やう》に物《もの》おもはしげにて、何《いづ》れ華族《くわぞく》であらうお化粧《つくり》が濃厚《こつてり》だと與四郎《よしらう》の振《ふり》かへりて言《い》ふを耳《みゝ》にも入《い》れぬらしき様《さま》にて、我《わ》れと我《わ》が身《み》を打《うち》ながめ唯《たゞ》悄然《しよんぼり》としてあるに與四郎《よしらう》心《こゝろ》ならず、何《ど》うかしたかと氣遣《きづか》ひて問《と》へば、俄《にはか》に氣分《きぶん》が勝《すぐ》れませぬ、私《わたし》は向島《むかふじま》へ行《ゆ》くのは廢《や》めて、此處《こゝ》から直《す》ぐに歸《かへ》りたいと思《おも》ひます、貴郎《あなた》はゆるりと御覽《ごらん》なりませ、お先《さき》へ車《くるま》で歸《かへ》りますと力《ちから》なさゝうに凋《しほ》れて言《い》へば、夫《そ》れはと與四郎案《よしらうあん》じ始《はじ》めて、一人《ひとり》では何《なに》も面白《おもしろ》くは無《な》い、又來《またく》るとして今日《けふ》は廢《や》めにせうと美尾《みを》がいふまゝ優《やさ》しう同意《どうい》して呉《く》れる嬉《うれ》しさも、此折何《このおりなに》とも思《おも》はれず、せめて歸《かへ》りは鳥《とり》でも喰《た》べてと機嫌《きげん》を取《と》られるほど物《もの》がなしく、逃《に》げ出《だ》すやうにして一散《さん》に家路《いゑぢ》を急《いそ》げば、興《けふ》こと〴〵く盡《つ》きて與《よ》四郎《らう》は唯《たゞ》お美尾《みを》が身《み》の病氣《いたつき》に胸《むね》をいためぬ。」

美尾は華族の人々の衣装の華麗なことに眼を奪われ、我が身の衣装の貧しさに気づいた。身分違いと思えばそれなりに割り切ることができるはずだが、そこで、美尾は、現在の言葉でいえば「鬱病」になったかにみえる。第四章の前半は上に引用したが、後半を以下に引用する。

「はかなき夢《ゆめ》に心《こゝろ》の狂《くる》ひてより、お美尾《みを》は有《あり》し我《わ》れにもあらず、人目無《ひとめな》ければ涙《なみだ》に袖《そで》をおし浸《ひた》し、誰《た》れを戀《こ》ふると無《な》けれども大空《おほそら》に物《もの》の思《おも》はれて、勿体《もつたい》なき事《こと》とは知《し》りながら與《よ》四郎《らう》への待《もて》遇《なし》きのふには似《に》ず、うるさき時《とき》は生返事《なまへんじ》して、男《をとこ》の怒《いか》れば我《わ》れも腹《はら》たゝしく、お氣《き》に入《い》らぬ物《もの》なら離縁《りゑん》して下《くだ》され、無理《むり》にも置《お》いてとは頼《たの》みませぬ、私《わたし》にも生《うま》れた家《いゑ》が御座《ござ》んするとて威丈《いたけ》高《たか》になるに男《をとこ》も堪《こら》えず箒《はふき》を振廻《ふりまわ》して、さあ出《で》て行《い》けと時《とき》の拍子《ひやうし》危《あや》ふくなれば、流石《さすが》に女氣《おんなぎ》の悲《かな》しき事胸《ことむね》に迫《せま》りて、貴郎《あなた》は私《わたし》をいぢめ出《だ》さうと爲《な》さるので御座《ござ》んすか、私《わたし》が身《み》はそも〳〵から貴郎《あなた》に上《あ》げた物《もの》なれば、憎《に》くゝば打《う》つて下《くだ》され、殺《ころ》して下《くだ》され、此處《こゝ》を死《し》に塲《ば》に來《き》た私《わたし》なれば、殺《ころ》されても此處《こゝ》は退《の》きませぬ、さあ何《なん》となりして下《くだ》されと泣《な》いて、袖《そで》に取《とり》すがりて身《み》を悶《もだ》ゆるに、もとより憎《にく》くゝは有《あ》らぬ妻《つま》の事《こと》、離別《りべつ》などゝは時《とき》の威嚇《おどし》のみなれば、縋《すが》りて泣《な》くを好《よ》い時機《しほ》に、我《わが》まゝ者奴《ものめ》の言《い》ひじらけ、心安《こゝろやす》きまゝの駄々《だゞ》と免《ゆる》して可愛《かわい》さは猶日頃《なほひごろ》に増《まさ》るべし。」

「大空《おほそら》に物《もの》の思《おも》はれ」るとは関礼子の脚注によれば、「おほぞら」は茫然としているさま、「大空は空しき人の形見かは物思ふごとにながめらるらむ」（古今和歌集）に由来するという。現代でも「鬱病」に懊悩する人に接して、たんに我が儘、自制心の欠如としか理解できないことが多い。まして当時は気鬱といった言葉はあっても、それを病気の一種としての「鬱病」などという言葉もなかったし、美尾の心理に立ち入って、その心情を汲みとろうとは與四郎はもちろん誰も思わなかったであろう。その原因は美尾自身にも分かっていなかったかもしれない。たんに自分の衣装を恥じ、自分たち夫婦の暮らしの貧しさをつらく感じただけのことと美尾も思っていたかもしれない。「鬱病」という自覚そのものが難しいのである。

『われから』が失敗作であるかどうかは別として、「鬱病」のために、抜き差しならず、我が身をもてあます美尾を描いた一葉の筆致は驚嘆に値するほどに冴えている。こうして私は第四章の全文を引用した。これほど引用しないで済むものなら、済ませたいと考えないわけではない。しかし、ここまであえて引用したのは、美尾の失踪の原因がその「淫蕩」な性格によるかのような誤解を生じた理由が、美尾の失踪にいたる経過を克明に読んでいないためではないか、と考えているからである。

第五章に入って、美尾は自分が何を求めているかを知ったかのようである。また、引用する。

「與《よ》四郎《らう》が方《かた》に變《かは》る心《こゝろ》なければ、一日も百年《ねん》も同《おな》じ日《ひ》を送《おく》れども其頃《そのころ》より美尾《みを》が様子《やうす》の兎《と》に角《かく》に怪《あや》しく、ぼんやりと空《そら》を眺《なが》めて物《もの》の手《て》につかぬ不審《いぶか》しさ。與《よ》四郎《らう》心《こゝろ》をつけて物事《ものごと》を見《み》るに、さながら戀《こひ》に心《こゝろ》をうばゝれて空虚《うつろ》に成《なり》し人《ひと》の如《ごと》く、お美尾《みを》お美尾《みを》と呼《よ》べば何《なに》えと答《こた》ゆる詞《ことば》の力《ちから》なさ、何《ど》うでも日々《ひゞ》を義務《つとめ》ばかりに送《おく》りて身《み》は此處《こゝ》に心《こゝろ》は何處《いづこ》の空《そら》を徜徉《さまよふ》らん、一ゝ氣《き》にかゝる事《こと》ども、我《わ》が女房《にようぼう》を人《ひと》に取《と》られて知《し》らぬは良人《おつと》の鼻《はな》の下《した》と指《ゆび》さゝれんも口惜《くちを》しく、いよ〳〵眞《まこと》に其事《そのこと》あらばと恐《おそ》ろしき思案《しあん》をさへ定《さだ》めて美尾《みを》が影身《かげみ》とつき添《そ》ふ如《ごと》く守《まも》りぬ。」

與四郎が美尾の鬱、不定愁訴を理解することなく、他に恋人でもできたのではないか、と怪しむのは無理ではない。

「されども是《こ》れぞの跡《あと》もなく、唯《たゞ》うか〳〵と物《もの》おもふらしく或時《あるとき》はしみ〴〵と泣《な》いて、お前様《まへさま》いつまで是《こ》れだけの月給取《げつきうと》つてお出遊《いであそ》ばすお心《こゝろ》ぞ、お向《むか》ふ邸《やしき》の旦那《だんな》さまは、其昔《そのむか》し大部屋《おほべや》あるきのお人成《ひとなり》しを一念《ねん》ばかりにて彼《あ》の御出世《ごしゆつせ》、馬車《ばしや》に乘《の》つてのお姿《すがた》は何《ど》のやうの髭武者《ひげむしや》だとて立派《りつぱ》らしう見《み》えるでは御座《ござ》んせぬか、お前様《まへさま》も男《をとこ》なりや、少《すこ》しも早《はや》く此樣《このやう》な古洋服《ふるやうふく》にお辨當《べんたう》さげる事《こと》をやめて、道《みち》を行《ゆ》くに人《ひと》の振《ふり》かへるほど立派《りつぱ》のお人《ひと》に成《な》つて下《くだ》され、私《わたし》に竹《たけ》の皮《かは》づゝみ持《も》つて來《き》て下《くだ》さる眞實《しんじつ》が有《あ》らば、お役處《やくしよ》がへりに夜學《やがく》なり何《なん》なりして、何《ど》うぞ世間《せけん》の人《ひと》に負《ま》けぬやうに、一ッぱしの豪《あら》い方《かた》に成《な》つて下《くだ》され、後生《ごせう》で御座《ござ》んす、私《わたし》は其爲《そのため》になら內職《ないしよく》なりともして御菜《おさい》の物《もの》のお手傳《てつだ》ひはしましよ、何《ど》うぞ勉强《べんきやう》して下《くだ》され、拜《おが》みますと心《こゝろ》から泣《な》いて、此《この》ある甲斐《ひ》なき活計《くらし》を數《かぞ》へれば」、以下は略する。

このように美尾は與四郎をかき口説く。美尾は貧困から脱出し、自分の美貌にふさわしい、美しい衣装も着たい、装身具で飾りたい、化粧もしたいのだが、そのためには、與四郎が「等外」の下級官吏からもっと上級の官吏になってもらいたい、そのためには夜学で勉強して試験を受けてもらいたい、そのためなら、自分も内職もし、食事の支度もしよう、というわけである。明治政府では高位高官は薩長閥などで占められていたとはいえ、通常の官僚については所定の試験に合格することなどにより採用、昇進について門戸が開かれていた。高等中学、大學予備門は後の旧制一高、東大の前身だが、一葉周辺にいた「文學界」の平田禿木、上田敏などはこれらの学校に学んでいたし、多くの高級官僚を輩出させた。一葉と婚約していたといわれる渋谷三郎（後の坂本三郎）は早稲田大学に学んで司法官試験に合格して、検事、判事を歴任、秋田県知事、山梨県知事を経て、早稲田大学の法学部長を勤めた。検事になったばかりの渋谷三郎の給料が月額五十円と一葉は日記に記している。検事は上級職官僚であって、最下級の官僚ではないが、試験に合格し「判任官」ともなれば、相当の待遇をうけたはずである。だから、明治政府はかなりに民主的であり、試験に合格すれば、「等外」でない、官吏として登用、昇進の道が開かれていた。與四郎の月給八円は、過度の欲望をもたなければ、かつかつの生活をしてゆくのに足りる程度であった。美尾がこの貧困を嫌い、上昇を志向した。渋谷三郎の月給が五十円と聞いて一葉は日記「しのぶぐさ」明治二五年九月一日の項に渋谷について「身〻新がたの檢事として正八位に叙せられ月俸五十圓の榮職にあるあり」と書き「位階何事かあらん」と書いたが、美尾にとってはそうではなかった。そこで與四郎が官僚として出世するために試験勉強しようと心がけたら、あるいは、美尾の「鬱病」も治癒したかもしれない。しかし、與四郎は美尾が期待したようには反応しなかった。

「與《よ》四郎《らう》は我《わ》が身《み》を罵《のゝし》られし事《こと》と腹《はら》たゝしく、お爲《ため》ごかしの夜學沙汰《やがくさた》は、我《わ》れを留守《るす》にして身《み》の樂《たの》しみを思《おも》ふ故《ゆゑ》ぞと一圖《づ》にくやしく、何《ど》うでも我《お》れは此樣《このやう》な活地《いくぢ》なし、馬車《ばしや》は思《おも》ひも寄《よ》らぬ事《こと》、此後《このご》辻車《つぢぐるま》ひくやら知《し》れた物《もの》で無《な》ければ、今《いま》のうち身《み》の納《おさま》りを考《かんが》へて、利口《りこう》で物《もの》の出來《でき》る、學《がく》者《しや》で好男子《いろをとこ》で、年《とし》の若《わか》いに乘《のり》かへるが隨《ずゐ》一であらう、向《むか》ふの主人《しゆじん》もお前《まへ》の姿《すがた》を褒《ほ》めて居《ゐ》るさうに聞《き》いたぞと、碌《ろく》でもなき根《ね》すり言《ごと》、懶怠者《なまけもの》だ懶怠者《なまけもの》だ、我《お》れは懶怠者《なまけもの》の活地《いくぢ》なしだと大《だい》の字《じ》に寢《ね》そべつて、夜學《やがく》はもとよりの事《こと》、明日《あした》は勤《つと》めに出《で》るさへ憂《う》がりて、一寸《すん》もお美尾《みを》の傍《そば》を放《はな》れじとするに、あゝお前樣《まへさま》は何故《なぜ》その樣《やう》に聞分《きゝわ》けては下《くだ》さらぬぞと淺《あさ》ましく、互《たが》ひの思《おも》ひそはそはに成《な》りて、物言《ものい》へば頓《やが》て爭《あらそ》ひの糸口《いとぐち》を引出《ひきいだ》し、泣《な》いて恨《うら》んで摺《す》れ〳〵の中《なか》に、さりとも憎《に》くからぬ夫婦《めをと》は折《をり》ふしの仕《し》こなし忘《わす》れがたく、貴郎《あなた》斯《か》うなされ、彼《あ》あなされと言《い》へば、お美尾《みを》お美尾《みを》と目《め》の中《なか》へも入《い》れたき思《おも》ひ、近處合壁《きんじよがつぺき》つゝき合《あ》ひて物爭《ものあらそ》ひに口《くち》を利《き》く者《もの》は無《な》かりし。」

関礼子の脚注によれば、「そはそはに成りて」とは気持ちがしっくりしないことの意という。與四郎には、すくなくとも、この時点では、嫉妬すべき理由はなかった。しかし、一つには嫉妬に駆られていたのかもしれないし、一つには自足し、夜学で勉強して出世しようというような野心をもっていなかった。この與四郎のふてくされた反応に美尾が失望したとしてもふしぎはない。それでも時にはいつもの甘えた夫婦関係に戻りながら、美尾は鬱に沈み、この境遇からの脱出を考えていた。

峯村至津子は「美尾は、自分の望みを与四郎に伝えようと懸命に語り、与四郎と共に努力して〈甲斐ある暮らし〉を手に入れることを願った。二人で何かを目指すためには、それまでしていなかった内職をすることも厭わないという言葉からは、将来の可能性もなく、毎日同じような生活が延々と続く閉ざされた日常から抜け出すために、自分も変わろうとする意志が窺える。しかし彼女の言葉は容易に夫の心を動かすこと能わず、一方で彼女の欲望も簡単に消えることはなく、美尾は夫と娘とそれまでの生活を捨て、出奔した。〈甲斐ある暮らし〉を欲望し、夫と共にそれを勝ち得ようと思ってはみるものの、それは容易に成し遂げることは出来ない。ここに描き出されているのは、同時代の論説の中の「夫婦は、意気、相投じ、共に勤労し、与に節倹して、貧賤より、富貴に進まんことこそ楽しからめ」（三輪田真佐子「婚姻及婚姻の後」）といった安易な綺麗事に対する痛切な皮肉である」という。峯村は三輪田を批判しているようだが、三輪田は、夫婦が「意気、相投じ、共に勤労し、与に節倹して、貧賤より富貴に進まんこと」ができたらさぞ楽しかろう、と言っているのであって、あくまであり得べき夫婦の関係を語っているのであり、現実の夫婦関係がそうでないことは三輪田のよく承知している現実であった。現実には至難であるからこそ、三輪田は峯村が引用したように書いたのである。美尾に戻れば、「それまでしていなかった内職をすることも厭わないという言葉からは、将来の可能性もなく、毎日同じような生活が延々と続く閉ざされた日常から抜け出すために、自分も変わろうとする意志が窺える。しかし彼女の言葉は容易に夫の心を動かすこと能わず」と峯村はいうが、内職もしよう、食事の支度もしよう、というのは、美尾の一時の思いつきにすぎない。それよりも、夜学にでも通って與四郎に勉強してもらいたい、という美尾の願いは與四郎にとっては無理難題というものであった。美尾が出奔してから十年か十五年ほどの後、五十歳に足らずして与四郎は死んでいるから、この時点では彼は三十歳を過ぎていたはずである。三十歳を過ぎて夜学に通い、勉強し、官吏登用試験を受けるということは、せめて二十歳代であったならともかく、到底現実的なことではなかった。実情を考えれば、與四郎が大の字になって寝ころんでふてくされるのも無理はなかった。美尾は與四郎のそういう状況を察することができないほどに世間知らずであった。

　そこで、「實家《じっか》の迎《むか》ひとて金紋《きんもん》の車《くるま》」が来ることとなる。この頃から「お美尾《みを》は兎角《とかく》に物思《ものおも》ひ静《しづ》まりて、深《ふか》くは良人《おっと》を諫《いさ》めもせず、うつ〳〵と日《ひ》を送《おく》って」いる。明らかに美尾は不倫を犯しているのだが、物思いに沈む美尾の気配からは、不倫を恥じているようにみえるが、そうかといって不倫によって鬱から解き放されたようにはみえない。やがて美尾はお町を出産する。次いで、第六章は、美尾の母親の與四郎への苦情、愚痴ではじまる。

「月給《げつきう》の八圓《ゑん》はまだ昇給《しようきう》の沙汰《さた》も無《な》し、此上小兒《このうへちいさい》が生《うま》れて物入《ものい》りが嵩《かさ》んで、人手《ひとで》が入《い》るやうに成《な》つたら、お前《まへ》がたは何《なん》とする、美尾《みを》は虚弱《きよじやく》の身體《からだ》なり、良人《おつと》を助《たす》けて手内職《てないしよく》といふも六ッかしかるべく、三人居縮《にんゐすく》んで乞食《こじき》のやうな活計《くらし》をするも、餘《あま》り賞《ほ》めた事《こと》では無《な》し、何《なん》なりと口《くち》を見つけて、今《いま》の內《うち》から心《こゝろ》がけ最《も》う少《すこ》しお金《かね》になる職業《しよくげう》に取《とり》かへずば、行々《ゆく〳〵》お前《まへ》がたの身《み》の振《ふり》かたは無《な》く、第一子《だいこ》を育《そだ》つる事《こと》もなるまじ、美尾《みを》は私《わたし》が一人娘《ひとりむすめ》、やるからには私《わたし》が終《おは》りも見《み》て貰《もら》ひたく、贅澤《ぜいたく》を言《い》ふのでは無《な》けれど、お寺參《てらまい》りの小遣《こづか》ひ位《ぐらゐ》、出《だ》しても貰《もら》はう、上《あ》げませうの約《やく》束《そく》でよこしたのなれども、元來《もとより》くれられぬは横着《わうちやく》ならで、何《ど》うでも爲《す》る事《こと》のならぬ活地《いくぢ》の無《な》さ故《ゆゑ》、夫《そ》れは思《おも》ひ絕《た》つて私《わたし》は私《わたし》の口《くち》を濡《ぬ》らすだけに、此年《このとし》をして人樣《ひとさま》の口入《くちい》れやら手傳《てつだ》ひやら、老耻《おひはぢ》ながらも詮《せん》の無《な》き世《よ》を經《へ》まする、左《さ》れども當《あ》て無《な》しに苦勞《くらう》は出來《でき》ぬもの、つく〴〵お前夫婦《まへふうふ》の働《はたら》きを見《み》るに、私《わたし》の手足《てあし》が働《はたら》かぬ時《とき》に成《な》りて何分《なにぶん》のお世話《せは》をお賴《たの》み申《まを》さねば成《な》らぬ曉《あかつき》、月《げつ》給《きう》八圓《ゑん》で何《ど》う成《な》らう、夫《そ》れを思《おも》ふと今《いま》のうち覺悟《かくご》を極《き》めて、少《すこ》しは互《たが》ひに愁《つ》らき事《こと》なりとも當分《たうぶん》夫婦別《ふうふわか》れして、美尾《みを》は子《こ》ぐるめ私《わたし》の手《て》に預《あづか》りお前《まへ》さんは獨身《ひとりみ》に成《な》りて」といつて別居を勸めるのに對して、與四郞は「齒《は》ぎしりするほど腹立《はらた》たしく」「私《わたし》とても男子《おとこ》の端《はし》で御座《ござ》りますれば、女房子《にようぼこ》位《くらゐ》過《す》ぐされぬ事《こと》も御座《ござ》りますまいし、一生《せう》は長《なが》う御座《ござ》ります。墓《はか》へ這入《はい》るまで八圓《ゑん》の月《げつ》給《きう》では有《あ》るまいと思《おも》ひますに、其邊格別《そのへんかくべつ》の御心配《ごしんぱい》なくと見事《みごと》に」返答する。

おそらく美尾の出奔は妾奉公のためであり、それに母親が手を貸していることは間違いない。

そもそも、「人様《ひとさま》の口入《くちい》れやら手傳《てつだ》ひやら」で生活している母親が美尾とお町を引き取って暮らしを立てられるはずもないのだから、こう勧めた時にすでに母親には美尾に與四郎を見捨てさせ、妾奉公させる思惑があったにちがいない。妾奉公の結果、美尾が望んだような贅沢な生活ができるようになったかもしれない。

ここまでの筋書きを辿ってみると、いかにも與四郎は向上心に欠けているし、月給八円の「等外」の官吏の地位に自足し、美尾の上昇志向にまったく共感しないことを責めたいと感じ、また、美尾が一人娘として働くことができなくなった場合、母親をみとることも難しい境遇に不安を感じるのも無理からぬことと思われる。

だからといって、美尾が夢みたような生活を手にいれることができたかどうかは、はなはだ疑わしい。美尾をそういう妾奉公という生活に追いやったのは與四郎であり、母親である。だが、美尾の貧困からの脱出願望がなければ、與四郎の現状に自足した、ふてくされた態度も、母親の働くことができなくなったときに自分の面倒を誰がみてくれるのかという懸念も、美尾が妾奉公を実行することにはならない。與四郎も母親も美尾の決意に手を貸したにすぎない。美尾が望んだのは貧困からの脱出であり、美尾は上流階級の生活に羨望を感じ、そういう階級への上昇を志向した。美尾は「甲斐」なき生活から「甲斐」ある生活への上昇を念願した。かりに贅沢な衣装で着飾り、料理屋で食事できたからといって、「甲斐」ある生活が得られるわけではない。貧困から脱出できたとしても、それで生き甲斐のある生活が得られるわけではない。美尾は貧困から脱出できれば、生き甲斐のある生活が得られるかのように錯覚した。『われから』における美尾の物語は貧困から脱出したいと願望する女性の愚かさを描いた作品として読むべきである。淫蕩などというのは見当違いも甚だしい。しかも、妾奉公のために出奔するにいたる、美尾の心理、與四郎の行動、母親の口説など、美尾の物語に限っていえば、一葉の作家としての筆致の成熟が充分に認められるのではないか。

3

『われから』はお町の物語に続く。

この間、第三章に「奥様《おくさま》の父御《てゝご》といひしは赤鬼《あかおに》の與《よ》四郎《らう》とて、十年《ねん》の以前《まへ》までは物《もの》すごい目《め》を光《ひか》らせて在《おは》したる物《もの》なれど、人《ひと》の生血《いきち》をしぼりたる報《むく》ひか、五十にも足《た》らで急病《きうびやう》の脳充血《のうじうけつ》、一朝《あさ》に此世《このよ》の税《ぜい》を納《をさ》めて、よしや葬儀《さうぎ》の造花《つくりばな》、派手《はで》に見事《みごと》な造《つく》りはするとも、辻《つぢ》に立《た》つて見《み》る人《ひと》に爪《つま》はぢきをされて後生《ごせう》いかゞと思《おも》はるゝ様成《やうなり》し」とある。

第八章の冒頭に「浮世《うきよ》の欲《よく》を金《かね》に集《あつ》めて、十五年《ねん》がほどの足掻《あが》きかたとては、人《ひと》には赤鬼《あかをに》と仇《あだ》名《な》を負《おほ》せられて、五十に足《た》らぬ生涯《しようがい》のほどを死灰《しくわい》のやうに終《おは》りたる、それが餘波《なごり》の幾万金《いくまんきん》、今《いま》の金村恭助《かなむらけうすけ》ぬしは、其與《そのよ》四郎《らう》が聟《むこ》なりけり。彼《あ》の人《ひと》あれ程《ほど》の身《み》にて人《ひと》の姓《せい》をば名告《なの》らずともと誹《そし》りも有《あり》けれど、心安《こゝろやす》う志《こゝろざ》す道《みち》に走《はし》つて、内《うち》を顧《かへり》みる疚《やま》しさの無《な》きは、これ皆養父《みなやうふ》が賜物《たまもの》ぞかし、されば奥方《おくがた》の町子《まちこ》おのづから寵愛《てうあい》の手《て》の平《ひら》に乗《の》つて、強《あなが》ち良人《おつと》を侮《あなど》るとなけれども、舅《しうと》姑《しうとめ》おはしまして萬《よろ》づ窮屈《きうくつ》に堅《かた》くるしき嫁御寮《よめごりよう》の身《み》と異《こと》なり、見《み》たしと思《おも》はゞ替《かは》り目毎《めごと》の芝居行《しばゐゆ》きも誰《た》れかは苦情《くぜう》を申《まをす》べき、花見《はなみ》、月見《つきみ》に旦那《だんな》さま催《もよほ》し立《た》てゝ、共《とも》に連《つ》らぬる袖《そで》を樂《たの》しみ、お歸《かへ》りの遲《おそ》き時《とき》は何處《どこ》までも電話《でんわ》をかけて、夜《よ》は更《ふ》くるとも寐給《ねたま》はず、餘《あま》りに戀《こひ》しう懷《なつ》かしき折《をり》は自《みづか》ら少《すこ》しは恥《はづ》かしき思《おも》ひ、如何《いか》なる故《ゆゑ》ともしるに難《かた》けれど、旦那《だんな》さま在《おは》しまさぬ時《とき》は心細《こゝろぼそ》さ堪《た》えがたう、兄《あに》とも親《おや》とも頼母《たのも》しき方《かた》に思《おも》はれぬ」とある。

さらに、第九章には、お町が恭助に「私《わたくし》は貴郎《あなた》のほかに頼母《たのも》しき親兄弟《おやきようだい》も無《な》し、有《あ》りてから父《ちゝ》の與《よ》四郎在世《らうざいせ》のさまは知《し》り給《たま》ふ如《ごと》く、私《わたくし》をば母親似《ははおやに》の面《おも》ざし見《み》るに癇《かん》の種《たね》とて寄《よ》せつけも致《いた》されず、朝夕《あさゆふ》さびしうて暮《くら》しました」とあるのが、美尾が出奔後、與四郎の運命、お町の境遇についての叙述のすべてである。

当時の金額で「幾万円」といえば、現在の物価に引き直せば、おそらく数十億円にも達するであろう。いかに「赤鬼」と仇名されるようなあこぎな商売をしても、月給八円で自足していた與四郎が幾万円という莫大な資産をどうして蓄積できたのか。その期間が十年か十五年か、一葉の記述に乱れがあるが、乱れは別として、美尾出奔後に與四郎がいかにして莫大な資産をきずいたか。これはこれで一つの物語になるに違いない。また、美尾が出奔した時、お町は隣の家の妻の懐に抱かれていたというから、一歳にもなっていなかったろう。お町を與四郎が構いつけなかったにしても、誰がどのように養育したのか。お町はどのように誰に躾けられたのか。お町はどういう教育をうけたのか。また、與四郎が死んだのがおそらく、與四郎が幾万円の資産をつくったのが、美尾出奔後ほぼ十五年としても、與四郎が死去した当時、お町は十五、六歳であった。ほぼ十年であれば、十一、二歳にすぎない。親兄弟がないのだから、お町は女性、未成年ながら、戸主となったはずである。恭助と結婚はどのようにして取り決められたのか。これらが、『われから』ではすっぽりと脱落している。この小説の構成上の大きな欠点はこれらが語られていないことにある。逆に、これらが充分に語られていたならば、わが国で稀有の本格小説の先駆となったであろう。それればかりでなく、『われから』はよほど深みのある重厚な小説となったであろう。

『われから』ほど書き直しを重ねた作品は他に存在しないのに、一葉はこうした欠点には関心がなかったようにみえる。それは一葉が数篇のすぐれた短篇小説を遺した作家であったが、長篇作品の作家として構想力に乏しかったためかもしれない。それにしても、これらが『われから』に書き込まれなかったことを、私は残念に感じている。

4

お町の物語は、彼女が十二時過ぎるまで帰らぬ夫恭助を待つ心境から始まる。第一章の冒頭は次のとおりである。

「霜夜《しもよ》ふけたる枕《まくら》もとに吹《ふ》くと無《な》き風《かぜ》つま戸《ど》の隙《ひま》より入《い》りて障子《しょうじ》の紙《かみ》のかさこそと音《おと》するも哀《あは》れに淋《さび》しき旦那様《だんなさま》の御留守《おんるす》、寝間《ねま》の時計《とけい》の十二を打《う》つまで奥方《おくがた》はいかにするとも睡《ねぶ》る事《こと》の無《な》くて幾《いく》そ度《たび》の寝《ね》がへり少《すこ》しは肝《かん》の氣味《きみ》にもなれば、入《い》らぬ浮世《うきよ》のさま〴〵より、旦那様《だんなさま》が去歳《こぞ》の今《いま》頃《ごろ》は紅葉舘《こうえうくわん》にひたと通《かよ》ひつめて、御自分《ごじぶん》はかくし給《たま》へども、他所行着《よそゆきぎ》のお袂《たもと》より縫《ぬひ》とりべりの手巾《はんけち》を見《み》つけ出《だ》したる時《とき》の憎《に》くさ、散々《さん〴〵》といぢめていぢめて、困《いぢ》め拔《ぬ》いて、最《も》う是《こ》れからは決《けつ》して行《ゆ》かぬ、同藩《どうはん》の澤木《さわき》が言葉《ことば》のいとゑを違《たが》へぬ世《よ》は來《く》るとも、此約束《このやくそく》は決《けつ》して違《たが》へぬ、堪忍《かんにん》せよと謝罪《あやまつ》てお出遊《であそば》したる時《とき》の氣味《きみ》のよさとては、月頃《つきごろ》の痞《つか》へが下《お》りて、胸《むね》のすくほど嬉《うれ》しう思《おも》ひしに、又《また》かや此頃折《このごろをり》ふしのお宿《とま》り、水曜會《すゐようくわい》のお人達《ひとたち》や、倶樂部《くらぶ》のお仲間《なかま》にいたづらな御方《おかた》の多《おほ》ければ夫《そ》れに引《ひ》かれて自《おの》づと身持《みもち》の悪《わる》う成《な》り給《たま》ふ、朱《しゆ》に交《まじ》はればといふ事《こと》を花《はな》のお師匠《ししやう》が癖《くせ》にして言《い》ひ出《だ》せども本《ほん》にあれは嘘《うそ》ならぬ事《こと》、昔《むか》しは彼《あ》のやうに口先《くちさき》の方《かた》ならで、今日《けふ》は何處《どこ》亓處《そこ》で藝者《げいしや》をあげて、此様《このやう》な不思議《ふしぎ》な踊《おどり》を見《み》て來《き》たのと、お腹《なか》のよれるやうな可笑《をか》しき事《こと》をば眞面《まじ》目《め》に成《な》りて仰《おつ》しやりし物《もの》なれども、今日《けふ》此頃《このごろ》のお人《ひと》の悪《わ》るさ、憎《にく》いほどお利口《りこう》な事《こと》ばかりお言《い》ひ遊《あそば》ばして、私《わたし》のやうな世間見《せけんみ》ずをば手《て》の平《ひら》で揉《も》んで丸《まる》めて、夫《そ》れは夫《そ》れは押《おさ》へ處《どころ》の無《な》いお方《かた》、まあ今宵《こよひ》は何處《どこ》へお泊《とま》まりにて、明日《あす》はどのやうな嘘《うそ》いふてお歸《かへ》り遊《あそ》ばすか、夕《ゆふ》かた倶樂部《くらぶ》へ電話《でんわ》をかけしに三時頃《じごろ》にお歸《かへ》りとの事《こと》、又芳原《またよしはら》の式部《しきぶ》がもとへでは無《な》きか、彼《あ》れも縁《ゑん》切《き》りと仰《おつ》しやつてから最《も》う五年《ねん》、旦那様《だんなさま》ばかり悪《わる》いのでは無《な》うて、暑寒《しよかん》のお遣《つか》いものなど、憎《に》くらしい處《しよ》置《ち》をして見《み》せるに、お心《こころ》がつひ浮《う》かれて、自《おの》づと足《あし》をも向《む》け給《たま》ふ、本《ほん》に商賣人《しようばいにん》とて憎《に》くらしい物《もの》と次第《しだい》におもふ事《こと》の多《おほ》くなれば、いよ〳〵寝《ね》かねて奥方《おくがた》は縮緬《ちりめん》の搔巻《かいまき》打《うち》はふりて郡内《ぐんない》の蒲團《ふとん》の上《うへ》に起上《おきあが》り給《たま》ひぬ。」

世間知らずのお町は夫の恭助が遊び歩いて夜が更けても帰宅しないのは、友達が悪いからであり、いわば、朱に交われば赤くなる、ということと思い、吉原の太夫と縁が切れないのは商売人の手練手管の所為であると思っている。お町は今でこそ口先だけで恭助はごまかしているけれども、本来はそういう人格ではないと信じている。この世間知らずにもとづく善意の破綻がお町の物語である。

第一章では、起き上がったお町は書生部屋の戸の隙から光りがほのめいているのを見て、書生の千葉を訪ねようとしてビスケットを取りに寝間に戻る。第二章では、書生部屋を訪ねたお町が千葉にビスケットを与え、火鉢の炭をおこし、寒そうだなどとお喋りをしたあげく、「すつと羽《は》織《をり》をぬぎて、千葉《ちば》の背後《うしろ》より打着《うちき》せ給《たま》ふ」こととなる。

これは古くは「三人冗語」でも問題にされた情景であり、深夜、一人の書生部屋を訪ねるお町はいかにも軽率であり、これは不貞の口実とされても致し方ない行為である。しかし、読者は、これが夜更けまで恭助の帰りを待って空閨をかこつお町の鬱憤はらしの気まぐれであり、彼女自身はまったく無邪気で善意であることを知っているはずである。

第三章で、お町の行状、身上が語られる。「朝飯前《あさはんまへ》の一風呂《ふろ》」なしにはお町は朝食の箸をとれない。お町もこれを贅沢と感じ、止めようかと思いながらも、止められない。

「年《とし》を言《い》はゞ二十六、遅《おく》れ咲《ざき》の花《はな》も梢《こづゑ》にしぼむ頃《ころ》なれど、扮装《おつくり》のよきと天然《てんねん》の美《うつ》くしきと二つ合《あは》せて五つほどは若《わか》う見《み》られぬる徳《とく》の性《せう》、お子様《こさま》なき故《ゆゑ》と髪結《かみゆひ》の留《とめ》は言《い》ひしが、あらばいさゝか沈着《おちつ》くべし、いまだに娘《むすめ》の心《こゝろ》が失《う》せで、金歯《きんば》入《い》れたる口元《くちもと》に何《ど》う為《せ》い、彼《か》う為《せ》い、子細《しさい》らしく数多《あまた》の奴婢《ひと》を使《つか》へども、旦那《だんな》さま進《すゝ》めて十軒店《けんだな》に人形《にんぎやう》を買《か》ひに行《ゆ》くなど、一家《か》の妻《つま》のやうには無《な》く、お高祖頭巾《こそづきん》に肩掛引《かたかけひき》まとひ、良人《つま》の君《きみ》もろ共川崎《ともかはさき》の大師《だいし》に參詣《さんけい》の道《みち》すがら停車場《ていしやば》の群衆《ぐんじゆ》に、あれは新橋《しんばし》か、何處《どこ》ので有《あ》らうと囁《さゝや》かれて、奥様《おくさま》とも言《い》はれぬる身《み》ながら是《こ》れを淺《あさ》からず嬉《うれ》しうて、いつしか好《この》みも其様《そのやう》に、一つは容貌《きりやう》のさせし業《わざ》なり。」

お町はいかにも未熟であり、一家の主婦としての良識もなければ、能力もない。これは彼女の生い立ちによるに違いない。誰からも躾けられず、気儘に育った結果であり、逆にいえば、無垢であり、無邪気なのである。しかも、夫の恭助がそのようにお町を仕向けているようにみえる。十軒店に人形を買いにやらせたり、新橋かどこかの芸者と見紛うような衣装を着させて川崎大師に一緒に参詣したり、という恭助の行動は、お町を幼いまま、未熟なままにしておくという方針があるとしか思われない。

その後、第三章の途中から第七章までは美尾の物語となり、第八章の冒頭で、與四郎が「幾万金」を遺して死に、恭助が婿になった記述はすでに引用したが、お町は「花見《はなみ》、月見《つきみ》に旦那《だんな》さま催《もよほ》し立《た》て、共《とも》に連《つ》らぬる袖《そで》を樂《たの》しみ、お歸《かへ》りの遲《おそ》き時《とき》は何處《どこ》までも電話《でんわ》をかけて、夜《よ》は更《ふ》くるとも寐給《ねたま》はず、餘《あま》りに戀《こひ》しう懷《なつ》かしき折《をり》は自《みづか》ら少《すこ》しは恥《はづ》かしき思《おも》ひ、如何《いか》なる故《ゆゑ》ともしるに難《かた》けれど、旦那《だんな》さま在《おは》しまさぬ時《とき》は心細《こゝろぼそ》さ堪《た》えがたう、兄《あに》とも親《おや》とも頼母《たのも》しき方《かた》に思《おも》はれぬ」というように、恭助に頼りきっていた。

「左《さ》りながら折《をり》ふし地方遊説《ちはうゆうぜい》などゝて三月半年《つきはんとし》のお留守《るす》もあり湯治場《たうぢば》あるきの夫《そ》れと異《こと》なれば、此時《このとき》は甘《あま》ゆる事《こと》もならで、唯徒《たゞいたづ》らの御文通《ごぶんつう》、互《たが》ひの封《ふう》のうち人《ひと》には見《み》せられぬ事多《ことおほ》かるべし」

という。いかに政治家とはいえ、地方遊説のために三月、半年も留守にするとは常軌を逸している。交通機関が後年ほど発達していなかったとはいえ、遊説に出かけるにしても、恭助が一、二月留守にしては、帰京し、また、一、二月出かける、といった程度の配慮をお町のために心がけることが難しかったはずはない。文通したにせよ、何をどう弁解するのも自由だから、恭助はまったくお町をないがしろにしている。まして、第十二章で語られるように、十何年かの愛人を囲っていて、十歳か十一歳にもなる男の子を彼女との間で持っているのだから、三月、半年の遊説そのものが疑わしいものであった。お町はそうした疑問をもつこともない。子供を持たない生活が次のとおり第八章で叙述されている。

「此御中《このおんなか》に何《なに》とてお子《こ》の無《な》き、相添《あひそ》ひて十年餘《ねんあま》り、夢《ゆめ》にも左様《さやう》の氣色《けしき》はなくて、清水堂《きよみづだう》のお木偶《でく》さま幾度《いくたび》空《むな》しき願《ねが》ひ成《なり》けん、旦那《だんな》さま淋《さび》しき餘《あま》りに貰《もら》ひ子《こ》せばやと仰《おつ》しやるなれども、奥《おく》さまの好《この》み六づかしければ、是《こ》れも御縁《ごゑん》は無《な》くて過《す》ぎゆく、落葉《おちば》の霜《しも》の朝《あさ》な〳〵深《ふか》くて、吹《ふ》く風《かぜ》いとゞ身《み》に寒《さむ》く、時雨《しぐれ》の宵《よひ》は女子《をなご》ども炬燵《こたつ》の間《ま》に集《あつ》めて、浮世物《うきよもの》がたりに小説《しようせつ》のうわさ、ざれたる婢女《をんな》は輕口《かるくち》の落《おと》しばなしして、お氣《き》に入《い》る時《とき》は御褒賞《ごほうび》の何《なに》や彼《か》や、人《ひと》に物《もの》を遣《や》り給《たま》ふ事《こと》は幼少《ちいさい》よりの道樂《だうらく》にて、これを父親《てゝおや》二もなく憂《う》がりし、一ト口《くち》に言《い》はゞ機嫌《きげん》かひの質《たち》なりや」

とあり、車夫の一人子の與太郎に「旦那《だんな》さま召《めし》おろしの斜子《なゝこ》の羽織《はをり》」を与えたり、書生の千葉に「飛白《かすり》の綿入《わたい》れ羽織《ばをり》」を仕立てさせて与えたり、といった行状の語りに続いている。

峯村至津子は「自分の気に適った使用人に給料以外にむやみと物を与えるお町の性癖については、関礼子氏が、「家内の取締者としての主婦の役割からはずれた振舞い」と指摘している。女子教育書との対応について若干補足すると、そうした使用人への過度の温情は、家を乱す基として、「女大学」以来厳しく戒められてきた事柄であった」という。私はお町の行状に対するこのような批判に同意できない。「女大學」が戒めるのは、現実にはそうした戒めに反する主婦が通常に見られるからであり、家内の取締者として充分な資格を有するような主婦が現実には稀なのである。「女大學」が推賞するような、ありうべき理想像としての主婦像を描いていたら、その小説は浮世離れ、現実離れしたものとなり、読むに耐えないであろう。

第八章の後段は恭助の誕生日、一一月二八日の宴会の模様を描いている。「年毎《としごと》のお友達《ともだち》の方々《かた〲》招《まね》き參《まい》らせて、坐《ざ》の周旋《しうせん》はそんじよ夫《そ》れ者《しや》の美《うつ》しきを撰《ゑ》りぬき、珍味佳肴《ちんみかこう》に打《うち》とけの大愉快《おほゆくわい》を盡《つく》させ」るという趣向である。接待は選びぬいた芸者にさせ、珍味佳肴でもてなす費用がすべて與四郎の遺産によることはいうまでもない。「町子《まちこ》はいとゞ方々《かた〲》の持《もて》はやし五月蠅《うるさ》く、奥《おく》さん奥《おく》さんと御盃《おさかづき》の雨《あめ》の降《ふ》るに、御免遊《ごめんあそ》ばせ、私《わたし》は能《よ》う頂《いだゞ》きませぬほどにと盃洗《はいせん》の水《みづ》に流《なが》して、さりとも一盞《つ》二盞《つ》は逃《のが》れがたければ、いつしか耳《みゝ》の根《ね》あつう成《な》りて、胸《むね》の動悸《どうき》のくるしう成《な》るに、外《は》づしては濟《す》まねども人《ひと》しらぬうちにと庭《には》へ出《で》でゝ池《いけ》の石橋《いしばし》を渡《わた》つて築山《つきやま》の背後《うしろ》の、お稲荷《いなり》さまが社前《しやぜん》なるお賽銭箱《さいせんばこ》へ假初《かりそめ》に腰《こし》をかけぬ。」

第九章に入って、お町は、木の間から漏れてくる恭助が芸者の三味線にあわせて長唄をうたうのを聞き、「いつの間《ま》に彼《あ》のやうな意氣《いき》な洒落《しやれ》ものに成《な》り給《たま》ひし、由斷《ゆだん》のならぬと思《おも》ふと共《とも》に、心細《こゝろぼそ》き事耐《ことた》えがたう成《な》りて、締《しめ》めつけられるやうな苦《く》るしさ」が「胸《むね》の中《なか》の何處《どこ》とも無《な》く湧《わ》き出《いで》ぬ」といった感情に捉えられる。

宴はもう終わり、杯盤狼藉の有さま、客が引き上げた後は時雨になった。お町は恭助の問いに答えて、「唯々《たゞ〳〵》不思議《ふしぎ》な心地《こゝち》が致《いた》しまする」と答え、「奥《おく》さまは例《れい》に似合《にあは》ず沈《しづ》みに沈《しづ》んで、私《わたし》は貴君《あなた》に捨《す》てられは爲《せ》ぬかと存《ぞん》じまして、夫《そ》れで此様《このやう》に淋《さび》しう思《おも》ひまする」と言った後に次のように語る。

「私《わたし》は其《その》やうな悋氣沙汰《りんきざた》で申《まうす》のでは御座《ござ》りませぬ、今日《けふ》の會席《くわいせき》の賑《にぎや》かに、種々《いろ〳〵》の方々《かた〴〵》御出《おいで》の中《なか》に誰《た》れとて世間《せけん》に名《な》の聞《きこ》えぬも無《な》く、此《この》やうのお人達《ひとたち》みな貴郎《あなた》さまの御友達《おともだち》かと思《おも》ひますれば、嬉《うれ》しさ胸《むね》の中《なか》におさへがたく、蔭《かげ》ながら拜《おが》んで居《い》ても宜《よ》いほどの辱《かたじけな》さなれど、つく〴〵我《わ》が身《み》の上《うへ》を思《おも》ひまするに、貴郎《あなた》はこれより彌《いや》ます〳〵の御出世《ごしゆつせ》を遊《あそば》ばして、世《よ》の中廣《なかひろ》うなれば次第《しだい》に御器量《ごきりよう》まし給《たま》ふ、今宵小梅《こよひこうめ》が三味《み》に合《あは》せて勸進帳《くわんじんちやう》の一くさり、悋氣《りんき》では無《な》けれど彼《あ》れほどの御修業《ごしゆげう》つみしも知《し》らで、何時《いつ》も昔《むか》しの貴郎《あなた》とおもひ、淺《あさ》き心《こゝろ》の底《そこ》はかと無《な》く知《し》られまする內《うち》、御厭《おいと》はしさの種《たね》も交《まじ》るべし、限《かぎ》りも知《し》れず廣《ひろ》き世《よ》に立《た》ちては耳《みゝ》さへ目《め》さへ肥《こ》え給《たま》ふ道理《だうり》、有限《あるかぎり》だけの家《いへ》の內《うち》に朝夕物《あさゆふもの》おもひの苦《く》も知《し》らで、唯《たゞ》ぼんやりと過《すご》しまする身《み》の、遂《つ》ひには倦《あ》かれまするやうに成《な》りて、悲《かな》しかるべき事今《こといま》おもふても愁《つ》らし、私《わたくし》は貴郎《あなた》のほかに賴母《たのも》しき親《おや》兄弟《きやうだい》も無《な》し、有《あ》りてから父《ちゝ》の與《よ》四郎在世《らうざいせ》のさまは知《し》り給《たま》ふ如《ごと》く、私《わたくし》をば母親似《はゝおやに》の面《おも》ざし見《み》るに癇《かん》の種《たね》とて寄《よ》せつけも致《いた》されず、朝夕《あさゆふ》さびしうて暮《くら》しましたるを、嬉《うれ》しき緣《こと》にて今斯《いまか》く私《わたくし》が我《わが》まゝをも免《ゆる》し給《たま》ひ、思《おも》ふ事《こと》なき今日此頃《けふこのごろ》、それは勿體《もつたい》ないほどの有難《ありがた》さも、萬一《もし》身《み》にそぐなはぬ事《こと》ならばと案《あん》じられまして、此事《このこと》をおもふに今宵《こよひ》の淋《さび》しき事《こと》、居《い》ても起《た》ちてもあられぬほどの情《なさけ》なさより、言《い》ふてはならぬと存《ぞん》じましたれど、遂《つ》ひに此様《このやう》に申上《まうしあげ》て仕舞《しまひ》ました、夫《そ》れは孰《いづ》れも取止《とりと》めの無《な》き取《とり》こし苦労《くろう》で御座《ござ》りませうけれど、何《ど》うでも此様《このやう》な氣《き》のするを何《なに》としたら宜《よ》う御《ご》座《ざ》りますか、唯々《たゞ〳〵》心《こゝろ》ぼそう御座《ござ》りますとて打《うち》なくに、旦那《だんな》さま愚痴《ぐち》の僻《ひがみ》見の跡先《あとさき》なき事《こと》なるを思召《おぼしめし》、悋氣《りんき》よりぞと可笑《をか》しくも有ける。」

お町の長い口説はじつは恭助が自分からは遠く離れた存在になってしまっていることを自覚した寂寥に由来しているのではないか、という危惧は恭助にとって自分は不要の存在なのではないか、という意識にもとづいている。考えてみれば、與四郎が築き上げた資産によって、恭助は政界において何らかの地位を占めることができたのだから、お町が卑下する必要はつゆほどもないと思われるのだが、事実はそうではなかった。そのことについては後に検討するとして、ここではお町の寂寥、孤独、恭助から捨てられるのではないか、という危惧が生じたことを確かめておきたい。

お町は悲劇に向かっている。第十章では、書生の千葉の初恋が、相手の死んだために、成就しなかったことを聞き、また、千葉がお町が「折《をり》ふし鬱《ふさ》ぎ症《しやう》にもお成《な》り遊《あそば》すし眞實《しんじつ》お惡《わる》い時《とき》は暗《くら》い處《ところ》で泣《な》いて居《い》らつしやる」と聞き、お町の身の上を心配していることを女中の福から聞かされる。

第十一章では、お町は、仲働きの福と車屋の安五郎の密かな会話を耳にしてしまう。彼らがはなしあっていたことは、恭助に十年以上にわたる妾がいる、ということであった。その妾は「素《しろ》人《うと》も素人《しろうと》、生無垢《きむく》の娘《むすめ》あがりと言《い》ふでは無《な》いか、旦那《だんな》とは十何年《なんねん》の中《なか》で、坊《ぼっ》ちゃんが歳《とし》もことしは十歳《とを》か十一には成《なら》う、都合《つがう》の悪るいは此處《こゝ》の家《うち》には一人《ひとり》も子寶《こだから》が無《な》うて、彼方《あちら》には立派《りっぱ》の男《をとこ》の子《こ》といふ物《もの》だから、行々《ゆく〱》を考《かんが》へるとお氣《き》の毒《どく》なは此處《こゝ》の奥《おく》さま、何《ど》うも是《こ》れも授《さづか》り物《もの》だからと一人《ひとり》が言《い》ふに、仕方《しかた》が無《な》い、十分先《ぶんせん》の大旦那《おほだんな》がしぼり取《と》つた身上《しんじやう》だから、人《ひと》の物《もの》に成《な》ると言《い》つて理屈《りくつ》は有《あ》るまい、だけれどお前《まい》、不正直《ふしやうぢき》は此處《こゝ》の旦那《だんな》で有《あ》らうと言《い》ふに、男《をとこ》は皆《みんな》あんな物《もの》、氣《き》が多《おほ》いからとお福《ふく》の笑《わら》ひ出《だ》すに、悪《わる》く當《あて》つ擦《こす》りなさる、耳《みゝ》が痛《いた》いでは無《な》いか、己《お》れは斯《か》う見《み》えても不義理《ふぎり》と土用干《どようぼし》は仕《し》た事《こと》の無《な》い人間《にんげん》だ、女房《にようばう》をだまくらかして妾《めかけ》の處《ところ》へ注《つ》ぎ込《こ》む様《やう》な不人情《ふにんじやう》は仕度《したく》ても出來《でき》ない」

恭助の妾とその子の存在を知って、顔を見られるのもつらい、と思うお町は不憫としか言いようがない。

第十二章では、恭助が十一歳になる男の子を養子にしようとお町に持ちかける。「奥《おく》さま顔《かほ》をあげて旦那《だんな》の面様《おもやう》いかにと覘《うかゞ》ひしが、成程《なるほど》それは宜《よ》い思《おぼ》し召《めし》より、私《わたし》にかれこれは御座《ござ》りませぬ、宜《よ》いと覺《おぼ》しめさば、お取極《とりき》め下《くだ》さりませ、此家《こゝ》は貴郎《あなた》のお家《うち》で御座《ござ》りまする物《もの》、何《なん》となり思《おぼ》しめしのまゝにと安《やす》らかには言《い》ひながら、萬一《もし》その子《こ》にて有《あ》りたらばと無情《つれなき》おもひ、おのづから顔色《かほいろ》に顯《あら》はるれば、何取《なにとり》いそぐ事《こと》でも無《な》い、よく思案《しあん》して氣《き》に叶《かな》ふたらば其時《そのとき》の事《こと》、あまり氣《き》を欝々《うつ〱》として病氣《びやうき》でもしては成《な》らんから、少《すこ》しは慰《なぐさ》めにも思《おも》ふたのなれど、夫《そ》れも餘《あま》り輕卒《けいそつ》の事《こと》、人形《にんげう》や雛《ひな》では無《な》し、人一人《ひとひとり》翫弄物《もてあそび》にする譯《わけ》には行《ゆ》くまじ、出來《でき》そこねたとて塵塚《ちりづか》の隅《すみ》へ捨《すて》られぬ、家《いゑ》の礎《いしずゑ》に貰《もら》ふのであれば、今《いま》一應《をう》聞《きゝ》定《さだ》めもし、取調《とりしら》べても見《み》た上《うへ》の事《こと》、唯《たゞ》この頃《ごろ》のやうに欝《ふさ》いで居《い》たら身體《からだ》の爲《ため》に成《な》るまいと思《おも》はれる、これは急《いそ》がぬ事《こと》として、ちと寄席《よせ》きゝにでも行《い》つたら何《ど》うか」などと恭助はとりつくろうが、お町としては恭助が養子にしたいという子は妾との間の子であろう、と疑っている。恭助は、芸妓の小梅との間を嫉妬しているのではないか、と考えて弁解するが、妾の住む「飯田町《いひだまち》の格子戸《かうしど》は音《おと》にも知《し》らじと思召《おぼしめし》、是《こ》れが備《そな》へは立《た》てもせず、防禦《ばうぎよ》の策《さく》は取《と》らざりき」として第十三章に移る。

この恭助の提案がお町の心を傷つけたことは間違いあるまい。これ以前、千葉の空しかった恋に対する同情、千葉のお町にたいする思慕をお町は聞いており、恭助の裏切りを知り、おそらくそれは恭助がお町と結婚する前からの関係と察し、いよいよ、その子を養子に迎えれば、自分はどうなるか、という不安に駆られる。そうでなくても、與四郎に見捨てられたように育ち、我が儘のし放題に暮らしていたお町が心細さから、千葉との不倫に走ることは、むしろ当然の成行きと思われる。あるいは、妾の家にいり浸り、地方遊説と称して、お町が空閨をかこつがまま放っておくことは、恭助には、やがて世間知らずで未熟なお町を不倫に走らせるのではないか、という深慮遠謀があったかもしれない。

「露《つゆ》ほどの事《こと》あらはれて、奥様《おくさま》いとゞ憂《う》き身《み》に成《な》りぬ」となり、「いつしか恭助《けうすけ》ぬしが耳《みゝ》に入《い》れば、安《やす》からぬ事《こと》に胸《むね》さわがれぬ、家《いゑ》つきならずは施《ほどこ》すべき道《みち》もあれども、浮世《うきよ》の聞《きこ》え、これを別居《べつきよ》と引離《ひきはな》つこと、如何《いか》にもしのびぬ思《おも》ひあり、さりとて此《この》まゝさし置《お》かんに、内政《ないせい》のみだれ世《よ》の攻撃《こうげき》の種《たね》に成《な》りて、淺《あさ》からぬ難義現在《なんぎげんざい》の身《み》の上《うへ》にかゝれば、いかさまに爲《せ》ばやと持《も》てなやみぬ」と発展する。このお町の行為も「淫蕩」の血のさせた行為というよりは、あまりにも卑劣、残酷な恭助の行状への復讐、身近に自分を思慕している千葉との出来心以上のものではない。

　思い悩んだ挙げ句、恭助は谷中に家を買い、四月の始め、お町に別居を申し渡す。

「憂《う》かりしはその夜《よ》のさまなり、車《くるま》の用意《ようい》何《なに》くれと調《とゝの》へさせて後《のち》、いふべき事《こと》あり此方《こなた》へと良人《をつと》のいふに、今《いま》さら恐《おそ》ろしうて書齋《しよさい》の外《と》にいたれば、今宵《こよひ》より其方《そなた》は谷中《やなか》へ移《うつ》るべきぞ、此家《このいゑ》をば家《いゑ》とおもふべからず、立歸《たちかへ》らるゝ物《もの》と思《おも》ふな、罪《つみ》はおのづから知《し》りたるべし、はや立《た》て、とあるに、夫《そ》れは餘《あま》りのお言葉《ことば》、我《われ》に惡《わる》き事《こと》あらば何《なに》とて小言《こごと》は言《い》ひ給《たま》はぬ、出《だ》しぬけの仰《おほ》せは聞《き》きませぬとて泣《な》くを、恭助振向《けうすけふりむ》いて見《み》んともせず、理由《わけ》あればこそ、人並《ひとなみ》ならぬ事《こと》ともなせ、一々の罪狀《ざいじやう》いひ立《たて》んは憂《う》かるべし、車《くるま》の用意《ようい》もなしてあり、唯《たゞ》のり移《うつ》るばかりと言《い》ひて、つと立《た》ちて部《へ》やの外《と》へ出給《いでたま》ふを、追《お》ひすがりて袖《そで》をとれば、放《はな》さぬか不埒者《ふらちもの》と振切《ふりき》るを、お前様《まへさま》どうでも左様《さやう》なさるので御座《ござ》んするか、私《わたし》を浮世《うきよ》の捨《す》て物《もの》になさりまするお氣《き》か、私《わたくし》は一人《ひとり》もの、世《よ》には助《たす》くる人《ひと》も無《な》し、此小《このちい》さき身《み》すて給《たま》ふに仔細《わけ》はあるまじ、美事《みごと》すて丶此家《このいゑ》を君《きみ》の物《もの》にし給《たま》ふお氣《き》か、取《と》りて見給《みたま》へ、我《わ》れをば捨《す》て丶御覧《ごらん》ぜよ、一念《ねん》が御座《ござ》りまするとて、はたと白眼《にら》むを、突《つき》のけてあとをも見《み》ず、町《まち》、もう逢《あ》はぬぞ。」

と終わる。恭助のあまりにむごく、卑劣で、強欲、身勝手な仕打ちに息を呑む思いがある。

お町の物語は富裕に育ち、ろくな躾けも受けず、気儘な女性が、なまじ莫大な資産をうけついだために、体験することになった悲運の物語である。美尾の物語が貧困から生じたとすれば、お町の物語は富裕な資産の故に生じたのであって、この二代の物語は、そういう意味で対照的に描かれているといってよい。

峯村至津子は「二人の夫婦関係が同時代に於いてどのような特色を有しているのか考察する。「三人冗語」の「われから」評の中に、「資産横領といふ一物の胸に蟠まれる恭助」という評言があるように、同時代から恭助に対しては否定的な見方があり、それが現代の論にも受け継がれているところがある」といい、「しかし少なくとも「われから」本文には、恭助の結婚が右で見た例のように「資産横領」を目的としたものであったと、明白なかたちで描かれることはない」、と書いている。これは峯村の無知ないし不勉強を示しているだけのことである。すでに引用したが、第八章に「今の金村恭助《かなむらけうすけ》ぬしは、其與四郎《そのよらう》が聟《むこ》なりけり。彼《あ》の人《ひと》あれ程《ほど》の身《み》にて人《ひと》の姓《せい》をば名告《なの》らずともと誹《そし》りも有《あり》けれど、心安《こゝろやす》う志《こゝろざ》す道《みち》に走《はし》つて、内《うち》を顧《かへり》みる疚《やま》しさの無《な》きは、これ皆養父《みなやうふ》が賜物《たまもの》ぞかし」とある。婚姻の時点では與四郎は死んでいたはずだから、お町は女戸主であった。その入り婿が恭助である。與四郎が一代で築いた資産はあっても、お町の金村家は家の名を残すほどの由緒のある家ではない。こうした家に入り婿することを入夫婚姻というが、『われから』が発表された当時においてはまだ民法は施行されていなかったが、太政官布告が存在した。明治六年七月二二日の第二六三号太政官布告によれば、「婦女子相続ノ後ニ於テ、夫ヲ迎へ又ハ養子致シ候ハヽ、直ニ其夫又ハ養子へ相続可相譲事」と明文をもって定められていた。これにより、女戸主が入夫婚姻すると戸主権が直ちに入夫に移転し、財産権が入夫に相続されることが明確にされていた。そこで入り婿になることにより、恭助は與四郎が遺した資産の全部を戸主として相続したのである。だから、あれほどの人が他人の姓を名乗らずともと誹られても、與四郎の賜物である資産によって、政治に心安く志すことができるという打算によって恭助は結婚したのであった。これが資産横領の目的であることは「三人冗語」の人々には常識であった。もちろん、樋口家に資産はなかったとはいえ、女戸主であった一葉も承知していた。だから、「不義密通を理由に、お町が恭助に財産を乗取られ」たという前田愛も無知、不勉強において峯村と同様である。(なお、民法施行後も、こうした相続制度は、実質的に変わっていない。これは「家」が親族制度、相続制度の中心におかれていたためである。)

この法律問題に関連することだが、恭助との婚姻にさいして、お町は入り婿というものの法的効果をはたして理解していただろうか。年齢も若く、思慮万端未熟であったお町が理解していたとは思われない。そのためには、恭助だけではなく、身寄りのないお町を騙すための策略が多くの関係者によってめぐらされたであろう。この経緯が一つの別の物語をなすであろうとは私がすでに書いたとおりである。

なお、岩波書店版『新 日本古典文学大系』所収の『樋口一葉集』の「解説」で関礼子は「自らの価値観に殉じようとする美尾とお町に不思議なリアリティが感じられる」というが、美尾には関の評は妥当としても、お町には妥当しない。お町はそうした確乎たる価値観を持っていない。そのことによって彼女の悲劇が生まれると私は考えている。ついでにいえば、戸松泉は『樋口一葉――人と文学』（日本の作家100人、勉誠出版）において「この小説の語り手は、世間知らずの奥様・お町の「機嫌買ひの質《たち》」を読者に揶揄的に紹介する。この性格ゆえに派生する「人に物を遣り給ふ」「道楽」によって、知らぬ間に自らを窮地に追いつめていくことになる」というのも、私には読み違いとしか思われない。一葉が「揶揄的」にお町の性格を紹介しているということはない。また、お町を窮地に追いこむのは彼女の無知、無邪気、躾けられていない、生育過程とその結果であって、「機嫌買ひ」はその一端にすぎない。

5

私は『われから』は構成において重大な欠陥のある作品であると考える。しかし、美尾の物語、お町の物語はそれぞれ彼女たちの心理、彼女たちに絡む人々の心情、行動など、つぶさに描かれており、一葉の力量が認められる作品と考える。

一葉日記考（その一）

父則義に対する一葉の心情について

1

後に一葉を筆名とした樋口夏子は、明治五年（一八七二年）、当時まだ通常であった旧暦（太陰暦）の三月二五日（新暦、太陽暦では五月二日）に生まれた。夏子は明治一六年一二月二三日、私立青海学校高等科第四級を首席で修了した後、退学した。その経緯を夏子は、後に日記「塵之中」の明治二六年八月一〇日の項に以下のとおり記している。

「七つといふとしより草々紙といふものを好ミて手まりやり羽子をなげうちてよみけるが其中にも一と好ミけるハ英雄豪傑の傳仁俠義人の行爲などのそゞろ身にしむ様に覺えて凡て勇ましく花やかなるが嬉しかりき　かくて九つ斗《ばかり》の時よりハ我身の一生の世の常にて終らむことなげかはしくあはれくれ竹の一ふしぬけ出でしがなとぞあけくれに願ひける　されども其ころの目には世の中などいふもの見ゆべくもあらず　只雲をふみて天にとゞかむを願ふ様成りき　其頃の人ハミな我を見ておとなしき子とほめ物おぼえよき子といひけり　父は人にほこり給へり　師ハ弟子

中むれを拔けて秘藏にし給へり　おさなき心にハ中々に身をかへり見るなど能ふべくもあらで天下くみしやすきのミ我事成就なし易きのミと頼ミける下のこゝろにまだ何事を持ちて世に顯ハれんともおもひさだめざりけれど只利欲にはしれる浮よの人あさましく厭ハしくこれ故にかく狂へるかと見れバ金銀ハほとんど塵芥の樣にぞ覺えし　十二といふとし學校をやめけるがそハ母君の意見にて女子にながく學問をさせなんハ行々の爲よろしかず　針仕事にても學ばせ家事の見ならひなどさせせんとて成き　父君はしかるべからず　猶今しばしと争ひ給へり　汝が思ふ処ハ如何にと問ひ給ひしものから猶生れ得てこゝろ弱き身にていづ方にも〳〵定かなることいひ難く死ぬ斗《ばかり》悲しかりしかど學校は止になりけり　それより十五まで家事の手傳ひ裁縫の䇳古とかく年月を送りぬ　されども猶夜ごと〳〵文机にむかふ事をすてず　父君も又我が爲にとて和歌の集など買ひあたへたまひけるが終に萬障を捨てゝ更に學につかしめんとし給ひき　其頃遠田澄庵父君と心安く出入りしつるまゝに此事かたりて師ハ誰をか撰ばんとの給ひけるに何の歌子とかや娘の師にてとしごろ相しりたるがあり　此人こそとすゝめけるにさらバとて其人をたのまんとす　苗字もらず宿処をも知らざりしかば荻野君にたのみて尋ねけるにそハ下田の事なるべし　當時婦女の學者ハ彼の人を置て外にあるまじとてかしこに周旋されき　然るに下田ぬしハ當時華族女學校の學監として寸暇なく内弟子としてハ取りがたし　學校の方へ參らせ給ハゞとの答へなりけれど我がやうなる貧困なる身が貴紳のむれに入なんも侘しとてはたさず　兎角日を送りて或時さらに遠田

に其はなしをなしたるに我が歌子と呼ぶは下田の事ならず　中嶋とて家ハ小石川なり　和歌ハ景樹がおもかげをしたひ書ハ千蔭が流れをくめり　おなじ哥子といふめれど下田は小川のながれにして中嶋ハ泉のミなもとなるべし　入學のことハ我れ取はからはんに何事の猶豫をかしたまふとてせちにすゝむ　はじめて堂にのぼりしは明治十九年の八月二十日成りき」。

2

塩田良平『樋口一葉研究〈増補改訂版〉』（中央公論社）の教示にしたがって、夏子の父則義、母たきについて以下に記す。則義は山梨県の農民の子として生まれ、立身出世を志して江戸に出て、郷里の先輩、晩菘と号した真下専之丞を頼って職を斡旋してもらった。真下は安政三年二月には蕃所取調所の調役となっていた。則義、当時の為之助が出府したのは安政四年、当時、二十八歳であり、同郷の妻、後のたき、当時のあやめ、二十四歳を伴っていた。あやめはすでに妊娠八カ月であった。真下は後に慶応二年に陸軍奉行並支配に昇進しており、学才に富んでいたばかりでなく、江戸に出てきた同郷の青年たちの多くの面倒をよくみたという。為之助、後の則義は、真下の役宅で厄介になり、その世話ではじめは蕃所取調所に勤め、後に勘定組頭菊池大助の中小姓となり、菊池が勘定吟味役、外国奉行、大目付に昇進するにともない、為之助も公用人に出世した。菊池はその後京都町奉行等を歴任したが、為之助は慶応三年三月、菊池家から暇をとり、撤兵頭内藤遠江守組撤兵西村熊次郎方厄介となった。幕府は文久三年に持小砲組をおき、近代兵器所持の歩兵隊を設けたが、これを撤兵組と改称していたものである。為之助が西村熊次郎の実弟という名目で、その厄介となったのは、幕府の直参となるための布石であった。その後、幕府瓦解の直前、慶応三年五月、八丁堀同心、浅井竹蔵の三十俵二人扶持の株を買って武士となった。為之助、後の則義は当時三十九歳であった。同心株を買うために「表向き爲之助が引き受けた金額は」「金三百八十二兩二分十二匁」であったが、内金として金百両を竹蔵養育料として支払い、その他は借金となったが、幕府の瓦解により結局有耶無耶になったようであるという。それにしても、僅か約十年で金百両を用意できたのだから、後の則義はよほど蓄財の才に恵まれていたのであろう。ただ、同心は武士とはいいながら、事実上世襲が認められていたとはいえ、本来は一代限りの職であり、武士とはいえ、最下級であった。しかし、武士となったこと、明治維新後は士族であることの矜持は一葉につよくうけつがれた。あやめ、後のたきは二千五百石の大身の旗本稲葉家に乳母として仕えた。二人の間には、安政四年五月、長女ふじ、元治元年四月、長男泉太郎、慶応二年一〇月、次男虎之助が生まれた。

維新後の則義夫妻についても前掲塩田良平の著書によって略述する。則義、たきの夫妻の間には明治五年三月に次女奈津、後の夏子、一葉が生まれ、この年、為之助を則義と改名、明治七年六月に三女、くに、後の邦子が生まれた。則義は明治二年東京府権少属、同四年少属に昇進、同七年東京府十等出仕、同年東京府中属、明治九年依願免官、満八年奉職のため金百六十円を下賜され、明治一〇年に警視局勤務、月給十五円、同一二年に月給二十円を支給され、明治一二年から一四年の間は東京地方衛生会に勤務、明治一四年から二〇年まで警視庁に警視属に任じられて月俸二十円を支給されている。塩田は「右の履歴で明らかなやうに彼は下級官吏で終つたけれど、その間月俸のみで生活したのではなく、土地家屋の差配を引受け或は賣買に従事し、蓄財を利用して金融にも従つた」とある。さらに、塩田は以下のように述べている。「明治八、九年より廿年頃までの則義の生活は、官吏の俸給（明治七　八　九年の職員録によれば、中屬の基本給は四十圓になつてゐるが、則義はこれ以下だつたらしい。）以外に金融、土地家屋賣買による収入が多かつた。記録巻七、覺書巻三、その他樋口家に殘る夥しい雜録には、この間の金錢出納に關する詳細な記録が殘つてゐる。郷里に土地を求めることは斷念したらしいが、一時賜金、公債その他を利用して利殖の方法も忘れなかつた。同縣人への金錢融通は既に六、七年から行ひ、芦澤宇助に二十八圓を月二十錢の利で貸した覺が殘つてゐるが、九年より十年十一年にわたつては實にこの融通が頻繁になり、用立額は九年三月に三百圓、四月に二十圓、七月に百五十圓、八月に百圓、十二月に六十圓といふ風に、當時としては大枚の金を月十圓につき廿五錢の利で貸付けてゐる。」月十円につき二十五銭の利息といえば、一年で三円、すなわち年利三割という高利である。また、「この八、九年より約十年間は最も家計の豊かな時で、事實、則義の小遣帳を見れば、芝居見物、料亭支拂等、趣味、享樂、交際その他子女に與へた書籍代等所謂文化費が相當支出されてゐる。前述の貸金等の副業による收入が多かつたのである。氣持にもゆとりができて後下谷の方に移つてからは、よく奈津やくにをつれて上野山から車坂へかけて櫻の花見にでかけたりしてゐる」とも塩田は書いている。

この間、明治九年四月には本郷六丁目五番地の宅地二百三十三坪に四十坪および五坪の屋敷を五百五十円で買い、以後明治一四年六月まで住み、同月、下谷御徒町一丁目一四番地に転居、さらに一〇月御徒町三丁目に転居、明治一七年一〇月に下谷西黒門町二二番地に百二十二円五十銭で家を買って転居、則義が警視庁を退職した明治二〇年六月ころまでが樋口家の家計のさして困らなかった時期であり、その後は、西黒門町の家を百四十円で売却し、以後樋口一家は借家を転々とした。一葉が中嶋歌子が主宰する歌塾萩の舎に入門した明治一九年は樋口家に「衰運の兆が見え始めた年である」と塩田が教示している。

何故、樋口家は「衰運」に向かったか。その理由は塩田良平も記していない。そもそも下級官吏としての則義の俸給が少なかったことを理由の第一にあげるべきであろう。『漱石の思ひ出』(岩波書店)において夏目鏡子夫人は、則義は夏目漱石の父、夏目直克と同じ時期、警視庁に勤め、則義は直克の下役であったが、漱石の長兄、大一の嫁に夏子を、という話があったと語っている。「父は年も年でしたし、それに名主のいい顔で腕利だといつても學問はなし、小五月蠅く働くのも臆劫だつたのでせうが、樋口さんの方は學問もあり、それに誠に小まめに立ち働くので、父は大層調法がつて使つて居りまして、時々は金を貸してやつたものだと申します。一葉女史の貧乏は有名な話ですが、お父さんが生きてゐられる時から樂ではなかつたらしいのです。しかし何にしろよく働いてくれるし、謂はゞ大事な片腕といつた工合で、言ひなりに金を用立てゝゐたものゝ、中々返してくれるといふことがありません。」「樋口の娘に字も立派だし歌も作るし、第一大層な才媛がある、あれを貰つちやどうかといふ話が持ち上がりました、ところが考へたのはお父さん、たゞの下役でさへこれ位金を借りられるのに、娘を貰らつたりなどしたら、それこそどうなることかとかう算盤を彈いたものと見えまして、この話はそれなりきりで、あたら一葉女史を夏目の家に貰ひそこねたといふ話がございます」という。しかし、塩田良平によれば、この当時、則義の経済生活は決して逼迫したものでなかった、と述べて、借りたことはあっても、返さなかったというのは後年になってからの誇張であろう、と書いている。ただ、同じ塩田の調べによれば、明治一四年、則義は直克と同じく警視属であったが、直克は筆頭から三十三番目、則義は七十三番目であり、直克の月給は三十円、則義の月給は二十円であったという。つまり、副業をしていたから比較的に家計に余裕があったが、副業をしていなければ、最下級の官吏としてかなりに貧しい生活を強いられていたはずであり、おそらく副業の金融が不振になった後は、借りた金を返さなかったということもあり得るのではなかろうか。

何故、副業の金融が不振になったかといえば、松方正義大蔵卿による財政政策がその原因ではないか。松方が大隈重信の後任として大蔵卿に就任したのは明治一四年であったが、翌一五年に中央銀行として日本銀行を設立、明治一八年には銀兌換制を実施、低金利、デフレ政策を採った。大局的にいえば、この政策により、西南戦争により不健全になった財政を立て直し、近代的財政制度を確立したわけだが、デフレになれば、当然、消費が減退し、投資を差し控えることとなり、金利も低下するから、則義のような金貸しから高金利の借金をする人は少なくなり、貸し倒れも生じたはずである。則義の金融業はこの松方財政政策の影響を受けて不振になったと思われる。

さらに、明治二〇年一二月二七日には、夏子の長兄、泉太郎が肺結核のため死去した。その葬儀の費用に多額の出費をしたことも衰運に向かっていた則義の財政状態を弱体化させたようである。

3

さて、上記の日記「塵之中」に「只利欲にはしれる浮よの人あさましく厭ハしくこれ故にかく狂へるかと見れバ金銀ハほとんど塵芥の様にぞ覺えし」との記述について、塩田良平は前掲書に「恐らく金錢關係にからむ父の周圍の人々に對する實感であろう」といい、関良一は『樋口一葉考証と試論』（有精堂）において「英雄豪傑・任侠義人にあこがれ、利慾に眼のくらんでいる世の人々をあさましく思い、金銭を軽んじるというモラルは、その後の一葉のバック・ボーンとなった」「だから、任侠義人にあこがれたのは、遺伝なり環境なりのしからしめたところだったが、少なくとも金銭を塵芥のように思ったという幼い心境には、父への反発や批判もこもっていたのだろう。実際「たけくらべ」は竜華寺の信如《しんにょ》といい、田中屋の正太郎といい、要するに金貸しの子の悲しみを述べた小説だった」といい、前田愛は『樋口一葉の世界』（平凡社選書）中「一葉日記覚え書」に「士族の娘として躾けられた一葉は、副業の金融業に後半生の安定を求めようとした父親の実利的な生き方を許そうとはしなかったのである」「士族の娘として父親の金融業につよく反撥した一葉」といっている。また、和田芳恵は角川書店版『日本近代文学大系』の『樋口一葉集』所収の『うつせみ』の頭注では、「父則義の申し子と言われる一葉は、そのせいか、父を描く場合、無批判になりがちである」と書きながら、『一葉の日記』（福武文庫）に「金だけが生きる力だと則義は利殖に専念した」といい、一葉日記の前記の記述は「父の生き方も含まれていた」と書いている。最近の研究者では菅聡子は『時代と女と樋口一葉』（NHKライブラリー）の中で、「一葉が強調しているのは、「利欲にはしれる浮よの人あさましく厭《いと》ハしく」「これ故にかく狂へるかと見れバ金銀ハほとんど塵芥《ちりあくた》の様に」感じられる、という金銭万能主義といった姿勢に対する嫌悪感である。その背景には、父則義が生業としていた金融業への反感があるだろう」と書いている。

　このような先学の意見に私は同意できない。一葉が金貸を副業としていた父親に反発し、批判的であった、ということには根拠がない。一葉は、夭折したにもかかわらず、厖大な日記を遺し、これに、こまごまと日常の生活、また、母たき、妹邦子をはじめ、関係をもった人々について率直な感想を記述したが、日記のどこにも父親の金融業への反感、反発、批判などは書かれていない。むしろ、一葉日記には、父親への敬慕、親愛の情がくりかえし書き記されている。鈴木淳は『樋口一葉日記を読む』（岩波セミナーブックス）の第二章「父君はしかるべからず」において、そうした記述を拾いあげている。

　まず、すでに引用した「塵之中」明治二六年八月一〇日の項の「七つといふとしより草々紙といふものを好ミて」以下の引用から始め、「只利欲にはしれる浮よの人あさましく厭ハしくこれ故にかく狂へるかと見れバ金銀ハほとんど塵芥の様にぞ覺えし　十二といふとし學校をやめけるがそゝ母君の意見にて女子にながく學問をさせなんゝ行々の爲よろしかず　針仕事にても學ばせ家事の見ならひなどさせんとて成き　父君はしかるべかず」などの記述を引用し、これからこの章の題名として採用している。

次いで、一葉死去のほぼ一年前の明治二八年初秋の作と野口碩が推定している「反古しらべ」から次の文章を引用している。

「十とせの昔しなるべし　歌よみはじめし頃の詠草くりひらげゝれば、かみの末に歌の數こまかにしたゝめて幾年幾月より幾月までの間など書たる、手ゝなき父の物せられしなり、何ゆゑとも知らずなつかしうかなしう、詠草を抱きて父樣父樣となきぬ、有つる世にゝしかられん事の恐ろしうて、歌ゝせまつる事もせざりしを、今はた腰折のえせ歌よみ出るにも少し聞よくなどいはれつるをばやがて物に書て佛の前に供へぬ、道はるかなりとも親ゝゝ給ふべしや。」

（鈴木淳は原文を改めてはいないが、表記、句読点を現代風に改めている。右記は全集の原文の表記のままである。以下も同じ。）

また、一葉日記中、最初の「身のふる衣　まきのいち」の二月二一日の記述から

「點取の御題には月前の柳てふ也けり　おののき〳〵よみ出しに親君の祈りてやおはしけん天つ神の惠みにや有けんまろふど方は六十人餘りの內にて第一の點惠ませ給ぬ　次は八十子の君次は政成ぬしにてぞ有けり　龍子てる子の君達あなにくや今參りに高點とられぬとつぶやきつゝ背

うちなどし給ふ」

を引用、さらに、博文館版『一葉全集』の馬場孤蝶の「一葉全集の末に」の「一葉君は則義君の愛子であって、則義君は一葉君にさま〴〵な物語りをして聞かした」との文章を引用、則義死去のさいの記録「(鳥の部)」から

「さま〴〵に思ひみだれたる折の事にしあれば忘れたるもいと多くしらで過つるも少なからねど時過程隔たりてはいよ〳〵しれ難くやあらん　今はた思ひ出るまゝに我しりたるをのみしるすになん

　涙のとしの葉月廿日頃みの虫のちゝよ〳〵と嵐のやどりにしるす」

また、日記「若葉かげ」明治二四年四月一一日の記述から

「澄田川にも心のいそげばをしき木かげたちはなれて車坂下るほどこゝは父君の世にい給ひし頃花の折としなればいつも〳〵おのれらともなひ給ひて朝夕立ならし給し所よとゆくりなく妹のかたるをきけばむかしの春もおもかげにうかぶ心地して

　山櫻ことしもにほふ花かげに
　ちりてかへらぬ君をこそ思へ

心細しやなどいふまゝに朝露ならねど二人のそではぬれ渡りぬ」

を引用している。最後に「につ記」明治二六年七月一二日の項から

「十八といふとし父におくれけるよりなぎさの小舟波たゞよひ初て覺束なきよをうミ渡ること四とせあまりに成ぬ」

を引用し、「則義の死が、いかに残された家族に生活の重荷を強いたかが、如実に知らされることになる。そしてその重荷は、長兄泉太郎の死を受けて、明治二十一年春、戸主に指名された一葉の肩にもっとも重くのしかかったのである」と書き、「一葉の日記に、かく父則義の影を強く感じ取ることは、さほど的外れな読み方ではあるまい」と、この章を鈴木淳は結んでいる。

このように、一葉の日記に、父則義に対する敬慕、愛着がくりかえし認められるが、彼の金貸業についての反発、反感、批判といったものはまったく見いだすことができない。もしも和田芳恵、関良一、前田愛、菅聡子らが指摘したような感情を一葉が父親に抱いていたとすれば、せめてその片鱗でも窺うことができるはずである。

ただ、鈴木淳の記述についていえば、「父君はしかるべからず　猶今しばしと争ひ給へり」というものの、結局は母たきの意向に屈して、夏子を退学させることとしたのであるから、必ずしも則義が夏子に学問をさせるのに執心したとも言いきれない。それに鈴木淳は「娘の教育に対する執念を捨てきれなかった則義は、和歌集を買い与えたり、八丁堀に住んでいた歌人和田重雄に就かせたりしていたが、重雄の没後、ついに万難を排して、小石川安藤坂で歌塾萩の舎を開いていた中島歌子に就いて和歌を修業させることになった」という。塩田良平の大著『樋口一葉研究』によれば、和田重雄は「歌を嗜んだ舊幕時代の與力又は同心であらう」ということであり、「専門歌人」ではなかった、とあり、それも三カ月から半年ほどの期間にすぎなかったというから、ことさら和田重雄に学ばせたというほどのことではあるまい。ただ、いうまでもなく、萩の舎に入門し、中島歌子を師として和歌を学んだことは、夏子、一葉の生涯にとって決定的な事件であったが、学問といえば、和歌ないし古典を学ぶことという則義の考えが正しかったかどうか。後年、一葉は「学つたなく」といった感慨をしばしば日記中に記したが、真に学問をさせるのであれば、正規の学校教育を受けさせるべきであった。たとえば、萩の舎における一葉の無二の親友であった伊東夏子（結婚後は田辺夏子）は一葉と同じ明治五年生まれ、一葉より四年早く萩の舎に入門したが、駿河台袋町の駿台英和女学校に学んでいるし、『藪の鶯』により文壇に登場し、一葉に小説家をもって身を立てさせる決意をさせた田辺龍子、結婚後は三宅花圃は後に女子高等師範学校となった高等女学校を卒業している。そういう意味で気がかりなのは、冒頭に引用した「塵之中」の回想で、下田歌子は華族女学校の学監を勤めているので「内弟子としてゝ取りがたし」といわれたという箇所である。いったい、後の一葉、樋口夏子は、どういう身分で萩の舎に入門したのか。三宅花圃が昭和六年一月刊の「婦人サロン」に発表した「その頃の私達のグループ」には明治一九年一一月九日の萩の舎の歌会で「ついぞ見かけた事のないほつそりとした、小綺麗な十五歳くらいの髪の毛の薄い娘」が五目寿司を運んできたといい、五目寿司の盛られた小皿に「赤壁の賦」の中の「清風徐吹来」の句が書きつけられていたので、「江崎さんと私がこの文句をよみあげると、前に坐つてゐたその娘はさかしさうに瞳を輝かしながら、何となく気まり悪さうに小さな声で「水波不起」と突嗟の間につゞけたのであつた。」「この小娘は何といふ小生意気なことであらう。私達は顔を見合はせて驚いたが、すぐ「これが、面白い娘が入つて来ましたよと中島先生が先日仰言つた新参の内弟子なのだ」とさとつた」と書いている。この挿話は皿には「清風徐吹来」（清風徐《おもむ》ろに吹き来り）とだけあり、これは、「赤壁の賦」の一節であったが、これに続く「水波不起」（水波起らず）（なお、原作では「水波不興」である。詳しくは、次章「一葉日記考（その二）窮乏の生活史として」を参照されたい。）を夏子が口ずさんだということである。この三宅花圃の文章からみると、夏子は「内弟子」として萩の舎に入門したようである。これに反し、田辺夏子は昭和二五年刊の『一葉の憶ひ出〈新修版〉』（近代作家研究叢書、日本図書センター）の中で「入門當時は、父君も健在でしたので月謝も普通に納め、たつ子さん（花圃女史）や私どもと少しも變わらぬ通ひ弟子で、女中ともつかず、内弟子ともつかぬ、働く人としての約束で弟子入りしたのではありませんでした」という。しかし、田辺夏子は、一葉の無二の親友として、三宅花圃に反論しているので、身贔屓の感なしとしない。冒頭引用の「塵之中」の「内弟子」という言葉からみると、萩の舎に住み込みではなかったにしても、家事手伝いもするような「内弟子」として入門したのであろう。あるいは、明治二三年七月、祖母の古屋よし宛書簡では、夏子自身が次のように書いている状況がもっとも正確というべきかもしれない。

「私ことは去ル五月中より例の歌の師匠之方へ參り居候それかれに而度々御機げんも御伺不申上御免し被下度候御聞及びも被爲入候《そうろう》かこの中嶋と申は民間にての評判はあまり高からず候《そうら》へど宮内省にては下田歌子と申人と一二と申うわさに御座候《そうろう》夫故弟子と申はいづれも花族勅任之類のミに御座候間私共の見聞致し候事はいづれも上等ならざるはなく我々平人のしらざる事のミにて一々驚入候これと申も親のいたしくれ候事と有がたく覺え候私身分は寄宿生にもこれなく奉公人にてもなく娘同様に致しくれ候間少しも心配はこれなく候間御安心願上候」

（文中「花族」は「華族」の意）

全集の注には「歌子は夏子を養女にする意向も当時有ったのかも知れない」といい、「塵中日記」明治二六年一一月一五日の項に「一度はこゝの娘と呼ばるゝ斗《ばかり》はては此庭もまがきも我がしめゆひぬべきゆかりもありしを」と書いていることを指摘している。

そうとすれば、家事手伝いもするような「内弟子」として入門したのであって、決して通常の弟子ではなかったとみるべきである。そのような身分としてしか入門させられない程度に則義は明治一九年ころすでに窮迫していたのであろうし、かりにそういう身分であっても、和歌、古典を学びたいという一葉の意志は固かったのであろう。それだけ経済的な余裕がなかったから、といえばそれまでだが、則義が一葉に学問をさせるのに執心したということを重く考えすぎるべきではあるまい。

また、この「塵之中」で誰もが問題にしている「只利欲にはしれる浮よの人あさましく厭ハしくこれ故にかく狂へるかと見れバ金銀ハほとんど塵芥の様にぞ覺えし」という回想と則義の金貸しという副業との関係をどうみるのか、まったく鈴木淳がふれていないのは偏頗の感がつよい。すなわち、先に引用したとおり、多くの一葉研究者は、これが一葉に則義に対する反感、反発、批判の気持を抱かせたといっているからである。

4

一葉は金貸という職業について反感や反発を抱いていなかった、と私は考える。そもそも、「只利欲にはしれる浮よの人あさましく厭ハしくこれ故にかく狂へるかと見れバ金銀ハほとんど塵芥の様にぞ覺えし」と日記「塵之中」に書いたのは明治二六年であり、則義が死去してから四年経っている。それ故、明治二六年当時の一葉の考えを記したわけではなく、一葉はここで往事を回想し、幼少のころは自分は金銭を賤しんでいた、と思いだしているにすぎない、と解釈することができるし、そう解釈するのは決して無理ではないからである。

ところが、和田芳恵をはじめとする先学がそのように解釈できることを見落としているのが私には不可解である。ただ、これは文章解釈の問題だから、一葉が父則義ないし則義の金貸し業に反感、反発をもっていなかったことの決定的な証明にはならない。そこで、彼女がその作品中で高利貸をどう描いたかをみることとする。

『たけくらべ』の正太郎は祖母が田中屋という質屋くずれの金貸を業としているが、第四章において、横町組の「三五郎《らう》といへば滑稽者《おどけもの》を承知《しようち》して憎《に》くむ者《もの》の無《な》きも一徳《とく》なりし、田中屋《たなかや》は我《わ》が命《いのち》の綱《つな》、親子《おやこ》が蒙《かう》むる御恩《ごおん》すくなからず、日歩《ひぶ》とかや言《い》ひて利金安《りきんやす》からぬ借《か》りなれど、これなくてはの金主様《きんしゆさま》あだには思《おも》ふべしや」とある。

その正太郎は第六章で、美登利に向かって「己《お》れは氣《き》が弱《よわ》いのかしら、時〻《とき〴〵》種〻《いろ〳〵》の事《こと》を思《おも》ひ出《だ》すよ、まだ今時分《いまじぶん》は宜《い》いけれど、冬《ふゆ》の月夜《つきよ》なにかに田町《たまち》あたりを集《あつ》めに廻《まわ》ると土手《どて》まで來《き》て幾《いく》度《ど》も泣《な》いた事《こと》がある、何《なに》さむい位《くらい》で泣《な》きはしない、何故《なぜ》だか自分《じぶん》も知《し》らぬが種〻《いろ〳〵》の事《こと》を考《かんが》へるよ、あゝ一昨年《おとゝし》から己《お》れも日《ひ》がけの集《あつ》めに廻《まわ》るさ、祖母《おばあ》さんは年寄《としよ》りだから其《その》うちにも夜《よ》るは危《あぶ》ないし、目《め》が悪《わる》るいから印形《いんげう》を押《おし》たり何《なに》かに不自由《ふじゆう》だからね、今《いま》まで幾人《いくたり》も男《おとこ》を使《つか》つたけれど、老人《としより》に子供《こども》だから馬鹿《ばか》にして思《おも》ふやうには動《うご》いて呉《く》れぬと祖母《おばあ》さんが言《い》つて居《ゐ》たつけ、己《お》れが最《も》う少《すこ》し大人《おとな》に成《な》ると質屋《しちや》を出《だ》さして、昔《むかし》の通《とほ》りでなくとも田中屋《たなかや》の看板《かんばん》をかけると樂《たの》しみにして居《ゐ》るよ、他処《よそ》の人《ひと》は祖母《おばあ》さんを吝《けち》だと言《い》ふけれど、己《お》れの爲《ため》に儉約《つましく》して呉《く》れるのだから氣《き》の毒《どく》でならない、集金《あつめ》に行《ゆ》くうちでも通新町《とほんしんまち》や何《なに》かに隨分可愛想《ずいぶんかわいさう》なのが有《あ》るから、嘸《さぞ》お祖母《ばあ》さんを惡《わ》るくいふだらう、夫《そ》れを考《かんが》へると己《お》れは涙《なみだ》がこぼれる、矢張《やつぱ》り氣《き》が弱《よわ》いのだね」としみじみ語っている。

同じ『たけくらべ』では第九章で、竜華寺の大和尚、信如の父親について語られている。「いそがしきは大和尚《だいおしやう》、貸金《かしきん》の取《とり》たて、店《みせ》への見廻《みまは》り、法用《ほうよう》のあれこれ、月《つき》の幾日《いくか》は說教日《せつけうび》の定《さだ》めもあり帳面《ちやうめん》くるやら經《けう》よむやら」とあり、また、「父親和尚《てゝおやおしよう》は何處《どこ》までもさばけたる人《ひと》にて、少《すこ》しは欲深《よくふか》の名《な》にたてども人《ひと》の風說《うはさ》に耳《み》をかたぶけるやうな小膽《たん》にては無《な》く、手《て》の暇《ひま》あらば熊手《くまで》の内職《ないしよく》もして見《み》やうといふ氣風《きふう》なれば、霜月《しもつき》の酉《とり》には論《ろん》なく門前《もんぜん》の明地《あきち》に簪《かんざし》の店《みせ》を開《ひら》き、御《ご》新造《しんぞ》に手拭《てぬぐ》ひかぶらせて緣喜《ゑんぎ》の宜《い》いのをと呼《よ》ばせる趣向《しゆこう》、はじめは耻《はづ》かしき事《こと》に思《おも》ひけれど、軒《のき》ならび素人《しろうと》の手業《てわざ》にて莫大《ばくだい》の儲《もう》けと聞《き》くに、此雜踏《このざつとう》の中《なか》といひ誰《た》れも思《おも》ひ寄《よ》らぬ事《こと》なれば日暮《ひく》れよりは目《め》も立《た》つまじと思案《しあん》して、晝間《ひるま》は花屋《はなや》の女房《にようばう》に手傳《てつだ》はせ、夜《よ》に入《い》りては自身《みづから》をり立《たち》て呼《よび》たつるに、欲《よく》なれやいつしか耻《はづ》かしさも失《う》せて、思《おも》はず聲《こわ》だかに負《まけ》ましよ負《まけ》ましよと跡《あと》を追《お》ふやうに成《な》りぬ、人波《ひとなみ》にもまれて買手《かひて》も眼《まなこ》を眩《くら》みし折《をり》なれば、現在後世《げんざいごせ》ねがひに一昨日來《おとつひき》たりし門前《もんぜん》も忘《わす》れて、簪《かんざし》三本七十五錢《せん》と懸直《かけね》すれば、五本ついたを三錢《せん》ならばと直切《ねぎ》つて行《ゆ》く、世《よ》はぬば玉《たま》の闇《やみ》の儲《もうけ》はこのほかにも有《あ》るべし」

この信如の父親の和尚のばあい、和尚の強欲を批判しているが、金貸しそれ自体は強欲の一端であって、金貸しを批判しているとは思われない。

『大つごもり』についていえば、お峯の伯父安兵衛は「床に就きたる時、田町の高利かしより三円しばりとて十円借りし、一円五十銭は天利とて手に入りしは八円半、九月の末よりなれば此月は何うでも約束の期限なれど、此中にて何となるべきぞ」という事情から「をどりの一兩《りやう》二分《ぶ》」、つまり一円五十銭、をお峯に主人に無心してもらいたい、と頼むことから、お峯の苦難がはじまるわけだが、ここにも高利貸を非難しているわけではない。借りた以上は、期限を延期して貰うには、一円五十銭を支払わねばならない、とわりきっている。

一葉の最後の作『われから』の與四郎は美尾に去られた後、おそらく高利貸をはじめたのであろう。「浮世《うきよ》の欲《よく》を金《かね》に集《あつ》めて、十五年《ねん》がほどの足掻《あが》きかたとては、人《ひと》には赤鬼《あかをに》と仇名《あだな》を負《おほ》せられて、五十に足《た》らぬ生涯《しようがい》のほどを死灰《しくわい》のやうに終《おは》りたる、それが餘波《なごり》の幾万金《いくまんきん》」とある。ここでも、他人が「赤鬼」と悪口をいったからといって、高利貸を賤しむべき職業「只利欲にはしれる」「あさましく厭ゝし」い職業と描いているとは思われない。

5

明治二二年七月一二日、則義は死去した。後の一葉、夏子は十七歳であった。則義の死去後の状況が「(鳥の部)」として記録されている、これによれば、則義の死去後、五日目の一七日には早くも「本日野尻君を以て分光社へ届書類差出し候《そうろう》事」という。全集の脚注には、「野尻君」は山梨県の地主の次男で、則義の監督をうけながら東京帝国大学に在学していた、とある。同じ脚注によれば、分光社とは「疾病による生活困窮者の扶助や死亡による損害補償を目的に公債を發行し、債権者の死亡、又は毎月の抽籤によって、利足金や一定の恵與金を支拂っていた。「屆書類」とあるのは債権者の死亡届」とのことである。無尽と生命保険を兼ねたような制度であったようである。同月二九日「同社より端書到着　明卅日恵与金御渡し方可致ニ付実印幷ニ契約証持參出社可致旨申越ニ付又兄君へはがきを遣ハす」とあり、契約書が紛失していたため、新契約書の交付をうけ、「九十五銀行へ參り恵与金受取候《そうろう》事」と記載されている。

則義は死去の前、荷車請負業組合を設立しようとして失敗し、かなりの負債を残した。このため、死去するとすぐに分光社からの恵与金を得る手続を採らなければならない状況であった。一葉の長兄、泉太郎は現在の明治大学、当時の明治法律学校を卒業していたが、すでに病床にあり、同じ年の一二月、他界する。次兄虎之助は素行不良ということで明治一五年に分籍されていたので、一葉が樋口家の戸主として一家を扶養する義務を負うこととなった。母たきの生年については確実ではないが、通常、夏子は母たきの三十九歳のときの子といわれるので、則義死去のときには五十六歳であったはずである。十七歳の夏子には二歳年少の妹邦子がいたので、邦子は十五歳、これらの一家三人の生計を立てる責任を十七歳の夏子の肩に負うこととなった。（妹邦子は日記中しばしば國子と表記されているが、日記から引用するばあいを除き、その他では邦子と表記する。）

「(鳥の部)」にはそのⅠに則義死去直後の出来事が記され、そのⅡに明治二三年一月の出来事が記されている。一七日の記事は以下のとおりである。

「朝來晴天　午前十時頃野尻君歸宅ス　夫ヨリ直チニ仕度ヲナシ國君ノ奉公口探シノ爲同行新橋辺愛宕下及神田区沾乘レドモナシ　二時歸宅ス　右件ニ付母君兄君ノ意見モ在之當分國君見合ヲス」

一家が生活していくのに十五歳の邦子が女中奉公することで口減らしを考えなければならなかった。邦子の奉公については、良い奉公先も見つからず、母たきと次兄虎之助の意見もあって、当分見合わせることとなった。そこで、則義没後、薩摩焼の陶工として奇山と号し、自立していた次兄虎之助の許に三人が同居したが、たきと虎之助との間で諍いがたえず、結局、別居し、一葉は萩の舎の中島歌子の許にしばらく寄宿することとなった。この時期には夏子の身分は小間使いに近かったであろう。母たき、妹邦子は、また、九月には萩の舎の内弟子を止めて家に戻ってから後の夏子も、洗濯、着物の仕立て、洗張りなどでほそぼそと生計を立てていた。洗張りは着物をほどいて布地を板に糊に似た材料で張り、皺をのばすことである。古い着物の布地を新しく仕立て直すために行ったもので、昭和初期までは主婦の日常的な仕事の一つであった。これらは一葉の生涯を通して、彼女たち一家の生活の主な手立てであった。

則義の死後も、一葉一家は則義の負債を返済しなければならなかった。一葉日記に、返済の事実のすべてが記述されていないかもしれないが、記述されている限りでは奥田老人への返済がある。日記中から以下に抄記する。

「よもぎふにつ記」の冒頭は明治二五年一二月二四日に書かれた。以下に一葉はこう記している。

「かけじとおもへど実に貧は諸道の妨成けりな　すでに今年も師走の廿四日に成ぬ　こんとしのまうけ身のほど〳〵にはいそがるゝを此月の始三枝君よりかりたるかねの今ははや殘り少なにて奥田の利金を拂はゞ誠に手拂ひに成ぬべし　餅は何としてつくべき　家賃は何とせん　歳暮の進物は何とせん　曉月夜の原稿料もいまだ手に入らず外に一戔入金の當もなきを今日は稽古納めとて小石河に福引の催しいと心ぐるし」

小石河は小石川、萩の舎を指す。萩の舎は小石川水道町、安藤坂にあった。塩田良平は『樋口一葉研究』に、明治二五年の年末を期限とする、小林好愛からの借金二十円の借用証書を紹介しているので、小林に支払わなかったはずだが、一葉はこれにはふれていない。「奥田の利金」の支払いを気がかりに思っている。「手拂ひ」は手持ちの物を全部出し尽くすことをいう。

二七日は長兄泉太郎の祥月命日であった。茶飯を炊いて客にふるまう。一葉の姉ふじ、その他の客の一人「奥田の老人」が則義が遺した負債の債権者であった。「金港堂の音づれいまだに非らず　さりとも明日は廿八日也　餅つかせずはとて二円斗《ばかり》あつらへぬ　是れは奥田に拂ふべき利金をしばし餅のかたに廻すべき心ぐみ成しなれど今宵この老人の來しに待てよと言はんも苦しとて手もとにあるほどを集めて二円やる　さらばまだ二円五十戔斗《ばかり》渡すべきながら夫れは利金ならずして元金の方なればしばしの猶豫を頼ミて斯くはせし也　扨も明日岡埜より持こミし時何といはん　榛原へあつらへ置し醤油も酒も明日は來ん　其拂らひは何とせんとミ合す顔に吐息呑込むもつらし　奥田の老人いざとて歸らんとする時郵便とて届きしは何　あわたゞしく見れば藤蔭隱士より曉月夜の原稿料明廿八日本兩替町の編輯処にて御渡し申さん　午前の內に參らせ給へと也　自然は斯くも圓滑なるものか」

こうした窮状の中で、奥田老人に二円を払っている。奥田は則義の遺した債務の債権者と全集の注にある。その他、元本の返済のために二円五十銭支払う約束であったようであるが、利息の二円だけで、ともかく奥田老人は引き上げてくれたらしい。この奥田老人は奥田栄といい、泉太郎の葬儀にさいして香典帳に二十銭の香典を手向けた人物である。

奥田への返済の記述は、日記「しのぶぐさ」明治二五年九月三日、「母君奥田へ例月の利子も て行給ふ」とあるから、二円は一カ月の利息であるから、一年に二十四円の利息となる。奥田からの借金は、則義の貸金と同様、利息が年三割とすれば、八十円だったはずである。奥田に対する返済がすべて一葉日記に記されているとは思われないし、私の見落としもあり得るが、私が気づいただけでも次のような記述が認められる。

「蓬生日記」明治二六年四月二〇日、「午前母君奥田老人を訪ふ」とあるのもおそらく利息の支払いのためであったろう。

「につ記」明治二六年七月六日、「奥田老人來る」とあるのは取り立てに訪れたものであろう。

竜泉寺時代の日記「塵之中」明治二六年八月六日、「母君は例之奥田に利金拂ひ」とあり、「塵中日記」明治二六年一二月七日にも「歸路奥田に利金入るゝ」とあり、一二月二八日、「伊せ利より通運便にて金子五円五拾戔來る　奥田の元金幷に利金なり」とあり、翌二九日に「奥田に金持參」とある。この時は利息だけでなく、元本について支払っているようだが、元本の全部を支払ったわけではなかった。五円五十銭の中、二円が利息、三円五十銭が元本の支払いに充てられたものであろう。

丸山福山町に転居後、「水の上日記」の明治二七年七月七日に「十二日までにゝ是非金子の入用あるに此月ゝ別していかにともなすによしなく」とあり、七月一〇日には「奥田君來訪」、師中島歌子に頼みこみ、歌子は衣類などを質入れして調達してくれた金を受け取っているので、この金は奥田に支払われたに違いない。

「水の上につ記」明治二八年五月六日、「早朝母君ハ奥田へ」とある。これも奥田への利息の支払いのための訪問であった。

おそらく、一葉の生前、利息だけは払い続け、元金のかなりの部分を返済しないでしまったに違いない。かりに則義が奥田から借りた金額が八十円であったとすれば、支払った利息はその二、三倍に達したであろう。それでも、一葉はこの利子の支払いを滞らせてはならぬものと考えていた。それだけ、借金に対する返済は重大事であり、奥田に対して賤しむとか憎むとか、といった感情をもっていたことを窺わせる記述は一葉日記にはまったく見いだすことができない。

なお、全集第三巻（上）所収の明治二六年二月の「よもぎふにつ記」の補注に「當時の一葉の家族三人の一箇月の生活費は、約十圓乃至十五圓であったようである。そのうち、家主西本に支拂われた家賃が約二圓、則義時代からの負債に對して毎月奥田に支拂われた返濟金が約二圓五十錢、期限を過ごすと利金が加算された」とある。

6

一葉の借金暮らしについては「一葉日記考（その二）窮乏の生活史として」の章で後に記す。ただ、窮乏のさなか、樋口家が望月に貸し付けた貸金については、ここでふれておく。

明治二四年九月七日、雑記5「筆すさび　一」に母たきが望月家の嬰児が病気と聞いて見舞ったところ、「赤子はいたうやせさらばひてよも生くべくもミえざるに家いとまづしうして今日の暮の米のしろ覺束なげに打なげくめる　とし寄のえミすぐしがたうて昨日よ所よりかりたるこがねかすべきにはあらざりけれどちと斗《ばかり》かして來ぬ」とある。この記事の前に母たきが三枝信三郎から三十円借りたと記されているから、その中の一部を貸したものに違いない。望月の窮状を見かねて三枝から借りた金を貸してきたのである。この気性を侠気というべきか。母たきは金がある者が困っている者に融通するのは当然といった信条をもっていたのではないか。これは侠気というべきかもしれないが、一葉も金に余裕のある者は困っている者に融通するのが当然という思想をもっていたのではないか。これは彼ら一家の気質かもしれない。

「蓬生日記」明治二六年五月二日の記事に「望月のつま利子持參」とある。この時、望月の妻はその時の借金の利息を持参したわけである。侠気ではあっても、金を貸せば利息を取り、借りれば、利息を払うということは樋口家の常識であった。

明治二六年七月一五日から日記は「塵之中」と名付けられ、竜泉寺町の生活が記述されることとなる。

七月二九日、「母君今日望月へ例月のもの取にゆく　一錢も出來がたくして歸る」。利息の取り立てに赴くことも非難されるべきことではなく、当然のことであった。そこで、八月二日、「日暮てより望月の妻來る　二十五戔持參」と続く。樋口家が受け取るのは二十五銭という零細な金額である。年三割の利息とすれば、母たきが望月に貸したのは十円。つまり三枝から借りた三十円の中から十円を貸したわけである。

八月二五日に次の記述があることは「一葉日記考（その二）　窮乏の生活史として」の章でも後に記すが、ここでも記しておく。

「落ぶれてそでに涙のかゝるとき人の心の奥ぞしらるゝとはげにいひける言葉哉」と書き起こして、西村釧之助に関連した、以下のような感想を記している。

「人ハ唯其時々の感情につかはれて一生をすごすもの成けりな　あはれはかなのよや　さりとてハ又哀れのよや　かの釧之助が我家に對して其むかし誠をはこびけるも昨日今日のつれなき風情も共に其こゝろのうつしゑ成けり　今にもあれ我が國子をゆるさんといはゞ手のうらを返さぬほどにそのあしらひの替りぬべきハ必定也」

西村釧之助は邦子をその妻に迎えたいと願っていたのであろう。一葉は続けて、書いている。

「をかしやうきよのさまぐ〳〵なる　こゝには又かゝる戀もありけり　其かミハ我家たかく彼家いやしく欲より入て我はらからを得んとこひ願ひけめ　やう〳〵移りかはりてハかしことみて我れ貧なるから恩をきせてをしいたゞかせんとや計りつらむ　夫にもしたがふべき景色の見えぬをいとつらにくゝ口をしくおもひて扨ハこたびの事を時機におもひのまゝにくるしめんとたくらミけるにや　こハ我がおもひやりの深きにてあるひハさる事もあらざるべしとはおもへども彼れほどの家に五圓十圓の金なき筈ハあらず　よし家にあらずとて友もあり知人もあり　男の身のなさんとならば成らぬべきかは　殊に母君のかしら下ぐる斗《ばかり》にの給ひけるをや　とざまかうざまにおもへどもかれハ正しく我れに仇せんとなるべし　よし仇せんとならバあくまでせよ　樋口の家に二人殘りける娘のあはれ骨なしか　はらはたなしか　道の前にハ羊にも成るべし　仇とき丶てうしろを見すべき我々にもあらず　虚無のうきよに好死処あれバ事たれり　何ぞや釧之助風情が前にかしらをし下ぐるべきかは　上に母君おはしますにこそ何事もやすらかにと願ひもすれ此一度ふミを出して其返事のも様に寄りてハおもふ処ありけり」

「只利欲にはしれる浮よの人あさましく厭ハしくこれ故にかく狂へるかと見れバ金銀ハほとんど塵芥の様にぞ覺えし」と書いていても、一葉は金貸しを厭わしいと思うことなどできるはずもなかった。逆に、すでに引用した西村釧之助についての感想に一葉の真意が示されているといってよい。金に余裕のある者は必要とする者に金を貸すのが当然であり、(友人、知己に借りても貸すべきだというのは、一葉の筆が滑ったものとしても)、金貸しは必要とする人へ金を用立てすることで人助けをしているのである。そういう意味で、金貸しは決して利欲に目が眩んでいる賤しい人種ではない、というのが、一葉の金銭貸借の哲学であった。「只利欲にはしれる浮よの人あさましく厭ハし」と書いたとき、父則義はその中に数えられる人ではなかった。私が和田芳恵、関良一、前田愛等の見解に同意できない所以である。

一葉日記考（その二）

窮乏の生活史として

1

鈴木淳著『樋口一葉日記を読む』（岩波セミナーブックス）を読み、一葉の生涯にわたる窮乏の生活について、また、その生活により培われた精神について、ほとんど触れていないことに気づいた。また、一葉の日記は彼女の文学的自叙伝という側面をもっているが、鈴木が、和歌を除き、こうした側面にもほとんど関心をもっていないことに気づいた。一葉日記にこれらの興趣があることを知らないならば、また、鈴木淳の書いている興趣がすべてであると誤解して、一葉日記を手にしない読者があるとすれば、私としてはきわめて遺憾である。そこで、本稿ではまず彼女の生涯の窮乏とその中で培われた精神の歴史を辿ることとする。

2

すでに「一葉日記考（その一）父則義に対する一葉の心情について」において記したとおり、後に一葉を筆名とした樋口夏子は、明治五年（一八七二年）、当時まだ通常であった旧暦（太陰暦）の三月二五日（新暦、太陽暦では五月二日）に生まれ、明治二〇年一月一五日中島歌子の主宰する歌塾、萩の舎に入門した。夏子は明治一六年一二月二三日、私立青海学校高等科第四級を主席で修了した後、退学していた。その経緯を夏子は、後に日記「塵之中」の明治二六年八月一〇日の項に、「十二といふとし學校をやめけるがそは母君の意見にて女子にながく學問をさせなんは行々の爲よろしかず　針仕事にても學ばせ家事の見ならひなどさせんとて成き　父君はしかるべかず　猶今しばしと争ひ給へり　汝が思ふ処は如何にと問ひ給ひしものから猶生れ得てこゝろ弱き身にていづ方にも〳〵定かなることいひ難く死ぬ斗《ばかり》悲しかりしかど學校は止になりけり」と記している。そこで、則義は、一七年一月から三カ月ほど和田重雄に通信教育で和歌の指導を受けさせた後、萩の舎で学ばせることとした。先に引用した「塵之中」の末尾に「はじめて堂にのぼりしは明治十九年の八月二十日成りき」と記している。

一葉日記の最初とみられる「身のふる衣　まきのいち」には、明治二〇年二月一九日、二一日の歌会の模様を次のとおり記述している。

「同じ十九日參りぬ　此日發會の近付ぬとて人々さゞめき合給ひぬ　いまだ其様しらぬ身にはいとゞあやぶまれて人々のの給ふをよそより聞侍れば誰々は御振袖召給ひぬ　君は白ゑりに御すそもやうこそよからめ　いな〳〵白かさねに御うらもやうこそよかめり　色は何にかし給ふ　ふぢ色にくちば三つ重給はん　かうらひ色にうす紅梅の下がさねこそ似合給はめなど取々いひはやし給をもいとむねふさがりて歌など考ふる様し侍りしに君よ〳〵との給方有けり　誰なんめりとみてければ園子の君にて有りぬ　いかで〳〵君には何をかき給ふとの給はするにいともつたなきみにて侍れば色よき衣もはえなからめ　常のにてこそと口ごもりつゝ答へぬ　君花色うらの衣き給はんにはみづからもこそとのたまふにいとうれしくて涙こぼれぬ　やがて歌よみ出て計らずも高點取侍りてやがてまかでけり　道すがらかんがへ侍れば花色衣のうら付はよかめれど人々もん付き給ひぬる中に我一人異やうのなりして出ん事あて人のみ給ふ前といひいとはかなしと心になげきつゝやがて家居にかへり侍れば親君連出給ひて様子いかにやとの給するに付て汝にみする物有とてもの取出給ふ　目とゞめてみ侍ればどん子の帯一筋八丈のなへばみたるを衣一重いづこよりか置給ひぬ　いかで人々の召物はととひ給ふに事しか〴〵と申出侍れば母君のの給はする様いな〳〵さるあたりへかゝる衣していで給はんこそいとゞ恥がましきわざにあらずや　よし給ねと涙うかめての給ふ　父君はいかにも汝がおもふまゝなるのみとの給はすれど口をしとおぼすけしきみえ侍りぬ　と様かふ様かんがふれば家は貧に身はつたなし　しかりといへ共頼めし人の義

理もあり　思ひさだめて行にしかじとかの衣のすそ引ほどきぬひ直しなどし侍りてその日をのみ待渡りつゝ廿一日といへる日に身はいさめども心にはいさまぬ色をおしつゝみとかく引つくろひつゝ午前十一時といへるほどになんあたり近きおきなが車にうちのりて參りぬ　此月は發會の事にて侍れば九段の坂上なる萬龜ろうにて有けり　人々もはや來給ひてこなたへとの給はするに目とゞめてみてければげにや善盡し美つくしたるきぬのもやうおびの色かゞやく計に引つくろひ給ふ　かの君はうすねずみ成縮緬の三ツもん付うらは定し通りになんし給ひぬ　いとゞはづかしとおもひ侍れど此人々のあやにしきき給ひしよりはわがふる衣こそ中々にたらちねの親の恵とぞゞろうれしかりき」

夏子の父、則義の経歴については別に「一葉日記考（その一）　父則義に対する一葉の心情について」に記したが、山梨県の農民の子として生まれ、立身出世を志して江戸に出て幕臣に仕え、幕府瓦解の直前の慶応三年、八丁堀同心の株を買って武士となり、維新後は、士族として東京府庁、警視庁などに勤め、明治二〇年四月に退職した。しかし、明治六年ころから金融業を副業とし、副業の収入の方が官吏としての俸給よりも多く、かなりに余裕のある生活をしていたが、塩田良平の大著『樋口一葉研究〈増補改訂版〉』（中央公論社）によれば、夏子が萩の舎に入門した「明治十九年は樋口家に衰運の兆が見え始めた年である」という。「衰運の兆」にとどまっていたのか、どうか。この日記に見られるように、萩の舎の相弟子たちに見劣りしないほどの衣装を調えることは難しいような財政状態にあったのではないか、と思われる。夏子がここで相弟子たちとの違いを誇張したとはみられない。

夏子の萩の舎における無二の親友であった、結婚前の伊東夏子、結婚して後、田辺夏子は「わが友樋口一葉のこと」と題する回想を「婦人朝日」昭和一六年九月号に発表しているが(『一葉の憶ひ出』日本図書センターに収録)、文中「中島歌子先生の門下の中でも、一葉女史と田中みの子さんと私の三人は、ほんたうに特別に仲よくしてをりました」「この三人は無位無官の平民の娘で(もつとも樋口さんは士族の娘でしたが)中島師匠のお弟子は、華族とか勅任といふやうなお歴々のお嬢さん方が多かつたものでございますから、平民の私ども三人は、歌会に見えるお客様方のお膳を出したり、御酒のお酌をしたり、一緒にお手伝ひをしたものでございます。樋口さんが一人でさういふ御用をしたやうに伝へられてをりますけれども、いつも三人でいたしました。それで自然に三人がお喋べりをしたりして、特に親しくなつたわけでございます」と書き、「私ども平民三人組」と称していたと書いている。華族制度のない現在では、説明を必要とするかもしれないので、若干の説明を加えると、明治政府は、維新以前の大名、公家、それに維新に功績のあった者たちに公爵、侯爵、伯爵、子爵、男爵という称号を与えて貴族として、彼らを華族と呼んだ。また、現在の上級公務員に相当する官吏には親任官、勅任官、奏任官の区別があり、この順序で地位が高い。親任官は天皇みずからが任命し勅任官は勅令により任命される。勅任官以上がいわば高級官僚である。官僚はこれらの高級官僚以外の下級官僚が大部分を占めていた。また、華族、士族、平民の区別があったが、士族は幕藩体制下の武士であった者である。樋口さんは士族、と伊東夏子は書いているけれども、樋口則義は徳川幕府瓦解の直前に最下級の武士の株を買ったもので、本来の士族ではない。維新後、警視庁などに勤めたが、最下級の官吏であった。しかし、夏子は士族の出自であることに矜持をもっていた。ただ、それにしても、樋口家はこれら華族、勅任官といったお歴々の娘たちと肩を並べられるような身分でもなく、資産があったわけでもない。平民三人組といっても、伊東夏子の生家は維新前は公儀御用をつとめた、日本橋小田原町、現在の日本橋室町の大手の鳥問屋であり、資産家として知られていたし、田中みの子は旧松江藩士の娘、宮大工と結婚して夫と死別し、一人息子と書生と共に谷中で暮らしていた。垢抜けた魅力と高い教養をもち、後に跡見高等女学校の教諭になった。同じ平民三人組とはいえ、彼ら二人は夏子よりはるかに裕福であった。

それ故、夏子が萩の舎の相弟子たちに劣等感をもち、羞恥心を抱いていたことは容易に想像できるし、そうした劣等感がこの「身のふる衣」の記述に反映している。つまり、「身のふる衣」の表題にみられるとおり、着飾った富裕な家庭の女性たちにまじって、萎えた衣を繕って発会の歌会に臨む惨めな心境をつづっておきたい、と夏子は考えたのであろう。たしかに、ここでは、「ふる衣」を身につける劣等感、羞恥心が記されているが、それだけではない。これも親の恵みと考える心境が記されている。しかも、親の恵みという感謝だけを記したかったわけではあるまい。ここには「家は貧に身はつたなし」と書かれている。富貴な人々に囲まれていたために、夏子は過剰に自らの「貧」を意識していたともみられる。また、「身はつたなし」とは十二歳で学業を止めたことによる自省心で自らを律していることも書きとめておきたかった。その上、夏子は、その歌才については、一九日の歌会で高点をとったとあるように、我こそは、という自負をもっていた。それ故、貧富の格差と才能の有無との矛盾に早くから夏子は不満、不平を感じていた。こうした複雑な思いが「身のふる衣」にはこめられている。

萩の舎の一葉については、夏子が一葉という小説家になったことに関連して夏子とふかい関係をもつ田辺龍子――三宅雪嶺と結婚して後の三宅花圃が昭和六年一月刊の「婦人サロン」に発表した「その頃の私達のグループ」は、「一葉日記考（その一）父則義に対する一葉の心情について」の章ですでに引用したが、くりかえし引用すれば、この文章の中で三宅花圃は、「明治十九年十一月九日のことであつた」として、次のような回想を記述している。夏子の入塾の後、三月に足りない時期の出来事である。

「和歌の道に志をもつ当時の顕門の令嬢を網羅した中島歌子先生の門では、その日、小石川区［町］十四番地紅屋と二三軒しかはなれてゐない先生邸で月並みの歌会を催した。」

三宅花圃はこう書き続けて、次の挿話を記している。

「私達は五目寿司の御馳走になつた。

その寿司を運んだのはつひぞ見かけた事のないほつそりとした、小綺麗な十五歳位の髪の毛のうすい娘であつた。すゝめられた五目寿司の盛られた小皿を、ふと見るともなく見ると、こんな文句が書きつけてあつた。

「清風徐吹来」

何の気なく江崎さんと私とがこの文句をよみあげると、前に坐つてゐたその娘はさかしさうに瞳を輝かしながら、何となく気まり悪さうに小さな声で、

「水波不起」と突差の間につゞけたのであつた。これらは有名な赤壁の賦の中の文句である。何しろ当時は国を挙げて欧洲文明に浸酔した時代である。若い娘達は漢学よりも仏蘭西、英吉利の学問を励んだものであつた。それにもかゝはらずこの小娘は何といふ小生意気なことであらう。私達は顔を見合はせて驚いたが、すぐ「これが、面白い娘が入つて来ましたよと中島先生が先日仰言つた新参の内弟子なのだ」とさとつた。

この娘が樋口一葉、その頃の私達の間の呼び名をもつてするならば「なつちやん」なのである。」

「赤壁の賦」は蘇軾（一〇三六〜一一〇一）の知られた詩であり、岩波新書『中国名文選』ではその冒頭を

「壬戌《じんじゆつ》の秋《あき》、七月既望《しちがつきぼう》、蘇子《そし》、客《かく》と舟《ふね》を泛《う》かべて、赤壁《せきへき》の下《もと》に遊《あそ》ぶ。清風徐《せいふうおもむ》ろに来《き》たりて、水波興《すいはおこ》らず。酒《さけ》を挙《あ》げて客に属《すす》め、明月《めいげつ》の詩《し》を誦《しょう》し、窈窕《ようちょう》の章《しょう》を歌《うた》う。」と読み下している。小皿に書かれていた文字は「清風徐吹来」だけであったが、これに夏子は「水波不興」という次の語句を口ずさんだのであった。（なお、三宅花圃の文章では「水波不起」となっているが、原典は「水波不興」である。）それにしても、十二歳で学業を止めながら、かりに冒頭だけとしても、ここまで「赤壁の賦」の漢文を学習し、読み下すことができた才能は驚嘆に価する。その才気にまかせて「さかしさうに瞳を輝かしながら、何となく気まり悪さうに小さな声で」「水波興らず」と続けたという、この挿話から、十五歳の少女の勝ち気な表情が彷彿とする。五目寿司の皿を運びながらも、自分は女中や小間使いではないのだ、という夏子の矜持、自負が迸りでている。それも劣等感の裏返しかもしれない。

前述のとおり、伊東夏子の回想では、平民三人組はこうした手伝いをした、と言っているが、夏子は「内弟子」ないし「塾生」として、こうしたお膳運びのようなことをしていたのであって、伊東夏子らの相弟子たちの「平民組」とは違って、小間使いに近い身分として処遇されていたのではないか。伊東夏子の回想には三宅花圃の一葉を見下したような文章に反発し、夏子にとってもっとも親しかった友人として夏子を擁護する気持がこめられているようにみえる。ただ、一葉、当時の夏子が相弟子とは違って、「塾生」ないし「内弟子」といった身分であり、そのために差別されていたことは間違いない。

3

明治二二年七月一二日、則義は死去する。夏子は十七歳であった。則義の死去後の状況が「(鳥の部)」として記録されている、これによれば、則義の死去後、五日目の一七日には早くも「本日野尻君を以て分光社へ屆書類差出し候《そうろう》事」とある。全集の脚注には、「野尻君」は野尻理作、山梨県の地主の次男で、則義の監督をうけながら東京帝国大学に在学していた、とある。同じ脚注によれば、分光社とは「疾病による生活困窮者の扶助や死亡による損害補償を目的に公債を發行し、債權者の死亡、又は毎月の抽籤によって、利足金や一定の惠與金を支拂っていた。「屆書類」とあるのは債權者の死亡屆」とのことである。無尽と生命保険を兼ねたような制度であったようである。同月二九日「同社より端書到着　明卅日惠与金御渡し方可致ニ付実印幷ニ契約証持參出社可致旨申越ニ付又兄君へはがきを遣ハす」とあり、契約書が紛失していたため、新契約書の交付をうけ、「九十五銀行へ參り惠与金受取候《そうろう》事」と記されている。

則義は死去の前、荷車請負業組合を設立しようとして失敗し、かなりに負債を残した。このため、死去するとすぐに分光社からの恵与金を得る手続を採らなければならない状況であった。一葉の長兄、泉太郎は現在の明治大学、当時の明治法律学校を卒業していたが、すでに明治二〇年の一二月、他界していた。これより前、明治一六年に則義は隠居して、泉太郎が家督相続し、戸主となっていた。また、次兄虎之助は素行不良ということで明治一五年に分籍されていたので、泉太郎の死後は、則義が後見人となって、未成年の一葉が樋口家の戸主となっていた。則義死後は、後見人もなしに、夏子は戸主として一家を扶養する義務を負うこととなった。母たきの生年については確実ではないが、通常、夏子は母たきの三十九歳のときの子といわれるので、則義死去のときには五十六歳であったはずである。則義が死去したとき、夏子は十七歳であった。母たきと二歳年少、十五歳の妹邦子の一家三人の生計を立てる責任を十七歳の夏子はその肩に負うこととなった。

「(鳥の部)」にはそのⅠに則義死去直後出来事が記され、そのⅡに明治二三年一月の出来事が記されている。一七日の記事は以下のとおりである。

「朝來晴天　午前十時頃野尻君歸宅ス　夫ヨリ直チニ支度ヲナシ國君ノ奉公口探シノ爲同行　新橋辺愛宕下及神田区沾乘レどモナシ　二時歸宅ス　右件ニ付母君兄君ノ意見モ在之當分國君見合ヲス」

一家が生活していくのに十五歳の邦子が女中奉公することで口減らしを考えなければならな

かったが、邦子の奉公については、良い奉公先も見つからず、母たきと次兄虎之助の意見もあって、当分見合わせることとなったことは前章で記したとおりである。そこで、則義没後、薩摩焼の陶工として奇山と号し、自立していた次兄虎之助の許に三人が同居したが、たきと虎之助との間で諍いがたえなかった。その時、たまたま夏子は中島歌子に勧誘され、内弟子として萩の舎に住み込むこととなった。塩田良平『樋口一葉研究』によれば、「中島歌子が一葉を必要としたことは、この當時しつかりした內弟子がなく、事務が停滯してゐたから」であったが、「女中の定が暇をとつてから一日二日の間と思つてゐた代りの者がやつて來ず、勝手の手傳までしなければならなくなると、彼女の自尊心が許さなくなつてきたらしい。それに、中島家が派手のわりに緊つてゐることや、師匠が案外打算的で金錢に細かいことや、師匠の私生活のだらしなさ等が、生活を共にしてみるとはつきりわかつて来た。」「月次歌會の散會後、令夫人令孃方の伴待ちの車夫を呼ぶのは內弟子の一葉だつたといふ。かういふことも、士族の娘として屈辱であつたに違ひない」という。結局、明治二三年五月から九月末までの五カ月間、中島歌子の家に住み込んだ後、虎之助と別居したたき、邦子と共に、本郷菊坂町に住むこととなった。歌子が夏子を勧誘したときには、歌子は夏子を女学校の教師に推薦しようと夏子に話しており、歌子の意中には淑徳女学校があったといわれるが、これは実現しなかった。これが中島歌子の勧誘のための甘言にすぎなかったか、どうか、真相は明らかではない。

夏子、母たき、妹邦子は、洗濯、着物の仕立て、洗張りなどでほそぼそと生計を立てていた。これらが一葉の生涯を通して、彼女たち一家の生活の主な手立てであった。

日記「わか艸」明治二四年七月二二日には「午後一時頃師之君のもとより端書來る　縫物の依賴也ければ直ニ行て品物を持來る　夕刻まで縫物をなす」とあり、翌二三日には「午前之内に裕衣一枚縫終りぬ」などとある。こうした着物の仕立てはもちろん萩の舎の中島歌子からだけでなく、依頼されれば誰からでも引き受けていたはずである。同じ日記の八月三日の項に「國子當時蟬表職中一の手利に成たりと風說あり」と記されている。「蟬表」は『日本国語大辞典（第二版）』には「籐（とう）で編んだ駒下駄（こまげた）の表」とあり、用例として樋口一葉『にごりえ』中「狭帯きりりと絞めて蟬表の內職」をあげている。籐という特殊な材料の編みものであり、邦子はその名手という評判をとっていたことを夏子は誇らしげに書きとめていた。

とはいえ、一葉日記は樋口家の家計が大きく則義の知己、友人らからの借金に依存していたことを示している。その貸借も、時には単純ではない。「蓬生日記　一」明治二四年九月二九日には「晴天　母君藤田屋の賴ミに依りて貸すべき金のことといひに行給ふ　家のとて有にはあらねど三枝君より借たる金少しあればそれかさんとてなり」とある。一方の藤田屋には貸すのだが、その貸金も他方、三枝からの借金、といった状態である。

三枝信三郎は真下専之丞の甥であり、真下は夏子の父則義が出京にさいし頼りにし、大いに世話になった同郷の先輩である。三枝から九月七日に三十円借りたことは「雑記　5」「筆すさび一」に次のように記されている。

「九月はじめの七日斗《ばかり》母君淺草なる三枝殿がりおもむき給ふ　よからぬことゞもかさなりてこゝろざすことはならず願はしきことは遠くていとせんなきに家はいやまづしにまづしく妹は日頃なやましうして打ふし居るなど取つゞくるにてこがね少し斗《ばかり》からばやとて成けり」とはじまり、「世に人鬼はあらずとよ　信三君の任俠なるいであなこと〴〵しや　其れ程のことになどわび給ふ　猶の給へ　おのれとりかへ參らせんとて心よく卅金かしてくれぬ」という経緯で借りた金であった。

「蓬生日記　二」に戻ると、一〇月二日には「午後より藤田屋參る　金七円斗《ばかり》來月返金の約束にて貸す」とある。藤田屋は京橋の時計商、藤田吟三郎、九月二八日、「午後藤田より目覺し時計を買ふ　家なる時計のいたく損じにたればなり　價もいと廉なり　品もよしなどわれ人共におもへばこゝなるのをかしこにうりていさゝかのたがひにて買入る」とあるので、故障していた時計を下取りしてもらって、差額で目覚まし時計を買い入れたのであろう。今度はその藤田から借入を頼まれ、三枝から借りていた金を貸したものである。

同じ日記の一〇月一〇日の項には「家に歸りしは七時頃成し　しばし打ためらひて机どももて出る程に郵便來る　今朝兄君に時候伺ながら一書參らせたるまゝそが返事なめりとおもひて封じ

めきるにさま〴〵有てさてこなたいと〳〵春よりの不都合勝にていかんともいたしかたなく負債の裁判などしば〳〵あり　到底せん方なければ財産差おさへといふことに成ぬ　明日は日限ともなればこと〴〵く破産の不幸に立到れり　其頃參りてものがたらひてんと成り　金三円斗《ばかり》あらば何とか成べきことながら夫すら心にまかせずなど書給へり　いといたうおどろかれて何事ぞこはとて母君とも〴〵はかる　こゝに金四円はあり　これかしこへかさばこゝに又難義やおこりなん　いかにせんなどの給へど只なるかは　公權のはく奪といふことは人事に於ていと耻べきことにはさふらはずや　家は又我稽古衣の衣賣しろにすともよし　これもて行て故よし明らめ給て渡しさせ給へ　くらう成にたれど明日といふなれば今宵は過しがたかるべしとて車ものして母君をやる　國子と共に案じくらす程に十一時頃歸宅し給ふ　大方かたの付べき成りと聞に少しむね安くも成ぬ」

この当時、車とは人力車だから、三円を一刻も早く届けるために母親たきは人力車を使ったのである。次兄虎之助と母たきとの不仲のために同居を断念したとはいえ、依然として涙ぐましいほどに家族間は睦まじかったようである。あり合わせの四円の中から三円を次兄のために用立てれば、一円しか残らないが、生計のためには、夏子の稽古の日に萩の舍へ行くときの夏子なりの晴着を売っても良いというわけである。一〇月一三日には「晴　兄君如何なし給ひけん　只案じに案ずれど更にふミもおとづれもなし」とある。夏子一家の心配をよそに兄虎之助は手紙もよこさず、訪ねてもこない。このような虎之助の身勝手も母たきと衝突した理由であったろう。いずれにしても、樋口家は綱渡りのような金繰りの生活を過ごしていた。

この日記の一一月一〇日には「薄ぐもれり　此頃物入つゞきたるに例の困窮一しほ烈しくいたしかたなしといふ」とある。

そうした状況の下で、十九歳の夏子は小説家として身を立てることを決心し、半井桃水に師事することとしていた。その経緯は別に記すが、「(日記断片　その一)」の明治二四年一二月二五日、「今日は半井うし約束の金持參し給ふべき約なれば其事となく心づかひす」とある。桃水の一葉宛明治二四年一二月一九日付け書簡には「先日は乍例何之愛想もなく失礼仕候御約束のものは二十五日の晩こなたより持参可為仕候」とある約束の金員である。夏子が生活に困窮していることを桃水に打ち明けたことは間違いあるまい。そこで、原稿料の前払いのようなかたちで貸すことにしたか、たんに同情して貸すことにしたか、どちらかであろうが、桃水は貸与を承諾していた。原稿料の前払いとしても、夏子の小説が物になるかどうか、分からないのだから、これは出世払いの借金あるいは返すあてのない恩借であり、桃水の好意によるものとしか思われない。その金額は二十円であったといわれている。ところが、塩田良平『樋口一葉研究』によれば、この時、桃水からは金は届かなかったという。塩田はいくつか、その理由をあげている。桃水が「樋口家を始めて訪れたのは翌年三月十八日であつて、それ以前には行つてゐない」ことが一つであり、また、金はどうやら都合がついた、という趣旨の夏子の桃水宛て、年末の挨拶状の下書が樋口家に残っていることである。同著によれば、その文面は以下のとおりである。

「御無沙汰申上候先ごろは御迷惑相ねがひ御心配をかけ候ぎりにて其まゝ打過ぎ御ゆるし願上候其後あの事はどうやらかたをつけ候まゝ御安心下され度候御病気はどの様に御出遊し候哉鳥渡拝姿を得たしとは存じ居候へども例の通りまだうき草の根ざしさだめずいつもおもしろからぬ愚痴斗《ばかり》御聞に入れるでもなしとさしひかえ居申候お前様は例の通御勉強にいらせられ候はんなれど餘り夜更しなどは御毒になり候吹かぜ寂しき此頃の空には誠に御病後の御身おもはれまゐらせ候御大事の上にも御大事に遊し候やう神かけいのり居申候行としのなごりも今幾日とをしまれ候へば此中にも御めにかゝりたき様存じられ候へどそれは欲としていづれ新年はとたのしみ居まゐらせ候何も御無沙汰の御詫やらいつぞやの御禮申上候あら〳〵に御坐候」

さらに塩田は、同年一二月二六日付けで小林好愛宛ての「借用金之証」がやはり樋口家に残っていることをあげている。同書によれば、文面は以下のとおりである。

「一 金貳拾圓也

右之金員無據入用有之拜借申上候段實正也返濟之義を　來廿五年壱十二月卅一日限り御返濟可申上後日之爲借用金證書依而如件

明治廿四年十二月廿六日

本郷菊坂町七十番地
樋口なつ

小林好愛様」

この証書が樋口家に残っているのは、返済したか、一葉死後に小林が返してきたかであろうが、「二十五年十二月卅一日は、樋口家にとつて一番のんきな年の暮だつた。例の「暁月夜」の稿料が入つて、わざわざ稲葉にまで金を恵んだ時のことである」と塩田は書き、返済したものであろうと記している。「稲葉家に恵んだ」ことについては後に記す。私にとって興味ふかいのはこの証書に利息の記載がないことである。借用証書に利息の記載がないのは、利息を天引きしていたからにちがいない。二十円といいながら、実際は十四円ないし十六円を受け取ったものと思われる。

桃水への借金申込みは翌明治二五年三月にもくりかえされる。すなわち、「日記」三月二四日の項に「半井ぬしがり行く　心の中種々なり　昨日森ぬしより文來たりぬ　二月斗《ばかり》前より烟のしろのたしをたのみて六月がほどをうけがはれぬ　さるを俄にさわる事ありとてその斷りをいはれたるなれば母君も妹もいたくなげきまどふ　何とかすべし　心安かれなど口にはいひ居しかどちいさき胸には波たちさわぎていかにせんと斗《ばかり》成しが思ひ出るは半井ぬしのみ也　常義俠の心深くおはしますをいかですがり奉らばやとぞ思ふ　行々哀人なからましかばなど願ひしに思ひやつらぬきけんうしのみ成けり　長うたゝせ參らす　むさし野ハ今日版に上りぬとか　こハ此次のにせん　とに角にあづかり參らせんとの給ふ　いひにくけれど思ひ定めてその事打出しぬ面あつきことよ　半井うし案じ給ふ気色もなくそはうけ給ハりぬ　何とかなすべし　心安かれと疾にの給ふ　この月はおとゝ共の洋服などあらたに調ぜしかば少しふところなんあしき　されど月末まではとゝのふるべしとて白湯のみ給ふやうに引うけ給ふ　かたじけなさにも又涙こぼれぬ　うれしさにも早く母君に聞かせ奉らばやと思へばあわたゞしく暇をこふ　嬉しきこと嬉しげにもあらず恩を恩ともしらぬとや覺すらん　心には思へど口に多くはあらはし難きぞかひなかりける」

「森ぬし」については、遡って、同年二月一六日の「につ記　二」に「母君ハ森昭治君がり金子かりにと趣き給ふ」とあり、一八日には「森君に禮ながら借用金に行かばやとて支度す　母君と共に家を出しは九時成けん　徒歩林町にいたる　森君は留守成し　小君に種々談話　証書したゝめて八圓かりる」とあった。森昭次は則義のかつての上司という。「日記」三月二四日に「昨日森ぬしより文來たりぬ　二月斗《ばかり》前より烟のしろのたしをたのみて六月がほどをうけがはれぬ　さるを俄にさわる事ありとてその斷りをいはれたる」とは、森昭次は一月から毎月の生活費の援助を半年間続けることを約束したが、夏子の作品が出ないので、当分自活の見込みがないとみて婉曲に援助を断ってきた趣旨である、と全集は注している。夏子一家の生活費は当時一カ月七円から八円と見られていた時代である。二月一八日に八円借りているのは一家の一月分の生活費であった。この危機を一葉一家は桃水の好意で切りぬけることができた。「武蔵野」は桃水が刊行を計画し、夏子の作品発表の場としようと考えていた雑誌である。「白湯を飲むよう」とは「味のないさま、そっけないこと、あじけないことのたとえ」、と『日本国語大辞典（第二版）』は説明しているが、ここでは、こだわりなく、ためらいもなく、といった態度で半井桃水が金銭の用立てを引き受けた、という意味で使っているようである。夏子の時代には、そういう言葉の使い方もあったのかもしれない。「烟のしろのたし」とは生活費の不足のことであり、金銭の貸借等について、夏子はこうした間接的な表現を用いるのを好んだ。こうして桃水に援助を頼むことを「面あつきことよ」、厚顔無恥、厚かましいことだ、と夏子は自覚していても「涙こぼれぬ」とあるから、泣いて喜んだには違いないが、「あわたゞしく」辞去し、「うれしげにもあらず恩を恩ともしらぬ」とお思いになるであろう。「心には思へど口に多くはあらはし難き」、心で感謝しても口に出して感謝の言葉を言うことは夏子には不得手であった。このことは彼女の生涯に多くの誤解を生んだ理由ともなった。この借金を夏子が桃水に返済した気配はない。

萩の舎で一葉と桃水との関係が話題になり、一葉は桃水との交際を断つこととなるが、それはまた、別にふれることとし、樋口一葉家の経済状態について、さらに日記の記述をたどることとする。

4

日記「しのぶぐさ」明治二五年八月二八日の項に、夏子を半井桃水に紹介した野々宮菊子が訪ねてきて談話、「談佳境に入りて中々に盡ず　右京山に月のぼるまではなし暮」らしたところ、野々宮の洋傘と樋口家の洋傘もあわせて三本いつの間にか奪われていたのに気づいた。「有たればこそうしなひたるなれ　なくなりたれば又うる事あらんとて笑ふ」とあるが、笑ってすましていたのは夏子だけであった。次の記述に続く。

「我家貧困只せまりに迫りたる頃とて母君いたく歎き給ふ　此月の卅日かぎり山崎君に金十円返却すべき筈なるを我が著作いまだ成らず一銭を得るの目あてあらず　人に信をかくこと口惜しとて也　種々談合　おのれ國子ある限りの衣類質入して一時の急をまぬがればやといふ　母君の愁傷これのみとわびし」

山崎は山崎正助、則義が東京市に勤務した当時の下役、八月二日に夏子の名で十円借りていた。一葉記念館には三〇日限り返済する旨の借用証が保存されている。

同じ日記、八月三〇日、「晴天　母君しきりに質入れのこと可ならずとして安達に一度金策たのまんと早朝趣き給ふ　我つとめて止めたれど甲斐なし　同家不承だくのよしにて午前に歸宅思ひしこと也とて一同笑ふ」とある。「一同笑ふ」というほどに一家は窮乏にたじろいでいない。この時点では、樋口家はまだ知己、友人からの借入れに頼って、衣類などを質入れすることを恥じていた。

これに関連していえば、前田愛はその『樋口一葉の世界』（平凡社選書）の「一葉日記覚え書」の項で「一葉一家は、則義の没後、定収入のない不安定な実生活を余儀なくされたにもかかわらず、意識の上では中流階級の体面を捨てきれずにいた」といい、「質屋通いに踏み切れなかった母親のたきは、夫の則義と力をあわせて営々と築きあげた中流生活の記憶にからめとられている」と書いているが、則義在世中も樋口家は「中流階級」ではなかった。実際は、則義は警視庁等の最下級の官吏であり、副業の金融等の収入があったので貧乏ではなかったし、久しく持家で生活していたから下層階級とはいえないにしても、晩年は借家住まいであり、則義生前も中流階級とはいえない。まして彼の死後には、すぐに邦子の女中奉公先を探す、といった状態だから、下流階級の上といえても、樋口家が中流階級であったとはいえない。ただ、則義、たきは同心株を買ったことで士族の末端に属したので、士農工商という秩序の最上位に昇ったのだから、たきは自身を下層階級とは思っていなかったであろう。質屋通いを経験するほど貧乏ではなかったことからもたきが中流意識をもっていたことはありえる。

さて、ここで渋谷三郎にふれなければならない。渋谷については「『にごりえ』考」でふれたが、くりかえすこととする。渋谷は夏子よりも五歳年長、父則義の生前は親しくし、結婚を確約してはいなかったが、則義は婚約がととのっているものと半ば考えていたほどに親しい関係にあったが、則義の死去によって渋谷との交際は途絶えていた。彼は早稲田専門学校を卒業後、検事となり、明治二五年八月二二日に樋口家を訪問した。以下が、日記「しのぶぐさ」の同日の記述である。

「夜に入りてより突然澁谷君來訪暑中休暇にて歸郷したるなりとか種々ものがたりす　我小説ものする事三枝君より傳へ聞たりとて其よしあしなどいふ　猶つとめ給へ　潔白正直は人間の至寶也　是をだに守らば何時かは好時逢はずやある　我其かミの考へには君の家かくまでにとは思はず　富有と斗《ばかり》思ひしかば無理をいひたる事も有し　今はた思へばいと気のどくに心ぐるしさたえ難し　もし相談したしと思ふことあらば遠慮なくいひ給へ　小説出版などの爲に費用あらば我たてかへ申べし　又春のやなり高田なりに紹介頼ミたしとならば我明日にも其勞ハ取らんなどかたる　半井ぬしのことかく〳〵と我もいへば夫は勉めてさけ給へ　いづれ恩も有べし義理も有らんが夫につながるゝ末いとあやふし　正當の結婚なさんとならば止むる処なけれど浮評といふものはあしき事也　潔白の身にもしミつかば又取かへしなかるべくや　兎角君は戸主の身振かたも六ッかしからんが國殿ハ他へ嫁し給ふ身あたら妙齢を空しう思し給ふな」

「春のや」は坪内逍遙、「高田」は高田早苗である。渋谷が引き上げて後の感想を、夏子は、この日の日記に次のとおり記している。

「身形などはよくもあらねど金時計も出來たり　髭もはやしぬ　去年判事補に任官して一年半とたゝぬほどに檢事に昇しんして月俸五十圓なりといふ　我十四の時この人十九成けん　松永のもとにてはじめて逢ひし時ハ何のすぐれたる景色もなく學などもいと淺かりけん　思へば世は有爲轉變也けり　其時の我と今の我と進歩の姿処かはむしろ退歩といふ方ならんを此人のかく成りのぼりたるなんことに淺からぬ感情有けり」

翌二三日の日記は

「なゝ風のありもあらずも何かせん
一葉のふねのうきよ也けり」

という和歌で結ばれている。この当時から「一葉」は舟を明示するようになったといわれる。全集の補注によれば、世間がどのように評価しようとも、孤独を圧して自分の存在に信頼しようとする人生観である、という。また、伊東夏子に宛てて、舟は葦の一葉に乗って揚子江を渡った達磨大師から着想した、と語っている。達磨大師には「おあし」がないからだ、と説明したという。「おあし」とはお金のことだから、面壁九年、足が萎えて歩けなくなった達磨大師は足がないといわれていたので、自嘲的に身の上を達磨大師に喩えたものであろう。「一葉のふねのうきよ也けり」は、たしかに孤独を圧して自分の存在に信頼しようとする人生観にはちがいない。大海に漂う葦の一葉のように、いかなる苦難に遭遇しても、他人に頼ることなく、憂き世を漂いながらも耐えて生きていこう、という決意と解してもよいと思われる。渋谷三郎との再会が契機となって、夏子は自分の境涯をこのように思い定めたのであろう。

日記「しのぶぐさ」、九月一日、「母君は鍛冶町に金子かりんとて趣き給ふ」「午後母君歸宅鍛冶町より金十五圓かり來たる　午後直に山崎君に金十圓返金に趣き給ふ　同氏澁谷三郎君を我家の聟に周せんせばや　もしは嫁に行給ひてはいかゞなどしきりにいひしを母君断りて來給ひし由　世はさまぐ〱也とて一同笑ふ」とある。鍛冶町は石川銀次郎、遠州屋という屋号で鍛冶町で蒲鉾屋を営んでいた。「遠銀」という名でも日記中にしばしば言及されている。樋口家が借金などで金員を調達する必要を生じたさい、いつもこの石川銀次郎の名がまずあがったようである。途中を省いて、以下に夏子の心境を語る記述を引用する。

「此度びの上京いかに心を動かしけん　更に昔しの契りにかへりて此事まとめんとするけしき彼方にミえたり　我家やう〱運かたぶきて其昔のかげも止めず　借財山の如くにしてしかも得る処ハ我れ筆先の少しを持て引まどの烟立てんとする境涯　人にはあなづられ世にかろしめられ恥辱困難一ッに非ず　さるを今かの人は雲なき空にのぼる旭日の如く実家ハ聞ゆる富豪のいよ〱盛大に成らんとするけしき　実姉ハ何某生糸商の妻に成て此家又又三百円の利潤ある頃とい

へり　身ハ新がたの検事として正八位に敍せられ月俸五十圓の榮職にあるあり　今この人に我依らんか母君をはじめ妹も兄も亡き親の名まで辱かしめず家も美事に成立つべきながらそは一時の榮もとより富貴を願ふ身ならず　位階何事かあらん　母君に寧処を得せしめ妹に㒵配を与へて我れハやしなふ人なければ路頭にも伏さん　三衣一鉢の食にはつかん　今にして此人に靡きしたがはん事なさじとぞ思ふ　そは此人の憎くきならず　はた我れ我まんの意地にも非らず　世の中あだなる富貴榮誉うれはしく捨てゝ小町の末我やりて見たく此心またいつ替るべきにや知らねど今日の心ハかくぞある　又おのづから見比べる時ありやとてかくは記しつ」

夏子の筆致には高揚し、昂奮した気分が窺われる。それにしても、いかに困窮しても、一時の栄誉、富貴のために身を売らない、母が安らかに暮らす場所があり、邦子が良い配偶者を得て、扶養すべき家族が無く、わが身一人であれば、路頭に迷い托鉢して一椀を得ても良い、これは渋谷が憎いためでもない、我慢の意地でもない、小野小町の末路を辿りたい、これは何時変わるか分からないが今の心はこうなのだ、と夏子はその覚悟を披瀝している。この文章は謡曲「卒都婆小町」をふまえている、と全集の脚注が記しているとおり、この文章は「卒都婆小町」を思い起こしながら書いたものであろう。夏子の貧困に立ち向かう姿勢はまことにいじらしく、けなげである。こうして夏子は困窮によって自らを鍛えたといってよい。私は一葉日記を読む興趣の一つはこのような記述から受ける感動にあると考えている。

同じ九月一日、兄虎之助に宛て、「扨《さて》〱御申越《おんまをしこし》の羽織《はおり》、先月少々《せんげつせう〱》不都合《ふつがふ》にて、只今《たゞいま》は手元《てもと》に無《これ》之《なく》、取出《とりいだ》し候《(そうろう)》も何分手重《なにぶんておも》にて、御間《おんま》に合《あ》ひがたく、御不自由《ごふじいう》嘸々《さぞ〱》と存《ぞんじ》候《(そうら)》へども、右《みぎ》の場合何《ばあひなに》とぞ御《み》ゆるし願上《ねがひあげ》げ候《(そうろう)》」と手紙に書いている。虎之助から預かった羽織を質入れして請け出せないことを謝っているのである。

「につ記」明治二五年一〇月下旬、はじめて、夏子の小説「うもれ木」が『都の花』に掲載され、また、「経つくえ」により原稿料を受け取る。この一連の記述が感動的である。

「十九日　好天気なり　西村君來訪　母君小林君及菊池君を訪ふ　都之花に載すべき筈にて金港堂に廻し置たる小説もはや一ト月斗《(ばかり)》にも成れるをいまだ其價は我が手に入らず　さりとて催促すべき処もなければ日々首をのばして便を待ばかり　母君よりは手元の苦るしさをしば〱訴へ給ふ　それも道理也　此月中に是非入金の道なくはと頭を悩ます　甲陽新報へも六回斗《(ばかり)》の物差出し置し夫さへ何の便りもなく日々に送り越す新聞さへ此兩三日如何しけん発送もなし彼れ是れと煩ハしくて夜に入れどねむり難く書見に二時すぐるまで更したり」

母たきはしばしば家計の苦しさを訴えて、夏子を責める。しかし、夏子は、それも道理、と受けとめている。

このとき、田辺（三宅）花圃の斡旋で金港堂刊の『都の花』に掲載するため渡していた原稿は「うもれ木」であり、『甲陽新報』に送っていた原稿は「経つくえ」であった。「経つくえ」がまず『甲陽新報』に掲載され、掲載紙が二〇日に届く。このときの心境の記述は後にみることとし、二一日の記事に「啚書舘に行く　此留守に金港堂編輯人藤本藤陰來る　うもれ木原稿料十一円七十五戔送る　猶たのみ度ことあるよし言置たりと聞くにさらば明日早朝に同人方を訪ゝんとおもふ」とある。

この十一円七十五銭が夏子、すなわち一葉がはじめて得た原稿料であった。原稿料を得た機会に、以下では夏子と書き、時に応じて一葉と書くこととする。「なお、頼みたいことがある」と聞き、それなら、明日早朝藤本藤陰を訪ねよう、と一葉は飛び立つ思いで焦っている。この十一円七十五銭の行方につき、二三日の項に次の記述がある。

「母君三枝へ參り給ふ　都の花より受とりたる金のうち六圓を同君に返へさんとて也　同君もいたく喜こばれたるよし」

樋口家に原稿料はとどまっていない。生計が苦しくても、返すべき借金に充てるべき額は充てなければならなかった。三枝から借りたのは三十円だから、その内、六円だけを返済したのだが、三枝が「いたく喜ばれた」というのは、返済をまったく当てにしていなかったので、意外だったからではないか。ただし、樋口家が三枝に残金を返済した気配はない。

明治二五年一二月二四日から日記は「よもぎふにつ記」と題される。「一葉日記考（その一）父則義に対する一葉の心情について」にすでに引用したが、その冒頭に一葉はこう記している。

「かけじとおもへど実に貧は諸道の妨成けりな　すでに今年も師走の廿四日に成ぬ　こんとしのまうけ身のほど〳〵にはいそがるゝを此月の始三枝君よりかりたるかねの今ははや殘り少なにて奥田の利金を拂はゞ誠に手拂ひに成ぬべし　餅は何としてつくべき　家賃は何とせん　歳暮の進物は何とせん　曉月夜の原稿料もいまだ手に入らず外に一錢入金の當もなきを今日は稽古納めとて小石河に福引の催しいと心ぐるし」

借金の返済、家賃の支払いは当然として、これだけ窮迫してもなお、正月の餅を用意するばかりか、歳暮の進物まで心配しなければならないのが、樋口家のならいであった。

やはり「一葉日記考（その一）　父則義に対する一葉の心情について」にすでに記したが、一二月二七日は長兄泉太郎の祥月命日であった。茶飯を炊いて客にふるまう。一葉の姉ふじ、その他の客の一人「奥田の老人」は則義が遺した負債の債権者であった。「金港堂の音づれいまだに非らず　さりとも明日は廿八日也　餅つかせずはとて二円斗《ばかり》あつらへぬ　是れは奥田に拂ふべき利金をしばし餅のかたに廻すべき心ぐみ成しなれども今宵この老人の來しに待てよと言はんも苦るしとて手もとにあるほどを集めて二円やる　さらばまだ二円五十戔斗《ばかり》渡すべきながら夫れは利金ならずして元金の方なればしばしの猶豫を頼ミて斯くはせし也　扨も明日岡埜より持こミし時何といはん　榛原へあつらへ置し醤油も酒も明日は來ん　其拂らひは何とせんとミ合す顔に吐息呑込むもつらし　奥田の老人いざとて歸らんとする時郵便とて屆きしは何　あわたゞしく見れば藤蔭隠士より暁月夜の原稿料明廿八日本兩替町の編輯処にて御渡し申さん　午前の内に參らせ給へと也　自然は斯くも圓滑なるものか」ということで、ひとまず愁眉をひらくこととなる。翌日、夏子は「暁月夜」の原稿料十一円四十銭を受け取ることができた。これで岡埜への餅代も榛原への醤油代、酒代も払う目当てがついたわけだが、一葉はこの原稿料は十円のつもりであった。そこで、母たきが上京後、乳母として奉公していた、かつては二千五百石の旗本、稲葉家を訪ねる。その当主、稲葉寛は人力車の車夫をしていた。その母稲葉鉱が夏子の姉ふじとは乳姉妹にあたる。この時の訪問の模様を夏子は次のとおり記している。

「理を押せば五本の指の血筋ならねどさりとておなじ乳房にすがりし身の言ハゞ姉ともいふべきをいでや喜びは諸共にとて柳町の裏やに貧苦の体を見舞ひて金子少し歳暮にやる　昔しは三千石の姫と呼ばれて白き肌に綾羅を断たざりし人の髪は唯かれの丶薄の様にていつ取あげけん油気もあらず　袖無しの羽織見すぼらしげに着て流石に我れを耻ぢればにや　うつむき勝に、さても見苦るしき住居にて茶を參らせんも中々に無禮なればとて打侘るぞことに涙の種也　疊は六畳斗《ばかり》にて切れもきれたり唯わらごみの様なるに障子ハ一処として紙の續きたる処もなく見し昔しの形見と殘るものは兎の毛におく露ほどもなし　夜具蒲團もなかるべし　手道具もなかるべし　淺ましき形の火桶に土瓶かけて小鍋だての面かげ何処にかある　あるじは是れより仕事に出る処とて筒袖の法被肌寒げにあんかを抱きて夜食の膳に向ひ居るもはかなし」

十円と予想した原稿料が十一円四十銭、一円四十銭多かったからといって、稲葉家に一円かそこらの歳暮を渡す、一葉の侠気、そして、かつては大身の旗本であった稲葉家の落魄した情景。この情景が『にごりえ』の源七の住居の描写に生かされていると言われているが、それはともかくとして、かつての稲葉家とひきくらべた描写にはしみじみとした情趣がある。こうして、ともかく窮状をしのいだ夏子一家は明治二六年の新年を迎えることとなる。

「よもぎふにつ記」一月二三日の項、「晴天　母君小林君に金かりに行給ふ」とある。前年一二月三一日期限で二十円を小林からは借りているのだから、これを返済していなければ、小林に借りに行くことはできないはずである。だが、前年の年末の事情は上記したとおりだから、年末に返済したとは思われない。期限前に返済していたとしても、日記にはその旨の記述はないし、二十円の収入があった記述もない。借金を返済しないままにさらに借金を乞うのはかなりに厚顔だが、小林が断ったとの記述もないので、若干は借りられたのかもしれない。このあたりの事情は謎というほかない。

二月六日の項の末尾、「家ゝ貧苦せまりにせまりて口に魚肉をくらはず身に新衣をつけず　老たる母あり妹あり　一日一夜やすらかなる暇なけれどこゝろのほかに文をうることのなげかはしさ」とあり、口に魚肉をくらはず、とは、魚はもちろん、牛肉、豚肉も口にしていなかったということである。味噌汁に野菜の漬け物だけがお菜だったのであろう。「うもれ木」「経つくえ」

「暁月夜」の原稿料により当座をしのいでも、思うように筆も運べず、原稿料収入もままならず、一葉は小説家としてはたして一家を養うことができるか、動揺せざるをえない。

「よもぎふ日記」三月一五日、「昨日より家のうちに金といふもの一錢もなし　母君これを苦るしミて姉君のもとより二十錢かり來る」とある。夏子一家の生活費は一カ月七、八円ほどであったといわれる。家賃が二円、奥田に返済のため二円五十銭。元金が支払えないときは利息だけで猶予を乞うていた。二十銭がどれだけ彼らの生計の助けになるか、知れているけれども、それでも二十銭で当座を越したのであろう。ちなみに週刊朝日編『値段の明治大正昭和風俗史』（朝日新聞社）によれば、明治二五年、白米十キログラムが六十七銭、明治二六年、醤油一・八リットル（一升）が九銭、と記されている。

「よもぎふにつ記」三月三〇日、「晴天　早朝國子と少し物がたりす　我家貧困日ましにせまりて今は何方より金かり出すべき道もなし　母君は只せまりにせまりて我が著作の速かならんことをの給ひいでやいかに力を盡すとも世に買人なき時はいかゞハせん　こゝよりもかしこよりも只もとめにもとむるを兎角引しろひて世に出さぬこそあやしけれ　誰もはじめより名文名作のあるべきならねばよしいさゝか心に入らぬふし有ともそはしのばねばならずかし　たとへ十年の後に高名の道ありともそれまでの衣食なくてやは過す　かゝる侘しき目見んよりはよし十圓取りの小官吏にまれかた襷はなさぬ小商人にまれ身のよすが定まれば憂き事ハしらじをなどの給ひなすこ

といと多し　不孝の子にならじとは日夜におもへど猶かゝるかたの御心にも入らずしてかくわづらはしげにの給ふこと常の様也」

おそらく母たきの愚痴は絶えなかったであろう。この類の母の愚痴、夏子に対する罵り、責め、咎める言葉は日記中くりかえし記されている。しかし、一葉は不孝の子にはなるまいと努め、決して母が無理難題を言っているとは書かない。

余談だが、鈴木淳は『樋口一葉日記を読む』の中で、「もとより、狭い家庭で共に寝起きする家族に、朝晩、日記を認めていることなどとても隠し果せるものではない。そう言えば、「日記」の中に、母滝子や妹邦子に対する不満がましいことはまず出てこない」という。この類の母の愚痴、夏子に対する罵り、責め、咎めを鈴木は「不満」と解しなかったのであろうか。すでに引用した「しのぶぐさ」明治二五年八月二八日の「我家貧困只せまりに迫りたる頃とて母君いといたく歎き給ふ」以下の記述、「よもぎふにつ記」三月三〇日、「晴天　早朝國子と少し物がたりす我家貧困日ましにせまりて今は何方より金かり出すべき道もなし　母君は只せまりにせまりて我が著作の速かならんことをの給ひ」以下の記述などを鈴木は見落としているのではないか。鈴木の記述は粗雑といわざるをえない。

ところで、「よもぎふにつ記」に戻ると、明治二六年、四月三日、「この夜伊せ屋がもとにはしる」とある。伊勢屋は本郷菊坂の質屋である。この日から質屋通いがはじまる。原稿料収入はたちまち生計や借金の支払いに消え、それまで父則義の親戚、知人からの借金で生計の不足をおぎなっていたが、かつては質屋に質入れして必要な金を調達することを嫌っていた母たきも、この頃からは質屋通いに苦情を言うことができなくなったようである。これ以後、生計が不足するとつねに質屋が頼りの生活となった。

同年四月七日から「蓬生日記」と題が変わる。四月一九日、「晴天なり　關根只誠翁昨十八日死去せられたるよし新聞に見えたり　是非とぶらはまほしきを香花の料いかにして備ふべき　家ハ只貧せまりにせまりて米のしろだに得やすからぬを邦子ハ我がこのまゝ衣をだに持ゆかば夫ほどのこと成り難きにも非らじ　いかで〳〵とうながす　姉様ハ物に決断のうとくしてぐず〳〵とせさせ給ふこそくちをしけれ　何方ともさだめ給へとしきりにせむ　母君ハいふまでもなし　我もしかおもふをきたる衣とても大方ハうり盡しぬる今日この上にうしなはんハいと心ぐるし　とてもらはましきはさる事ながら明日の米にもことかくなるを人の上にかゝづらふべき身にもあらず　必竟は夏子の意氣地なくして金を得る道なければぞかし　かく有らばはてもしれぬなどいとこと多くのゝしり給ふ　邦子は我が優柔をとがめてしきりにせむ」

米を買う金に窮しても、なお世の義理を果たせ、と言われ、それができないのは意気地がないからだと罵られれば、通常の人ならば、どうぞご勝手に、と言いたいところだが、夏子は耐え、こらえている。この記述の後、

我こそゝだるま大師に成にけれとぶらはんにもあしなしにして

との戯歌を書きつけ、結局「やがて國子とものがたりて西村に金かりにゆく　母君よりのいひつけといひもてゆく　壹円かりて來たりぬ」ということになるのだが、いったい米代はどう工面したのであろうか。

「蓬生日記」の同じ五月二日の記事に「此月も伊せ屋がもとにはしらねば事たらず小袖四つ羽織二つ一風呂敷につゝミて母君と我と持ゆかんとす」、三日の記事に「今日母君いせ屋がもとに又參り給ふ」とある。四日の記事に「夕かけて西村君がもとに金かへしに行く」とあるのは、伊勢屋への質入れによって得た金で、四月一九日に借りた一円を返却したのであろう。ただ、「につ記」五月二一日には「西村君來る　きのふ母君金かりに參られしに折ふし來客中にてもの言ゝず歸られしかばいぶかりて來たりしなり　壹円かりる」とある。一円がじつに頻繁に行ったり来たりしている。

同じ「につ記」五月二九日、次の記述がある。

「曇天、窮甚し　金子かりに伊東夏子君を訪ふ　こゝろよく八円かされたり　午後まで物がたる　宗教のこと哲理のこと中々につき難し　言ふ事々に反對ながら諸共に心胸かくす処なきぞ樂しき」

ここではじめて則義関係の親戚、知人以外の萩の舎の友人からの借金がはじまる。伊東夏子はそれだけ一葉にとって特別の存在であった。伊東夏子はキリスト教の信仰が篤く、無宗教であった夏子とは信仰の点で反対であったが、心置きなく話し合える間柄であった。八円は一家の一カ月の生活費である。伊東夏子から借りた後も、一葉はなお金策に苦労している。六月に入って、二一日の「日記」に「著作まだならずし而此月も一錢入金のめあてなし」とあり、二七日に「金策におもむく」とあり、二九日にも「我れ〳〵直に一昨日たのミたる金の成否いかゞを聞きにゆく出來がたし」とあって、次の記述を見ることとなる。

「此夜一同熱議実業につかん事に決す　かねてよりおもはざりし事にもあらず　いはゞ思ふ処なれども母君などのたゞ歎きになげきて汝が志よわく立てたる心なきからかく成行ぬる事とせめ給ふ　家財をうりたりとて実業につきたりとてこれに依りて我が心のうつろひぬるものならねど老たる人などはたゞもの丶表のミを見てやがてよしあしを定め給ふめり　世渡りのむづかしき〳〵」

と記して商売をして生計を立てる決心をするにいたった。

5

明治二六年七月の「につ記」は次の文章にはじまる。

「人つねの產なければ常のこゝろなし　手をふところにして月花にあくがれぬとも塩酢なくして天壽を終らるべきものならず　かつや文學ハ糊口の爲になすべき物ならず　おもひの馳するまゝこゝろの趣くまゝにこそ筆は取らめ　いでや是れより糊口的文學の道をかへてうきよを十露盤の玉の汗に商ひといふ事はじめばや」

恒産なければ恒心なし、はもともとは『孟子』に由来するが、夏子が親しんでいた『徒然草』第一四二段に「人、恒《つね》の産《さん》なき時は、恒の心なし」とあるから、夏子は『徒然草』から採ったのであろう。いずれにしても、恒産を得ることはたやすいことではない。恒産を得るために一葉一家が実業という商業を始めるについても営業資金が必要であった。だが、「糊口的文學の道をかへてうきよを十露盤の玉の汗に商ひといふ事はじめばや」といって、小説の創作によって原稿料を得て、これによって生計を立てることを断念しただけのことであり、小説を創作することも、これによって原稿料を得ることも断念したわけではないが、このことについては別に記すこととする。ひとまず、商売に専心しようというほどの覚悟であった。

六月三〇日の「日記」に「母君かぢ町に金とりに行く」とあり、続いて「につ記」七月一日には「母君かぢ町より金十五円受とりきたる」とある。すでに述べたとおり、鍛冶町とは神田鍛冶町で遠州屋という商号で蒲鉾屋を営んでいた石川銀次郎であり、夏子は彼を「遠銀」と呼んでいる。この記述からみて、遠銀には父則義が貸した金があり、それを母が商売を始める資金調達のために取り立てにいったものであろう。

さらに同日の「につ記」の記述には「芦澤かまくらより歸京なしたりとて來たりしかば商業はじむべきものがたりして山梨より金五拾圓かりくるゝ様頼む」と続く。芦沢は母たきの甥にあたる。

四日「母君小林君に金子の相談に參り給う　あきなひを始めんといふにいさゝか也とももとでなくてハ叶ハず　せめてハ五拾兩ほどかり來んとてなり　されどももとよりの借もあり只にてハとて家に藏したる書画類十幅斗《ばかり》をあづけんとす　父君ハ愛し給ひしものながらこれをうらんとなさば二十金の値打もあらじ　何か外に添ゆるものあらばなど母君も妹もいふ　何かこれがあたいにとて乞ふには非らず　我れに信用あらば白紙一枚百金にもあがなはるべし　なくハ一毛も六づかしかるべし」

商売という実業につくにも資金が必要ということに思いいたってせめて五十円の資金の調達をはかるのだが、従前からの借金もあり、資金調達は期待するようにははかどらない。小林は小林好愛である。樋口家に小林からの明治二四年末に一年後の返済を約束した二十円の借用証書をすでにみてきた。塩田良平が、この借金は返済したか、一葉没後に小林が樋口家に返したか、のいずれかだが、明治二五年末は余裕があったので、返済したのであろう、と推定していることは前に記したとおりである。また、「よもぎふにつ記」明治二六年一月二三日の項に「晴天　母君小林君に金かりに行給ふ」とあり、小林から借りることができたかどうか、日記に記述はない、と記した。いずれにしても、「されどももとよりの借もあり」という文言からみれば、明治二四年末の借金を返済していたとしても明治二五年一月二三日に申し入れた借金を借りて返さなかったか、あるいは、明治二四年末の期限の借金も返済せず、翌年一月二三日には借りられなかったのか、いずれかであろう。翌七月五日には「小林君より返書來る　金子調達なりがたし」とある。

七日には「母君田部井のもとに衣類賣却の事たのミに參り給ふ　とても書画などうりたりとてまとまりたる金子の得らるべきにもあらず　持つ人の手に有てこそ尊とびもせめ好まざらむ人には反古にもひとしかるべきをいでやこれも父君のめで給ひしもの也　冥々のさかいにおはしましてもをしませ給ふにや　買人なきこそよけれ　今ハうらじ　さりとて金子の才覺はせざるべからず」とあり、九日には「十五圓ならば買手ありといふ　二重どん子の丸帯一すぢ緋はかたの片かはと繻珍繻子の片かはちりめんの袷衣二ッ糸織一つ也　夫にてもよしとて約束なる　此夕べ西村君來る　事情ものがたりて道具を買ひくれ度よしたのむ爲まねきつる也」、一〇日「田部井より金子うけとる　此夜さらに伊せ屋がもとにはしりてあづけ置たるを出しふたゝび賣に出さんとするなどいとあはたゞし」、一二日「母君田部井のもとに行く」、一三日「晴れ　母君田部井にゆく」、一四日「晴れ　母君田部井に今日もゆく　うりもの少し値段よく成たり」といった記述が続く。田部井は古着などの仲買を業としていた。せめて五十円の資金と考えていたのだが、この資金が調達できたかどうか疑わしい。この間、一二日、「十八といふとし父におくれけるよりなぎさの小舟波にたゞよひ初て覺束なきよをうき渡ること四とせあまりに成ぬ」と書きおこして、悲痛な感想を書きとどめている。途中だけ引用する。

「いでよしや大方の世ハとて笑ふて答へざるものからたれハおきて日夕あひかしづく母のあな侘し　今五年さきにうせなば父君おはしますほどにうせなばかゝる憂きよも見ざらましを我一人殘りとゞまりたるこそかへすぐ〵口をしけれ　子ハ我が詞を用ひず世の人ハたゞ我れぞを笑ひ指すめる　邦も夏もおだやかにすなほに我がやらむといふ処虎之助がやらむといふ処にだにしたがはゞ何条ことかはあらむ　いかに心をつくしたりとて身を盡したりとて甲斐なき女子の何事をかなし得らるべき　あないやく〵かゝる世を見るも否也とて朝夕にぞの給ふめる　母ハ子のこゝろを知り給ハず　子も又母のこゝろをはかり難ければなめり」

このような愚痴に耐える夏子の孝養には、私などはただ驚嘆するばかりである。

明治二六年七月一五日から日記は「塵之中」と名付けられ、竜泉寺町の生活が記述されることとなる。「塵之中」は「十五日より家さがしに出づ」とはじまり、神田和泉町、下谷二長町、鳥越、蔵前、駒込、巣鴨、小石川などを邦子と二人で歩き、結局、一七日「晴れ　家を下谷邊に尋ぬ　國子のしきりにつかれて行ことをいなめば母君と二人にて也　坂本通りにも二軒　斗《ばかり》　見たれど気に入けるもなし　行々て龍泉寺丁と呼ぶ処に間口二間奥行六間　斗《ばかり》　なる家あり　左隣りハ酒屋なりければ亓処《そこ》に行きて諸事を聞く　雑作ハなけれど店ハ六畳にて五畳と三畳の座敷あり　向きも南と北にして都合わるからず見ゆ　三圓の敷金にて月壹円五十戔といふにいさゝかなれども庭もあり　其家のにはあらねどうらに木立どものいと多かるもよし　さらバ國子にかたりて三人ともによしとならバこゝに定めんとて其酒屋にたのミてかへる　邦子も違存なしといふより夕かけて又ゆく　少し行ちがひありて余人の手に落ちん景色なればさま〴〵に盡力す」とある。

「塵之中」明治二六年七月一九日、「道具を西村に持参　これをうりてあきなひのもと手になさんとて也」「家の片づけハ久保木手傳ひて大方出來たり　今宵ハ何かむねさわぎて睡りがたしさるハ新生涯をむかへて旧生涯をすてんことのよこたわりて也」

　こうして、竜泉寺町で荒物、駄菓子の店を開くこととなった。

「此家ハ下谷よりよし原かよひの只一筋道にて夕がたよりとゞろく車の音飛ちがふ燈火の光りたとへんに詞なし　行く車ハ午前一時までも絶えず　かへる車ハ三時よりひゞきはじめぬ　もの深き本郷の靜かなる宿より移りてこゝにはじめて寐ぬる夜の心地まだ生れ出でゝ覺えなかりき家ハ長屋だてなれバ壁一重にハ人力ひくおとこども住むめり　商ひをはじめての後ハいかならむ

其ものどももお客なれバ氣げんにさからはじとつとむるにこそ　くるわ近く人氣あしき処と人々語りきかせたるが男気なき家のいかにあなづられてくやしき事ども多からむ　何事もわれ一人ハよし　母ハ老ひたり　邦子ハいまだ世間をしらず　そがおもひわづらふ景色を見るも哀也　さてあきなひハいかにして始むべきなど千々にこゝろのくだけぬ　蚊のいと多き処にて藪蚊といふ大きなるが夕暮よりうなり出る　おそろしきまで也　この蚊なくならんほどハ綿入きる時ぞとさる人のいひしが冬までかくてあらんこと侘し

井戸ハよき水なれども深し　何事もなれなばかく心ぼそくのミあるべきならず　知る人も出來あきなひに得意もふゆべし　そは憂しとても程なき事也　唯かく落はふれ行ての末にうかぶ瀬なくして朽も終らばつひのよに斯の君に面を合はする時もなく忘られて忘られはてゝ我が戀は行雲のうはの空に消ゆべし　昨日まですみける家ハかの人のあしをとゞめたる事もありまれにはまれ〳〵には何事ぞの序に家居のさまなりとも思ひ出でゝ我といふもののありけりとだにしのばれなば生けるよの甲斐ならましを行ゑもしれずかげを消してかくあやしき塵の中にまじハりぬる後よし何事のよすがありておもひ出られぬとも夫ハ哀れふびんなどの情にハあらで終に此よを清く送り難くににごりににごりぬる淺ましの身とおもひ落され更にかへりミらるべきにあらず　かくおもひにおもへばむねつとふさがりていとゞねぶりがたく曉の鳥はやう聞えぬ」

竜泉寺町の第一夜の心境、「塵之中」に生きる決意を書きとめた記述である。一戸建てでない、隣とは壁一重をへだてるばかりの長屋住まい、自分一人ならば覚悟はできていても、老いた母、世間知らずの妹らが思いわずらう気配を見るのが哀れだ、という。藪蚊は恐ろしいほど、井戸水は水質は良いが、深井戸の釣瓶は汲むのに重い。「何事もわれ一人ハよし」と言いながらも、一葉は落魄の思いに沈み、彼女の憂愁は桃水への恋の行方を思いやる。「斯の君」は半井桃水。このような「塵之中」に沈んで、浮かぶ瀬もなく朽ち果てたならば桃水からも顧みられることもあるまいと思えば、眠れないままに夜明けを迎えたという。桃水との関係については、あらためてふれるけれども、「実業」についたことで、あらためて、わが身の「落魄」をつよく意識することとなる。

「塵之中」七月二三日、「門跡前に中村屋忠七とよべるが伊せりの昔し馴染なるよしにて此処へ周旋す　五圓斗《ばかり》の品とゝのへてくれよといふ　手つけとして一円渡す　明日荷ハもち込むべき約束　伊せ利ハ明後朝かざりつけに來たらむといふ　諸事し終へてかへる　此五圓の金も今ハ手もとになし　かねて伊三郎の夫ほどハかならず調へんといひけるをあてになしけるなれバ母君直に三間丁に趣く　おもふまゝならぬこそ浮よ成けりな」とある。伊勢利は父則義の時代からの古い知り合いであった。中村屋忠七は浅草東本願寺別院前の荒物問屋。伊三郎は母方の甥広瀬伊三郎。伊三郎の調達をあてにしていたところ、伊三郎の妾おわかが急病になり、故郷の山梨に残した妻も病気、他に預けた金も返らない、といった事情で、都合がつかなかった、という弁解であった。

翌二四日、「母君小石川に行く」とあるのは小石川の西村釧之助の許に金策に赴いたということをいう。西村釧之助は一葉の母たきが乳母に上がった稲葉家の奥女中と同家の家臣とが結婚して生まれた子であり、小石川表町に礫川堂という紙類文房具の店を開いていた。「正午ちかくまで歸り給はず　問屋より今日荷の來べき約なればいか樣にせんと案じわづらふ　十二時母君歸宅西村にてとゝのひ難しといひけるよし　かねて道具を引受けくるゝ約にて送り置ける其料二十金がほど早々といひけるを來月までといひ延びに成しなれどかゝるいそぎの折から他に道もなし五圓にてもよし　今直にをと母君の給ひけれど三十日ちかくにはありいかにしてと斷りしかばさらば何ほどなりとも出來るほどをとゝのへくれよ　かゝる次第なればと事のわけをうち明してたのみたまひけれどいかにしても出來がたしと斷りける上お常などの失禮なる詞いひけるよしの給ふ　かへるさに久保木にも賴みけれどもかしこにても出來ず　いかにせむとの給ふ　さてはせんなし　先づ問屋の方に斷りいひ置んとて直に家を出づ　田中より車に而はしらす　今荷ごしらへの最中成しかば事つくろひて一日二日の猶豫をいひ入る　こゝはわけもなくすみけり　これより直に伊せ利にも斷りいひやる　日沒少し前母君三間丁を訪ふ　伊三郎すでに歸國の後也　此夜かれがもとへ金子たのみの文を出す」

商店を開くにも資金の調達は容易ではない。そのためには、一葉よりもむしろ母たきが則義時代からの知己友人を頼みまわったかのようである。西村については、七月一六日、「母君西村に行く　道具の事につきて也」、同月一九日、「道具を西村に持参　これをうりてあきなひのもと手になさんとて也」という記述の結果である。当時はたぶん晦日払いだったからであろう。まだ二四日なのに三〇日が近いから、というのは口実めいているが、西村は夏子が思っていたほどには金銭の余裕がなかったのかもしれない。事実は、後に見るように、二七日に西村は三円持参し、八月九日には十円持参しているのである。

二五日、「母君中之町の伊せ久におちよどのを訪ふ　仕事のせ話をたのみになり　心よく引うけくれたるよしに而ゆかた一枚持參　これを手ミせにこれよりハ絶えせず世話をなさんといひけるよし　國子直に仕たてにかゝる」「いぬるまで國子と共に家の善後策を案ず」という。「手見せ」は技倆をはっきり見せることである。伊勢久は吉原の引手茶屋。竜泉寺町に移転しても、吉原の遊女たちの着物の仕立てなどが収入の相当部分を占めていた。

この日、一葉は末尾に「落ぶれてそでに涙のかゝるとき人の心の奥ぞ知らるゝとはげにいひける言葉哉」と書き起こして、西村釧之助に関連した、以下のような感想を記している。

「人ハ唯其時々の感情につかはれて一生をすごすもの成けりな　あはれはかなのよや　さりとてハ又哀れのよや　かの釧之助が我家に對して其むかし誠をはこびけるも昨日今日のつれなき風情も共に其こゝろのうつしゑ成けり　今にもあれ我が國子をゆるさんといはゞ手のうらを返さぬ

ほどにそのあしらひの替りぬべきハ必定なり」

西村釧之助は邦子をその妻に迎えたいと願っていたのであろう。一葉は続けて、書いている。

「をかしやうきよのさま〴〵なる　こゝには又かかる戀もありけり　其かミハ我家たかく彼家いやしく欲より入て我がはらからを得んとこひ願ひけめ　やう〳〵移りかはりてハかしことみて我れ貧なるから恩をきせてをしいたゞかせんとや計りつらむ　夫にもしたがふべき景色の見えぬをいとつらにくゝ口をしくおもひて扨ハこたびの事を時機におもひのまゝにくるしめんとたくらミけるにや　こハ我がおもひやりの深きにてあるひハさる事もあらざるべしとはおもへども彼れほどの家に五圓十圓の金なき筈ハあらず　よし家にあらずとて友もあり知人もあり　男の身のなさんとならば成らぬべきかは　殊に母君のかしら下ぐる斗《ばかり》に給ひけるをや　とざまかうざまおもへどかれハ正しく我れに仇せんとなるべし　よし仇せんとならバあくまでせよ　樋口の家に二人殘りける娘のあはれ骨なしか　はらはたなしか　道の前にハ羊にも成るべし　仇とき〻てうしろを見すべき我々にもあらず　虛無のうきよに好死処あれバ事たれり　何ぞや釧之助風情が前にかしらをし下ぐるべきかは　上に母君おはしますにこそ何事もやすらかにと願ひもすれ此一度ふミを出して其返事のも様に寄りてハとおもふ処ありけり」

右の文章にはかなりに夏子の僻み、ヒステリックな感情が認められるが、それほどまでに彼女が追いつめられていたことを思いやらなければ、夏子が憐れである。

翌二六日「早朝西村に手がミを出す　字句つとめてうや〳〵しくひたすらにたのミてやる　母君中之町へ仕立もの丶事につきて參り給ふ　午後出來あがりたるをもて又ゆく」、二七日「西村來る　金子たのミやりたるほどと丶のひ難しとて三圓持參」とある。一葉は金額の少なさについて失望したとは記していないけれども、落胆したにちがいない。ただ、西村は、夏子が想像したよりも、余裕がなかったのであろう。

二九日、「夜に入てより伊三郎より手紙來る　廿四日に出したる手紙の返事也　たのミつかはしたる金たしかに送るべきよしいひ越す　母君今日望月へ例月のもの取にゆく　一錢も出來がたくして歸る」

望月に対しては樋口家は貸し主である。例月のものとは利息であろう。入手できるはずの金は取り立てられず、借りは思うにまかせない。

八月一日「此午前伊勢久がもとにたのまれの仕事母君持參　いたくほめられけるよし」

二日「廣瀬より爲替來る」

広瀬より届いた為替とは、七月二九日、広瀬伊三郎から頼んだ金を確かに送るべきよし言ってきていた金である。

三日「根津片町にほうづき屋を尋ね上野をぬけて郵便局に爲替をうけとる　金七円也　それより門跡前に廻りて問屋に持込の事をたのむ　歸宅後直に伊せ利がもとへはがき出す　母君ハ廣瀬

より來たりし内二円をもちて伊三郎が留守宅にゆく　おわかに渡さんとて也」

おわかは伊三郎の妾である。七円の内二円を渡せば残りは五円、西村からの三円とあわせても八円にしかならない。

一葉一家がようやく店舗を開いたのは八月五日であった。同日の記述を引用する。

「晴れ　早朝根津のほうづき屋を訪ふ　はなしあり　下谷区役処に廻りて菓子小賣の鑑札をうけんとす　いまだ戶籍の事さだまらざれバとてやめになす　今日も午後まで問屋來らず　伊せ利の手つだひにとて一時ごろに來たりけれバ中村屋に約束の爲ゆく　直に送るべしといふ　二時まででまてど來たらず　三時にもまだ也　四時も過けり　五時ちかく成りて來る　日沒までにかざりつけ濟せり　二間の間口に五圓の荷を入れけるなれバ其淋しさおもふべし　幸ひに田部井よりがらす箱を買ひおきしかばそれにて少しものにぎやかしに成ぬ　伊せ利には一こん出す　十時ちかくまで飲〻て話しけり」

「六日　晴れ　店を開く　向ひの家にて直に買ひ來るも中々にをかしき物也　母君は例之奥田に利金拂ひ田部井に箱をあがなはんとて家を出づ」

「夕刻より着類三つよつもちて本鄉の伊せ屋がもとにゆく　四圓五拾戔かり來る　菊池君のもとに紙類少し仕入る　二圓ちかく成けり　今宵はじめて荷をせをふ　中々に重きものなり」

「七日　晴れ　早朝花川戶の問屋に糸はりをもとめけり　しやぼんの割合中村屋よりは廉に覺

えしかば一本もとめて來る　駒形の蠟燭屋にろうそくをかひ看板の事などたのむ　歸宅後多事
西村より書狀來る　依賴なし置し金子ちかぐ〱出來べきもやうをいひこす」
「八日　晴れ　早朝髮をゆひて八時頃より区役処にゆく　母君の年齢芝区より間ちがひ來たり
て今更に改たむること面倒なれバ天保九年生れとなす　菓子小賣願ひの奥印をこひて東京府廳分
署に行く　淺草南元町とて厩ばしのまだ先き也けり　印紙料三拾戔半年分税金五拾戔を納めて事
とゝのふ　歸路中村屋に蚊遣香の有無を問ひ用たし少しなす　他店のもやうをも知らんとて紙類
少しづゝもとめ來る」
「九日　晴れ　早朝二人あきなひあり　物馴れぬほどのをかしさハ五厘の客に一銭のものをう
り一銭の客に八厘のものを出すなど跡にてしらぶればあきれたる事をのミなすものぞかし　此
まゝにてをしゆかば中々に利を見ることの出來得べきにもあらねど其うちには又其うちの利口生
ずべしなど語り合ふ　伊せ久のお千代どの買ものに來らる　二十戔斗《ばかり》商ひあり　午後上野君來
訪　夕飯をいだす　日くれてより西村來る　金十圓持參」
夏子の商売はいかにも素人の商法である。夏子一家の一月の生活費が十円とすれば、それだけ
の利益を得るに足りる商品を売らなければならない。元手に五十円と心には決めていたが、かり
に二割の利益が得られなければ十円の儲けにはならない。売り上げれば、それだけ商品が不足す
るから、商品を仕入れなければならない。その仕入れ商品の値段も見込まなければならない。利

益を生活費に廻せば仕入れができない。こうした零細の小売商では二割の利益は難しいであろう。五十円の元手も覚束ない商売の利益で生計を立てることは無理なのである。生計は吉原の遊女の着物の仕立てなどに大きく依存せざるをえなかったであろう。

「塵中日記」八月一九日、「明日ハ鎮守なる千束神社の大祭なり　今歳は殊ににぎはしく山車などをも引出るとて人々さわぐ　隣りなる酒屋にて両日間うり出しをなすとてかざり樽など積たつるさま勇ましきに思へば我家にても店つきのあまりに淋しからむハ時に取りて策の得たる物にあらじ　さりとてもとでを出して品をふやさん事ハ出來うべきにもあらず　よし出來たりとてさる當てもなき事に空しく金をつひやすべきにあらず　いでや中村やに行きてかざり箱少しあがなひ來んとて夜に入りてより家を出づ　今宵卽座に間に合はざりしかば明日のあさ持參すべき約束にさだめてまつち五十戔斗《ばかり》をあがなひぬ　そは金がさ少なくして見場のよければなり　今夜ハ更るまで大多忙」

翌二〇日、「一日大多忙商ひは壹円斗《ばかり》ありき」

ほぼ一月後の九月二一日の記事には

「此頃の賣高多き時は六十戔にあまり少なしとても四十戔を下る事はまれ也　されど大方ハ五厘六厘の客なるから一日に百人の客をせざることはなし　身の忙しさかくてしるべし」

とある。まことに侘びしい商いといわねばならない。いかに夏子一家が商売に精を出しても、この商売の行き詰まりは目に見えている。毎日の売上げの平均が五十銭とみて、一月の売上げは十五円にすぎない。全集の補注に「利潤はせいぜい五圓であった」という。荒木慶胤『塵の中の一葉』（講談社出版サービスセンター）所収の「仕入帳」によれば、開店当初の品揃えには、たとえば「中村屋仕入れ」として「松みどり五十枚　拾五銭、小ふのり三十枚　拾弐銭、大ふのり三十枚　二十四銭、（中略）みがき砂二十袋　六銭、（中略）ちらしもぐさ一把　三銭、（中略）わら草履十足　七銭、鼠しゃぼん三本　拾銭五厘」などとあり、その他、「むさしや仕入」として「半紙二十帖　三十六銭、半紙三十帖　三拾九銭六厘、薄紙二十帖　十八銭、（中略）並口浅草紙十　拾八銭五厘、上浅草紙五　拾銭七厘五毛、（中略）鼠半切三百枚　拾三銭五厘、塩包・金包　六銭、状袋　六銭」とあり、「駒形仕入」として、「ろうそく四通り　五十五銭」、「千束町仕入」として「かやり香百本　六銭」、などといった記載があり、まことに零細だが、ともかく、いかにも荒物屋の品揃えを心がけていたようである。ところが、一葉記念館が収蔵している「仕入帳」によれば、翌九月に仕入れた商品は花札、半紙、付け木、石鹸、糸、といった雑貨もあるが、しだいに菓子、豆、煎餅、めんこ、紙風船など駄菓子、子供向けの商品が多くなっている。馬場孤蝶が「一葉全集の末に」という文章で書いているところでは、夏子一家の竜泉寺町の商売は「荒物《あらもの》と駄菓子《だぐわし》を売《う》る重《おも》に子供相手《こどもあひて》のものであつた」というが、荒物を商うとはいえ、主な顧客は子供たちであったし、また、夏子が子供たちと話に興じることも多かったようである。ただ、荒物といえば、一葉日記でも回想されているが、馬場孤蝶が同じ文章で「或日《あるひ》、店《みせ》の前《まへ》へ乞食《こじき》が立《た》つた。店《みせ》で遊《あそ》んで居《ゐ》た小児《こども》が「出無《でな》いよ」といふと、「イヤ俺《おれ》は買物《かひもの》に来《き》たんだ」と云《い》つて、懐中《くわいちう》から穴銭《あなせん》か何《なに》かを出《だ》して塵紙《ちりがみ》を買《か》つて行《い》つた」と書いている。だから、荒物屋を止めて子供相手の駄菓子屋になったともいいきれない。荒物の仕入れがしだいに少なくなったのであろう。

その仕入れ値は九月一日から一四日まで五円十二銭四厘、一六日から三〇日までに仕入れ値が六円二十銭四厘、それ故、九月の仕入れ額は十二円に足りない。一〇月一日から一五日までの仕入れ額は八円八十六銭九厘、三一日に十五円五十八銭二厘とあるのは一〇月中の合計であろう。仕入れた内容をみると、ほぼ十五円が仕入れ額とすれば、これらを二十円で売って五円の利益をあげられれば、せいぜいであろう。全集の補注によれば、「売上げは（中略）毎日平均五十錢ぐらいと見てよいであろう。したがって、十五圓以上の仕入は、當時の店の規模としてかなりの無理があった。」「利潤はせいぜい五圓であったか、生活費の半分は副業の仕立仕事で補わなければならなかった」という。これは元来充分な資金もなく、商売をはじめた無理に由来するものであった。

やがて、「塵中日記」一二月七日に俗に「日なし」という高利の金を伊三郎を通じて借りたことが記されている。日なしとは、毎日一定額ずつ支払って元利とも返済する無担保の借金をいう。この形式の貸借は昭和期に入っても行われていた。続いて母たきが山梨の後屋敷まで昔貸付けたという二十八円ほどの取り立てに一二月一六日に出かけて一銭も持たずに帰宅、二八日には伊勢利から「通運便にて金子五円五拾戔來る　奥田の元金并に利金なり」とあって、二九日には「奥田に金持參」とある。奥田に返済のために伊勢利から借りたのであろう。この返済は利息だけでなく、元本の一部にも充てられたものとみられる。ただ、これで父則義が遺した、奥田からの負債がすべて完済されたわけでない。「水の上日記」の時期になるが、後に見るとおり、明治二七年七月一一日、中島歌子から金を貰っているが、これもまだ奥田への支払いその他の支払いのためであった。また、明治二六年一二月二八日に、奥田に払った金も、実情は借金の一部の貸主が伊勢利に変わっただけのことである。同じ二八日には「天知子よりもひとしく金壹円半送り來る文學界十二号に出したることのねの原稿料なり」とある。天知子は「文學界」の編輯をしていた星野天知。「琴の音」の原稿料で一葉一家は年を越すのに貴重な収入だったはずだが、三〇日には「もちをつく　金壹円」とあるから、この原稿料ももち代で消えたのであった。その間、二九日には「神田にかひ出しをなし小石川師君に歳暮の進物持參　くら子どのにあふ　はなし多しここは又別天地なり」とある。これだけ窮迫した生活の中で工面した進物を持参して中島歌子を訪ねたのは、萩の舎の後継者と目されていた期待をつなぐためであったろう。萩の舎が「別天地」という感想には、よほどの感慨がこめられていたに違いない。

明治二七年にはいって、二月二日、「年始に出づ　きるべきもの丶塵ほども殘らずよその藏にあづけたれば仮そめに出んとするものもなし　邦子のからうじて背中と前袖とゑりさま〴〵にはぎ合せて羽をりだにきたらましかばふとハはぎ物とも覺えざる樣に小袖一かさねこしらへ出たりこれをきて出るに風ふくごとの心づかひものに似ず　寒風おもてをうちて寒さ堪がたき時ぞともなく冷汗のミ出るよ　此月いハふべき金の何方より入るべきあてもなきに今日ハ我が友のうちにてもこしらへ來んとて家を出づ　さはいへど伊東ぬしのもとにはかねてよりの負債も多し　又我心をなごりなく知りたりとも覺えぬ人にかゝる筋のこと度々いふべきにもあらず　いかにせんと思ふにかの西村が少なからぬ身代にはらふくるゝを五円十円の金出させなばいつにても成ぬべし　我はもとよりこびへつらひて人の惠ミをうけんとにハあらず　いやならばよせかし　よをくれ竹の二つわりにさら〳〵といふてのくべきのミとおもふ」とあり、まず小石川の萩の舎に中島歌子を訪ねて、三宅花圃が歌塾を開くという話を聞いた後、西村釧之助を訪問、「西村にて晝飯種々ものがたる　金子ハ明日もやうをつぐべきよし」とある。西村は金を用立てるかどうか明日返事をすると答えたのであろう。それにしても、西村の資産からみれば五円十円を出すことは何時でもできるはずだ、自分は媚びへつらって人の恵みを受けようとするわけではない、嫌ならばよせばよい、さらさらと言ってのけるだけのことだ、という一葉の金銭感覚はいじらしいというべきであろうか。つまり、金を持っている者から借りるのは恥じるべきことではない、金を持っている者が貸すのも当然、嫌なら嫌といえばよい、というのが夏子の考え方である。夏子はいわば開き直っている。それほどに夏子は窮迫していた。憐れというほかない。

こうした苦境にあって、一葉は久佐賀義孝を訪ねる。二三日、「根岸に藤蔭君をたづぬ　令嬢の別戸されたる物がたりあり　猶文界の事につきてもさま〴〵ありき　今日は本郷に久佐賀義孝といへる人を訪ハんのこゝろ成しかばこゝにハ長くもとゞまらで出づ　久佐賀はまさご丁に居して天啓顯眞術をもて世に高名なる人なり　うきよに捨もの丶一身を何処の流にか投げこむべき學あり力あり金力ある人によりておもしろくをかしくさわやかにいさましく世のあら波をこぎ渡らんとてもとより見も知らざる人のちかづきにとて引合せする人もなければ我よりこれを訪ハんとて也」とある。こうして、一葉の生涯においてもっとも常軌を逸した不可解な行動がはじまり、しばらく続くこととなる。「日記　ちりの中」には、一葉が久佐賀に次のように話したと記されている。

「我れハまことに窮鳥の飛入るべきふところなくして宇宙の間をさまよふ身に侍る　あはれ廣き御むねはうちにやどるべきとまり木もや　まづ我がことを聞きたまふべきやといへばよしおもしろし　いかで聞かんと身をすゝます　我身父をうしなひてことし六年うきよのあら波にたゞよひて昨日は東今日ハにしあるは雲上の月花にまじはり或ハ地下の塵芥にまじハり老たる母世のことしらぬいもとを抱きて先こぞまでは女子らしき世をへにき　聞たまへ先生　うきよの人に情はなかりけるものをわがこゝろよりつくり出てたのもしき人とたのミにごれるよをも清める物とお

もひて我れにあざむかれてこゝに誠を盡しにき　一朝まなこの覺めぬるハ我が宇宙にさまよふのはじめにして人しらぬくるしみ此時より身にまつハりぬ　あえなくはかなく淺ましき物とおもひ捨てゝ今は下谷の片ほとりにあきなひといふもふさはしかるまじきいさゝか成る小店を出し而こゝを一身のとまりと定むれどなぞやうきよのくるしミのかくて免がるべきに非らず　老たる母に朝四暮三のはかなきものさへすゝめ難く而我がはらからの侘び合へるハこれのミ　すでに浮世に望みハ絶えぬ　此身ありて何にかはせん　いとをしとをしむは親の爲のミ　さらバ一身をいけにゑにして運を一時のあやふきにかけ相場といふこと爲し而見ばや　されども貧者一錢の餘裕なくし而我が力に而我がことを爲すに難くおもひつきたるハ先生のもと也　窮鳥ふところに入たる時ばかり人もとらずとかや　天地のことはりをあきらめて廣く慈善の心をもて萬人の痛苦をいやし給ハんの御本願に思し當ることあらば教へ給へ　いかにや先生　物ぐるはしきこゝろのもと末御むねの内に入たりやいかに」

と問い、久佐賀との問答が続く。

これはずいぶんときわどい問いかけである。「すでに浮世に望みハ絶えぬ　此身ありて何かはせん　いとをしとをしむは親の爲のミ　さらバ一身をいけにゑにして」とまで言えば、わが身はどうとなれ、という覚悟を語っているかにみえるが、そこで、一転、身をかわして、相場をしたいが、それにも金がない、と問いかける。それならどうする、と問うわけである。

この訪問の後、久佐賀から二月二八日付けで「近比ハ臥龍梅園実ニ盛リニ候」「幸ニ貴嬢ニシテ寸閑アラバ該園ニ同伴セント欲ス　貴嬢如何ニヤもシ同意アレバ適日ヲ期シ返章ヲ玉ハランヿ（こと）ヲ」という誘いをうけ、一葉は直ちに二月二八日付けで「うきよにたよる方もなくして塵塚のすみにうごめき居り候身を捨て玉ハぬ斗《ばかり》か御ねんごろの御文の様ことに梅見の御さそひまで仰せ下され先は御こゝろのほどうれしく存じ候へども貧者餘裕なくして閑雅の天地に自然の趣きをさぐるによしなく御心はあまたゝび拝しながら御供の列に加はり難きを」などと久佐賀に気をもたせながら、断っている。いわば、夏子の本心は、文筆をもって生計を立てるまでの間の後援者を得たいという考えであったかも知れないが、それにしては、わが身が差し出すような気配をみせた、危険な駆け引きをしたのであり、久佐賀がそう理解するのも無理からぬものであった。夏子は久佐賀というしたたかな男を手玉にとろうとしたかにみえる。久佐賀との関係はまだ続くので、また、後にふれることとする。

　こうして、明治二七年三月、一葉は竜泉寺町の商売を廃業することに決める。「塵中につ記」の冒頭の文章の末尾に「去就は風の前の塵にひとし　心をいたむる事かハと此のあきなひのミせをとぢんとす」とある。しかし、廃業し、転居するにもまた金を借りなければならない。同日記の記事の続きに次の記述がある。

「國子ハものにたえしのぶの氣象とぼし　この分厘にいたくあきたる比とて前後の慮なくやめ

にせばやとひたすらすゝむ　母君もかく塵の中にうごめき居らんよりは小さしといへども門構への家に入りやはらかき衣類にてもかさねまほしきが願ひなり　さればわがもとのこゝろはしるやしらずや兩人ともにすゝむる事せつ也　されども年比うり盡しかり盡しぬる後の事とて此こせをとぢぬるのち何方より一戔の入金もあるまじきをおもへばこゝに思慮はめぐらさゞるべからず」

商売が成り立たない以上、母も邦子も廃業したいと思うのは当然といってよい。しかし、まさに一葉が書き記しているように、売り尽くし、借り尽くした後、廃業したら、どこから入金があるか、その目処も立たないままに、また借金をかさねて廃業し、本郷丸山福山町に転居することになる。

そのため、遠銀に借入を申しこむこととした。すでに記したとおり、遠銀とは遠州屋という蒲鉾屋を営んでいた石川銀次郎である。日記「しのぶぐさ」明治二五年九月一日、「母君は鍛冶町に金子かりんとて趣き給ふ」「午後母君歸宅　鍛冶町より金十五圓かり來たる」とあったとおり、以前にも石川銀次郎から借り入れていた。この十五円も返済したような記述は日記にみられないが、ともかく、遠銀をまず当てにして、「塵中につ記」明治二七年三月二五日、「まづかぢ町なる遠銀に金子五十円の調達を申しこ」んだ。樋口家の思惑では、従来の借りを返さないでも、遠銀はさらに貸してくれる義理があるはずであった。というのは、日記によれば、「こは父君存生の比よりつねに二三百の金はかし置たる人なる上しかも商法手びろくおもてを賣る人にさへあればはじめてのことゝてつれなくゝよもとかゝりし也　此金額多からずといへども行先をあやぶむ人は俄にも決しかねて來月花の成行にてといふ」とあることから察することができる。「おもてを売る」とは顔を売る、つまり、名を知られる、といった意味であろう。結局、二六日に十五円借りることができたようである。四月に入ってから、「かぢ町の方上都合ならず　からくして十五圓持參」とある。三月二八日には、西村に金策を頼み、四月に入って、西村釧之助から「金子五拾兩かりる　清水たけといふ婦人かし主なるよし　利子ハ二十円ニ付二十五戔にて期限ハいまだいつとも定めず　こゝ大方釧之助の成べし」という。西村は清水たけという婦人から借りて一葉に貸すのだと説明したのであろう。しかし、一葉はその説明を信じていない。この五十円は西村の金であろうと考えている。西村としても、そうそう貸してばかりはいられないので、他人の金を融通したのだと言ったとしてもふしぎでない。この段階で返済は当てにできないが、何とかして貸金を取り立てようと試みたのであろう。それでも、石川銀次郎も西村釧之助も樋口家からの借入に応じて、一葉の期待したほどの金額には達しないにせよ、貸付をしたのである。おそらく返済されない金をともかく貸すというだけの恩義があったのであろう。前田愛は『樋口一葉の世界』の「一葉日記覚え書」で「一葉の日記を検するかぎりで、知人や縁者がほとんど例外なく一回だけの借金にしか応じていない」と書いているのは事実に反する。前田の一葉日記の読みは杜撰のきわみというべきである。しかし、石川、西村らが二回目の借金に応じたことが信じがたいほどの厚意であるようにみえる。

一方、萩の舎に中島歌子を訪ねている。「塵中につ記」明治二七年三月二七日、「小石川に師君を訪ふ　田邊君發會昨日有べき筈之所同君病気にてしばしのびたるよし　その序に我上をもいかで斯道に盡したらんにゝなど語らる　我が萩之舎の号をさながらゆづりて我が死後の事を頼むべき人門下の中に一人も有事なきに君ならましかばと思ふなどいとよくの給ふ　ひたすら頼ミ聞え給ふにこれよりも思ひもうけたる事也　さりとはもらさねどさま〴〵に語りてかへる」とあり、四月に入って「かくて中嶌の方も漸々歩をすゝめて我れに後月いさゝかなりとも報酬を爲して手傳ひを頼ミ度よし師より申こまる　百事すべて我子と思ふべきにつき我を親として生涯の事を計らひくれよ　我が此萩之舎ゝ即ち君の物なればといふにもとより我が大任を負ふにたる才なければそゝ過分の重任なるべけれど此いさゝかなる身をあげて哥道の爲に盡し度心願なれば此道にすゝむべき順序を得させ給ゝらばうれしとて先づはなしゝとゝのひぬ」と記されている。

こうして、本郷丸山福山町に転居することになったのは五月一日であった。

6

これから「水の上日記」の時期に入る。丸山福山町の家は、旧大名、阿部家の邸跡の山に沿った守喜という鰻やの離れ座敷であった。ささやかな池の上に建てられていたので、夏子は「水の上」といったのである。

転居して生活が楽になるはずもなかった。六月に次のとおりの記述がある。

「九日成けん　久佐賀より書状來る　君が哥道熱心の爲にしか困苦せさせ給ふさまの我一身にもくらべられていと憐なればその成業の曉までの事ハ我れに於ていかにも爲して引受べし　され共唯一面の識のミにてかゝる事をたのまれぬともたのミたりともいふは君にしても心ぐるしかるべきにいでやその一身をこゝもとにゆだね給はらずやと厭ふべき文の來たりぬ　そもやかのしれ者わが本性をいかに見けるにかあらん　世のくだれるをなげきてこゝに一道の光をおこさんとこゝろざす我れにして唯目の前の苦をのがるゝが爲に婦女の身として尤も尊ぶべきこの操をいかにして破らんや　あはれ笑ふにたえたるしれものかな　さもあらばあれかれも一派の投機師なり一言一語を解さざる人にもあらじとてかへしをしたゝむ

一道を持て世にたゝんとするハ君も我れも露ことなる所なし　我れが今日までの詞今日までの行もし大事をなすにたると見給ハゞ扶助を与へ給へ　われを女と見てあやしき筋になど思し給ハら

ばむしろ一言にことはり給〻んにはしかず　いかにぞやとて明らかに決心をあらはしてかなたよりの返事をまつ
文を出すの夜返事來る　おなじ筋にまつはりてにくき言葉どもつらねたる　今〻又かへしせじとてそのまゝになす」

この日記の記述からみても、夏子は久佐賀を利用するだけ利用しようとあしらっているかのように見える。この久佐賀の書簡の前に夏子は彼を訪ねている。それは六月九日付けの彼の手紙の冒頭に「先日は態々《わざわざ》御光來を忝《かたじけな》ふしたるに何の風情も無之只例之我儘《わがまま》勝手之話しのみにて實に御聞苦勞敷《し》《る》き事と察入候」（『樋口一葉來簡集』筑摩書房）とあり、夏子が久佐賀を訪ねた金の用立てを頼んだのに対する返信が日記に記されている彼の「書状」であった。後半だけを引用すれば、以下のとおりである。

「御困苦の瀬に瀕せらるゝは貴姉を愛する小生も傍觀するに忍びざる譯にして此等之金員は早くも小生より引受けんと決心はしたれども亦能く考へて見るに如何に交誼厚しと雖も謂れなく貴姉に向て救助するときは貴女も之れを心善しとせざる事ならんと躊躇今日に及びたり而し乍ら小生は貴姉の身上に對し飽迄相助け度精神は山々なれば無遠慮御決心を密に御洩しあらば其所存之如何に依ては貴姉の目的を達する迄は貴家安全に渡らるゝ様に小生より引受け申可候
勿論貴女の御決心は他にあらず如斯貴女の身上を小生が引受くるからには貴女の身體は小生に

御任せ被下積りなるや否やの點なり右は甚だ慮外の申分なれども實は餘り貴女の御困難を察し過ごし是迄折角の目的を今や廢止せられんとする危急之場合なれば普通の良心に問ふの遑《いとま》なく斯くは意外の色眼に迷ひ貴意を伺ふ次第なれば御咎めなく宜敷御返事あるを待つ」

この文面からみれば、久佐賀の真意が金銭の援助の見返りに夏子の身体を望んだことははっきりしているし、夏子が日記に記したとおり、「いでやその一身をこゝもとにゆだね給はらずやと厭ふべき」書状だったので、ここで夏子としては断念するのが当然と思われるが、さらにかさねて夏子は久佐賀に書簡を寄せて、「一道を持て世にたゝんとするゝ君も我も露ことなる所なし我れが今日までの詞今日までの行もし大事をなすにたると見給ゝゞ扶助を与へ給へ　われを女と見てあやしき筋になど思し給ゝらばむしろ一言にことはり給ゝんにはしかず」と「水の上日記」にただ金銭的援助だけを訊ねた旨を記している。この手紙に対しては、さすがに、久佐賀も「同じ筋にまつはりてにくき言葉どもをつらねたる」返事を送ってきたので、この交渉はここで頓挫した。それにしても、夏子の執念は恐るべきものという感がふかい。

同じ日記、七月七日、「小石川稽古日也　十二日までにゝ是非金子の入用あるに此月ゝ別していかにともなすによしなく師君に申てこそとこゝろゝ定めたりしをさても猶いひおくれて昨日までに成ぬ　今ゝいかにしても言ゝでゝあられぬ時とて夕べ書物おはりて歸るさに文したゝめて机の上に殘し置し　されば今日の稽古日に何とかの給ふべきゝ道理なり　よきこたへならバ嬉しけれど例の氣質も知らざるにはあらぬ師君がいか様なる事やの給らん」とあり、一〇日、「奥田君來訪」とあり、一一日、「師君のもとへ行く　田中ぬしも盆禮として來訪　雑誌の事を語るに喜色あふるゝやう也　師君いかなるにか衣類その他を質入して金子をとゝのへ給へるよしにて加藤の妻より我れは金子をうけとる」とある。奥田への返金のため、また、七月一二日が父則義の祥月命日だったので、夏子は金が必要であった。この中島歌子からの借金については三宅花圃がすでに引用した「その頃の私達のグループ」という昭和六年一月刊の「婦人サロン」に掲載した文章で次のように回想している。

「なつちやんは一円や二円位の小金なら、始終中島先生におねだりに来てゐたが、或る時十円貸して下さいと言つてきた。これはなつちやんが中島先生から借りた最巨額であつたらしい。中島先生の手許には有金はたつた三円であつた。親切な先生は、お弟子からもらつた上等の銘仙二反を、先生の代稽古をしてゐた田中みの子さんに渡して、これを売つて十円にしてなつちやんに用立てて下さいとおつしやつた。なつちやんはこうして整へられた十円の大金をフンと鼻先きであしらつて受取つて行つてしまつた。田中みの子さんはなつちやんの、人の好意をそのまゝに酌めない曲り根性をひどくふん慨したものであつた。」

夏子がフンと鼻先きであしらったというのは、田中みの子がそう感じたというまでのことであって、夏子が中島歌子の好意に感謝していなかったことの証しにはならない。ただ、夏子としては切羽つまっての借金であり、奥田への返済、祥月命日の行事の費用、それに、毎月のほぼ七円ほどの生活費を考えると、中島歌子に夏子が頼んだ金額、あるいは、内心で期待した金額よりも少なかったかもしれない。それに、半井桃水が金子を都合してくれたときも、涙をながして喜びながら、感謝の言葉を口にすることができないのが夏子の性分であった。金銭に不自由しない三宅花圃は「十円の大金」というけれども、夏子が借金するときは、ふだんから、七円ないし十円が一月の生活費であったから、彼女が当座に必要とした金額はもっと多かったのではないか。それに、実際、夏子を萩の舎の助教として手伝わせながら、中島歌子は月額二円しか報酬をはらっていなかった。それでいて、中島歌子は夏子を萩の舎の後継者とすると言っていたのだから、もっと面倒をみてくれてもよいはずだ、という思いもあったにちがいない。夏子が経済的な苦労しらずの花圃よりもよほど計算高かったとしてもふしぎでない。

同じ年、一一月、日記は「水の上」とあるが、断片にすぎない。その一〇日、「けふはなみ六のもとより金かりる約束ありけり　九月の末よりたのみつかはし置しに種々かしこにもさしさわる事多き折柄にてけふまでに成ぬ　征清軍記をものしたるその代金きのふ來るべければ今日は早朝にてもとの約なればゆく　軍記いまだ出來あがらねば金子まだ手に入らず　今一日ふつかはかゝるべし　ふたゝび此方より沙汰せんとあるにせめたりとてかひなければかへる

家は今日此頃窮はなはだし　くに子は立腹母君の愚痴など今更ながら心ぐるしきはこれ也」

夏子は村上浪六をしばしば訪れて援助を得ようとしていた。桃水に浪六を紹介されたといわれるが、それ以上に、彼女は浪六と格別の縁があったわけではない。浪六が夏子に金を貸すいささかの義理、因縁もない。田辺（旧姓伊東）夏子が昭和二五年に発表した「一葉の憶ひ出」には次のように書かれている。

「樋口の父君は、昔の町奴、男達と、云ふような話が好きで、高調してくると、涙をおとした事も、あつたと聞きました。夏子さんも、その血をうけてゐたのか、難儀をしてゐる人が、すがり付いて行つたら、つきはなす事は、できまいと、思ふような、感じがありました。あの人が金を持つてゐて、もし自分が落ちぶれたら、あの人の處へなら、遠慮無しに、金を借りに行けるだらうと、そんな空想を、して見る事もありました。

村上浪六の所へ、訪問したのは、浪六が、あの人の描いた小説中の、人物と、同じ性格の人かと、思ふて行つたのだと、齋藤さんは言ふてゐました」

「齋藤さん」は斎藤緑雨であろう。村上浪六が金を貸してくれるだろうということは夏子の思い込みにすぎない。夏子は見ず知らずの人からも借金できれば借りようとしていたのであり、いわば、当たって砕ければそれでもよし、という捨て身の覚悟であったが、反面では、余裕のある者は困っている者に金を貸すべきだという信念の持ち主であった。夏子には、そして母親たきにも、浪六に期待したような義侠心があった。

翌明治二八年五月一日、「水の上日記」にも「浪六のもとへ何となくふミいひやり置しに絶て音づれもなし　誰れもたれもいひがひなき人々かな　三十金五十金のはしたなるに夫すらをしみて出し難しとや　さらば明らかにとゝのへがたしといひたるぞよき　ゐせ男を作りて髭かきなぜなどあはれ見にくしや　引うけたる事とゝのへぬはたのみたる身のとがならず　我が心はいさゝ川の底すめるが如し　いさゝかのよどミなくいさゝかの私なくまがれる道をゆかんとにゝあらずまがれるゝ人々の心也　我れはいたづらに人を計りて榮燿の遊びを求むるにもあらず　一枚の衣一わんの食甘きをねがはず美しきをこのまず慈母にむくひ愛妹をやしなはん爲に唯いさゝかの助けをこふのミ　そも又成りがたき人に成りがたき事をいはんや　我れたのミかれうけ引けばこそ打もたのむなれ　たのまれて後いたづらに過すゝそもたれの罪とかおぼす　我れに罪なければ天地おそろしからず　流れにしたがひていかなる渕にもおもむかんなれどしばらくうきよの淺はかなるをしるして身を知るをしへの一つにかぞへんとす」

という。村上浪六は、一度は、夏子に金を貸すことを承諾したのであろう。それを断ってきたことを夏子は怒っている。この怒りはずいぶんと自己本位である。三十円、五十円のはした金を何故惜しむか、自分は自分の栄耀栄華のために借金を申しこんだわけではない。母のため、妹のためだ、それなのに、出来ることを承諾しながら実行しないのは誰の罪か、と夏子はいう。浪六には夏子に貸すべきいかなる理由もない。夏子は資産のある者が自分のように困窮している者に貸すのは当然と思っていた。そう心から思っていたのか。夏子ののっぴきならない境涯に由来する鬱屈した心情からこのように日記に書き付けたのではないか。

それも、翌五月二日には「早朝書あり　安達の妻よりかねてのかり金催促の趣き　五円斗《ばかり》なれどもいまゝ手もとに一錢もなし　難きを如何にせん」とあるとおり、言い訳し、猶予を願う以外に、どうにも工面のしようもない日々を夏子は過ごしていた。

この間、久佐賀とも交渉が続いていた。同じ日記の五月一日、「書を久佐賀のもとへ送る　金子早々にとたのミやる」とあり「午後久佐賀より書あり　博覧會見物がてら京都へゆきてかの地よりの状なり　六月末ならでゝ歸宅すまじとの事　さては留守へ文さし出したる事成しと笑ふ金子の事さらばむづかし」という。

これより以前、このほぼ半年前の明治二七年一二月、久佐賀は夏子に二通の書簡を送っている。二通目の書簡の一部に「益々《ますます》親密ニセント欲シ実ハ一体同心ト迠ナルニハ孃の身体ヲ余ニ任カセラル、様先日願上候《そうら》得共今日ノ御手紙ニハ女トナルヿ《こと》ハ出來ザルトノ御事ナレバ是非モナシ」という。夏子は転居にさいして、従前からの借金に加えて、転居のためにもさらに借金をかさねていた。そのために、久佐賀との間でも、身を売ることなく、援助だけを引き出すための微妙な駆け引きを続けていたのだが、二八年五月にほぼこの交渉は終わったようである。

「水の上につ記」五月五日、「母君芝の兄君がもとへゆく　金子少しもらはんの約束ありし也」

という。

「ミづのうへ」日記、五月一四日、「今日夕はんを終りてハ後に一粒のたくはへもなしという母君しきりになげき國子さま〴〵にくどく　我れかくてあるほどハいかにともなし參らすべければ心な勞し給ひそとなぐさむれど我れとて更に思ひよる方もなし　朝いひ終りて後さらば小石川へだに行こゝろミんとて家を出づ　風つよくしておもてもむけがたし　師君のもとへゆきて博文舘よりの禮などのぶる　流石に金子得まほしきよしをもいひがたくて物語少しするほどに師君起て例月の金二円ほどをもて來給ふ　うれしともうれし」

ちなみに週刊朝日編の『値段の明治大正昭和風俗史』によれば、白米十キロが明治二五年は六十七銭、三〇年は一円十二銭という。二円はほぼ白米二十キロに相当する。

同じ日記、五月一七日「時ハ今まさに初夏也　衣がへもなさでハかなはず　ゆかたなど大方いせやが藏にあり　夕べごろより蚊もうなり出るに蚊や斗《ばかり》ハ手もとにあるなん　これのミこゝろ安けれど來月ハ早々の會日などひとへだつ物まとはでハあられず　母君が夏羽織　これも急に入るべし　ましてふだん用の品々いかにして調達し出ん　手もとにある金はや壹円にたらず　かくて來客あらば魚をもかふべし　その後の事し計がたければ母君國子が我れを責むることといはれなきにあらず　靜に前後を思ふてかしら痛き事さま〴〵多かれどこハ昨年の夏がこゝろ也　けふの一葉はもはや世上のくるしみをくるしミとすべからず　恆產なくして世にふる身のかくあるハ覺

悟の前也　軒端の雨に訪人なきけふしも胸間さま〴〵のおもひをしばし筆にゆだねて貧家のくるしみをわすれんとす」

「水の上」日記、五月三一日、「博文舘より經机の原稿料來る　午後母君及び國子右の金子持てゆかたをかひにゆく」

同じ日記、六月一六日、「家に一錢のたくハヘなき上差配がもとへおさむべき家ちんもあとの月のより延し置たるそれこれ三円の金なくてハかなハず　伊せやへはしらんかひとのもとへかりに行かんかなどいふ　さらばせんなし　西村をたのみてんとて日沒より家を出づ　かしこにて三圓かり來る」

西村釧之助は、三月二八日にも貸しているし、当然樋口家はこれを返していないのに、再三にわたり、用立てしているのである。もちろん、彼の悪口を一葉が日記に記していることは知る由もなかった。

「水のうへ」日記、明治二九年一月、「あやしき事また湧出ぬ　府下の豪商杢木何がしおのが名をかくして月毎の會計に不足なきほど我がもとに送らんと也　取次ぐハ西村の釧之助同じく小三郎協力して我が家に盡さんとぞいふなる　松木ハ十万の財產ある身なるよし　さりとも名の無き金子たゞにして受けられんや　月毎いかほどを參らせんと問ハれしに答へて我が手に書き物なしたる時ハ我手にして食をはこぶべし　もし能ハぬ月ならば助けをもこはん　さらば老親に一日の孝をもかゝざるべければとて一月の末二十金をもらひぬ　松木がしむけも正太夫が素ぶりも半とし身をすてつるなれば世の中の事何かはおそろしからん　かしたしとならば金子もかりん　心づけたしとならば忠告もがほどにハあきらかにしらるべし　我が心ハ石にあらず　一封の書狀百金のこがねにて轉ばし得べきや」入るゝべし

ようやく一葉こと夏子の文名があがり、後援者が出現するが、夏子の受けとり方がじつに独特である。貸したいなら借りてやろう、呉れたいなら貰ってやろう。しかし、自分に収入があるなら、貰う必要はない。母親にたいする孝行のため、さしあたり、二十円貰ってやった、という。夏子の強烈な自尊心に圧倒される感をもつ。いうまでもなく、久佐賀の経験からの警戒心も働いていたに違いない。

とはいえ、樋口家は借金から解放されたわけではない。日記に記されている限りでも、「ミづの上日記」、五月三一日、「榊原家いさ子の朋輩にて中澤ぬひ子という人入門　束脩五十戔送らる、これ等とり集めて菊地ぬしがもとへ此月よりかへし初むべき金子持參母君立出らる」とある。この月から返済が始まるというのであれば、最近の借金であろう。また、従前からの借金、父則義の負債を取り立てられていた奥田への債務はどうなったのか、日記からは判然としない。

同じ日記の六月二日に以下の記述がある。

「先月のはじめ成し　春陽堂ミせのものをもて我が作是非にといひおこし引つゞきわが店のも

のゝみ著作し給ハるやうの契約給ハらばいとかたじけなかるべし　左あらずとも是非にといひて金子などハ前金にていか斗《ばかり》も奉るべし　御用仆《そうら》ハゞ端書一本つかはされたし　さすればたゞちに御仰せだけの金持參すべしといひき　さもあらばあれ　こハ一時の虚名を書肆の利としておのれの欲をも足さん爲のみ　すでに浪六の例もあり　多くの作家のいたづらに苦るしみて心のまゝならぬものなど世に出すは此一時の榮えにおごりつきて債をこゝに負へばなるべし　我が身はかまへて其事なすまじとおもふに一編の作趣向つばらに出來ざらんほどは画様のこと金子のこと更にいひやらじとなり　家は中々に貧迫り來てやる方なければ綿のいりたるもの袷などはミながら伊せやがもとにやりてからく一二枚の夏物したて出るほどなれどもやがてのくるしみをうけまじとて母も國子も心をひとつに過す　いとやるかたなし」

春陽堂の申し出も断り、すでに記した松木なにがしの申し出にかかわらず、二十円を受け取っただけで、伊勢屋に質入れしていた衣類などは請け出すことができない生活を続けていたのであった。窮乏をきわめた生活を送りながら、節を守り、徒らに書肆の意向に任せて意に染まぬ物は書くまいという、夏子の潔癖さは心をうつものがある。

「ミづの上日記」、六月末、「此月くらしのいと侘しう今はやるかたなく成て春陽堂より金三十金とりよす　人ごゝろのはかなさよ」とあり、三〇日、「野々宮のもとに金子持參して國子と我れとの衣類調達をたのむ　買ひ來たりしは七月四日成き　伊せ崎めいせん一疋價八圓六拾戔也」

という。

7

一葉こと夏子はいかなる貧困、窮迫にもたじろがぬ強靭な精神を持っていた。この貧困、窮迫は他に類をみない。たとえば、石川啄木の貧困は、一家が生活能力に乏しい彼に寄食したという事情はあっても、多くは彼の遊蕩に費やされ、彼の無計画、野放図な生活態度によるものであった。一葉のばあいは、父則義が遺した負債の返済までその責任を負っていた。しかも、五十歳代の半ばを過ぎた母親と二十歳に満たない妹との三人にとって資産がないことはもちろん、生活の手段としては着物の仕立て、洗張り、洗濯など、誰にでもできることだけであった。妹邦子は蝉表が上手であったようだが、これらの手間賃は知れていた。生活が窮乏するのは当然であった。しかも、一葉は極度の近眼であったから、仕立物などは得意ではなかった。だから、一葉が生計の手段として小説家を志したのは、萩の舎における彼女の和歌の技倆についての自信からみれば、自然の成り行きであったといえるだろう。しかし、彼女の生前、彼女の筆をもって生計を立てることはできなかった。だが、この貧困、窮迫した生活こそが彼女の創作の基盤であり、糧であった。

さらに、注目すべきことは、一葉こと夏子は母親、妹、ことに母親からの愚痴、苦情に日毎に責められていた。しかも、一葉は、それも道理、それもことわり、と観念していた。それほどに明治の女性は親孝行であったのか、と感嘆にたえない。それはまた、一家を養うのは自分の責任であるという、戸主としての意識も働いたかも知れない。

それだけに彼女はしたたかであり、ある意味で、他人の好意を利用することも躊躇しなかったと思われるし、久佐賀との交渉にみられるように、きわどく、あやうい、綱渡りのような言辞を弄して、金を引き出そうともした。

しかも、彼女はけなげで、矜持たかく、自らを持すること堅固であった。また、彼女は生計のために書肆の意向に沿うことを潔しとしなかった。一葉日記に、こうした彼女の生き方、性格をまざまざと見る事ができる。そこに一葉日記の興趣がある。しかし、それも日記の興趣の一面である。こうした窮乏が作家としての一葉こと夏子を培ったのだといってよい。たんに竜泉寺町の荒物、駄菓子商を経験し、吉原周辺の最下層の人々を見聞したから『たけくらべ』が創作されたわけではない。丸山福山町の生活から素材を拾って、『にごりえ』の創作ができたわけではない。一葉こと夏子が嘗めた辛酸と辛酸に耐えて自らを持する姿勢こそが彼女の創作を育てる培地であった。

一葉日記考（その三）

旧派最末期の歌人の足跡として

1

日記「塵之中」明治二六年八月一〇日の項の末尾に「はじめて堂にのぼりしは明治十九年の八月二十日成りき」とある。このとき、明治五年生まれの夏子は満年齢でいえば十四歳であった。「堂」とは中島歌子主宰の歌塾萩の舎をいう。

「塵之中」には、これに先だって、十二歳のとき死ぬばかり悲しい思いで学校をやめた夏子は数え年で十五歳までは家事の手伝い、裁縫の稽古で年月を送っていたが、「されども猶夜ごと〳〵文机にむかふ事をすてず　父君も又我が爲にとて和歌の集など買ひあたへたまひけるが終に萬障を捨てゝ更に學につかしめんとし給ひき」と記し、次のとおり記述している。

「其頃遠田澄庵父君と心安く出入りしつるまゝに此事かたりて師ハ誰をか撰バんとの給ひけるに何の歌子とかや娘の師にてとしごろ相しりたるがあり　此人こそとすゝめけるにさらバとて其人をたのまんとす　苗字もしらず宿処をも知らざりしかば荻野君にたのみて尋ねけるにそハ下田

の事なるべし　當時婦女の學者ハ彼の人を置て外にあるまじとてかしこに周旋されき　然るに下田ぬしハ當時華族女學校の學監として寸暇なく内弟子としてハ取りがたし　學校の方へ參らせ給ハゞとの答へなりけれど我がやうなる貧困なる身が貴紳のむれに入なんも侘しとてはたさず　兎角日を送りて或時さらに遠田に其はなしをなしたるに我が歌子と呼ぶは下田の事ならず　中嶋とて家ハ小石川なり　和歌ハ景樹がおもかげをしたひ書ハ千蔭が流れをくめり　おなじ哥子といふめれど下田は小川のながれにして中嶋ハ泉のミなもとなるべし　入學のことハ我れ取はからはんに何事の猶豫をかしたまふとてせちにすゝむ」

遠田澄庵は旧幕時代奥医師をしていた人物という。私は江戸期の和歌の流派について知識がないので、全集の脚注によって記述する。中島歌子は、全集の脚注には「歌子は加藤千浪について和歌を學んだので系譜上は江戸派に屬し、「緑陰茗話」や一葉の日記に歌子が語っている文學論的見解にも、國學風の立場がかなり著しく現われている。しかし、個人的には香川景樹を尊敬し、感化をうけるところも多かったので、一葉達は師を桂園派と解釋していた。そのためもあって、歌子の學問的素養についてはあまり顧られなかったようである」とある。なお、同じ注には「下田歌子は八田知紀に學んだので桂園派の直系と言うべき」である、という。

こうして明治一九年、中島歌子の萩の舍に入門したが、通常の弟子というよりは、内弟子としてこまごまと師匠である中島歌子の手伝いをする立場であったと思われるが、このことは別に記したとおりである。

ところで、一葉日記の中で残されている、もっとも早い時期のものは「身のふる衣　まきのいち」であり、これは明治二〇年一月一五日にはじまり、同年八月二五日の事実までの記述である。そこで、明治一九年、夏子が入門の当初にどのような和歌を作っていたか、から検討をはじめたい。ただし、これらについては当然日記には記されていないから、全集第四巻（上）（下）の和歌とその注を引用することとする。日記が書きはじめられて以後も、随時、第四巻所収の和歌を引用することをあらかじめお断りしておく。

そこで、明治一九年の作としては、「詠草2・Ⅰ」の次の歌を採りあげたい。

　のりてこし車のわだち跡もなく見返る方につもる白雪

十四歳の少女の作としてみて天賦の才能に恵まれていることが察せられるが、これには中島歌子の筆が加えられているようである。全集の補注に、この作が収められている「詠草2」の「Ⅰは、卽座にしたためたそれらの詠草を持歸り、和帳に記録したもので、原歌にかなりの添削が加えられ、改訂が施されていると思われる」とあり、

同じ「詠草2」の注には

　のりて行車の跡を見かへれゝいつしか雪にうつもれにけり

の作が田辺龍子、伊東夏子らの作とともに掲載されている。これらは夏子が持ち帰った朋友の佳

作であると注記されている。それ故、「のりて行」が原作であろう。そう見た上で、「のりて行」がいかにも稚拙であるにしても、この原作には、ふりかえって見れば車の跡はいつのまにか雪にうもれていた、という感動が素直に表現されている。「のりてこし」も添削として見るべきほどのものではないが、「車の跡」を「車の轍」と改めたのは十四歳の少女と師である中島歌子のもつ語彙の違いであろう。だが、「見返る方につもる白雪」はいわば伝統的、常套的であって、作者の感動を伝えていない。下句については、私は「いつしか雪にうつもれにけり」の夏子の原作が「見返る方につもる白雪」よりも良いと考える。

同じ感想を私は、明治一九年一〇月の作とされている「詠草5」の

きのふ迠はつかに見えし遠山の梢えもわかず雪はふりけり

についても抱いている。これを「詠草7」では

きのふ迠はつかにミえし遠山のこずえもわかず雪ふりにけり

明治二〇年四月の作として収められており、「詠草5」の注には「梢え」の「え」を削り、「雪はふりけり」を「雪ふりにけり」と訂正する朱が入っていると記されている。『岩波古語辞典（補訂版）』によれば、「けり」という助動詞は「「そういう事態なんだと気がついた」という意味である。気づいていないこと、記憶にないことが目前に現われたり、あるいは耳に入ったときに感じる、一種の驚きをこめて表現する場合が少なくない」とされており、「にけり」は「多く、自

然推移の意を表わす動詞の下につき、気がついてみると…だったと確認し、また強く詠嘆する意」であるとされている。そこで、夏子の原作に戻ると、ここには、昨日は遠山の梢までがわずかながら見えたのに、今日は梢が見えぬほどに雪がふったのだ、という驚きがこめられている。ここには作者の心のときめきがある。これに対して、中島歌子が添削した「雪ふりにけり」には詠嘆の気分がつよい。ここでも「遠山雪」という題詠であるとはいえ、夏子の原作には十四歳の少女の驚きの初々しさがあるのに、改作には成人でも感じるような詠嘆に終わっている。私は添削された作より夏子の原作が適切と考え、夏子の天分を感じる。

「身のふる衣　まきのいち」の時期にかかる明治二〇年四月の作であるが、「詠草6」に「風前惜花」という題詠について

さく花をさそふ嵐のおときけばわが心だにみだれぬるかな

の作が収められているが、全集の注によれば、中島歌子は、「さく花を」を「さくら花」と、「わが心だに」を「わが心まで」と、さらに「わが心さへ」と朱筆を加えたようである。しかも、夏子は原作を改めることなく、上記のように「詠草6」に収めている。「だに」は「……だけでも」の意が転じて「……までも」の意となり、今日では「すら」と訳す方がよくなった、と『岩波古語辞典（補訂版）』は説明している。それ故、意味として中島歌子の改作でも変わりはない。おそらく「だに」よりも「まで」「すら」の方がすっきりと読者の心に入りやすいと考えたのであ

ろう。反面で夏子の原作の「さく花をさそふ嵐」はひろく知られた「花さそふ嵐のには」を直感させるので、いかにも拙い。せめて「さくら花」と改めたいと中島歌子が考えたとしてもふしぎではない。それにしても、「わが心だにみだれぬるかな」は秀逸であり、これが十五歳になるかならぬか、の少女の作とは信じがたいほどである。

これらの中島歌子の添削をみていくと、改作された作はおおむね原作よりも調べがなだらかで、調っている。これが萩の舎で夏子が学んだものとみられるであろう。その反面、夏子の個性が矯められているという感を否定できない。

2

「身のふる衣　まきのいち」の歌に入ると、「なへばみ」た衣装で明治二〇年二月二一日の萩の舎の発会に参加した夏子が「月前柳」の題詠で六十名余の中で最高点を得たことがこの日記の読みどころであろう。「おののき〱よみ出しに親君の祈りてやおはしけん天つ神の恵みにや有けんまろふど方は六十人餘りの內にて第一の點恵ませ給ぬ　次は八十子の君次は政成ぬしにてぞ有けり　龍子てる子の君達あなにくや今參りに高點取られぬとつぶやきつゝ背うちなどし給ふ　夏子の君は君達清がきし給ふ　折わらはのみのこし給ひしにあらざるやとの給ふ」。田辺龍子らの先輩が何と憎らしい、新参に高点をとられて、などと呟いて背をうったりして、夏子が清書のさいに自分のだけのこしたのではないか、と嫌みをいったという。この時、夏子はまだ十五歳、入門してほぼ半年しか経っていないのだから、田辺龍子らが嫌みをいうのも当然であった。それに夏子は内弟子という名で各人の作の清書を担当したのだが、これは召使いに近い立場だから、龍子らの侮蔑感もあったかもしれない。この発会にさい、最高点を得た作は

打なびくやなぎを見れバのどかなるおぼろ月夜も風ゝありけり

この作については中島歌子の添削はなかったようである。これまで読んできた三首についてもいえることだが、樋口夏子という少女はじつによく見る眼をもった女性であった。題詠だから、写生ではない。彼女の記憶の中からとりだしてきたのかもしれないが、それもふだんからよく観察し、その観察を記憶にとどめる習性ないし資質をもっていたにちがいない。

「身のふる衣　まきのいち」に続く日記「若葉かげ」は明治二四年四月以降なので、その間の秀作と思われる作品を以下に挙げることとする。明治二〇年の作品として、

咲ぬ共しらで過にし谷かげの花は散りてぞあらはれにけり

月かげももらぬ斗《ばかり》に岡のへの樹々のこずゑは茂り合にけり

風寒き庭のまがきに咲きにけり冬がれ知らぬひゝらぎの花

を挙げたい。「風寒き」については異稿があるが、右記が定稿と思われる。明治二〇年には、また、次のような作がある。

つく〴〵と思へば遠きこし方も一夜の夢のこゝちこそすれ

「徃事如夢」という題詠だが、まだ、十五、六歳の少女がこのような感慨を思いやることができるという事実は驚異という外ない。この年には、

なつかしきおもかげだニもみてし哉君が門をばゆきかへりつゝ

の作もある。これは「齋藤綠雨筆數詠詠草拔歌」（全集第四巻（下））に含まれている。題を与えられて作った歌であろうが、清楚な趣きがある。まだ恋の経験がなくても、こうした歌を作る修練をつむのが歌塾の教育だったのであろう。

明治二一年には次の作がある。

幾度かねやのともし火かき立ぬつれ〴〵わぶる雨のよすがら
しげりあふ青葉がおくを吹くかぜに折々殘るはなもミえけり
かゝげてもかげしめり行ともし火に音なきはるの雨を知るかな
めづらしく螢おふ子の聲す也五月雨はれし小田の中道
水の色もひとつミどりに成にけり夏草しげる野べの細川
咲きまじる千草の花もミえぬまてかぜにミだるるのべのかるかや

山ざとのかきねにかゝるからすうり色づくきこれば秋更にけり
山のはのあなたに月や出にけん我かげきこゆる岡ごえの道
吹く風のさそふともなきあかつきの月のかげよりちる木のはかな

第一首は「夜雨」、第二首は「殘花」、第三首は「夜春雨」、第四首は「雨後螢」、第五首は「水邊夏草」。第六首は「風前刈萱」の題詠である。この第六首は、原作では第三句が「きこえぬかな」であったようである。納得できる添削であろう。第七首は「山家烋深」の題詠、添削はないようである。第八首は「行路月」、第九首は「曉落葉」の題詠であり、第六首を除き、中島歌子の添削はないようである。第九首に「いと好し」と朱筆があるが、添削されていない作品にはおおむね同じ趣旨の批評が加えられている。

夏子の和歌は恋歌に若干見るべきものがあっても、他は評価できないと見るのが通説のようだが、すでに見たとおり、彼女の観察のこまやかさ、観察して体験する感覚の鋭さはこれらの叙景の題詠にもあらわれており、たとえば、「かゝげてもかげしめり行ともし火に」などは、作歌の年齢を考慮しないでも、佳唱というべきであろう。しかし「音なきはるの雨を知るかな」の下句が、いかにもなだらかな旧派の歌風であって、現代歌人はこのようには歌わないであろう。

明治二一年になるといくつかの恋歌が目にとまる。

よそながらかげだにきこんと幾度か君がかどをばすぎてけるかな

契りおきし物ならなくに夕ぐれはあやしく人の待れぬるかな
朝な〳〵むかふかゞミのかげにだにはづかしきまでやつれつるかな
逢までのいのちも哉と祈ひしはまだミぬほどのこゝろなりけり

第一首は「過門戀」、第二首は「夕待戀」、第三首は「思やする戀」、第四首は「逢切戀」の題詠であり、中島歌子の添削はないようである。まだ恋愛の経験のないと思われる少女にこうした題詠をさせることで、むしろ彼女たちは恋心とはどういうものかをあらかじめ知ったかもしれない。上記の中で、第二首の「あやしく」の「あやし」とは不思議さに引きつけられ、ひきこまれる気持になることをいうが、自らの心の動きの不思議さにひきこまれると気づく「あやしく」も非凡である。同時に、これらに共通するのは、恋心が時間の経過の中で歌われていることである。夏子の和歌には豊かな時間がこめられている作が多い。

このような叙景歌、恋歌に加えて、次のような歌もある。

しる人はよしやなしとも山水の清く心はもたんとぞ思ふ
さわがしき市のうちには住ながら心にちりはすへぬ宿かな
ゑめばゑミいかればいかる我かげをかゞミのなくはいかでしるべき

第一首は「寄水述懐」、第二首は「市中閑居」、第三首は「鏡」の題詠。これらは凡作だが、夏子にとっては作歌もまたいかに生きるかを問う場所であったことを示している。題詠にもかかわらず、このように歌ったのは夏子の和歌にとりくむ姿勢のあらわれといってよい。

明治二二年に入ると、次のような作がある。

ふる雨の音　斗《ばかり》して若ばさす桜の林とふ人もなし

村雨のふり出しかとミ渡せば風たちにけり岡のまつばら

吹きおろす北風寒き山河にひとりねにゆく鴨も有けり

第一首は「雨中新樹」の題詠であり、原作では第三句は「みづえさすさくらのかげは」であったようである。みずえは瑞枝であろう。桜の「かげ」は桜の木蔭の意かもしれないが、はっきりしない。原作よりも中島歌子の添削による作はすっきりしており、歯切れがよい。しかし、この原作でも、この歌に含まれている時間の豊かさに私は注目する。第二首は「杏風似雨」の題詠であり、原作「みねの松原風渡るなり」の改作である。原作の第五句「みねの松原」よりも「岡のまつばら」がはるかにすわりはよいが、「岡のまつばら」と歌いおさめるのは常套的で迫力がない。「村雨のふり出しかと見かへれば岡の松原風渡るなり」というような改作もありうるのではないか。私は、萩の舎で夏子が学んだものが多かったとはいえ、夏子の和歌を型に嵌めたきらいがあったと信じている。第三首は「一鳥過寒水」の題詠である。中島歌子の添削はないようにみえる。「吹きおろす北風寒き山河」は、一首の和歌としては平凡だが、「ひとりねにゆく鴨」、いいかえれば、はぐれた鴨を発見したことに夏子の才能を見ることができるであろう。あるいは群れからはぐれた鴨に夏子は自らを重ね合わせていたかもしれない。

同じ年の恋歌に

咲花の木陰にゝてし夕べよりあやしく人の戀しかりけり

一目ゝし君もや来ると今日も又春の山べにあこがれにけり

第一首、第二首ともには「春見戀」の題詠である。第一首にまた「あやしく」と使われている。第二首の「あこがれ」はこの言葉がまだ手垢が着いていない時代の清新さを思いながら味わうと、なかなかの佳作と思われる。

明治二三年に入ると、

市人のゆき來もいつかたえはてゝ雪靜かなる夕ま暮哉

夕風の寒く成しにおどろけば菫つむ手もこゝえず成にき

なす事もあらぬにはあらずありながら暮しわづらふ梅雨《さみだれ》の空

左にも右にも瀧の音きゝてゝ山がくれを行く旅路かな

ゆく水のおときくのゝに成にけり萩さくころののべの細川

何となく友の戀しき夕べ哉松風寒きよもぎふの宿

第一首は「市中雪」、第二首は「野菫」、第三首、第四首は数詠、第五首は「水邊萩」、第六首は「幽栖思友」の題詠、いずれも添削の形跡はみられない。これらはいずれも古風な感がつよい。

現代の歌人であれば、同じ抒情もかなりに違う歌い方になるであろう。「雪静かなる夕ま暮哉」にしても、「菫つむ手もこえずなりけり」にしても、あまりに穏やかに歌いおさめられているので、感動に乏しい。第一首は「往還に人かげもなし夕暮れてしきりに雪はふりつみやまず」のような表現もありうるのではなかろうか。ただ、歌の抒情の本質に変わりがあるわけではない。ただ、萩の舎の歌風には感動がない、抒情のときめきがない。定型に納まっている限り、和歌の体をなしているが、魅力がない。しかし、夏子の作についてそう言いきれるか。「夕風の寒く成しにおどろけば」という。たしかににわかに寒くなったことに驚き、夕暮れてしまったことに驚いたのである。その驚きの繊細な感覚こそ夏子の資質であった。「ゆく水の音きくのみになりにけり」にしても、夏子の敏感な聴覚をみるべきであろう。これらの和歌が古いという理由だけで斥けてよいとは私は考えない。また、「なすこともあらぬにあらずありながら暮しわづらふ梅雨の空」の一首は調べの良さに私たちは抵抗を覚えるのだが、夏子の日常詠として読めば、かなりに非凡と見られるのではないか。それも、たんなる日常詠とみるべきではなく、夏子が自己をつねにふりかえってみていた生のかたちとして読めば、感興はふかい。

この年の恋歌として次の作がある。

夢にだにあはんとはなど祈りけんさむれば更に戀しきものを
いつはりのよとはしれども君のこはよもと斗《ばかり》も思ひつる哉

第一首は「夢後戀」、第二首は「僞戀」の題詠である。以上の恋歌はすべて夏子の空想によるものであり、続く明治二四年一〇月に半井桃水に出会ってはじめて空想によらない恋歌を作ることになるが、こういう空想によって恋歌の制作の修練をつむことによって、うつつか夢か、夢かうつつか、といった恋心の闇への道標を知ることとなりえたかもしれない。

3

明治二四年に入って四月一一日から六月二四日までの間の日記「若葉かげ」、七月一七日から八月一〇日までの間の日記「わか艸」、九月一五日から一一月一〇日までの間の日記「蓬生日記一」、一一月二二日から二四日までの「よもぎふ日記　二」、一二月二一日から一二月二五日までの間の「(日記断片　その一)」が遺されている。断続的ながらほぼ年間を通して記述している。

まず「若葉かげ」は次の序文ではじまる。

「花にあくがれ月にうかぶ折々のこゝろをかしきもまれにはあり　おもふことといはざらむは腹ふくるゝてふたとへも侍ればおのが心にうれしともかなしともおもひあまりたるをもらすになんさるはもとより世の人にミすべきものならねばふでに花なく文に艶なし　たゞ其折々をおのづか

らなるからあるはあながちにひとりぼめして今更におもなきもあり　無下にいやしうてものわらひなるも多かり　名のみことぐ〳〵しう若葉かげなどといふものから行末しげれの祝ひ心には侍らずかし」

この序文に続いて、次の歌が記されている。

卯のはなのうきよの中のうれたさにおのれ若葉のかげにこそすめ

鈴木淳『樋口一葉日記を読む』（岩波セミナーブックス）では、この和歌の注釈を「直前の詞が、わざわざ祝意を否定し、浮世の憂わしさから逃れるために日陰に住んでいることを断る」という。この「祝意」という表現は適切でない。「祝意」とは「祝う気持」を意味する。しかし、ここで夏子は若葉の行末が茂るように、という祝いの気持で「若葉かげ」と名付けたわけではない、といっているのであって、この「祝ひ心」とは吉事を求める祈りの気持というほどの意味である。また、「日陰に住んでいることを断る」というけれども、日記を書きはじめるにあたって「日陰に住むのだ」という決意を現したと読むべきであろう。続けて、鈴木淳は「この歌の初二句は、『古今集』夏、躬恒「ほとゝぎす我とはなしに卯の花のうき世の中になきわたるらん」の三四句に同じい。躬恒の歌はホトトギスの歌であるが、一葉の歌は「若葉のかげ」も含めて、すべてホトトギスの道具立ては揃っているのに、なぜかホトトギスを詠み入れていない。それでも、ホトトギスも私と同様、このつらい世の中で泣き続けるという、『古今集』の歌意を受けて、ホトトギスと自己を同一化したと見たい」という。これは同書の第五章の記述だが、第八章では微妙に変わっている。第八章では「憂き世の中から逃れ、人目を避けて若葉の蔭に住んでいる、というもの。この序文には、ホトトギスの語はないが、和歌の詠方から言って、ひっそりと隠れ住む自らの境遇を、葉陰に身を隠すホトトギスに、暗になぞらえたと受け止めてよかろう」という。夏子の歌が『古今集』の躬恒の歌の本歌取りであることは間違いないが、だからといって、ホトトギスまで夏子の歌の含意に認める必然性はない。また、ホトトギスを葉陰に身を隠す鳥とみて、ホトトギスに暗になぞらえたというのも理由がない。鈴木の独断的想像にすぎない。また、第五章ではホトトギスのように泣くといい、第八章ではホトトギスのように葉陰に身を隠す、というのも、同じ著書の中で整合性がない。この作の鑑賞についてホトトギスを連想する必要はない。若葉の蔭にひっそりと身を潜めるように、憂き世から身を潜めて思いうかぶ感想を記すつもりだ、というだけの意と解すれば足りる。鈴木淳は本歌にひきづられて、夏子の歌を本歌にこじつけた間違いを冒している。

「若葉かげ」には四月一一日、妹邦子と隅田川に花見に行く記事がある。

「澄田川にも心のいそげばをしき木かげたちはなれて車坂下るほどこゝは父君の世にい給ひしころ花の折としなればいつも〳〵おのれらともなひ給ひて朝夕立ならし給し所よとゆくりなく妹のかたるをきけばむかしの春もおもかげにうかぶ心地して

山櫻ことしもにほふ花かげにちりてかへらぬ君をこそ思へ
心細しやなどいふまゝに朝露ならねど二人のそではぬれ渡りぬ」
父親在世の思い出に姉妹が涙に袖を濡らす光景は心をうつが、和歌は平凡である。
次の日記「わか艸」には十首の歌が記されている。

冬籠る山した庵ᄉ大方のよのはるよりものどけかりけり
契りてはおかぬものから初ゆきのふる日は友のまたれぬる哉
冬がれしこぞのふる葉の中よりもやゝ青ミたる垣の若艸
のどかなるとこよの春に歸るらん雲路に消る天つ雁がね
月にのミかゝるとおもひしうき雲にかげかくれ行春の雁がね
うらやまし春の小蝶はねぶるまも花の木かげをはなれざりけり
ゆふがほのミになるをのミ待宿のかきねにをしき花の色かな
夢とのミ消るをミてもたのしきはうきたる舟の花火成けり
うらやまし世の風しらぬ谷かげにちよをしめたる松も有けり
つのくにのこや何といふ花ならんながむる軒に日ごとしげるは

第一首は「山家如春」、第二首は「雪中待友」、第三首は「草漸靑」、第四首、第五首は「歸雁入雲」の題が記されており、第六首の前に「㕛間月」「花間蝶」の題が書かれている。第六首以下を書くさい、思いついた題を記し、以下の五首を書いたものであろう。少なくとも、この時期においては、萩の舎の歌会における詠草と違い、気軽に記録のために書き残したためか、秀作はほとんど認められない。採ることのできるのは日記の題を採られた理由となった第三首だけではないか。これには夏子のこまやかな観察と春を待つ明るい気持が歌われている、また、蝶は眠る間も花蔭を離れない、という第六首は趣向に感興があるが、和歌としては拙い。その他は論じるに価するとは考えないが、鈴木淳が前掲書において「ゆふがほ」の歌について書いているので、鈴木の記述について私の考えを記す。鈴木の記述は次のとおりである。

「夕がほの」「かきね」は『源氏物語』夕顔巻の源氏取りである。「夕がほのみになる」は、花が瓢箪になることで、花よりも実のことばかりしか考えないような貧家には、惜しまれる夕顔の花の色香であるよというもの。侘び住まいの趣向、情趣とも捨てがたい。」

夏子が源氏物語に親しんでいたにしても、この歌の「夕がほの」「かきね」は『源氏物語』夕顔巻の源氏取りである、というのは勘ぐりというものであろう。この歌には理屈があって、情緒がない。このような駄作を「趣向、情趣とも捨てがたい」などというのは鈴木淳の鑑賞眼の乏しさによるというべきである。

「蓬生日記　一」に入ると、九月一七日の萩の舎の歌会の記事に「点取題對山待月」を与えられ、夏子が詠んだ歌

山のはの梢あかるく成にけり今か出らむ秋のよの月

これは「詠草13」に収められ、全集の注によれば「いと〳〵好し」と評されている。夏子の観察はまことにこまやかであり、時間の経過まで見とおしていることに感銘をうける。ただ、おそらく、これも現代短歌であれば、このようになだらかに、よどみなく歌うことはないだろう。しかし、詩情においては現代短歌でも同じはずだが、問題はこうした情景に現代短歌は感動、情趣を覚えないことにあるかもしれない。だが、私はこうした精妙な自然観察こそ私たちのすぐれた民族的な感受性の証しであると考えている。

同じ「蓬生日記　一」の一〇月二七日の項に

「よべ雨や降にけん　朝庭少ししめりたり　七時頃地震す　亡兄命日なればとてはたつもの煑などして奉る　鳥尾君へ參らん時の料にとて洗ひ張させし衣縫ふ　はぎものひる前かゝる　下まへのゑり五ッはぐ　袖にはぎ二ッあり

宮城のにあらぬものからから衣なども小萩のしげきなるらむ

絶ずかゝと打笑ふもをかし　日暮て後は手ならひをす　今宵は筆のはこびいと思ふ様にて例刻よりはすこし多くなしたり　一時床に入る」

とある。亡兄泉太郎は明治二〇年一二月二七日に死去しているから、一〇月二七日は祥月命日ではない、毎月の命日だが、「はたつもの」、野菜の煮付けを供えるという、心ばかりの供養を行っていたわけである。明治の家庭ではこうした慣行が通常であったのだろう。はぎものはつぎはぎの意にちがいない。全集の脚注によれば一一月一日に鳥尾家で「難陳歌合」が行われた。全集の「二十二番難陳歌合」である。そのための衣装として、洗張りした着物をつぎはぎして午前中を費やしている。「小萩」は「はぎもの」の掛詞であり、「宮城のにあらぬものからから衣」は「小萩」を引き出すための修飾句である。これだけ貧しい苦労をしながら、その苦労を笑いとばす夏子の精神の強靭さにあらためて感銘を覚え、そう思って詠むと、独立した歌としてはともかく、序詞と一体に読めば、興趣ふかい。

こうして一〇月三〇日に、はじめて半井桃水と面会し、はげしく心を惹かれることとなり、恋歌にみるべき作が多くなるが、これらは後にみることとする。

同じ日記の一〇月三一日の項に「暮秋霜」という題詠で、夏子は、

めづらしく朝霜ミえて吹風の寒き秋にも成にける哉

と読み、「実景成りとて十点に成ぬ」と最高点をとったが、次は「紅葉浮水」という題を出されて

「龍田川紅葉ミだれて流るめりてふを本歌に取て

いさゝ川渡らばにしきと斗に散こそうかべ岸のもミぢ葉

かくなんいひていたく師の君にしかられにき　本歌を取てそを受たる詞なしとて成り」と記している。「めづらしく」も感覚の鋭さが認められるとしても、表現は拙劣であって、採るに価しな

い。問題は第二首にたいする中島歌子の評である。この評について、鈴木淳は「歌子の言い分がよくわからないが、おそらく本歌の趣意に対応する表現がないことを言ったのであろう」という。これは中島歌子の評の趣旨を誤解しているし、あるいは、本歌取りの趣旨を鈴木淳は誤解している。中島歌子が問題にしたことは、「対応」ではない。本歌からのイメージや詩想の発展がないことを批判したのである。じっさい、夏子の歌は「龍田川」の歌の言い換えの域を出ていない。本歌に依拠しながら、新しい世界を、新しい感覚を、あるいは新しい発想を展開するのが本歌取りである。つまりは、本歌取りによる歌はそれ自体で自立した作品でなければならない。こういうことは私には常識と思われるが、研究者はどう考えているのであろうか。

「よもぎふ日記　二」は「一寸光陰不可軽」とあり「露のまとゆるすこゝろや行ミづのかへらぬくひのはじめ成らむ」と乱れ書されてはじまっている。一寸の光陰軽んずべからず、という語に感銘をうけて、ほんの露ほどの間と心で許していても、行く水の帰らぬように、時間は過ぎ去って後悔することになろう、といった意味の和歌に翻訳したものであろう。こうした自戒こそが夏子がその短い生涯にわたりくりかえしていた心構えであった。

ここで日記に記されていない和歌の中から明治二四年作の若干を見ることとする。

おぼろ〳〵月はかすめど我岡の梅遠しろくミゆるよ半かな

しの簾うごかすほどの風もなし雪しづかなる朝ぼらけかな

人かげのまだこゆる哉岡越えの花の下道くらく成ても
更るまで門のいたばしふミしだきほたるおふ子のこゑぞ聞ゆる
かまつかの花さきにけり久方のあまつ雁がねまだ聞かなくに
かれ渡庭の浅ぢふてる月の色なきいろぞ寒けかりける
夕月のかげもうごかず成にけりこほりやしけんかどの細河

第一首は「月前梅」、第二首は「朝雪」、第三首は「岡花」、第四首は無題、第五首は「かまつかのはな」、第六首は「庭上寒月」、第七首は「河上氷」の題詠である。観察のこまやかさをこれらにも見ることができるが、私は「かまつか」の第五首を気に入っている。しかし、「久方の」という枕詞は現代短歌では切りすてられるかもしれない。そうはいっても、こうした枕詞の魅力を無視してよいわけでもないと私は考えている。ところで、明治二四年には次のような歌が作られている。

よの人は花にうかるゝ春の日のながきをひとりしるすまゐかな
なげきわびしなむくすりもかひなくは雪のやまにや跡をけなまし
いとゞしく心のちりもしづまりて風なき庭の花をこゝる哉

第一首は「閑中日長」、第二首は無題、第三首は「静見花」の題詠である。第二首、第三首ともに夏子の倦怠感、厭世感が認められる。私としては、旧派の歌人とはいえ、このようなふかい感慨をもって生きていた歌人と比べ、たとえば、『みだれ髪』は、その短歌史における重大な意義を認めた上で、富裕な家庭に育った青春期の女性の感情の高揚にすぎないように思われる。私はことに第三首に惹かれているが、別の詠み方もありえないかと疑っている。たとえば「日を追ひて心の塵の立ち騒ぎ風なく揺れる花をみるなり」といった表現もありえるのではないか。

明治二四年一〇月三〇日、半井桃水をはじめて夏子が訪ねたことはすでに記したとおりだが、この年には、すでに

我ながらこゝろよはくももらしけりしのびはてんと思ひしものを

の作がある。しかし、この歌は半井桃水と関係はないのではないか。これは「洩始戀」の題詠であり、「まけてけり」を「もらしけり」と添削されている。もっともな添削であろう。

4

明治二五年には「につ記　一」に一月一日から二月九日まで、「につ記　二」に二月一〇日から三月一一日まで、「日記」に三月一二日から四月六日まで、「につ記」に四月一八日から五月二九日まで、日記「しのぶぐさ」に五月一日から九月三日まで、「につ記」に九月四日から一〇

月二五日まで、「道しばのつゆ」に一一月九日から一二月二〇日まで、「よもぎふにつ記」に一二月二四日から一二月三一日まで、断続的ながら、年間を通して記し、「よもぎふにつ記」はそのまま明治二六年の記事に続いている。

一月一日には

いか斗《ばかり》のどかに立し年ならむ霜だにゝえぬ朝ぼらけかな

の作が記されているが、特記するほどの歌ではない。「雑煮いわいとそくみなど例年の通りなり化粧などしてさて書初めをなす」とある。平穏な新年であったようである。続いて

くれ竹のおもふふしなく親も子ものびたゝんとしの始とも哉

も当日の作だが、これも批評に価しない。

「日記」四月六日の項に五首が記されている。第二首は自作ではないので、夏子の作四首を示す。

月といふつきの光りもゝえぬかなやゝをやゝともおもはざる身は

ミちのくのなき名とり河くるしきは人にきせたるぬれ衣にして

散ぬればいろなきものを櫻ばなこひとは何のすがたなるらむ

ゆく水のうきなも何か木の葉舟ながるゝまゝにまかせてをゝん

第二首、第四首は六月の作と全集の脚注にあり、「につ記」の末尾にも記されているので、後に

「日記　しのぶぐさ」六月一二日の項の記載とあわせ読むこととする。
まず「月といふ」の第一首については和泉式部の「くらきよりくらき道にぞ入りぬべきはるかにてらせ山のはの月」をふまえたものと全集の脚注にある。しかし、和泉式部の作は山の端の月光を待ち望んでいるのに反し、夏子は光を見てもいないし、望んでもいない。彼女の心境ははるかに暗い闇の中にある。半井桃水との恋愛がもたらしたものは、こうした懊悩であった。イメージの豊かさはないけれども、心情の切実さにおいて、上掲の第四首とともに、夏子の生涯の代表作の一つと私は考える。「散りぬれば」の第三首は、おそらく恋のむなしさを歌ったものであろうが、意余って言葉が足りないという感がつよい。

さて、第二首、第四首の背景となった六月一二日の記述を引用する。

「夢の様にて十二日にも成ぬ　十日祭の式行ふ　ことに親しき人十四五人招きて小酒宴あり　伊東夏子ぬし不圖席を立て我にいふべき事あり　此方といふ　呼ばれて行しは次の間の四疊斗《ばかり》なるもの丶かげ也　何事ぞと問へば聲をひそめて君は世の義理や重き家の名や惜しきいづれぞ　先この事問まほしとの給ふ　いでや世の義理ハ我がことに重んずる事也　是故にこそ幾多の苦をもしのぐなれ　されど家の名はた惜しからぬかは　甲乙なしといふが中に心は家に引かれ侍り　我斗のことにもあらず　親あり兄弟ありと思へばといふ　さらば申す也　君と半井ぬしとの交際断給ふ訳にはいかずやいかにといひて我おもてつとまもらる　いぶかしふもの給ふ哉　いつぞや我

いひつる様にかの人年若く面て清らになどあれば我が参り行ふこと世のはゞかり無きにしも非ず百度も千度も交際や断ましと思ひつること無きならねど受し恩義の重きに引かれて心清くはえも去あへず今も猶かくて有なり　されど神かけて我心に濁りなく我が行にけがれなきは知り給へぬ君にも非らじ　さるをなどこと更にかうはの給ふぞと打恨めばそは道理也〳〵　さりながら我かゝることといひ出づるには故なきにしもあらず　されど今日は便わろかり　又の日其訳申さん其上にも猶交際断がたしとの給んに我すらうたがはんや知れ侍らずとていたく打歎き給ふ　いぶかしともいぶかし　かゝるほどに人々集り來ていとらうがはしく成ぬれば立別れにけり　何事とも覺えねど胸の中にものたゝまりたる様にて心安からず　人々歸りて後この事斗《ばかり》思ひぬ」

「十日祭」は中島歌子の母、いく子の死去の十日後に行われた儀式であろう。伊東夏子は萩の舎における夏子の無二の親友であった。その伊東夏子から半井桃水との交際を絶つように忠告されて、夏子は苦悩する。『につ記』の末尾にも「なき名の立ける頃」と前書して「ミちのくのを、さらに「されどたゞ」と序詞を付して「行水の」を記し、さらに「今日を限りとおもひ定めてうしのもとをとはんといふ日よめる」と序詞を付して

いとゞしくつらかりぬべき別路をあはぬ今よりしのばるゝ哉

を記している。

これらの作の中で「ゆく水の」がもっともすぐれていることに疑問の余地はない。夏子の生涯

における和歌の中の代表作の一というにはばからない。これは、わが身の行方は運命の定めにしたがうことにしよう、という、諦観の歌である。どのように漂うことになっても、それを受け入れるより外はない、と達観している。この夏子の悲痛な心境に私は同情を禁じ得ないが、これが、いわば旧派の歌人でしか、彼女がありえなかった所以であると私は考える。和歌革新の主要な特徴の一つは「我」の主張、自我の肯定にあった。

　吉原の太鼓聞こえて更くる夜にひとり俳句を分類すわれは

という「われは」十首の正岡子規も、

　われ男の子意気の子名の子つるぎの子詩の子恋の子あゝもだえの子

と歌った与謝野鉄幹も「我」を信じ、「我」の在り方を積極的に主張した。溢れるほどの才能に恵まれながら、夏子の和歌には「我」の主張、「自我」の肯定がなかった。これは時代がまだ早すぎたからかもしれないし、萩の舎に学んだためかもしれない。しかし、このように自己の生を真摯、切実に凝視して作歌した事実に夏子がたんなる旧派の歌人でなかったとみるべきであろう。なお、鈴木淳は前掲書の第五章で、この歌について、「「行水の」は水の縁で「うきな（浮き名）」「木のは舟」「ながるゝ」と縁語仕立ての歌。本歌ではないが、『古今集』雑下、小野小町の「わびぬれば身をうき草の根をたえてさそふ水あらば去なむとぞおもふ」の趣意を髣髴とさせるものがあり、いっそ背徳的な恋に身を委ねようかという、胸にわだかまる迷いを表出した」と解している。縁語かどうかは教学上は無意味とはいわないが、歌の鑑賞にはほとんど関係ない。むしろ、こうした縁語が旧派を脱していないことを語っているといってよい。本歌でない歌を「髣髴させる」といっても、これまた、解釈には無用である。「いっそ背徳的な恋に身を委ねようかという、胸にわだかまる迷いを表出した」という解釈にいたっては、著者の深読みによる読み違いとしかいいようがない。こうした解釈は、一葉日記を読む上で、読者を迷わせる効能しかもたないだろう。

この年の恋歌には、次の如き作もある。

すゞ染の夕山おろし吹なべに木の葉ゞだれて人ぞ戀しき
いかにせんおもふもつらしこふもうしさりとて人の忘れられなくに
何事をかたるとなしに玉くしげふたりあるよはものもおもはず
ぬば玉の夢といふものなくも哉つれなき人のわすられぬべく
朝な〳〵むかふ鏡のかげにだにはづかしき沾やつれぬるかな
逢はゞかくいはんとおもひしくずのはのうらゞもあへず明くる夜半かな

第一首は「嵐前戀人」、第二首は「思煩戀」、第三首は「ふたりおり」、第四首は「欲忘戀」、第五首は「思やする戀」、第六首は「折にふれたる」の題詠である。必ずしも半井桃水を思って詠んだ恋歌とはいえないかもしれないし、いずれも夏子の個性の認められる歌ではない。

もらさじとつゝむものからよの人にしられまほしき戀もする哉

の作は半井桃水に関連するかもしれない。これもすぐれた歌とはいえないが、恋心の真理をついているともいえるだろう。この年の叙景歌として、

かはほりのとぶかげミえて中垣の夕がほの花さきそめにけり

烌もやゝ河ぞひのち原いろづきてミづのとさむくなれるころかな

の着実な写生に魅力がある。ことに第二首の下句が印象的である。第一首は「垣のゆふがほ」の題詠、第二首は「烌水」の題詠であり、原作の「河ぞひ」が「河への」に添削されたようである。詠草33には「河ぞひ」として収められており、詠草35で「河邊の」に改めて収められている。写生に魅力があるとはいえ、調べがいかにも古風である。むしろ

尋てもミよ我やどはわだつ海のそこと斗《ばかり》にまぎらはしつゝ

を、この年の作としては、採るべきであろう。これは「ゆく水の」と同じく、いわば心境詠であり、夏子の心情の悲しさが心をうつ作である。ただ、「わだつ海のそこ」に沈む「我」を主張するのではなく、「まぎらはしつゝ」生きている、という消極的な生き方の描写にとどめているのが、旧派を出ない所以である。だからといって、夏子を除いて、ここまで悲壮、哀傷の思いをうたった歌人は短歌革新以後になってもどれだけいるか、きわめて疑問と思われる。

明治二六年の日記は「よもぎふにつ記」が二月一一日まで、「よもぎふ日記」と変わって二月

一三日から三月一六日まで、また「よもぎふにつ記」と題が戻って、三月一七日から四月六日まで、「蓬生日記」が四月七日から五月一一日まで、「につ記」が五月一二日から六月一〇日まで、「日記」が六月一一日から二二日まで、また「につ記」となって七月一日から一四日まで、を記している。「よもぎふにつ記」一月二九日の項には、「夜いたう更けて雨だりのおとの聞ゆるは雪のとくるにやとねやの戸をして見出せば庭もまがきもたゞしろがねの砂子をしきたるやうにきら〳〵敷見渡しの右京山たゞこゝもとに浮出たらん様にて夜目ともいはずいとしるく見ゆるは月に成ぬる成るべし　こゝら思ふことをゝながら捨てゝ有無の境をはなれんと思ふ身に猶しのびがたきは此雪のけしき也　とざまかうざま思ひつゞくるほど胸のうち熱して堪がたければやをらをりて雪をたなぞこにすくはんとすれば我がかげ落てあり〳〵と見ゆ　月はわが軒の上にのぼりて閨ながらは見えざりしぞかし　空はたゞゝがける鏡の様にて塵斗の雲もとゞめず　何方まで照るらん　そゞろに詠むるもさびし

降る雪にうもれてやらでゝし人のおもかげうかぶ月ぞかなしき

わがおもひなど降ゆきのつもりけんつひにとくべき中にもあらぬを」

とある。恋歌二首はどうということはないが、「こゝら思ふことをゝながら捨てゝ有無の境をはなれんと思」って、雪つもる庭に降り立つ風情は胸に迫るものがある。

二月九日には、引用されることの多い、

敷嶋のうたのあらす田あれぬれどにごらぬかたもあるべきものを

が記されている。夏子は彼女なりに和歌の衰退を歎き、革新を志していたのだが、彼女の革新の方向はその数年後からはじまる短歌革新の方向とは違っていた。あくまで旧派の域内の革新にとどまっていた。一つは、すでに指摘したとおり、「我」を強烈に主張し、「自我」を肯定することがなかったことである。また、彼女は伝統的、因襲的な倫理観、道徳観から自由ではなかった。そういう意味で新時代の女性ではなかった。さらに、彼女は美意識において古典的な意識に縛られていた、と思われる。たとえば、彼女が死去して十年ほどの後、

あさぼらけひとめ見しゆゑしばだたくくろきまつげをあはれみにけり

しんしんと雪ふりし夜にその指のあな冷たよと言ひて寄りしか

水のべの花の小花の散りどころ盲目となりて抱かれてくれよ

といった情欲をじかにうたい、

けふもまた雨かとひとりごちながら三州味噌をあぶりて食むも

今しがた赤くなりて女中を叱りしが郊外に來て寒けをおぼゆ

といった日常の瑣末をうたい、

この里に大山大將住むゆゑにわれの心の嬉しかりけり

といった、あまりにも素朴な庶民感情をうたった作を収めた、斎藤茂吉『赤光』が短歌史上、画

期的な役割をはたすことになるとは、夏子は想像もできなかったろう。与謝野晶子『みだれ髪』についても同じであったろう。短歌革新によってあらゆる事象を、いかなるかたちで、うたうこともまったく自由になったが、夏子の考えていた和歌の世界はあまりに狭かった。

二月一一日、「夜くらくして風あらく三崎町あたりは家々戸をおろしていと淋し　半井ぬしのもとには龍田君斗《ばかり》こえしと國子のかたるに」と記して、

　こるめなきうらみはおきてよる波のたゞこゝよりぞたちかへらまし

の歌を書き、「いとおろか成りや　人にいふべきにもあらぬを」と続けている。この歌は「詠草35」に「よそながら門を過てあはず」と詞書を添えて収められている。

「よもぎふ日記」二月二三日には半井桃水の長編小説『胡沙ふく風』を夜を通して読み終え

　引とめんそでならなくにあかつきの別れかなしくものをこそおもへ

の歌を書きとどめている。

さらに三月七日にも『胡沙ふく風』の登場人物に寄せた三首を書いているが、引用するほどの作ではない。さらに三崎町に半井桃水が営んだ葉茶屋について噂を聞き、三月一二日

　くれ竹のよも君しらじふく風のそよぐにつけてさわぐ心は

　まちぬべきものともしらぬ中空になど夕ぐれのかねの淋しき

さらに一五日、半井桃水の「ありし玉章をくり返しこて」

くりかえしみるに心はなぐさまで涙おちそふ水くきのあと
むさしあぶみとはぬもうしとなげきても中々つらき命成けり
の作が書かれ、詞書を添えて以下の作が書かれている。
「老たる親の上をおもへばふけうの罪さりがたけれど
中々にしなぬいのちのくるしきはうき人こふる心成けり
されど人の憂きにはあらですべて我心からなれば
つらからぬ人をば置てかたいとのくるしやこゝろわれとみだるゝ
入日のかたをながむればかの大人のあたりそことしのばれて
うら山し夕ぐれひゞくかねの音のいたらぬ方もあらじとおもへば」
夏子の歌は恋歌にすぐれたものが多いといわれるが、上記の作はいずれも感心しない。
一五日には、小梅村の吉田かとり子から手紙が届き、前年の梅見を思いだした歌三首が書かれていたので、翌一六日に、
いざゝらばとも音になかん友千鳥ふみだにかよへうらの眞沙路
この頃、野尻理作が結婚したと聞き、理作が好きだった邦子が歎き、歌をみせたので、邦子との作歌の往復が記されているが、見るべきほどの作ではない。
「よもぎふにつ記」に入って、三月三〇日、次の四首が記されている。

春雨は軒の玉水くりかへしふりにしかたを又しのべとや
あなくるしつらくもあらぬ人ゆゑにあはまほしさのかずそはりつゝ
中々に戀とはいはじかりごものみだれ心はわれからにして
荻の葉のそよともいはですぐるかなわすれやしけんほどのへぬれば

第三首、第四首に若干の興趣がないとはいわないが、おおむね感興に乏しい。

四月六日の記事に続いて、次の八首が記されている。

何となく硯にむかふ手ならひよおもふことのみまづかゝれつゝ
しらじかし花に木づたふ鶯のしの音に鳴てものおもふとも
しられぬもよしやあし間のうもれ水ながれてあはん仲ならなくに
うら山し夕ぐれひゞくかねの音のいたらぬかたもあらじとおもへば
春にあふかき根のさくら中々に花めかしきがやましかりけり
春雨のふりにし中よわか草のまたもえ出てものをこそおもへ
春雨はふりにふれどもかれ柳いかゞはすべきもゆるかたなし
いたづらにもゆる斗《（ばかり）》ぞわか草のつみはやされんものとしもなく

このうち、「うら山し」は三月三〇日に記した作の再録である。この日の記事の末尾に「もゝのさかりに人の名をおもひて」と序詞を付して

もゝの花さきてうつろふ池水のふかくも君をしのぶ頃哉

の作がある。これが半井桃水に対する思慕の作であることは序詞から明らかだが、いくらか艶な趣きがあるといえるであろうか。

「蓬生日記」に入ると、四月一〇日、

くれ竹の友がきいかに荒れぬらんふしの間どほに成れるころかな

とあり、「花のさかりも今一日二日と聞くに」との詞書を添えて

春雨はたもとにばかりかゝる哉いざ花にともいひがたきころ

「なゝ六茶屋の今日より開かれぬと聞くは」との詞書に添え

澄田川花に斗《ばかり》とおもひしをふでに狂へる人も有けり

この歌は当時の流行作家村上浪六が四月一〇日から一〇日間、白髭神社付近に茶亭を設けて町奴姿で接待するとの広告を見た感想であるという。

四月一九日には

我こそはだるま大師に成にけれとぶらはんにもあしなしにして

全集の脚注によれば、達磨大師は面壁九年の間に足が腐ってしまったという。この比喩は「あしなし」を引き出すだけでなく、何の著作も成功を見ずに壁に向い暮す生活を表している。『明治大正文豪研究』の座談会で三宅花圃は一葉の筆名について「それは何の一葉ですかと私がもうし

ましたら、さうぢやないですよ、達磨さんの葦の一葉よ、おあしがないからと小さい声でこれは内緒ですよといひました」と語っている、という。達磨大師には葦の一葉に乗って揚子江を渡ったとの伝説がある。この日の日記には「家〻只貧にせまりにせまりて米のしろだに得やすからぬ」といった状況であった。この歌は名歌とはいえないが、このような状況の中でこうした強靱さを保つ精神はまことに非凡である。

「しのぶぐさ」の四月一五日には

人の上もかくこそ有けれ大かたのまつ〻はかなきものとしらなん

の作が記され、「(日記斷片　その二)」には

我ながら心よはしや今日を置きてまたの逢日もはかられなくに

の作が記されている。

歌が記されている次の日記は「につ記」であって、六月二六日の記述の後に

わすれぐさなどつまざらんすゞよしのまつかひあらむものならなくに

沖津波きしのよる邊とねがはねどくだくるものはこゝろ成けり

もろともにしなばしなんといのるかなあらむかぎり〻戀しきものを

久方のあめにまじりて我おらむゞえぬかたちゝ人もいとはじ

さるもの日々にうとしと人ごとにいへど

しげりあふまどのわかたけ日にそへてうとしやなにのこと葉なるらむ

雨ふる日其人の著書をミる

かきくらしふるは涙かさみだれの空もはれせずものをこそおもへ

見るもうし見ざるもつらし

くりかへしミるに心はなぐさまでかなしきものをミづくきのあと

「につ記」七月一日の記述に先立って

とにかくにこえてをミまし空せミのよわたる橋や夢のうきはし

の作を記している。「夢のうきはし」といえば藤原定家の「春の夜の夢のうきはしとだえして峰に別るる横雲の空」を想起するのが自然だが、じつは、六月二九日には「一同熱議実業につかん事に決す」とあって、やがて竜泉寺町に落ち着く借家探しをはじめた時期であった。定家の作は典型的な新古今集の美学の表現だが、この夏子の「夢のうきはし」は本当に現実の世間を渡ることができるかどうか、まさに「夢のうきはし」としか思われない、生活への出発の歌であった。「うつせみの」という枕詞は古風だが、たんなる枕詞とだけは言いきれない現実感がある。

明治二六年前半の多くの日記にはかなりの数の歌が記されているけれども、「だるま大師」の作のように興趣があるものもあるとはいえ、ほとんどが駄作といってよい。中で、最後に引用した「とにかくに」が圧倒的に優れている。これは、その時点の夏子の決心の悲壮さによるであろう。また、日記中の作はその場その場で書きながしたものであって、萩の舎の歌会におけるような、気負った思いが欠けているためであろう。

ただ、この間、詠草から拾うと次のような叙景の佳作がある。

見しはなのかげきえてゆく春山のゆふがすゝこそ心ぼそけれ

降雨の淋しきまゝにまたれけり同じ心の友ゝとやふと

行舟のけぶりなびかし吹く風にはるは沖よりくるかとぞおもふ

第一首は「暮山霞」、第二首は「雨中待客」、第三首は「春風海上來」であるが、ことに第三首の「はるは沖よりぞくるかとぞおもふ」が心に残る。しかし、これも現代歌人であれば、同じ発想でも違った歌い方をするであろう。

ただし、「雑記やたらづけ」に記された注目すべき作がある。明治二六年二月ころ記したものと全集の補注が推定している次の四首である。

はり仕事あらひものあらばやむを得ず夕がたまでゝ著作とをしれ

夕ゝあそびよるは思慮なり思案なりおのがこゝろをねる時にして

六時より七時までこそ字はならへそれより書をば十時までよむ

十一時十二時かけて文つくるひる過ぎしばし食休ゞなり

おそらくこれらを夏子は和歌とは考えていなかったであろう。しかし、こうした日常に詩を見出したことにも近代短歌の特徴があり、これも短歌革新の成果の一つであった。こうした方向で「我」の生を主張したならば、夏子は歌人としても、たぶん重要な足跡をのこしたであろう。

5

これから竜泉寺町から最晩年の丸山福山町の生活がはじまり、小説でいえば、奇蹟の十四カ月を含む暮らしの中の歌がはじまる。日記は「塵之中」が明治二六年七月一五日から八月一〇日まで、「塵中日記」が同年八月一一日から九月二四日まで、「塵中日記今是集（甲種）」が同年一〇月九日、「塵中日記今是集（乙種）」が同年一〇月九日から一一月一四日まで、「塵中日記　和歌」が同年一一月一五日から同月二六日まで、また「塵中日記」が同年同月二七日から翌明治二七年二月二三日まで、「日記　ちりの中」が同年二月二三日から三月一四日まで、「塵之中日記」が同年三月一四日から同月一九日まで、「塵中につ記」が同年三月から五月二日まで、であって、その後、丸山福山町に転居して「水の上日記」等が始まる。まず、竜泉寺町の生活から記録された歌を見ることとする。

あはれいかにことしの秌ハミにしまむすミもならはぬやどの夕かぜ

いづれぞやうきにえたへて入そむるゝ山のおくと塵の中とは

七月二六日の記述に収められている。いずれも寂寥感にあふれた佳作である。第二首について、鈴木淳は「西行の有名な「さびしさにたへたる人の又もあれな庵ならべん冬の山郷」をかすめる」と書いている。「かすめる」とは意味が分からないが、夏子は深山の奥に庵をむすぶのと塵の中にすむのと、いずれが、憂愁に耐えられるか、とうたって、むしろ西行の境遇よりも自分の憂愁に耐える心情がはるかにつらい、と歎いているのであって、「かすめる」といった意味不明の言葉でこの歌を鑑賞するのは間違いであろう。

「塵中日記」の末尾、九月二三日の記述の後に記された三首もいずれも夏子ならではの独特の歌境である。

中々にたゞよふも又おもしろしつきの前ゆく空のうき雲

おもひかね妹がりゆけば冬のよの川かぜ寒ゝ千鳥なくなり

よの中は何方さしてやどならむ行とまるをぞかぎりとおもはむ

この第一首について、鈴木淳は前掲書において「これは案外、龍泉寺という吉原近辺の侘び住まいが新鮮で楽しいものだという思いが伝わる歌で、趣向は『徒然草』百三十七段の「花はさかりに月はくまなきをのみ見る物かは」から借りたもの」と書いているが、竜泉寺町の生活を塵中の漂泊と捉え、見上げれば、相変わらず月が照り、雲が行く光景も「おもしろし」と逆説的にうたったものであって、「侘び住まい」を新鮮で楽しいなどとうたったものではない。まして、『徒然草』とは何の関係もない。第二首の抒情も掬すべきものがあるが、第三首が夏子の生涯の歌作中の代表作の一つである。こうして暮らしてどこへ行くか、行きつく場所がどこであれ、その場所に流れていくほかはない、という。夏子の悲傷が心に沁みる作である。

「塵中日記」二月一五日の前に四首の歌が記されている。

人しらぬ花もこそさけいざゝらばなほ分け入らむはるのやま道

わたつミの沖にうかべる大ふねの何方までゆくおもひ成らむ

　さとれば去此不遠まよへば十萬億土

雲まよふ夕べの空に月はあれどおぼつかなしやミち暗くして

　有無ふたつなし　一切無量

花ちらすかぜのやどりも何かとはむながれにまかす谷川のミづ

これらは前掲「よの中は」の歌と同じ心境をうたったものだが、第二首において、読者に示す風景の大きさと夏子が感じている彼女の生の卑小さとの対比が感銘ふかい。

「日記　ちりの中」には明治二七年三月一二日の項に「数よミ」として次の題詠による五首が記されている。

朝春雨

ふしながら聞しゝいつぞ朝市のたちゐくるしき春雨の空

夜春雨

春雨のおとを枕にきくよ半ぞむかしの花の夢ゝミえける

對春雨言志

あづさゆミやよ春雨にものいはむめぐむは露の草木ばかりか

田家春雨

たち出てミれば春雨かすむ也わがせやかへる小田の中道

閑居春雨

春雨のふる物がたりきかせてん小窓までこよ庭の鶯

第一首を除けば、見るべき作ではない。おそらくこのような作数を争う題詠には夏子の当時の詩心をそそられなかったのかもしれない。第一首は夏子なりの境涯詠であって、このなだらかな旧派の調べを別にすれば、うたわれている内容は新鮮である。春雨の中、立ち居振る舞いに苦しみながら、寝床に臥して春雨を聞いた日は失われてしまった、という懐旧の情に駆られる、といった感情は、近代短歌がうたってきたものと変わりがない。なお、この「数よミ」にはじまる萩の舎の友人、田中みの子の数詠会が夏子にとって歌人として再出発する契機となった、と全集第四巻（上）詠草39の補注にある。

「塵之中日記」の明治二七年三月一三日の項には「おもへば聖者ゝ行ゝづのながれのとゞこほる所なからんそうら山しき」とあり、

魚だにもすまぬ垣根のいさゝ川くむにもたらぬところ成けり

とあるが、人生訓めいた作であって、興趣がない。

「塵中につ記」の冒頭には、すでに引用した、「よもぎふ日記」中の「敷嶋のうたのあらす田あれぬれどにごらぬかたもあるべきものを」の異稿とみられる「すきかへす人こそなけれ敷嶋のうたのあらす田あれにあれしを」が記されている。全集の脚注によれば『桂園一枝』に「しき嶌の歌のあらす田荒れにけりあらすきかへせ歌の荒樔田」があるという。上記二首はこれらをくりかえして、和歌の衰退を歎いたものだが、何が和歌を衰退させているか、夏子は知らなかったと思われる。

夏子一家が竜泉寺町から丸山福山町に転居したのは、明治二七年五月一日であった。日記に記されなかった作中、明治二七年の春ころまでの作を以下に示す。

初若菜つまんとおもひしわが岡の小まつが原にあわ雪のふる

花かげにねぶるとゝつる夢こそはやがても春のうつゝなりけり

立出てかげもゝてまし夕月のほのめくかたに水鶏なくなり

第一首は数詠における「春雪」の題詠、第二首は「春夢」、第三首は「夕水鶏」の題詠である。

いずれも調べも情趣もすぐれているように思われる。

この頃から萩の舎との微妙な関係が日記から窺われることとなる。「日記　ちりの中」の明治二七年二月二五日の項には

「女學雜誌に田邊龍子鳥尾ひろ子のならべて家門を開かるゝよし有けるとか　萬感むねにせまりて今宵ハねぶること難し」

とある。夏子としても歌塾を開く夢を抱いていたに違いない。歌才において自分よりすぐれているとは思われない田辺龍子ら両名が萩の舎から独立して家門を開いたと知り、悶々と一夜を明かしたのであった。

続いて、同じ日記の同月二七日の項には、田中みの子を訪ねたところ、留守だったので、また、訪ね、帰宅を待って語った、とあり、次の記事に続く。

「伊東のぶ子君も折ふし來訪　談ハ中嶌の師が上なり　品行日々みだれて咨いよ〳〵甚敷哥道に盡すこゝろは塵ほども見えざるに弟子のふえなんことをこれ求めて我れ身しりぞきてより新來の弟子二十人にあまりぬ　よめる歌ハと問へばこその簪古納めに哥合したる十中の八九ハ手にハとゝのはず語格ミだれて哥といふべき風情ハなし　坐に他の大人なかりしこそよけれ　なげかはしきおとろへ方と聞ゆ」

などという話を聞く。

この記述に関連して、鈴木淳は前掲書において「右は、直接、一葉の発言ではないが、みの子らの言いたい放題の歌子批判の中に身を置いていたことは事実である。ところが、その一ヶ月後の三月末には、歌子から「我が此萩の舎は則ち君の物なれば」という殺し文句で、萩の舎で働くことを迫られ、一葉も「此いさゝかなる身をあげて歌道の為に尽し度心願なれば」と言って、歌子の申し出を承諾し、萩の舎の助教となったのである。一葉のこの豹変と言ってもよいような身の振り方は、いったいどうしたことだろう。間違いないのは、一葉が、歌子の後継として嘱望されていたこと、また、一葉の歌道に対する情熱も衰えていなかったことだ」と書いている。鈴木淳は触れていないが、この三月ほど前の明治二六年一一月一五日には「塵中日記」に「師君を小石川にとふ　七月之十九日に別れけるより今日をはじめて也　かたみにいはんとする事多かり思ひせまりては涙さへさしぐミてとみには詞も出ず」とはじまり「師は我が訪ひしを喜びてとみには行くべき処に出でもやらず何くれかくれもの語に時のうつるをゝしみ我も又たち別るべき方を忘れて今しばし〳〵と語る　此中に紙一枚の隔てもなく師ハ誠に慈愛深き師也　弟子ハ誠に温良の弟子也」などとある。中島歌子と夏子がこれほどにふかい情愛をかわしていたことを鈴木淳は見落としているのである。「塵中につ記」三月二七日の記述には「小石川に師君を訪ふ　田邊君發會昨日有べき筈之所同君病気にてしばしのびたるよし　その序に我上をもいかで斯道に盡したらんにハなど語らる　我が萩之舎の号をさながらゆづりて我が死後の事を頼むべき人門下の中に一人も有事なきに君ならましかばと思ふなどいとよくの給ふ　ひたすら頼〻聞え給ふにこれよりも思ひもうけたる事也　さりとはもらさねどさまぐ〵に語りてかへる」とある。これより数日前に記したと思われる「塵中につ記」の冒頭には「國子〻ものにたえしのぶの氣象とぼし　この分厘にいたくあきたる比とて前後の慮なくやめにせばやとひたすらす〻む　母君もかく塵の中にうごめき居らんよりは小さしといへども門構への家に入りやはらかき衣類にてもかさねまほしきが願ひなり　さればわがもとのこ〻ろはしるやしらずや　両人ともにす〻むる事せつ也」と書いている。

夏子は竜泉寺町の生活に行き詰まり、母妹の二人から責められていた。他方では、萩の舎の後継者たらんとする野心があった。田中みの子等の語る萩の舎の状況はむしろ自分が萩の舎に乗り出す機会と感じたかもしれない。夏子に「豹変」などはなかった。

なお、明治二六年一一月一五日に中島歌子を訪ねた後の作に

水の上にあともとゞめぬうたかたのあわにむすべる我いのち哉

よの中も何かいとはん水の月のとまらぬかげをこ〻ろにはして

が全集の「感想・聞書　5」として収められている「つゆのしづく」に記されている。夏子の自らの生を凝視し、客観化する眼の冷徹さは、近代短歌とはいえないにしても、すでにいわゆる「和歌」の域を出ている。

こうして、丸山福山町の生活が始まる。明治二七年六月四日から七月二三日までが「水の上日記」、断絶があって、一月九日から一一月一三日までが「水の上」、翌明治二八年四月一六日から五月三日までが「水の上日記」、五月四日から同月一五日までが「水の上につ記」、五月一四日から同月二二日までが「ミづのうへ」、五月二三日から六月一六日までが「水の上」、断絶があって、一〇月七日から一一月七日までが「水のうへ日記」、また断絶して一二月三〇日から翌明治二九年一月まで「水のうへ」、二月二〇日の覚書「ミづの上」、五月二日から六月一一日まで、六月一七日から七月一五日まで、七月一五日から同月二二日までの三冊の「ミづの上日記」が遺されている。

明治二七年の日記には和歌は記されていない。しかし、同年、丸山福山町に転居してからも、すぐれた佳作が多い。その若干を以下に示す。

あしの葉にすがる螢のかげ斗《ばかり》ミえて今宵も梅雨《さみだれ》の降る

茂り合ふ夏のゝ草もひとすぢの道ハさすがニおほはざりけり

思ふことありもあらずもかなしきは時雨聞入こゝろ也けり

とにかくにふミこゝろミん丸木橋わたらで袖のくちはてんより

さわがしき夢のミいかで見えつらんむねにハ手をもおかぬ物から

なく蟬のこゑかしましき木かくれにさく口なしの花もありけり

木がらしの身ゝ風ならで紅葉ののこるかぎりゝあくがれんとす

よのことゝおもひはなれて埋火のかきこもりつゝ暮すころかな

猫すらも外にゝあそばず成にけり日かげも薄き冬のこのごろ

第一首は「雨中螢」、第二首は「寄夏草述懐」、第三首は「夜時雨」、第四首は「試戀」、第五首は「夢」、第六首は「くちなしの花」、第七首は「尋殘紅葉」、第八首、第九首はいずれも「冬ごもり」の題詠である。これらの作はいずれも調べも情趣もすぐれており、旧派の作だから、といった批判を許さないように思われる。第四首、第八首、第九首は心をうたれる佳唱である。だが、もっとも注目されるのは、第四首であろう。おそらく『にごりえ』のお力がうたう「我戀《わがこひ》は細谷《ほそだに》川《がは》の丸《まる》木《き》橋《ばし》わたるにや　怕《こわ》し渡《わた》らねば」と関連する作と思われる。

恋の歌としては、明治二七年には

たゞふたりさしむかふ夜の燈火ゝつねよりことにまはゆかりけり

君とわがたゝみ二つのかくれざとかくれはつべき里もなき哉

といった作がある。第一首は「夜ふたりをり」の題詠、第二首は「恋里」の題詠である。

明治二七年の歳末には全集に「感想・聞書　9」としておさめられている「残簡　その三」に次の作がある。

こぞゝ一毛のあきなひに立居ひまなくことし三十金のあて違ひて歳暮閑也

字余りであり、しいて和歌の音数律を無視したものだが、このような方向も、明治二六年の「やたらづけ」四首と同様、夏子が発展させようとしなかったことが惜しまれてならない。

しかし、和歌とすれば、続いて記されている作が夏子の独自の歌境を示したものとして注目に値する。その一つは「笑ふなかれ大俗おのづから聖境に通ず」との序詞を付して

おもふ事なりもならずも此としゝ大つごもりに成にける哉

とあり、次は「生死變化の理をおもひてとしの終にひとり笑ミせらる」の序詞の後に

立かへるあすをばしらで行としを大方人のをしむ成けり

二十四歳の夏子が達していた透徹した、冷ややかな人生観を窺うにたりるであろう。このような歌に接すると和歌を短歌革新以後の近代短歌と区別することに何の意味があるか、という感がつよい。

明治二八年に入ると、日記には記されていないが何としても注意を喚起したい作として

おく霜の消えをあらそふ人も有をいはゝむものかあら玉のとし

がある。この作には「としのはじめ戦地にある人をおもひて」の序詞がある。そういう意味で日清戦争の反戦歌といってよい。もし、この作品が然るべき雑誌等に然るべき時期に発表され、注目する人があれば、「君死にたまふことなかれ」の先駆として評価されたに違いない。

明治二八年に入って以降の日記には、和歌は記されていない。詠草の中から目立つ作を摘記す

る。まず、叙景の歌には次の如きものがある、
なきよわる庭の虫のねたえ〴〵に夜はあけがたがかなしかりけり
わがやどの池の藤なみ立かへりこゝる人もなし雨のふれゝば
左にも右にも瀧の音きゝてゝ山がくれを行桧路かな
たかむしろ子等に敷かせてふしまちの月かげ涼しきよもぎふの宿
第一首は「曉虫音」、第二首は「雨中藤」、第三首は「山中瀧音」、第四首は「茅屋夏月」の題詠である。
恋の歌を挙げれば次の如くである。
夕月よ軒ばにかげをかつゝせてとまらぬ人のつらくもあるかな
つく〴〵と打まもりてもあられねばさしむかふこそくるしかりけれ
我おもふ人ゝこし路におともなしけさ初かりのこゑはきけども
色もなき深山がくれのひの木原もゆるおもひゝありけるものを
第一首は「來不留」、第二首は「見戀」、第三首は「鴈始來」、第四首は「絶後見戀」の題詠である。
心境をうたった作として次の作を挙げたい。
何方にふなどまりせんいかりづなくるしき世のみうゝわたりつゝ

ふく風のしづめがたくぞ成にけり塵ならぬ名も空にたちては
うなゐごが小川に流すさゝ舟のたはぶれに世をゆく身なりけり
行くミづのゆいてかへらぬとし月に思ふことのミなどよどむ覧
風ふかば今も散るべき身をしらではなよしばしとものいそぎする

第一首は「いかり」、第二首は「名立戀」、第三首は題詠「花始開」につづく作である。第三首「うなゐごが」は夏子の代表作に挙げるべき佳唱であろう。
明治二九年には特記すべき作をみない。

6

樋口一葉は小説家としての筆名であり、和歌については一葉とは称していない。そこで、夏子とよんで彼女の和歌を展望してきたが、短歌革新よりも数年早かったために、彼女は旧派最末期の歌人として和歌を作り、近代短歌の洗礼をうけなかった。そのために彼女の歌の多くが旧来の伝統的、因襲的な歌風によっていることは否定できない。それでも、その中で抜群の才能を示す多くの作品を彼女は遺したことは疑いない。また、それ以上に、たんに旧派の歌人としてすますことのできない、独自の個性的な心境を吐露し、近代短歌の歌人たちが到達できなかった歌境を開いた歌人であった。これまで彼女の歌業は過小評価されてきたのではないか、という思いがつよい。

後記

二〇一一年四月から六月にかけて、日本近代文学館では「樋口一葉展」を開催したので、そのさい、私は監修をお引き受けした。この展観は実務を担当した事務局の小川桃さん、西村洋子さんの努力の結果、見ごたえがあり、来館者にはずいぶん好評であった。

私が二十三、四歳のころ、年長の友人、日高普に『たけくらべ』を講義してくれないか、と頼まれたことがあった。注釈書もない戦後間もない時期だったので、読解はかなりに難しかった。『源氏物語』を講義する方がよほど易しいと思った。私は日高の頼みを気軽に引きうけたことをしみじみ後悔したことをいまだに忘れられない。ただ、その当時から樋口一葉の作品には親しんでいたし、ことに野口碩さんの労作ともいうべき筑摩書房版の全集の行き届いた編集、注釈等に瞠目し、この全集で読み直したときには、新しい一葉像が眼前に髣髴するかのような感をもった。ちなみに、夏目漱石、森鷗外をはじめ、宇野浩二、井伏鱒二、牧野信一、中島敦等にいたるまで、私は全集の隅々まで読んでいる。こうした作家は、数は少ないけれども、樋口一葉もその一人である。ただ、私は小説よりも詩歌に関心がふかいので、小説家について評論を書こうと思ったことはなかった。気晴らしに読んでいた司馬遼太郎の作品について書いた『司馬遼太郎を読む』と題する著書がこれまで私の小説家に関する唯一のものである。

「樋口一葉展」の監修をすることとなったとき、それまでは私の好みのままに読んできたものの、多くの評論家、研究者が一葉をどのように論じているのかを気がかりに感じて、若干を繙いてみた。その結果、一葉の作品の享受、解釈が私と多くの先学との間では非常に違うことを知り、たいへん衝撃をうけた。それでも、私には私が読んできた一葉の読み方が間違っているとは思われなかった。そこで、昨年の二、三月ころから六月ころまでの間に、本書に収めた文章を書きあげていた。この他にも、「一葉日記考（その三）」とかなり重複するので省くこととした「一葉和歌考」があり、また、「雪の日」、「通俗書翰文」についても書いたようにも憶えているが見当たらない。本書に収めた文章も一年余放置したままになっていた。それは、これらが私の心覚えのために気ままに書いた、公表するつもりのない文章なので、公刊して世に問うような性質の文章ではないと考えていたためである。

たまたま青土社の清水一人さんと雑談していたさい、この原稿が話題になり、清水さんが出版したいと言ってくださった。私はあまり気乗りしないけれども、それでも強いて出版を拒むほどの理由もないので、出版していただくこととした。そのため、本書に収めた三篇ほどは、当初は書いていたことを失念していたため、校正が出た段階で気づいて補足することにしたものである。

そういう次第なので、本書に収めた論考は私がどのように樋口一葉の作品を読んできたか、を記したものであり、おそらく多くの研究者、評論家の方々とは見解、解釈を大いに異にするはずである。ただ、そういう意味で、刊行の意義があるかもしれないと私は考えている。

本書の成り立ちは右に記したとおりなので、校閲から校正など、すべて青土社の手を煩わせ、私はほとんど手をかけていない。ことに青土社の村上瑠梨子さんの緻密な仕事に感銘をうけており、その他編集部の方々のご尽力に心から感謝している。

二〇一二年九月

中村稔

樋口一葉考

2012年10月25日　第1刷印刷
2012年11月 5 日　第1刷発行

著者 —— 中村 稔

発行人 —— 清水一人
発行所 —— 青土社
東京都千代田区神田神保町1－29　市瀬ビル　〒101-0051
電話　03-3291-9831（編集）、03-3294-7829（営業）
振替　00190-7-192955

本文印刷 —— 双文社印刷
表紙印刷 —— 方英社
製本 —— 小泉製本

装幀 —— 菊地信義

ISBN978-4-7917-6672-7　Printed in Japan

中村稔の本

私の昭和史

生きることの輝きと苦渋。十五年戦争下の少年期と思春期、
迫りくる死を目前に自由な生を求める心の軌跡……。
社会と文学への早熟な目覚め、多彩な友情空間の回想をつうじ、
敗戦に至る濃密な時代の痛みを透視する鮮烈な鎮魂の記録。
朝日賞　毎日文化賞　井上靖文化賞　受賞

私の昭和史・戦後篇　上・下

生活基盤を喪失した敗戦後、占領下の焦土に真摯に生きた青年たち。
内外の動乱期の政治的、社会的事件における権力の策謀。
昭和の戦後の実体を凝視しながら、
詩人として弁護士として歩み始め、やがて迎える青春の終焉。

私の昭和史・完結篇　上・下

詩人・弁護士として過ごしてきた著者の体験とかさねあわせて、揺れ動く世界の実相を洞察した痛切な回想と貴重な証言。社会、経済、国際情勢を展望し、また、友人たちとの交情を回顧し、天皇の崩御により終焉を迎えた歴史を凝視した、希有の昭和史、ここに完結。

文学館を考える　文学館学序説のためのエスキス

文学者の息遣いを伝える文学遺産に文学館はどう対処すべきか。文学館の理念、施設から運営の実務にいたるまでのあらゆる問題を系統的、網羅的、具体的に検討・省察したわが国で初めての文学館論。図書を愛する人びとに必携の書。